Marion Johanning
Die siebte Schwester

TINTE & FEDER

Das Buch

Köln, 1215: Die junge, wissbegierige Novizin Tryngen hat sich ganz der Heilkunst verschrieben. Nach einem folgenschweren Ereignis wird sie an den Hof des mächtigen Dompropstes Engelbert von Berg gerufen. Dort muss sie sich bewähren, sonst droht ihr die Vermählung mit einem ungeliebten Mann.

Engelbert ist im Begriff zum Erzbischof von Köln gewählt zu werden. Tryngen ist nicht die einzige Heilerin in seiner Nähe. Je mehr sie das Vertrauen des ehrgeizigen und eigenwilligen Mannes gewinnt, desto gefährlicher wird es für sie. Denn auch sie selbst hat ein Geheimnis, das nicht ans Licht kommen darf.

Die Autorin

Marion Johanning lebt als freie Autorin in der Nähe von Köln. Schon lange begleiten sie zwei Leidenschaften: Schreiben und das Interesse für Geschichte. Für ihre historischen Romane recherchiert sie sorgfältig und bereist, wenn immer möglich, die Originalschauplätze. »Die siebte Schwester« ist bereits ihr vierter Roman, der bei Tinte & Feder erschienen ist. Weitere Informationen unter: www.marion-johanning.de und unter www.facebook.com/Marion.Johanning

Marion Johanning

Die siebte Schwester

Historischer Roman

TINTE & FEDER

Deutsche Erstveröffentlichung bei
Tinte & Feder, Amazon Media EU S.à r.l.
38, avenue John F. Kennedy, L-1855 Luxembourg
Februar 2020

Umschlaggestaltung: bürosüd° München, www.buerosued.de
Umschlagmotiv: © Evannovostro © faestock © Fotoluminate LLC © Anneka
© LianeM © Masson © Racoonmoi / Shutterstock
1. Lektorat: Ute Köhler
2. Lektorat: Rainer Schöttle
Korrektorat: Manuela Tiller/DRSVS
Gedruckt durch:
Amazon Distribution GmbH, Amazonstraße 1, 04347 Leipzig /
Canon Deutschland Business Services GmbH, Ferdinand-Jühlke-Straße 7, 99095 Erfurt /
CPI books GmbH, Birkstraße 10, 25917 Leck

ISBN 978-2-49670-138-8

www.tinte-feder.de

Für Doris
40 Jahre
So long …

Kapitel 1

Köln, im Jahre des Herrn 1215

Die Reiter kamen mitten in der Nacht. Die Erde dröhnte unter den Hufschlägen ihrer Pferde, mit denen sie über die ausgefahrenen Karrenspuren ritten. Vor ihnen erhoben sich die dunklen Umrisse der Stadt unter dem sternenklaren Himmel. An den Stadttoren leuchteten die Fackeln wie kleine, zuckende Lichtpunkte.

Der Hauptmann hob die Hand, und sofort fiel sein Trupp in langsamen Schritt. Er zügelte seinen Hengst und warf einen Blick auf die gekrümmte Gestalt des Mannes, der vor einem seiner Soldaten auf dem Pferd kauerte.

»Lebt er noch?«

Im milden Mondlicht konnte er die Verzweiflung sehen, die sich auf der Miene des Soldaten abzeichnete. »Ja, er hat sich noch geregt. Aber es sieht nicht gut aus, und das Pferd wird müde.«

»Ist er wach?«

»Nein.«

Der Hauptmann warf einen abschätzenden Blick zur Stadtmauer hinüber. Das Zaumzeug klirrte, als sein nervöser Hengst den Kopf bewegte, so als wollte er zur Eile drängen. Ein leichter Wind rauschte in den Bäumen am Wegesrand, fuhr ihm unter den Umhang und drang durch sein Kettenhemd in das schweißnasse Gambeson. Der Hauptmann fröstelte. Ihm war klar, dass er sich keinen Fehler erlauben durfte. Er musste die richtige Entscheidung treffen.

Er maß die Stadt, die wie ein schwarzes Tier vor ihnen in der Dunkelheit lag, mit Blicken, schätzte den Weg und die Zeit ab, die sie dorthin brauchen würden. Bis die Torwächter sie eingelassen und man ihnen an einem der Hospitäler die Pforte geöffnet hätte, wäre der Verletzte gewiss tot. Das durfte und wollte er auf keinen Fall riskieren.

Jeder Augenblick zählte.

Der Hauptmann wandte sich an den Soldaten, der den Verletzten vor sich auf seinem Pferd festhielt.

»Ist hier in der Nähe nicht ein Kloster?«

»Ja, gleich da vorne.« Der Soldat deutete mit dem Kopf in eine Richtung.

»Haben die auch ein Krankenlager?«

»Ja.«

»Dann reiten wir dorthin.«

»Aber …«

»Was?«

»Es ist ein Frauenkloster!«

Der Hauptmann schüttelte den Kopf. »Wir haben keine andere Wahl«, stieß er mit zusammengepressten Zähnen hervor, während er einen besorgten Blick auf den Verletzten warf, dessen bleiches Gesicht auf die Brust hinabgesunken war. Er hob die Hand und gab seinen Männern das Zeichen zum Weiterreiten.

* * *

»Tryngen, wach auf!«

Tryngen fuhr hoch und kniff die Augen zusammen. Mit Bedauern spürte sie, wie die Bilder eines schönen Traums, den sie gerade geträumt hatte, in sich zusammenfielen und sich verflüchtigten. Sie brauchte eine Weile, um zu erkennen, dass er für immer verloren war. Ärgerlich starrte sie in das blasse Gesicht der Novizin, das von der Kerzenflamme erleuchtet wurde, und schob deren Hand von ihrer Schulter.

»Was ist denn, Isalda?«

Im Gesicht der Novizin arbeitete es, während sie nach den passenden Worten suchte. Ihr Geist arbeitete nur langsam, sie war nicht sehr klug – eine Bürgerstochter, die der Vater vor einem Jahr ins Kloster gegeben hatte. »Es sind Männer gekommen, Soldaten«, stieß sie hervor. »Einer von ihnen ist schwer verletzt. Du musst dich beeilen!«

Tryngen seufzte und stieg aus dem Bett. Sie warf sich ihr Gewand aus grober, ungefärbter Wolle über, band sich hastig die langen Haare zu einem Zopf, tastete nach ihrem Schleier. Dankbar tauchte sie ihre Hände in die Schale mit Brunnenwasser, die Isalda ihr hinhielt. Sie war es nicht gewohnt, nachts geweckt zu werden. Aber seitdem die Infirmaria, die Krankenmeisterin, verreist war und sie ihre Stelle einnehmen musste, kam das hin und wieder vor. Es geschah manchmal, dass einer von den Schwerkranken in Todesnöte geriet und die Laienschwestern nicht mehr weiterwussten. Oder dass ein Priester für die letzte Ölung gerufen werden musste. Aber dass nachts Verletzte kamen, war eher selten. Nein, eigentlich war es noch nie vorgekommen, jedenfalls nicht, soweit Tryngen sich erinnern konnte. Sie wusch sich Hände und Gesicht mit dem eiskalten Wasser.

»Wer sind die Männer? Wie viele sind es?«, wollte sie wissen.

Im Dormitorium seufzte und raschelte es.

Isalda warf einen hastigen Blick auf die Bettreihen, in denen die Nonnen allmählich erwachten, und legte einen Finger auf den Mund. »Ruhig, Tryngen. Die Meisterin will kein Aufsehen. Komm!«

Leise verließen sie das Dormitorium, wobei ihre Schritte auf den Binsen raschelten. Als sie über den Hof zum Krankensaal gingen, spürte Tryngen die kühle Nachtluft, doch sie war viel zu aufgeregt, als dass es ihr etwas ausgemacht hätte. Der Herbstmonat hatte gerade angefangen, und es wurde nachts schon empfindlich kühl. Bis zum Morgengebet würde es noch einige Stunden dauern.

Als sie den Klausurbereich verlassen hatten, erblickten sie den Reitertrupp im Hof. Tryngen erschrak, als sie die Soldaten mit ihren Kettenhemden und Schwertern sah. Aber sie schienen in friedlicher Absicht hier zu sein, kümmerten sich gemeinsam mit den Klosterknechten um ihre müden, schweißnassen Tiere.

»Was sind das für Männer?«, fragte sie wieder, doch Isalda hob nur die Schultern.

Gemeinsam betraten sie den Krankensaal, dessen unverkennbarer Geruch ihnen sogleich entgegenschlug: eine Mischung aus Kräutern, Körperflüssigkeiten und Fäulnis, wobei der scharfe Geruch nach verbranntem Salbei alle anderen übertraf. Im Halbdunkel sahen sie die Pritschen, auf denen die Kranken zu zweit schliefen, bewacht von einer Laienschwester, die normalerweise auf einem Stuhl eingenickt war, jetzt aber kerzengerade dasaß und ihnen aufmerksam entgegenstarrte. Die Kranken waren zumeist wohlhabende Kölner Bürger, die sich eine Behandlung hier leisten konnten, denn das Kloster war zu arm, um Kranke allein um der Gnade und Barmherzigkeit Gottes willen zu pflegen.

Am Ende des Saals zuckte Feuerschein hinter einem dünnen Vorhang. Richmud, Meisterin des Klosters, eilte ihnen mit raschen Schritten entgegen. Sie sah besorgt aus. Ihre kleinen Hände umfassten Tryngens Arm fest, als sie ihr den Weg versperrte.

»Bitte tu dein Bestes!«, beschwor sie Tryngen. »Versprich es mir!«

Tryngen sah auf das rundliche Gesicht Richmuds, die kaum größer war als ein Mädchen, dann blickte sie zum Vorhang hinüber. Der Verletzte musste ein wichtiger Mann sein, wenn die Meisterin solche Angst um ihn hatte.

»Wer ist er?«, fragte sie.

Richmud schüttelte rasch den Kopf und presste die Lippen aufeinander, wie sie es immer tat, wenn sie nichts mehr sagen wollte.

Tryngen fragte sich, warum die Meisterin ihr verschwieg, wer der Mann war. Vielleicht musste sie seinen Namen geheim halten. Sie versuchte, ihren rascher werdenden Herzschlag durch ruhiges Atmen zu beherrschen. Sie musste eine sichere Hand behalten.

»Wir werden alle beten!«, flüsterte Richmud und nickte einer jungen Schwester zu, die hinter ihr wartete. Jetzt erst bemerkte Tryngen Blithildis, Richmuds zweitälteste Tochter, die der Mutter stets wie ein stiller Schatten folgte. Richmud hatte drei Töchter von ihrem verstorbenen Mann, nach dessen Tod sie das Kloster gegründet hatte. Im letzten Jahr war Blithildis Priorin des Klosters geworden, und es galt als sicher, dass sie eines Tages Richmuds Nachfolgerin werden würde.

Sie starrte Tryngen mit eisigem Blick an und schlug ein Kreuzzeichen vor ihrer Brust. Tryngen spürte, wie sie fror, als sie den Saal durchquerten und hinter den Vorhang traten.

Man hatte den Verletzten auf eine Pritsche gebettet. Er war so groß, dass seine Füße bis an das Ende der Pritsche reichten. Sein dunkelblondes, kinnlanges Haar klebte an seiner Stirn. An seinem Kopfende wachte der Hauptmann mit einem weiteren

Soldaten. Sie hatten ihre Helme abgesetzt und unter die Arme geklemmt.

»Die Infirmaria!«, sagte jemand, und der Hauptmann musterte sie von oben bis unten mit gerunzelter Stirn. Tryngen stockte der Atem. Sie konnte förmlich seine Gedanken lesen – verdammt, eine junge, unerfahrene Nonne! Hätte ich ihn doch in eins der Hospitäler in der Stadt gebracht! –, und sie schien sich unter seinem Blick aufzulösen. Er hatte recht, sie war jung und unerfahren und außerdem nicht die Infirmaria, sondern nur eine Novizin, und sie konnte sich nicht erklären, warum man sie als Krankenmeisterin ausgab. Sicher wollte sich Richmud keine Blöße geben.

Sie räusperte sich und trat an die Pritsche. Der Verletzte lag reglos auf seinem Lager. Sie beugte sich tief zu ihm hinunter und horchte, ob er noch atmete. Erleichtert spürte sie einen feinen Luftzug an ihrer Wange. Sie richtete sich auf.

»Lebt er noch?«, wollte der Hauptmann wissen.

Tryngen nickte, während sie nach dem Puls des verletzten Mannes tastete. Er jagte klein und schwach dahin. Kein gutes Zeichen. Sie bemühte sich um eine ausdruckslose Miene.

»Was ist passiert?«, fragte sie den Hauptmann.

»Sein Pferd hat plötzlich gescheut und ihn abgeworfen – in der Dämmerung, nachdem wir vor dem Wald noch mal gerastet haben. Mein Herr hatte furchtbare Schmerzen im Arm, doch er wollte unbedingt weiter. Aber es ging ihm immer schlechter.«

Tryngen versuchte, unter den prüfenden Blicken aller ruhig zu bleiben und ihre Fragen zu verdrängen. Sie würde später noch erfahren, wer der Mann war. Im Augenblick war er nichts anderes als eine Seele Gottes, deren sterbliche Hülle in Not geraten und auf ihre Hilfe angewiesen war. Sie klopfte an seine Wangen. »Herr, wacht auf!«

Endlich drehte er sein Gesicht hin und her und murmelte etwas Unverständliches. Seine Lippen waren weiß.

Das gefiel Tryngen nicht. Sie nickte Isalda zu, die neben ihr wartete. Zum Glück verstand diese sogleich, was Tryngen von ihr wollte, und holte ihr ein mit Essig getränktes Tuch. Tryngen hielt es dem Mann dicht unter die Nase. »Herr, wacht auf!«

Richmud hielt die Kerze über das Gesicht des Mannes. Es war breitflächig und ebenmäßig geschnitten. Schweiß glänzte auf seiner Stirn, ein paar silberne Härchen seines seit Tagen nicht mehr gestutzten Bartes glitzerten im Kerzenlicht auf. Er murmelte etwas, öffnete aber die Augen nicht.

»Wie lange ist er schon so benommen?«, fragte Tryngen den Hauptmann. Der starrte sie immer noch mit gerunzelter Stirn an. Auch er sah blass aus, wie sie feststellte, seine Gesichtshaut schimmerte hell unter dunklen Brauen.

»Weiß nicht«, sagte er. »Irgendwann, so kurz vor Köln, konnte er sich nicht mehr auf dem Pferd halten, und ich musste einen Mann zu ihm setzen.«

Tryngen nickte. Wenn der Mann nun stürbe? Auf einmal wünschte sie sich sehnlichst Maria her, die Krankenmeisterin mit ihrer ruhigen Hand, ihrer fröhlichen Art und ihren klugen Ratschlägen. Maria wüsste, was nun zu tun wäre, selbst wenn das Schlimmste passieren würde.

Tryngen besann sich wieder auf den Verletzten, während sie es vermied, die Meisterin und die Priorin des Klosters anzusehen. Wahrscheinlich waren die Säfte des Mannes durch den Sturz so durcheinandergeraten, dass seine Seele sich in das Innere des Körpers zurückgezogen hatte. Sie wies Isalda an, das Essigtuch zu halten, während sie vorsichtig den Kopf des Mannes nach Verletzungen abtastete. Vielleicht war er beim Fallen gegen einen Stein geprallt und hatte eine unentdeckte Wunde. Aber sie fühlte nichts. Sie fuhr fort, seine kräftigen Gliedmaßen nacheinander abzutasten. Der Hauptmann hatte recht, der linke Unterarm war sehr geschwollen und wohl gebrochen, doch weitere Verletzungen konnte sie nicht feststellen. Warum war der Mann so benommen, wenn er nur den Arm gebrochen hatte? »Mach mir die Beinwelltücher, wie ich's dir neulich gezeigt habe!«, befahl sie.

Isalda nickte und warf ihr ein kleines aufmunterndes Lächeln zu, wofür Tryngen dankbar war. Das Lächeln gab ihr die Kraft, die Blicke der anderen auszuhalten und ihre Aufmerksamkeit ganz dem Verletzten zu widmen. Sie musterte den Mann eingehend. Sie musste sich ein genaues Bild machen, durfte nichts übersehen. Dem Augenschein nach hatte er sich nur den Arm gebrochen. Auch war er kräftig, er sah aus wie jemand, der es gewohnt war zu reiten und zu kämpfen. Ob er ein Adeliger aus der Umgebung war? Vielleicht gar ein Graf? Manche Grafen aus dem Umland besaßen Anwesen in Köln, in denen sie mit ihrem Gefolge wohnten, wenn sie in der Stadt waren.

Tryngen hörte ungeduldiges Füßescharren und rief ihre Gedanken zur Ordnung. Ihr Blick fiel auf das Bein des Verletzten. Im Oberschenkel des Mannes, gleich unter seinem kostbaren Gewand – dort, wo sie es aus Scham nicht gewagt hatte, ihn abzutasten –, sah sie ein paar dunkle Flecke im Stoff seiner Beinkleider. Sie bat Richmud, die Kerze darüberzuhalten. Ein paar winzige Löcher klafften in seinen Beinkleidern. Vorsichtig tastete Tryngen das Bein darum herum ab und fühlte die Hitze des Fleisches durch den Stoff hindurch. »Ich brauche eine Schere!«, rief sie. »Leuchtet mir bitte, Meisterin!«

Neugierig beugten sich alle über das Bein des Verletzten. Es war förmlich zu spüren, wie sie den Atem anhielten, als Tryngen den Stoff entzweischnitt und rotes, geschwollenes Fleisch sichtbar wurde, dessen hügelartige Mitte zwei blutige Punkte krönten.

»Ein Schlangenbiss«, sagte Tryngen.

Die Meisterin sog hörbar den Atem ein. »Vielleicht eine Höllenotter!«

Die Stirnfalte des Hauptmanns vertiefte sich.

»Habt Ihr die Schlange gesehen?«, fragte Tryngen ihn.

Er schüttelte den Kopf. »Der Herr hat uns ja nichts davon gesagt! Ich wusste nicht, dass er gebissen wurde. Hätt' ich das geseh'n, ich hätt' das Vieh …« Er machte den Mund zu und presste die Lippen aufeinander.

Es musste ein hoher Herr sein, wenn der Hauptmann so verzweifelt war, dachte sie, während sie nach ihrem Messer griff. Da fuhr der Mann auf einmal hoch. Er stützte sich auf seinen gesunden Arm und schwang sich seitwärts über die Pritsche. Tryngen konnte gerade noch rechtzeitig ausweichen. Reglos beobachteten alle, wie er aufstand und über den gekachelten Boden wankte. Er schwankte zum Vorhang, dann hielt er plötzlich inne, krallte seine Hand in den Stoff und stöhnte laut auf. Er krümmte sich, als würde er erst jetzt den Schmerz spüren. Der Vorhang spannte sich, und einen Augenblick sah es so aus, als würde der Mann fallen. Da rannte der Hauptmann zu ihm und stützte ihn. Langsam führte er ihn wieder zum Bett zurück.

»Bitte legt Euch hin, Ihr seid verletzt. Die Nonnen werden Euch helfen.«

Mit aufgerissenen Augen starrte der Mann auf die Schwestern. Er schüttelte den Kopf und ließ sich wieder auf sein Lager sinken.

Isalda, die gerade mit den Verbänden zurückgekommen war, schob ihm rasch das Kissen unter. Blithildis hatte sich in den Schatten ihrer Mutter zurückgezogen, die die Kerze fest umklammerte.

Tryngen atmete auf. Sie griff ihr Messer fest und wies Isalda an, ein Kuhhorn zu holen.

»Was machst du mit dem Messer?«, wollte der Mann wissen. Er hatte eine laute Stimme, die tief in seinem Brustkorb widerhallte. Mit gerunzelter Stirn starrte er auf ihre Hand.

Tryngen erschrak. »Ihr … Ihr habt einen Schlangenbiss am Bein. Ich muss … nur ein kleiner Ritz, damit die schädlichen Säfte rauskommen«, stammelte sie.

Er blickte sie wortlos an. Seine hellen Augen lagen unter geraden dunklen Brauen. »Wo bin ich?«, fragte er.

»In Sicherheit, Herr«, erklärte Richmud hastig. »Im Kloster Weiher vor den Toren der Stadt. Ihr werdet gut versorgt.«

Er schüttelte den Kopf. »Wir müssen weiter!« Er hob seine Beine, als wollte er wieder aufstehen, wobei ihn der Schmerz wohl überwältigte und zurückhielt. Sein Gesicht verzerrte sich.

Der Hauptmann trat an sein Lager. »Herr, Euer Arm ist gebrochen, und Eure Bisswunde muss versorgt werden.«

Der Verletzte sank in die Kissen zurück. »Heiliger Herr Jesus!«

Eine Weile war er still, und es hatte den Anschein, als wollte er sich in sein Schicksal fügen. Tryngen atmete auf. Sie wagte es, wieder an sein Lager zu treten. »Bitte bleibt ganz ruhig. Es ist nur ein kleiner Schnitt.« Sie bedeutete Isalda, die mit dem Kuhhorn und einem brennenden Kienspan zurückgekehrt war, sein Bein festzuhalten. Dann ritzte sie mit dem Messer vorsichtig in die Wunde. Das Bein zuckte. »Au, verdammt noch mal!«

Sie sah auf und blickte geradewegs in die hellen zornigen Augen des Mannes. »Verzeiht, Herr«, sagte sie mit zitternder Stimme.

»Wer bist du, in Gottes Namen?«

»Tryngen, Herr.«

»Unsere Infirmaria«, setzte Richmud hastig hinzu. »Ich bin Richmud, die Meisterin des Klosters.«

»Ah«, meinte er nur. »Wie lange wird das hier dauern? Wann kann ich weiter?«

Richmud blickte Tryngen fragend an. Tryngen zögerte. »Ihr wart ohne Bewusstsein, Herr«, begann sie. »Ihr müsst Euch ausruhen. Euer Arm muss gerichtet und stillgehalten werden. Und der Biss … Ihr solltet nicht weiterreiten.«

Die Mundwinkel des Mannes sanken herab. In seinen Augen zuckten Blitze, als er sie mit verächtlicher Miene anstarrte. »Du hast mir gar nichts zu befehlen, kleine Nonne«, knurrte er. »Richte den Arm, verbinde das Bein und dann will ich weiter.«

Tryngen nickte hastig. Auch wenn er schnell wieder fortwollte, so musste sie ihn behandeln. Sie nahm das Kuhhorn und den brennenden Kienspan, hielt den Span in das Horn und presste es rasch auf die Bisswunde, damit das vergiftete Blut herauskonnte.

»Ich brauche das Brennbesteck, Eiklar und Werg«, wies sie Isalda an. Nach einer Weile nahm sie das Horn wieder ab und tupfte vorsichtig das Blut ab, das sich darunter gesammelt hatte. Es dürfte genug gewesen sein, um die schädlichen Säfte zu vermindern. Sie atmete auf, aber nun würde der schlimmere Teil ihrer Aufgabe folgen. Mit Unbehagen sah sie Isalda wieder zurückkehren. Die Novizin brachte einen Topf mit heißem Öl, eine Zange und ein Stück harte Brotrinde, das sie von der Küche eigens für solche Zwecke bekommen hatten. Tryngen riss ein Stück von der Brotrinde ab, damit es genau auf die Wunde passte. Sie ergriff die Zange.

»Es wird nun wehtun, Herr«, warnte sie und gab dem Hauptmann ein Zeichen, sein Bein festzuhalten.

Ehe der Verletzte etwas sagen konnte, tauchte sie die Brotrinde in das heiße Öl, presste sie auf seine Wunde und brannte diese aus. Der Mann schrie so laut, dass die Kranken unruhig wurden. Die Meisterin bekreuzigte sich. Blithildis starrte Tryngen missbilligend an.

»Verzeiht, Herr«, sagte Tryngen, tauchte ein Tuch in das Gemisch aus Eiklar und Werg, das Isalda ihr hinhielt, und breitete es über die Wunde. Der Mann ließ sie nicht aus den Augen.

Er schrie und fluchte, als sie ihm den Arm richtete und mit in Beinwell getränkten Tüchern verband. Als sie mit allem fertig war, wandte er sich an den Hauptmann. »Schick einen Mann zu Hilbert, er soll herkommen. Mit einem Wagen! Er muss Männer nach Aachen schicken, sie sollen Magister Pilgrim holen. Sofort!«

Der Hauptmann nickte und eilte hinaus. Tryngen hörte, wie er mit energischen Schritten den Krankensaal durchquerte und die Tür hinter sich schloss. Nun waren alle Kranken wach. Richmud wies eine Laienschwester an, sich um sie zu kümmern.

»Nun betet, bis mein Leibarzt da ist, Schwestern!«, rief der Kranke. Sein Gesicht verzog sich vor Schmerzen, sein Kopf sank zurück auf das Kissen, und er begann zu beten. »Mir ist schlecht …« Seine Stimme erstarb, er hielt sich den Magen.

Tryngen konnte ihm gerade noch die Schüssel vorhalten, als er sich mit einem Schwall erbrach. Erschöpft sank er zurück und schloss die Augen. Sie fühlte seine Stirn. Gott sei Dank hatte er kein Fieber.

»Ich werde Euch etwas gegen die Schmerzen geben«, sagte sie und blickte die Meisterin fragend an. Richmud nickte. Sie verstand genug vom Heilen, um zu wissen, dass der Trank ihm nicht nur die Schmerzen nehmen, sondern auch Schlaf bringen würde. Sie alle waren sich einig, dass dies das Beste für ihn und ihr Kloster wäre.

Gemeinsam wachten sie bei ihm, bis er eingeschlafen war, dann ließen sie Isalda bei ihm zurück und gingen in die Kapelle zum Morgengebet.

Kapitel 2

»Warum habt Ihr mir nicht gesagt, wer er ist, Meisterin?« Tryngens Stimme verhallte zwischen den Mauern, als sie nach dem Morgengebet durch den Kreuzgang von der Kapelle zum Kapitelhaus schritten, neben dem das Arbeitszimmer der Meisterin lag.

Richmud fasste Tryngen am Arm und führte sie zwischen zwei schmucklose Säulen am Rand des Kreuzgangs. »Ich hielt es für besser, wenn du nicht weißt, wer er ist, bevor du dich um ihn kümmerst«, sagte sie.

Warum?, warf Tryngen ihr in Gedanken entgegen und streifte Blithildis, die ihnen gefolgt war und ein paar Schritte Abstand hielt, mit einem raschen Blick. Dachten die beiden etwa, sie könnte ihn nicht behandeln, wenn sie wüsste, wer er war? Glaubten sie gar, sie hätte solche Angst vor ihm? Engelbert von Berg, Dompropst in Köln, Propst von Deventer und Zutphen, zweitgeborener Sohn des Grafen Adolf von Berg – Richmud hatte ihr seine Titel und Abstammung soeben erklärt. Sie hatte nicht versäumt zu erwähnen, dass Engelbert darüber hinaus Propst der Kölner Stifte St. Severin und St. Georg sowie des Aachener Marienstiftes sei – ein überaus mächtiger Mann, dessen Einfluss man nicht hoch genug einschätzen könne.

»Es war nur zu deinem Schutz«, erklärte Richmud. »Du hättest deine Hände doch nicht ruhig halten können, wenn du gewusst hättest, wer er ist! Dass so etwas ausgerechnet dann geschieht, wenn Maria nicht da ist!«

Tryngen schluckte. Sie wollte ihr entgegnen, dass sie nach drei Jahren an der Seite der Krankenmeisterin alles gelernt hatte, was diese wusste, und sogar noch mehr. Die beiden Bücher über Kräuter und Heilwissen, die der spärliche Besitz des Klosters hergab, kannte sie bereits auswendig.

Doch dann wurde ihr klar, was Richmud eigentlich meinte. Es ging ihr nicht um fehlendes Wissen. Es ging um etwas, das viel schwerer wog: Sie glaubte, dass sie zu ängstlich gewesen wäre, um so einem mächtigen Mann zu helfen. Sie hatte recht damit. Die Erkenntnis fuhr Tryngen wie ein Stich ins Herz. Sie hatte zu viel Angst.

»Bitte erinnert Euch, dass wir schon einige reiche und hochgestellte Bürger hier behandelt haben, Meisterin«, erwiderte sie leise. Sie würde lernen, ihre Angst zu besiegen, setzte sie in Gedanken hinzu.

»Gewiss, sie sichern den Fortbestand unseres Krankensaals«, sagte Richmud mit einem schwachen Lächeln. »Du bist ein gutes Kind und tust dein Bestes, aber du bist noch jung und unerfahren. Ich will nur, dass du begreifst: Unser Kloster untersteht allein dem Erzbischof. Mit seiner Erlaubnis habe ich es nach dem Tod meines Mannes mit dem Erbe gegründet, das er und mein Vater mir hinterlassen haben. Es ist für meine Töchter und mich und andere junge Frauen zu einer neuen Heimat geworden. Nur der Erzbischof kann über unseren Konvent entscheiden, niemand sonst.«

»Was hat das mit dem Propst zu tun?«, fragte Tryngen. »Adolf von Berg ist unser Erzbischof in Köln.«

»Ja, aber er ist schon lange nicht mehr in der Stadt.« Richmud senkte ihre Stimme. »Es heißt, dass es bald einen neuen Erzbischof in Köln geben soll. Einen, der zu den Staufern hält, zum neuen König. Das könnte der Dompropst sein.«

»Ihr meint, dass unser Verletzter der künftige Erzbischof von Köln werden könnte?«

Richmud nickte. Sie deutete auf das Kapitelhaus. »Sieh doch nur unser einfaches Kloster! Fachwerk, Schindel- und Strohdächer! Gerade mal die Kapelle ist aus Stein. Obwohl ich ein großes Erbe hatte, hat es nur für ein bescheidenes Kloster gereicht. Wir sind arm, unbedeutend und leicht zu vernichten. Wir müssen uns sehr vorsehen.«

Sie trat durch eine Öffnung in den Innenhof und zog ein paar Unkräuter aus einem Blumenbeet, in dessen Mitte sich ein schlichtes Holzkreuz erhob. So etwas tat sie manchmal gerne, um zu zeigen, dass sie sich für niedere Arbeiten nicht zu schade war. Sie warf die Kräuter weg und richtete sich auf. »Es wäre wunderbar, wenn wir dem Dompropst das Leben retten könnten. Aber wenn es Gottes Wille sein sollte, dass er stirbt, dann …«, sie stemmte die Hände in ihre Hüften und runzelte ihre feine Stirn, »… sollte das besser nicht in unserem Kloster geschehen.«

»Was meint Ihr damit?« Tryngen hasste es, wenn Richmud in Rätseln sprach. Es wäre nicht das erste Mal, dass sie ungenaue Anweisungen gab – ob aus Nachlässigkeit oder aus Kalkül –, um im Zweifelsfall später von ihren eigenen Worten Abstand nehmen zu können.

Die Falte auf der Stirn der Meisterin vertiefte sich. Sie wischte sich über den Ärmel ihres schwarzen Kleides, als hätte sie sich von der Arbeit im Beet beschmutzt. Wie alle Konventualinnen des Klosters Weiher trug auch sie ein Gewand aus schwarz gefärbtem Leinen, während die Gewänder und Schleier der Novizinnen und Laienschwestern aus ungefärbter Schafswolle angefertigt waren.

»Nun, Tryngen, du begreifst doch eigentlich schneller. Seit einem Jahr vertrittst du die Krankenmeisterin, obwohl du noch Novizin bist. Aber ich weiß ja, was du kannst, und vertraue dir. Außerdem lässt uns die Regel des heiligen Augustinus manche Freiheiten. Mir ist es lieber, wenn Schwestern Ämter haben, die sie beherrschen, auch wenn sie sie aufgrund ihres Ranges nicht ausüben dürften. Du kannst nichts dafür, dass dein Vater immer noch zögert, deiner Profess zuzustimmen. Du weißt, dass dies eine große Gunst ist …?« Richmud ließ den Satz bedeutungsvoll ausklingen.

Tryngen nickte und wich dem Blick der Meisterin aus. Sie wusste, dass sie die wohlwollende Erlaubnis, die Krankenmeisterin zu vertreten, vor allem zwei Tatsachen zu verdanken hatte: den reichhaltigen Zuwendungen ihres Vaters an den Konvent und dass sie die Schülerin der Krankenmeisterin war.

»Was ich sagen will: Du hast jetzt die Gelegenheit zu zeigen, was in dir steckt«, fuhr Richmud fort. »Die göttliche Fügung hat uns den Dompropst hergeführt. Sie kann für unser Kloster ein Segen sein. Aber es würde ein sehr schlechtes Licht auf uns werfen, wenn der Propst in unserem Hause sterben sollte.«

»Der Tod liegt allein in Gottes Hand«, erwiderte Tryngen.

»Natürlich.« Richmud seufzte ungeduldig. »Aber ich will nicht, dass er hier stirbt!« Ihre Stimme klang schrill, und für einen Augenblick verzerrte sich ihre Miene, als hätte sie in einen sauren Apfel gebissen. Dann schien sie sich zu beherrschen, und ihr Gesicht nahm wieder den üblichen freundlichen Ausdruck an, den es meistens trug. »Wir wollen hoffen und beten, dass alles ein gutes Ende nimmt«, fuhr sie mit gesenkter Stimme fort. »Aber wenn wir doch das Schlimmste befürchten müssen, dann gib mir sofort Nachricht.«

»Ja, Meisterin.«

»Du verstehst doch, wie wichtig deine Aufgabe ist? Tu dein Bestes! Morgen wird, so Gott will, sein Leibarzt aus Aachen kommen und sich weiter um ihn kümmern.«

Tryngen blickte in Richmuds rundes Gesicht, das im Morgenlicht blass unter dem schwarzen Schleier schimmerte, und sie fühlte sich, als hätte man ihr einen Bleiumhang auf die Schultern gelegt. Sie fragte sich, warum die Meisterin ihr eine solche Last aufbürdete, wo sie doch vorher Zweifel an ihrem Mut geäußert hatte, sagte aber nichts mehr. Sie setzte eine verschlossene Miene auf und nickte.

* * *

Später sah sie wieder nach dem Dompropst. Man hatte ihn in den kleinen Raum neben dem Krankensaal gebracht, in dem üblicherweise die Aderlässe vorgenommen wurden.

»Wie geht es ihm?«, fragte Tryngen Isalda, die auf einem Schemel neben dem Verletzten wachte.

»Gut. Er schläft immer noch. Der Trank wirkt.«

Tryngen nickte und warf einen Blick auf den Mann. In dem dämmrigen Licht, das durch eine kleine, mit Stoff verhängte Fensterluke hereinfiel, konnte sie den rötlichen Hauch erkennen, der seine Wangen überzog. »Er sieht besser aus. Lassen wir ihn weiterschlafen, das wird ihm guttun. Ich geh nach den anderen sehen. Ruf mich, wenn was ist.«

Isalda nickte, und wenig später schritt Tryngen durch den Krankensaal, sah nach den anderen Kranken und überzeugte sich davon, dass die Laienschwestern ihre Arbeit verrichteten. Vor einiger Zeit hatte man den Saal um einen Raum erweitert, in dem die Alten und Hinfälligen gepflegt wurden – Kölner Bürger, die dem Kloster beizeiten großzügige Geschenke oder Pfründe überlassen hatten, um hier im Alter versorgt zu werden. Wer von ihnen noch konnte, aß mit den Schwestern im

Refektorium, die Bettlägrigen wurden hier gefüttert. Tryngen drückte viele Hände, spendete Trost, besah sich die wund gelegene Stelle am Rücken einer Greisin und bestrich sie mit einer heilenden Kräuterpaste. Ihre tägliche Arbeit beruhigte Tryngen und lenkte sie ab von den Gedanken an den mächtigen Patienten und dem, was Richmud von ihr verlangt hatte.

Er war nur ein Mensch. Wie alle anderen.

Alle müssen essen, schlafen, Winde und Wasser lassen, sagte Maria immer, ob sie Könige sind, Bettler oder Narren. Obwohl selbst von niedriger Herkunft, hatte sie immer eine forsche und trotzdem freundliche Art, mit den Kranken umzugehen, und sie war niemals unsicher oder gar unterwürfig, schon gar nicht den Hochmütigen gegenüber. Tryngen seufzte leise und wünschte sich wieder einmal, etwas mehr von Marias Art zu besitzen, als Isalda vor ihr erschien. »Der Herr ist wach!«, rief sie. »Er hat Fieber!«

Tryngen ließ den Tiegel mit der Paste sinken. In ihrem Kopf begann es zu rauschen, als sie die Angst in Isaldas Miene sah. Isalda besaß mittlerweile genügend Kenntnisse in der Krankenpflege, um zu wissen, dass Fieber kein gutes Zeichen war.

Tryngen wies eine Laienschwester an, die Greisin zu verbinden, und folgte Isalda in den Aderlass-Raum. Der Propst lag auf seinem Kissen und starrte sie an. Tryngen knickste tief, wie sie es als Kind immer getan hatte, wenn sie den reichen Kunden ihres Vaters Wein ins Kontor gebracht hatte. Es war immer eine besondere Ehre für die Kunden gewesen, wenn die Tochter des Weinhändlers sie bediente. Sie bemühte sich um eine freundliche, ausdruckslose Miene. Er sollte nicht merken, wie viel Angst sie hatte.

»Willkommen im Kloster Weiher, Herr«, sagte sie. »Ich hoffe, Ihr habt gut geschlafen. Habt Ihr Schmerzen?«

Der Propst starrte sie immer noch an. »Was glaubst du?«, zischte er. »Natürlich habe ich Schmerzen! Im Arm … und mein Bein brennt wie Feuer.«

»Ich werde mir Eure Bisswunde anschauen, wenn Ihr erlaubt.« Er nickte, und sie schlug die Wolldecke zurück, wobei sie darauf achtete, nicht zu viel zu entblößen. Rasch wickelte sie den Verband ab. Die Schwellung war stärker geworden. Während sie vorsichtig das rote Fleisch am Oberschenkel abtastete, gestand sie sich schuldbewusst ein, dass sie den Verband früher hätte erneuern müssen. Aus Angst hatte sie es nicht gewagt. Dankbar nahm sie das frische Leinentuch von Isalda entgegen, tauchte es in die Wasserschüssel, die die Laienschwester auf den Tisch neben der Pritsche gestellt hatte, und tupfte die Schwellung ab.

Der Verletzte ließ den Kopf sinken und schloss die Augen.

»Wir werden Eure Wunde reinigen und neu verbinden«, sagte Tryngen. »Hol mir bitte die Pappelsalbe, Isalda.«

Die Novizin eilte fort, und Tryngen bereitete ein feuchtes Tuch über die Wunde, was der Propst mit einem lang gezogenen Zischlaut beantwortete. »Es tut mir leid, Herr«, sagte sie rasch.

Sie erinnerte sich an frühere Kranke, die von Schlangen gebissen worden waren – einen Kaufmann, einen jungen Knecht und einen Bauern. Den beiden ersten Männern konnten sie helfen, der Bauer aber hatte plötzlich aufgehört zu atmen und war gestorben. Aber er war auch schon sehr alt gewesen.

Propst Engelbert schwieg. Seine Brust hob und senkte sich rasch. Seine Wangen leuchteten rot. Tryngen erhob sich und fühlte seine Stirn. Heiß. Rasch nahm sie ein neues Tuch, tauchte es ins Wasser und tupfte die glühende Haut ab.

Das Fieber gefiel ihr nicht. Vielleicht hatten die schädlichen Säfte in ihm durch seine Verletzungen überhandgenommen und das Fieber weiter steigen lassen. Dann könnten sie nur noch beten, dass die Seele seinen Körper nicht verließ.

Tryngen wies Isalda an, die gerade mit der Salbe kam, den Fiebertrank zuzubereiten. Sie erinnerte sich an Richmuds Worte und überlegte, ob sie sie holen lassen sollte. Sie zögerte noch, als sich die Tür leise öffnete und Richmud den Raum betrat, als hätte ihr der Wind Tryngens Gedanken zugetragen. Ihr folgte ein großer, breitschultriger Mann, der sie um zwei Köpfe überragte und die weiß-schwarze Tracht der Zisterziensermönche trug. Blithildis war dieses Mal nicht dabei.

»Scholaster, dies ist unsere Infirmaria. Tryngen, das ist Scholaster Hilbert, er will seinen Herrn sehen.«

Tryngen knickste vor dem Mönch. Hilbert musterte sie mit einem ähnlichen Ausdruck wie der Hauptmann in der Nacht zuvor – eine Mischung aus Schrecken und Geringschätzung. Der Haarkranz seiner Tonsur glänzte pechschwarz und war nur von wenigen grauen Strähnen durchzogen, und seine Haut war dunkelbraun wie die eines Südländers. Er hatte ein hübsches Gesicht mit dunklen Augen, die wieselflink umherwanderten und jede Kleinigkeit wahrnahmen. Rasch ging er zum Propst und kniete vor ihm nieder. »Herr, wie schrecklich, Euch so zu sehen. Welch ein Unglück! Dass der Hauptmann Euch hierhergebracht hat und nicht hinter die sicheren Mauern der Stadt! Ich habe ihn streng ins Gebet genommen. Ich lasse Euch zum Hof bringen und nach Meister Alhelm schicken.«

Engelberts Mundwinkel zuckten, als ob er ein Lächeln andeuten wollte. »Hast du den Wagen mitgebracht?«

»Ja, Herr, es ist alles für Eure Abreise bereit.«

Der Propst nickte. »Ich will aber nicht zu Meister Alhelm! Mein Leibarzt soll kommen. Wann wird er hier sein?«

Ein Schatten überlief die Miene des Scholasters, ehe er sich wieder zusammennahm. »Herr, es wäre besser, wenn Ihr den Meister zu Euch rufen würdet. Er ist der beste Physicus der Stadt.«

Engelbert schüttelte den Kopf. »Auf keinen Fall. Mach mir einen Verband ums Bein, Schwester, dann brechen wir auf.«

Widerwillig kam Tryngen seinem Befehl nach. Sie sah zu Richmud hinüber und bemerkte, wie diese erleichtert aufatmete. Tryngen nahm das Tuch vom Bein des Propstes. Das rote geschwollene Fleisch war warm wie einer der Ziegelsteine, die sie den Kranken wintertags in die Betten legten. Engelbert stöhnte leise, als sie die Pappelsalbe auftrug und einen sauberen Verband um seinen Oberschenkel wickelte. In dem Gerüttel und Geschaukel des Wagens würden seine Säfte erst recht durcheinanderkommen, fürchtete Tryngen. Der Propst war zwar kräftig und gesund, aber wer wusste schon, ob seine Seele nicht doch in den Himmel flüchten würde? Sie hatte schon junge und kräftige Männer sterben sehen, mit deren Tod niemand gerechnet hatte. Andererseits wäre die Fahrt in die Stadt nur kurz, vielleicht würde er es schaffen. Falls nicht, würde er wenigstens nicht im Kloster Weiher sterben, wie es der Wille der Meisterin war.

Sie schluckte ihre Bedenken hinunter und knotete den Verband zu, während Richmud nach einer Trage verlangte. Doch Engelbert bestand darauf, selbst zu gehen. Der Hauptmann erschien, und zusammen mit Hilbert richteten sie den Kranken auf.

»Seid bitte vorsichtig, Scholaster, sein Arm ist gebrochen«, mahnte Tryngen.

»Das weiß ich!«, zischte Hilbert, ohne sie anzublicken. Er wickelte seinen Herrn in einen Wollumhang, streifte ihm seine Stiefel über und half ihm, aufzustehen. Langsam führten sie den Propst, der deutlich Mühe hatte, sich auf den Beinen zu halten, aus dem Raum und durch den Krankensaal nach draußen.

Tryngen und Richmud wechselten rasche Blicke. Die Meisterin wagte ein Lächeln, doch Tryngen konnte kaum ihre

Fassung bewahren. Sie raffte ihr Gewand und lief den Männern hinterher, während Richmud ihr in langsamen Schritten folgte.

Der Wagen wartete im Innenhof des Klosters in der Sonne. Es war ein warmer Spätsommertag. Ein leichter Wind hatte die ersten Blätter von den Bäumen geweht, die nun gelb und vertrocknet im Hof lagen.

Tryngen blinzelte gegen die Helligkeit an. Sie beobachtete, wie die Männer Propst Engelbert zum Wagen führten. Engelbert war leichenblass geworden, die Haare klebten an seiner feuchten Stirn. Ein paar Soldaten kamen hinzu, um ihn in den Wagen zu tragen.

Richmud sank vor ihm in einen tiefen Knicks. »Gute Reise, Herr, und werdet rasch wieder gesund«, sagte sie scheinheilig. »Ich hoffe, wir konnten Euch mit unseren bescheidenen Mitteln ein wenig helfen.«

Engelbert nickte. Er öffnete den Mund, um etwas zu sagen, als sein Kopf vornüberfiel und seine Gestalt in sich zusammensank. Schwer hing er in den Armen seiner Männer. Schnell kamen ein paar Soldaten hinzu, packten ihn an den Fußgelenken und unter den Schultern. Sie wollten ihn in den Wagen tragen, als Tryngen zu ihnen ging.

»Euer Herr muss zurück ins Krankenzimmer«, hörte sie sich sagen.

Hilbert maß sie mit wieselflinken Blicken von oben bis unten. »Er will in die Stadt, so lautet sein Befehl«, erwiderte er.

»Jemand muss sich um ihn kümmern. Wenn Ihr ihn wegbringt, wird er sterben.« Tryngen wunderte sich über ihre Worte.

Scholaster Hilbert sah zu Richmud hinüber. Die Meisterin brauchte eine Weile, um ihre Überraschung und ihre Wut zu verbergen. Sie zwang sich zu einem Lächeln. »Die Infirmaria hat recht«, sagte sie schließlich. »Wir müssen ihm helfen. Ihr wollt doch gewiss nicht, dass Euer Herr in seinen besten Jahren zu Gott gerufen wird.«

Hilberts Wieselblick stockte, verharrte kurz auf Richmud, streifte erneut Tryngens Gestalt und wanderte zurück zu seinem Herrn. »Also gut. Bringt ihn wieder hinein!«

Die Soldaten trugen den Propst unter den erstaunten Blicken der Kranken wieder zurück in den Aderlass-Raum und betteten ihn auf sein Lager. Tryngen klopfte gegen seine Wangen, rief seinen Namen, hielt ihm das in Essig getränkte Tuch vor die Nase. Nichts geschah.

Sie hätte nicht zulassen dürfen, dass er diesen Raum verließ, dachte sie.

Hilbert wanderte nervös auf und ab, hielt zwischendurch inne, um seinen reglosen Herrn zu betrachten. Der Hauptmann hatte seine Männer hinausgeschickt und sich am Lager des Propstes aufgebaut, wo er mit versteinerter Miene ausharrte. Richmud faltete die Hände und bewegte ihre Lippen in einem lautlosen Gebet.

Tryngen tauchte noch ein Stück Stoff ins Wasser, tupfte die heiße Stirn des Kranken ab, breitete das nasse Tuch darüber. Hilbert hielt inne. »Wenn er stirbt, dann …«

»… war es Gottes Wille«, beendete Richmud flink den Satz. Hilbert starrte auf sie herunter, und eine Weile verhakten sich ihre Blicke, als würden sie die Klingen kreuzen. Schließlich wandte sich Hilbert ab und trat an die Fensterluke, um eine Weile hinauszustarren.

Tryngen bewunderte die Meisterin. Wie geschickt sie doch mit ihrer raschen Entgegnung war! Sie hatte recht – wenn der Propst nicht mehr erwachen sollte, könnte ihnen niemand einen Vorwurf machen. Es lag an Engelbert selbst und seinen Männern, die ihm geholfen hatten, trotz seiner Schwäche aufzustehen. Ihr Kloster und die Infirmaria hätten alles getan, ihm zu helfen, könnte sie sagen und die Schuld von sich weisen.

Tryngen fühlte die Last auf einmal weniger schwer. Sie presste das Essigtuch dichter unter die Nase des Kranken, als dieser die Augen aufschlug. Er starrte sie verwundert an. »Warum bin ich nicht im Wagen?«, murmelte er. »Oder habe ich das nur geträumt?«

Hilbert fuhr herum, eilte ans Krankenlager und sank dort in die Knie.

»Gott sei's gedankt, Ihr seid wach!« Seine Stimme klang brüchig.

»Warum bin ich nicht im Wagen?«, wiederholte Engelbert.

»Ihr seid vor dem Wagen zusammengebrochen«, erklärte Hilbert. »Wir … hielten es für besser, Euch wieder zurückzubringen.«

Engelbert ballte die Hand seines gesunden Armes, sein Gesicht verzerrte sich. »Ich muss zurück! Ich muss doch …« Er brach ab und atmete stöhnend aus.

»Ihr seid zu schwach! Es ist das Beste, wenn Ihr hierbleibt, bis der Magister kommt.«

Engelbert lag lange mit geschlossenen Augen da. Als sie schon glaubten, er wäre eingeschlafen, nickte er endlich.

Tryngen gelang es, ihm etwas von dem Fiebertrank einzuflößen. Unter den scharfen Blicken Hilberts tupfte sie ihm seine heiße Stirn ab. Hoffentlich würde das Fieber nicht weiter steigen.

Hilbert sank in die Knie und betete, bis sein Herr eingeschlafen war, dann erhob er sich und ging mit Richmud ins Refektorium, nicht ohne Tryngen noch einmal ermahnt zu haben, ihn zu rufen, wenn es dem Propst schlechter ginge. Tryngen wies Isalda an, nach den anderen Kranken zu sehen, und hielt bei Engelbert Wache.

Sie blieb den ganzen Tag bei ihm. Er schlief einen unruhigen Fieberschlaf, und sie lauschte auf seine Atemzüge und sein Gemurmel – Namen von Männern, die sie nicht kannte, aber auch ein paar Frauennamen. Zum Abend hin stieg sein Fieber, und er warf sich auf seinem Lager hin und her. Sie machte ihm kühle Beinwickel, wie sie es von Maria gelernt hatte, räucherte den Raum mit Salbei und sprach heimlich Beschwörungen gegen die Fieberdämonen. Sie kniete murmelnd an seinem Lager, als er sich auf einmal aufrichten wollte. Doch er merkte schnell, dass sein Arm es nicht zuließ, und sank stöhnend zurück auf das Kissen. »Räuchert ihr schon das Gemach aus?«, fragte er. »Ich bin doch noch nicht tot!«

Hastig schloss Tryngen den Mund und erhob sich. Sie hoffte, dass er von ihren leisen Sätzen nichts mitbekommen hatte. »Das ist der Salbei, Herr. Er reinigt den Raum von schädlichen Dünsten.«

Engelbert schloss die Augen und seufzte. »Ich bin in der Höhle einer Herbaria gefangen.«

»Nein, Ihr seid im Kloster Weiher.« Es gelang Tryngen, ihre Angst zurückzudrängen. Sie schlug die Decke beiseite und begann, seine Fieberwickel zu erneuern. Sie kämpfte gegen ihre aufsteigende Furcht vor seinen nächsten Worten.

»Was machst du?«, erkundigte er sich, als sie die Tücher ins Wasser tauchte.

»Beinwickel gegen Euer Fieber.«

»Ah.«

Sie spürte seine misstrauischen Blicke, als sie seine Waden mit den Wickeln umschlang.

»Ich hoffe, du weißt, was du tust. Mein Magister hat so etwas noch nie getan.«

Sie bemühte sich, ihre Hände ruhig zu halten. »Es ist ein altes Mittel bei hohem Fieber«, erklärte sie. Wieder merkte sie, wie er sie beobachtete, als sie trockene Tücher um die feuchten Wickel schlang und mit einem Band verknotete. Sie spürte, dass sie seinem Blick nicht länger ausweichen konnte, ohne unhöflich zu sein. Sie zwang sich, ihn anzusehen.

Er musterte sie mit halb geschlossenen Lidern. Sein Gesicht lag bleich auf dem Kissen, mit roten Fieberflecken auf den

Wangen. »Ich durchschaue dich, kleine Schwester«, stieß er hervor. »Du versteckst dich hinter deiner Aufgabe. Du glaubst, bestimmen zu können, was das Beste für mich ist. Aber ich bin nur hier gefangen, weil ich schwach und krank bin.«

Tryngen deckte ihn wieder zu. Sie konnte nicht verhindern, dass ihre Hände zitterten. »Es liegt mir fern, Euch gefangen zu halten, Herr. Alles, was ich tue, geschieht aus Sorge um Euch.«

»Sorge um mich! Ich kann's nicht mehr hören!«, giftete er. »Ihr Weiber gaukelt uns Sorge vor, dabei wollt ihr nur, dass wir tun, was ihr wünscht.«

Tryngen fuhr zusammen. Seine Worte schienen ihren schmächtigen Leib zu durchdringen, als wäre er aus Luft. Bestimmt brachte das Fieber den Mann dazu, solche Worte zu sprechen. Nicht jeder konnte seine Krankheit geduldig ertragen. Manche wurden zu ungehobelten Flegeln, und er schien dazuzugehören.

»Ihr braucht Ruhe«, sagte sie mit zitternder Stimme.

Engelbert lachte leise. »Ich bin weder blind noch taub, Schwester, auch wenn ich krank bin. Du hast mir gestern den Schlaftrunk gegeben, und heute hast du verhindert, dass sie mich nach Hause bringen.«

Tryngen schluckte gegen die Trockenheit in ihrer Kehle an. Sie überlegte, ob sie die Meisterin rufen lassen sollte. Vielleicht waren seine Vorwürfe doch nicht nur dem Fieber geschuldet, und er würde sie später wieder vorbringen.

»Ich lasse nach der Meisterin schicken, sie wird Euch alles erklären«, sagte sie rasch und ging zur Tür.

»Warte!«

Sie wandte sich um. Zum ersten Mal sah sie ihn lächeln. »Lass deine Meisterin, wo sie ist, und komm her.«

Zögernd trat sie wieder an sein Krankenlager.

»Wenn sie von meinen Vorwürfen hört, wirst du nicht mehr lange Infirmaria dieses Klosters sein. Das willst du doch gewiss nicht, oder?«

Sie schüttelte den Kopf.

Mit seiner gesunden Hand fasste er ihren Arm. Sein Griff war erstaunlich kräftig. »Sieh mich an!«, forderte er sie auf.

Sie tat ihm den Gefallen. Er war kein besonders schöner Mann. Sein Gesicht war ebenmäßig, mit geraden dunklen Brauen und einer kräftigen Nase, über der ein paar Zornesfalten lagen. Aber seine hellen Augen blitzten und leuchteten vor Leben. Sie funkelten Tryngen an. »Warum wolltest du nicht, dass ich fahre?«

»Weil ich glaubte, Ihr würdet dann sterben.«

»Warum?«

»Weil …« Sie überlegte hastig, wie sie es ihm am besten erklären könnte. »Nun, Herr, durch den Schlangenbiss und den Armbruch sind Eure Säfte durcheinandergeraten. Deshalb seid Ihr gestern ohnmächtig geworden. Eure Seele hat sich in Euer Inneres zurückgezogen. Als Ihr gestern zu uns kamt und man Euch half, kam sie wieder hervor, und Ihr wurdet wach. Nun fürchte ich, dass die schlechten Säfte doch wieder die Oberhand gewonnen haben. Eure Seele hätte so verschreckt werden können, dass sie sich zum Herrn geflüchtet und ihre sterbliche Hülle hier zurückgelassen hätte. Ihr wärt gestorben, Herr.«

»Ah.« Engelbert starrte sie im matten Licht der Kerze an, die auf einem Tischchen neben seinem Krankenlager brannte.

»Ihr braucht Ruhe, damit Eure guten Säfte gestärkt werden und Ihr wieder genesen könnt«, schloss Tryngen.

»Du glaubst wirklich, dass ich unterwegs gestorben wäre?«

Tryngen nickte. »Selbst wenn Ihr es geschafft hättet – zu Hause hätte sich kein Physicus um Euch gekümmert«, setzte sie hinzu, während sie sich bemühte, ihre Stimme möglichst sicher klingen zu lassen. Ihr wolltet Meister Alhelm nicht kommen lassen, setzte sie nur in Gedanken hinzu.

Er schien dennoch zu ahnen, was sie dachte. »Die Physici sind entsetzliche Blutsauger mit ihren Messern und Blutegeln«, sagte er seufzend. »Mein Leibarzt meint, ich sei ein Choleriker und hätte zu viel gelbe Galle in mir. Er verbietet mir alle heißen und trockenen Speisen, aber das nützt nichts.«

»Gott hat uns unsere Temperamente gegeben, wie er es für richtig hielt«, meinte Tryngen.

»Du meinst also, ich muss mich damit abfinden? Was hast du für ein Temperament?« Er musterte sie eingehend. »Du bist eine Frau – kalt und trocken wie die Erde, mit einem spitzen Mausgesicht, sauer und melancholisch. Ha, du bist eine Melancholikerin!« Er grinste.

Tryngen senkte den Kopf. »Ihr beleidigt mich, Herr.«

»So? Seit wann ist es beleidigend, die Wahrheit zu sagen?«

»Immer.«

»Dann sage mir doch – wie war noch mal dein Name?«

»Tryngen, Herr.«

»Gut, Schwester Tryngen, dann sage mir, was du glaubst, welches Temperament du besitzt. Wir haben mal bei einem Fest ein Ratespiel gespielt, wer welches Temperament hat. Das ist nicht so schwer herauszufinden.« Auffordernd blickte er sie an.

Sie überlegte, während sie seinem Blick auswich und auf die Kacheln des Fußbodens starrte. Wer war sie eigentlich? Bisher hatte sie sich diese Frage noch nie gestellt, sie hatte sich immer nur von den Kranken ein Bild gemacht. »Es steht uns nicht zu, uns selbst zu beurteilen«, brachte sie zögernd hervor.

»Falsche Antwort«, erwiderte er. »Du musst dir eines der vier Temperamente zuordnen. Ich denke, ich habe recht – du bist eine Melancholikerin. Du willst es nur nicht zugeben.«

Tryngen dachte, dass es am Fieber liegen musste, wenn er in dieser ungewöhnlichen Offenheit mit ihr sprach. Es musste gestiegen sein. Sie fühlte seine Stirn, aber die war nicht heißer als vorher. Sie wusste nicht, ob sie sich darüber freuen oder es bedauern sollte.

»Ah, wieder ganz die Infirmaria«, sagte Engelbert. »Ja, mach dich nur an mir zu schaffen, wenn du meinst, du wirst dadurch einer Antwort enthoben. Aber ich erkenne dich auch so! Die Sanguiniker sind die wahren Genießer des Lebens, aber für eine Sanguinikerin bist du zu mager, zu blass, zu …« Er suchte offenbar nach weiteren Worten, während sie das feuchte Tuch auswrang und versuchte, wegzuhören. Was ihr natürlich nicht gelang. Gröber, als sie wollte, breitete sie das Tuch auf seiner Stirn aus. Sie hätte es ihm am liebsten über die Augen gelegt.

Doch er schob das Tuch weg, um sie weiter betrachten zu können. »Deine Augen sind braun wie die Erde«, stellte er fest, »und fast so schmal wie die des Nomadenmädchens am Hof des Königs …«

Tryngen wandte sich ab und fühlte seinen Puls. Er war immer noch zu schnell, aber jagte nicht mehr wie fliehendes Wild dahin. Sein Fieber war also nicht weiter gestiegen. Es hatte ihm die Zunge gelockert, aber er war nicht im Fieberwahn. Vielleicht war er nüchterner, als sie angenommen hatte.

Er meinte alles so, wie er es sagte, durchfuhr es sie.

»Herr, Ihr sprecht mit großer Offenheit«, sagte sie leise. »Es muss an Eurem Fieber liegen.«

»Ich versuche immer, die Menschen zu durchschauen, mit denen ich es zu tun habe«, gab er zurück. »Vor allem, wenn sie verhindern, dass ich einen Auftrag für den König ausführe.« Er brütete eine Weile dumpf vor sich hin.

Tryngen wurde es heiß in ihrer Novizinnentracht. Sie spürte, wie ihr Blut schneller kreiste. »Ihr hattet einen Auftrag vom König? Das wusste ich nicht.«

»Natürlich nicht! Wie auch? Selbst wenn, hättest du anders entschieden?«

Sie schüttelte den Kopf.

»Nein, hättest du nicht.« Er runzelte die Stirn, was seine Zornesfalten vertiefte.

»Es tut mir leid. Vielleicht könnt Ihr in ein paar Tagen, wenn das Fieber gesunken ist …«

»Nein, nein, unmöglich, es ist schon vorbei. Es war ein dringender Auftrag. Er wird jemand anders schicken müssen.« Engelberts Stimme klang, als wäre er mit den Gedanken weit weg. Als sie schon hoffte, er würde wieder einschlafen, sagte er: »Ich muss Hilbert sprechen. Sofort!«

Tryngen nickte und wandte sich ab. Mit leisen Schritten ging sie zur Tür, froh, der Gegenwart des Kranken entrinnen zu können.

Der Mönch erhielt ein ganzes Bündel an Befehlen, die Engelbert ihm mit müder, mühsam beherrschter Stimme erteilte. Offenbar war er mit seinen Männern aus Aachen gekommen, wo sich sein Leibarzt noch aufgehalten hatte, und auf dem Rückweg vom Pferd gestürzt.

Im Morgengrauen des nächsten Tages traf sein Leibarzt im Kloster Weiher ein und eilte sogleich ans Krankenbett seines Herrn. Er war ein hagerer, älterer Mann in der Tracht eines Kanonikers. Er untersuchte den Kranken, besah sich den gebrochenen Arm, prüfte die Bisswunde, tastete das rötliche, geschwollene Fleisch um die Wunde herum ab. Er nickte und entließ Tryngen mit einer Handbewegung. Erschöpft ging sie ins Dormitorium, sank auf ihre Pritsche und fiel sofort in einen tiefen Schlaf.

* * *

Von nun an war sie ihrer Aufgabe enthoben. Der Magister kümmerte sich um Engelbert, ebenso ein Schwarm von Dienern und Knechten aus der Dompropstei in Köln, die nichts ausließen, um ihrem Herrn das Leben im Kloster erträglicher zu machen. Ein Leibdiener kümmerte sich um seine körperlichen Bedürfnisse, ein Gehilfe ging dem Magister zur Hand, Mägde brachten neue Gewänder aus der Stadt, Stallburschen versorgten die Pferde des Propstes und seiner Soldaten. Engelbert hatte sogar einen eigenen Koch, der seine Speisen nach der Anweisung seines Leibarztes zubereitete.

Nach einigen Tagen war sein Fieber so weit gesunken, dass er fahren konnte.

Am Tag seiner Abreise versammelten sich alle Schwestern im Klosterhof. Richmud wartete mit ihren Töchtern, Tryngen, der Schaffnerin und der Küsterin an seinem Wagen, als Engelbert mit Magister Pilgrim aus dem Krankensaal hinkte. Er stützte sich auf seinen Diener.

Richmud sank vor ihm in einen tiefen Knicks. »Es freut mich, Euch so wohlbehalten zu sehen, Herr. Unsere Gebete für Eure Gesundheit sind erhört worden.«

Engelbert nickte. Er war noch blass, aber frisch rasiert, trug eine Kappe und einen langen Reisemantel. Er blickte sich anerkennend um. »Ihr habt ein schönes Kloster, Meisterin. Wie ich hörte, stand es in der Gunst König Philipps, dem Onkel unseres erlauchten Königs.«

Ein rötlicher Hauch überzog Richmuds blasse Wangen. Sie bemühte sich, die Erschöpfung, die ihr deutlich ins Gesicht geschrieben stand, wegzulächeln. »Ja, einer der treuesten Diener König Philipps liegt hier begraben«, erklärte sie. »Wir waren der königlichen Familie immer treu ergeben und werden es auch weiterhin sein.«

»Das habt Ihr nun wieder bewiesen, indem Ihr mich, des Königs Diener, aufnahmt und beherbergtet. Der König wird sich sicher freuen, wenn ich ihm erzähle, welche Gastfreundschaft Ihr mir entgegenbrachtet. Er wird froh sein, dass sein Diener ihm erhalten blieb und ihm weiter von Nutzen sein kann. Auch wenn ich seinen Auftrag nicht ausführen konnte und er ihn an jemand anders vergeben musste.« Er sah kurz zu Tryngen hinüber, doch sie blickte zu Boden.

»Das freut mich, Herr!«, antwortete Richmud lächelnd.

»Es war ein gutes Werk von meinem Vetter, Euch die Gründung dieses Klosters zu erlauben, Meisterin«, setzte Engelbert hinzu.

Richmud strahlte. Gemeinsam mit Hilbert und dem Magister begleitete sie den Propst zum Wagen. Tryngen, die neben der Küsterin wartete, sah weiter auf den Boden. Sie erblickte die Stiefel des Propstes vor sich.

»Schwester Tryngen!«

Sie holte tief Luft. Er hatte sie wieder mit ihrem Namen angesprochen, nicht mit ihrem Titel – der ja auch gar nicht ihr gehörte. Einen Wimpernschlag lang fragte sie sich, ob er das vielleicht herausgefunden hatte und ob sie nun weitere Vorwürfe oder Grobheiten von ihm zu erwarten hätte, weil sie sich gegen seinen Aufbruch gesperrt hatte. Sie hob den Kopf, das Schlimmste erwartend.

Aber er sah sie nur kurz an und nickte, ehe er in den Wagen stieg. Sie atmete erleichtert auf und beobachtete, wie der Wagen vom Hof rollte, um dann – gefolgt von einer Handvoll Soldaten und einigen Packpferden – das Tor zu passieren und hinter der Klostermauer zu verschwinden. Hastig schickte sie ein Dankgebet zur Hohen Mutter, weil sie sie von dem unbequemen Gast befreit hatte.

Kapitel 3

Nur wenige Tage später kehrte Maria ins Kloster Weiher zurück. Sie kam in Begleitung von Duregin, Richmuds jüngster Tochter, und eines besonderen Gastes, den zu holen sie beauftragt worden waren: Katharina von Gründbach, Priorin eines Frauenkonvents in der Nähe von Dortmund. Die Schwestern im Kloster Weiher hatten ihrer Ankunft mit Freuden entgegengesehen, besonders Richmud. Sie hatte einen Brief an die befreundete Äbtissin des Stifts geschrieben mit der Bitte, ihnen eine wissende Schwester zu schicken, wie Tryngen von Maria erfahren hatte.

Tryngen war neugierig, sah aber anfangs nur wenig von dem besonderen Gast. Bei den täglichen Gebeten in der Kapelle reckte sie den Hals, erkannte jedoch nicht viel mehr als eine hohe schlanke Gestalt in schwarzem Gewand, die neben der kleinen Meisterin in der vordersten Reihe kniete. Sie tröstete sich damit, Maria auszufragen, als sie nach dem Abendgebet gemeinsam im Kräutergarten spazieren gingen.

In dem abgeschlossenen Garten am Rande des Klosters, zwischen Klausurbereich und Klostermauer, konnten sie endlich ungestört miteinander reden.

Doch Maria wollte zuerst alles über den Propst wissen, und Tryngen tat ihr den Gefallen und erzählte ihr von Engelbert, während sie durch die Reihen der Kräuterbeete schritten. »Er war ungeduldig, widerspenstig, bissig und … ein Choleriker eben.« Eigentlich hatte sie ›beleidigend‹ sagen wollen, aber sie wollte Maria nicht verraten, was er zu ihr gesagt hatte, als sie allein gewesen waren. »Gott sei Dank kam sein Leibarzt am nächsten Tag und hatte zum Glück auch nichts auszusetzen.«

Maria hielt inne und drückte ihr den Arm. »Das hast du gut gemacht, Tryngen. Du hast dir nichts vorzuwerfen. Ich hätte an deiner Stelle ebenso gehandelt, das habe ich auch Richmud gesagt.«

Tryngen lächelte freudlos. Sie stellte sich vor, was Engelbert wohl zu Maria gesagt hätte, der hochgewachsenen, schlanken Krankenmeisterin, der immer eine ihrer blonden Locken unter dem Schleier hervorkam und ihr ins schöne Gesicht fiel. Selbst unter ihrem weiten Laienschwesterngewand konnte man noch gut die Schönheit einer Frau in den besten Jahren erahnen. Tryngen dachte manchmal immer noch, dass es Verschwendung war, diese Schönheit unter dem weiten Gewand zu verbergen und niemals einem Mann zu zeigen, aber sie wusste auch, dass Maria ihre Arbeit im Kloster liebte. Der Propst aber hätte sicher sofort die Sanguinikerin in ihr entdeckt und ihr gehörig geschmeichelt.

»Und wie ist *sie?*«, fragte Tryngen leise, um das Gespräch in eine andere Richtung zu lenken.

»*Sie?* Ach so, die Priorin. Freundlich, aber unnahbar. Eine Adelige eben. Auf der Rückreise hat sie die meiste Zeit geschwiegen. Selbst Duregin konnte sie nicht zum Reden bringen.«

Sie lachten und gingen weiter. Richmuds jüngste Tochter Duregin war im Gegensatz zu ihrer älteren Schwester Blithildis eine Frohnatur. Sie gehörte zu den Menschen, für die ein Schweigegelübde die höchste Strafe wäre.

»Wenn Richmud Duregin nur mitgeschickt hat, um die Priorin zu unterhalten, ist's jedenfalls gründlich danebengegangen. Ich glaube, sie hat sie nur gestört.«

»Hat die Priorin dir denn etwas von sich erzählt?«, fragte Tryngen.

»Nicht viel mehr, als wir sowieso schon wissen«, antwortete Maria. »Wir konnten nicht mal in ihrem Konvent übernachten, wir mussten uns eine Unterkunft in der Nähe suchen. Das Einzige, das sie mir verraten hat, war, dass sie erst seit zwei Jahren in dem Konvent lebt. Sie wollte in der Nähe ihrer Nichte sein, die zu Pfingsten geheiratet hat.«

»Wer ist ihre Nichte?«

Maria hob ihre Schultern. »Katharina von Gründbach ist verschwiegen wie ein tiefer See. Aber wir wissen, *wer* sie eigentlich ist, und nur darauf kommt es an. Ich bin jedenfalls froh, dass Richmuds Gesuch an die Äbtissin Erfolg hatte und die Priorin zu uns gekommen ist.« Sie senkte ihre Stimme. »So kann unsere Schwesternschaft der Hohen Mutter hier im Kloster weitergeführt werden.«

Tryngen nickte.

»Die Meisterin hat ihr vom Propst erzählt und was du getan hast. Sie will dich sehen.«

Tryngen hielt inne und betrachtete das Beet, das sich vor ihr erstreckte – unzählige Rosen, rot und rosa, dazwischen Lavendel. Sie atmete tief den Duft des Lavendels ein, auf den die untergehende Sonne ihr Licht warf, und spürte, wie die Freude sie durchströmte.

Sie wollte sie sehen! Nun war es also so weit. Sie würde in die Schwesternschaft der Hohen Mutter aufgenommen werden, wenn die Priorin einverstanden wäre. Sie würde eine Suchende werden.

»Meinst du, sie wird mich für würdig halten?«, fragte Tryngen und hörte, wie unsicher ihre Stimme klang.

Maria blieb stehen. Sie fasste ihre Hände und drückte sie. »Daran brauchst du nicht zu zweifeln.«

Tryngen wünschte sich, sie wäre ebenso fest davon überzeugt.

* * *

Tryngen würde Katharina von Gründbach schon am nächsten Tag vorgestellt werden. Sie erwachte lange vor dem Wecken aus einem unruhigen Schlaf und bereitete sich sorgfältig vor, wobei sie darauf achtete, Isalda und die andere Novizin nicht zu wecken, die mit ihr im abgetrennten Teil des Dormitoriums schliefen.

Sie flocht sich das lange, dunkelblonde Haar zu einem Zopf, strich ihr Gewand glatt, befestigte ihren Schleier auf ihrem Kopf. Zum ersten Mal wünschte sie sich, einen Spiegel zu besitzen, um sich selbst zu betrachten. Sie hatte einmal einen auf dem Markt gesehen, einen kleinen Handspiegel, in Metall eingefasst, rostig, abgegriffen und bestimmt uralt. Es war unklar, woher er gekommen war, aber sie hatte sich darin betrachten können. Sie wusste, dass dies ein eitler Wunsch war und ein Spiegel unnützer Tand, den reichen Bürgersfrauen vorbehalten, die sich orientalische Kostbarkeiten auf dem Markt kaufen konnten. Tand hatte ihr noch nie etwas bedeutet, obwohl sie die Tochter eines reichen Weinhändlers war und ihr Vater es sicher geliebt hätte, sie mit teurem Zierrat und kostbaren Kleidern auszustatten, die seinen Reichtum zeigten.

Stattdessen war sie ins Kloster gegangen. Hatte sich die Aufnahme leise, ausdauernd und hartnäckig von ihrem Vater erfleht, bis er nicht mehr anders gekonnt hatte als nachzugeben. Dann war sie Maria gefolgt, die ihr in den Jahren nach dem Tod ihrer Mutter zu einer Vertrauten geworden war. Maria hatte sie schon zum Kräutersammeln mitgenommen, als sie noch ein kleines Mädchen gewesen war, und so ihre Neugier geweckt. Später, nachdem Tryngen Novizin im Kloster Weiher geworden war, hatte Maria dafür gesorgt, dass sie zu ihr ins Haus der Kranken kam, und ihr alles beigebracht, was sie wusste. Und das war nicht gerade wenig.

Maria hatte selbst jahrelang bei einer erfahrenen Krankenmeisterin im Kloster Weiher gelernt, ehe sie nach deren Tod ihre Nachfolgerin wurde. Tryngen war Marias Schülerin und Nachfolgerin, und eines Tages würde sie selbst Infirmaria sein.

Sie sah auf ihre schmalen, sauber geschrubbten Hände hinunter. Sie wusste, dass sie nicht schön war, aber bisher hatte sie das nie gekümmert. Eine Heilkundige wollte sie werden, und dafür musste sie nicht schön sein. Sie musste klug sein, und das war sie.

Immer hatte sie sich alles mühelos einprägen können, was Maria ihr erklärt und was sie gelesen hatte. Ihr Vater hatte sie und ihren Bruder einige Jahre bei einem gelehrten Kanoniker in Lesen, Schreiben und Rechnen unterrichten lassen.

Aber nun spukten die Worte des Propstes ständig wie hässliche Gespenster in ihrem Kopf herum. Sie erinnerte sich daran, wie er sie angesehen hatte. Sah sie wirklich so aus, wie er behauptet hatte? Hatte sie ein Mausgesicht? War sie eine Melancholikerin? Schwarzgallig?

Vielleicht stimmte es, vielleicht war sie mit den Jahren zu ernsthaft geworden. Aber er hatte über sie geurteilt, ohne sie zu kennen.

Sie trat ans Fenster, schob das Tuch, das es bedeckte, beiseite und sah hinaus. Der Himmel färbte sich zartrosa, und über den Baumwipfeln erhob sich eine große, goldene Sonne. Dunstschleier hingen über den umgepflügten Feldern. Unter ihr lag der Klostergarten im Schatten. Der würzige Duft nach den Kräutern stieg zu ihr herauf.

Sie seufzte. Es würde keinen Spiegel geben. Was scherten sie schon die Worte dieses unverschämten Mannes? Sie musste sie vergessen und sich auf das besinnen, was vor ihr lag. Gleich würde sie der Priorin begegnen, und sie musste einen guten Eindruck auf sie machen.

* * *

Angespannt durchlebte sie die Morgenandacht, nach der die Schwestern wie jeden Sonntag in einer kleinen Prozession vom Klosterhof zum Friedhof schritten, um der Toten zu gedenken. Tryngen folgte mit den beiden anderen Novizinnen den Schwestern, Richmud, ihren Töchtern und der Priorin. Hinter ihnen, am Schluss der kleinen Prozession, gingen die Laienschwestern.

Gemeinsam schritten sie an den schlichten Holzkreuzen auf dem Friedhof vorüber. Obwohl das Kloster noch nicht lange existierte, waren es schon erstaunlich viele. Ehemalige Schwestern lagen hier begraben, auch einige Bürger der Stadt und Kranke und Hinfällige, die im Kloster gestorben waren und genügend Geld für eine Grabstätte auf dem Klostergrund besessen hatten.

›Hadewigis von der Ehrenpforte‹ stand auf einem der Kreuze, ›Lutgard‹ auf einem anderen. Zwei der ehemaligen Schwestern. Tryngen kannte sie nicht, denn sie waren vor ihrer Zeit im Kloster gestorben, aber Maria hatte sie gekannt. Auf einem wuchtigen Grabstein aus Drachenfelser Gestein prangte ›Dietrich von der Ehrenpforte‹. Er war ein reicher Bürger Kölns und der Getreue von König Philipp gewesen, den Richmud gegenüber Engelbert erwähnt hatte. Im Krieg hätte er zum Stauferkönig Philipp gehalten, hieß es, und mit ihm heimliche Friedensverhandlungen geführt, obwohl Köln aufseiten des Welfen gestanden hätte. Eines Morgens hatte man Dietrich von der Ehrenpforte erschlagen in den Gassen der Stadt gefunden, und die Gerüchte, er sei ermordet worden, weil er die Stadt verraten hätte, hatten sich lange gehalten. König Philipp selbst hatte dafür gesorgt, dass man die sterbliche Hülle seines Getreuen seinem Wunsch entsprechend im Kloster Weiher beerdigt hatte.

Jede der Schwestern kannte sein prunkvolles Grab, auf dem im Sommer immer frische Blumen blühten. Wie geschickt von der Meisterin, dachte Tryngen, dass sie Propst Engelbert an die Staufertreue ihres Klosters erinnert hatte! Das Blatt hatte sich nämlich zugunsten der Staufer gewendet, nachdem der junge König Friedrich vor drei Jahren von Sizilien ins Reich gekommen war. Er hatte seinem Kontrahenten, dem welfischen Kaiser Otto, die Stirn geboten. Otto hatte die entscheidende Schlacht von Bouvines verloren, aber Köln hatte ihm dennoch weiter die Treue gehalten. Erst nach monatelangem Interdikt und Vermittlungen hatte die Stadt endlich eingelenkt und sich dem Staufer unterworfen. Es war erst ein paar Wochen her, dass König Friedrich nach seiner Krönung in Aachen feierlich in Köln eingezogen und dort eine Woche geblieben war.

Richmud hatte Propst Engelbert also nur deutlich vor Augen geführt, dass das Kloster immer schon auf staufischer Seite gewesen war.

Die kleine Prozession machte vor den Gräbern Halt.

Richmud trat vor und hob die Arme. »Herr, erbarme dich der Seelen unserer Verstorbenen! Nimm sie auf in deine Ewigkeit!« Hell klang ihre Stimme in den stillen Spätsommermorgen. Alle warteten schweigend, nur der Wind rauschte in den hohen Bäumen an der Friedhofsmauer. Zwei Laienschwestern legten Rosen auf die Gräber. Richmud wandte sich um und faltete die Hände. »Lasst uns beten!«

Die Schwestern folgten ihrem Aufruf und beteten das Vaterunser. Tryngen presste ihre Finger fest aufeinander und murmelte die Worte, die ihr wie von selbst über die Lippen kamen. Sie hörte ein Räuspern hinter sich und sah sich unauffällig um. Maria nickte ihr aufmunternd zu. Wie eine Madonna sah sie aus mit ihrem Schleier und dem hübschen, leicht geöffneten Mund. Ihre Augen leuchteten.

Tryngen nickte zurück. Sie spürte, wie die Aufregung sie erfasste.

Nach dem Gebet verließen die Schwestern den Friedhof und zerstreuten sich, um den restlichen Sonntag im stillen Gebet oder bei Handarbeiten zu verbringen. Manche, die die Erlaubnis bekommen hatten, empfingen Besuch von ihren Familien oder besuchten sie.

Maria nahm Tryngen an die Hand und führte sie zu Richmud und der Priorin. Katharina von Gründbach überragte Richmud und ihre Töchter fast um eine Haupteslänge. Selbst Blithildis, die größte der Richmud-Töchter, reichte nicht an sie heran. Tryngen sank in einen tiefen Knicks.

Maria verneigte sich vor Katharina von Gründbach. »Meine Schülerin Tryngen, Herrin.«

»Steh auf!« Die Stimme der Priorin klang erstaunlich warm.

Obwohl sie es vor Neugier kaum aushielt, wagte Tryngen es nicht, die Priorin anzusehen. Sie blickte stattdessen nach unten auf den Saum ihres schwarzen Gewands.

»Wie lange ist sie schon deine Schülerin?«, hörte sie Katharina von Gründbach fragen.

»Vier Jahre.«

»Warst du zufrieden mit ihr?«

»Ja, Herrin.«

»Hat sie alles gelernt, was sie lernen sollte?«

»Ja, alles und noch viel mehr.«

»Ist sie auch gehorsam?«

»Natürlich, Herrin.«

»Würdest du mit deinem Leben für sie bürgen?«

»Ja«, antwortete Maria mit fester Stimme.

Tryngen spürte ihr Herz heftig klopfen. Maria musste mit dem Leben für sie bürgen! Das hatte sie nicht gewusst. Sie sah einen dunklen Schuh unter dem Gewand hervorblitzen, als die Priorin einen Schritt auf sie zukam. »Sieh mich an, Schülerin!«

Tryngen gehorchte. Die Priorin musterte sie aufmerksam. Ihre Gesichtshaut schimmerte gelblich, als wäre sie nicht gesund. »Wie ist dein Name?«, fragte sie, als ob sie ihn nicht schon gekannt hätte.

»Tryngen.«

»Wer sind deine Eltern?«

»Der Weinhändler Alexander von der Goldgasse«, antwortete sie. »Meine Mutter starb, als ich noch ein kleines Mädchen war.«

»Wer hat dich erzogen?«

Tryngen wunderte sich über die Fragen, denn sie dachte, dass man Katharina von Gründbach schon alles über sie erzählt hätte, aber Maria hatte ihr eingeschärft, alle Fragen genau zu beantworten. »Mein Vater. Und unsere Magd.«

»Hat dein Vater sich eine neue Frau genommen?«

»Ja, Herrin.« Tryngen musste an die Frau denken, mit der ihr Vater sich vor einigen Jahren vermählt hatte – die jüngste Tochter eines reichen Englandhändlers. Durch diese Vermählung war ihr Vater noch reicher geworden.

»Mit wie vielen Kindern hat der Allmächtige diese Verbindung gesegnet?«

»Mit drei.« Ihre junge Stiefmutter war ein Tal der Fruchtbarkeit. Seit der Heirat hatte sie Tryngens Vater beinahe jedes Jahr ein neues Kind geboren, und sie war bereits wieder in guter Hoffnung. Tryngen wollte nicht an die wachsende neue Familie ihres Vaters erinnert werden. Als sie schon fürchtete, sie müsste jetzt die Namen ihrer Halbgeschwister aufzählen, fragte die Priorin weiter.

»Warum wolltest du in dieses Kloster?«

Tryngen zögerte. Sie sah rasch zu Richmud und ihren Töchtern hinüber, die sie abwartend ansahen. Richmud hatte ihre freundliche Miene aufgesetzt, wie immer verziert mit einem kleinen Lächeln. Blithildis starrte sie herablassend und ein wenig gelangweilt an, aber Duregin lächelte ihr breites, zuversichtliches Lächeln.

»Ich … wollte schon immer Heilerin werden«, antwortete sie. »Das konnte ich nur hier im Kloster, bei Maria.«

»Warum?«

»Warum ich Heilerin werden wollte?« Tryngen wiederholte die Frage, um in dem Verhör ein wenig Zeit zu gewinnen. Sie sah zu Maria hinüber, die die Hand einer weiteren Schwester umfasst hielt – Elisabeth, Richmuds ältester Tochter. Man sah sie nur selten, weil sie freiwillig in strenger Klausur lebte, abgeschieden von den anderen. Wie ihre Schwestern trug auch sie das schwarze Gewand der Konventualinnen. Sie hatte ihren Schleier tief ins Gesicht gezogen, aber nun hob sie den Kopf etwas an, sodass Tryngen ihr Gesicht sehen konnte. Es war herzförmig, mit großen grauen Augen, die sie traurig ansahen. Tryngen erschrak, nahm sich aber sogleich zusammen. »Als ich ein kleines Mädchen war, wurden mein Bruder und ich sehr krank. Es war zu der Zeit, als die Staufer den Rhein abgesperrt hatten und große Not in Köln herrschte. Das Fieber hatte schon viele Kinder und Alte getötet. Wie durch ein Wunder kam Maria eines Tages zu uns und rettete uns. Seitdem möchte ich Heilerin werden.«

Katharina von Gründbach räusperte sich. »Warum willst du nun eine Suchende in unserer Schwesternschaft sein?«

Tryngen faltete ihre Hände. Sie wusste, dass ihr diese Frage gestellt werden würde, und hatte sich sorgfältig darauf vorbereitet. »Ich weiß, dass dies der richtige Weg ist.«

»Woher?«

»Durch die Hohe Mutter. Sie hat mir meinen Weg gezeigt.«

»Spricht sie zu dir?«

»Nein, Herrin. Sie zeigt sich durch Zeichen und durch andere Menschen.« Tryngen sah zu Maria hinüber, und die nickte ihr zu. Die Priorin wandte sich an Maria. »Wenn die Hohe Mutter durch Menschen wirkt, wie deine Schülerin sagt, dann wirkt sie wohl auch durch dich. Warum soll deine Schülerin eine Suchende werden?«

»Weil sie würdig ist«, erwiderte Maria. »In jeder Hinsicht.«

Die Priorin atmete hörbar die milde Luft ein. Sie wandte sich wieder an Tryngen. »Nun, du hast alle überzeugt. Ich habe gehört, was du für den Dompropst getan hast. Damit hast du diesem Kloster einen großen Dienst erwiesen.«

Sie wartete eine Weile, während der sie offenbar nachdachte. Tryngen senkte ihren Blick. Aus den Augenwinkeln sah sie, wie Maria Elisabeths Hand presste.

»Nun, ich habe entschieden, dass wir dir helfen«, sagte die Priorin endlich. »Halte dich bereit.«

Tryngen strahlte. Sie sank vor Katharina von Gründbach in einen tiefen Knicks, dann knickste sie auch vor Richmud und Blithildis. Sie erwiderte Duregins breites und Marias strahlendes Lächeln. Dann wandte sie sich um und ging über den Friedhof zurück zum Kloster, während eine tiefe Freude sie erfüllte.

Kapitel 4

Am nächsten Morgen fuhren Tryngen und Maria zum Marsplatz in die Stadt. Sie mussten alle zwei Wochen Kräuter besorgen, die nicht im Klostergarten wuchsen oder von den Laienschwestern in den nahen Wäldern und Wiesen gesammelt werden konnten. Früh am Morgen ließen sie sich von dem Klosterknecht mit dem Karren in die Stadt bringen, während die Kranken unter Isaldas Obhut blieben. Wie immer schickten sie ihn fort und beeilten sich mit den Einkäufen auf dem Marsplatz, wo die Händler Gewürze und Kräuter aus aller Herren Länder anboten. Nachdem sie ihre Körbe gut gefüllt hatten, verließen sie das Marktgetümmel durch die Gassen und folgten der alten Straße nach Neuss in die nördliche Vorstadt, denn sie hatten noch etwas anderes zu erledigen. Sie liefen schnell, weil ihnen nicht mehr viel Zeit blieb, bis man sie im Kloster zurückerwartete.

Ein dunstiger milchig-blauer Himmel hing über dem Dom und den altehrwürdigen Gebäuden des erzbischöflichen Hofes. Es war ein warmer, windstiller Tag, der den Dung auf den Straßen und Wegen zum Himmel stinken ließ. Der Lärm von unzähligen Karren, die an ihnen vorbeirumpelten – stadtauswärts oder hinunter zum Rhein –, von Hufgetrampel, schimpfenden Kutschern und schwatzenden Mägden hüllte sie ein.

Kinder stürmten johlend über die Straße und machten sich einen Spaß daraus, sich gegenseitig in einen der Misthaufen zu stoßen. Aus den offenen Läden der Fachwerkhäuser drangen Stimmen, Gelächter und Gehämmer.

Erst als sie das Frauenkloster St. Ursula erreicht hatten, wurde es ruhiger, und die hohen Klostermauern zogen sich lang am Weg hin.

Tryngen fragte sich nicht zum ersten Mal, wie es wohl wäre, in einem großen Kloster zu leben – vielleicht eine Stiftsfrau in St. Ursula zu sein –, aber dann dachte sie wieder, dass sie nirgendwo anders leben wollte als in ihrem kleinen Kloster Weiher. Die Regeln waren nicht so streng, und sie konnte ihrer Arbeit als Heilerin nachgehen. Außerdem würde sie bald in die Schwesternschaft der Hohen Mutter aufgenommen werden. In drei Tagen würde es so weit sein, hatte Maria gesagt. Tryngen fühlte sich leicht vor Freude und Erwartung; sie schien über dem Unrat zu schweben, der auf den Gassen lag, auch noch, als die Gegend schlechter wurde und sie am alten Graben, der zur ehemaligen Stadtbefestigung gehörte, in eine winzige Gasse einbogen. Anstatt Fachwerkhäuser säumten hier Bretterbuden aus verblichenem Holz den Weg. Abfallhaufen mit Schwärmen von blau schimmernden Fliegen türmten sich auf dem Pfad, daneben spielten Kinder. Als Tryngen sie sah, gab es ihr wie immer einen Stich ins Herz.

Die Hunde bemerkten sie als Erstes und kamen schwanzwedelnd auf sie zu. Die vielen anderen Hunde, die in Verschlägen hinter der ersten Baracke eingesperrt waren, bellten unaufhörlich.

»Lass das!« Maria schob einen der Köter, der sie allzu neugierig beschnupperte, zurück. Tryngen ließ das Schnuppern still über sich ergehen, bis die Tiere fortliefen. Eine Horde Kinder stürmte heran und umringte sie – Jungen und Mädchen mit strähnigen Haaren und schmutzigen Händen. Sie lachten und zupften an ihren Gewändern, als würde es Glück bringen, sie zu berühren.

Ein etwa neunjähriger Bursche rannte fort. »Die Schwestern sind da!«, rief er, während er durch die Gasse stürmte und an ein paar Hütten klopfte. Hier und da öffneten sich Türen, traten Frauen heraus und blinzelten in die Sonne. Ein junger Mann kam aus seiner Holzbaracke. Er verschränkte die Arme, während er sie stirnrunzelnd musterte, das hübsche Gesicht sorgendurchfurcht. »Kommt mit!«, sagte er und deutete mit dem Kopf auf seine Baracke, die die größte in der Gasse war. Maria und Tryngen folgten ihm. Im Dämmerlicht der Hütte war kaum etwas zu erkennen.

Tryngen erblickte die Umrisse eines mächtigen Topfes über einer erkalteten Feuerstelle. Es roch nach billigem Hammeltalg, Hunden und Ausscheidungen. Ein Lichtstrahl fiel durch eine winzige Fensteröffnung auf das bleiche Gesicht einer Frau. Sie lag auf einem Strohlager in der Ecke und schien zu schlafen.

»Was ist mit ihr, Rether?«, erkundigte sich Maria. Sie kannten die meisten hier mit Namen, aber immer wieder tauchten auch neue Gesichter auf. Manche waren schon immer hier, andere blieben nur ein paar Monde. Wieder andere verschwanden so schnell, wie sie gekommen waren, und nur der Himmel wusste, wohin. Rether, der Hundefänger, lebte schon immer hier.

»Sie ist seit zwei Tagen krank«, berichtete er. »Ihr Bauch tut weh, sie bricht, kann nichts mehr bei sich behalten.«

Maria trat ans Lager und fühlte die Stirn der Kranken, dann nahm sie den Nachttopf, schob den Deckel beiseite und betrachtete die Hinterlassenschaften im hereinfallenden Tageslicht. Sie rümpfte die Nase.

Rether riss sich die Kappe vom Kopf und begann, sie heftig zu kneten. »Sie … wird doch nicht sterben? Ich hab schon eine Frau verloren, eine zweite … das schaff ich nicht!« Er sah in eine Ecke hinüber, und erst jetzt erkannte Tryngen das Knäuel Kinder, das dort wartete – drei Knaben von unterschiedlicher Größe und mindestens ebenso viele Mädchen, die Augen ängstlich aufgerissen. Tryngen hatte sie nicht hereinkommen gehört und fragte sich, ob sie schon die ganze Zeit dagestanden hatten. Durch eine offene Tür, die wohl hinter das Haus führte, drang das laute Hundegebell herein.

Rethers Frau wälzte sich unruhig hin und her.

»Keine Angst, Rether, sie wird wieder«, beruhigte ihn Maria. »Wir machen ihr einen Trank aus Metkraut und getrockneten Heidelbeeren. Tryngen?«

Tryngen nickte und machte sich an die Arbeit: Feuerstelle reinigen, neues Feuer entfachen, die Kinder nach Wasser schicken, Wasser kochen, die Kräuter zerstampfen, den Trank zubereiten. Sie wühlte in ihrem Korb unter dem doppelten Boden nach den Heilkräutern, die sie heimlich aus dem Kloster mitgenommen hatten. Dabei beobachtete sie, wie Maria sich um die Frau kümmerte, die Stirn abtupfte, beruhigend auf sie einredete. Sie wusste, dass in der Frau die schlechten Säfte überhandgenommen hatten, wahrscheinlich wegen ungesunder Speisen, die sie gegessen hatte, und wegen der schlechten Dünste, die die Gasse erfüllten. Die Frau litt an einer Krankheit, die hier oft vorkam und mit Fieber, Bauchschmerzen und Durchfall einherging.

Maria flößte ihr den Trank ein und klopfte an den Krug. »Den Trank gibst du ihr drei Tage lang«, wies sie Rether an. »Wenn es ihr besser geht, gib ihr Brei und Mus zu essen, aber kein Fleisch. Sie darf erst wieder essen, wenn die Hitze aus ihrem Leib gewichen ist.«

Rether nickte. Die Kinder starrten Maria mit aufgerissenen Augen und Mündern an. An der Wand neben ihnen standen Käfige mit Katzen, deren Augen im dämmrigen Licht leuchteten. Manchmal durchschnitt ihr lautes Miauen die Hütte und jagte Tryngen kalte Schauer über den Rücken. Rether fing streunende Hunde und Katzen in der Stadt. Wie alle hier – Viehtreiber, Kloakensäuberer, Hausierer, Bettler – gehörte er damit zu den Geächteten. So nannte man die Bewohner der Stadt, die einem unehrlichen Beruf nachgingen. Es gab aber noch andere in der Gasse am alten Graben, bei denen nur der Allmächtige wusste, wovon sie lebten. Tryngen hatte Angst vor den Geächteten, doch den Armen zu helfen war das Beste, was sie tun konnten, um vor den Augen der Hohen Mutter Gnade zu finden und ihre Fürsprache zu erhalten. Trotzdem wünschte sie sich an diesem Tag nichts sehnlicher, als ins Kloster zurückkehren zu können.

Ein Knarren riss sie aus ihren Gedanken. Sie wandte sich um und sah zur Tür. Ein halbwüchsiger Junge war hereingekommen. Tryngen glaubte schon, er wäre ein weiteres Kind der Familie, als Rether ihn anfuhr. »Was willst du hier? Du hast hier nichts zu suchen!«

Der Junge presste sich wortlos an die Wand. Er war mager, seine Hände und Füße schienen zu groß für seinen schmächtigen Leib zu sein. Sie hatte ihn noch nie gesehen.

»Schwestern, kommt zu uns!«, bat er flüsternd. »Meine Mutter ist krank.«

Maria hielt inne und wandte sich um. »Wer bist du denn?«

»Pero.«

»Wo wohnst du, Pero?«

»Hinten in der Gasse.« Er deutete mit seinem dünnen Finger in eine Richtung. Rether stapfte zu ihm und packte ihn am Arm.

»Raus hier, sag ich, krankes Pack!« Er schob ihn grob aus der Hütte und knallte die Tür hinter ihm zu. Fluchend stapfte er wieder zum Lager seiner Frau.

»Was ist denn mit ihm?«, fragte Maria.

»Besser, ihr geht da nicht hin.«

»Warum nicht?«

»Mit der Frau stimmt was nicht. Die ist verflucht.«

»Ist sie im Geiste verwirrt?«

Rether antwortete nicht und strich seiner Frau mit einer unbeholfenen Geste über das Haar.

Als sie später die Hütte verließen, war Pero verschwunden.

Sie suchten noch weitere Kranke auf, halfen einem Kind, das sich am Feuer verbrannt hatte, einem Mann bei einer Wunde, die nicht heilen wollte, nachdem er sich beim Bartscherer ein Geschwür hatte wegschneiden lassen, und sie sahen nach einer Frau im Wochenbett.

Nach einer Weile entdeckte Tryngen Peros dunklen Haarschopf wieder zwischen den Hütten; er folgte ihnen wie ein Schatten durch die Gasse. Als sie an das Ende gelangten, wo die Hütten nichts anderes mehr waren als schäbige Bretterverschläge, durch die der Wind pfiff, zupfte Pero Maria am Kleid.

»Bitte!« Seine Arme und Beine lugten wie dürre Taue unter dem Hemd und den viel zu kurzen Beinlingen hervor. Über seinen Locken lag ein staubiger Schleier. Er stank entsetzlich.

»Wo ist deine Mutter?«, fragte Maria.

Pero strahlte und führte sie hinter die letzte Baracke. Hier dehnte sich ein kleines Stück Land, auf dem Gras und wilde Kräuter wuchsen. In der Mitte stand ein alter Apfelbaum, an den eine Ziege angebunden war.

Pero lief zu einer Frau, die vor dem Verschlag auf einem Schemel in der Sonne kauerte. Als sie die Schwestern bemerkte, ließ sie den Kopf sinken und hob abwehrend die Arme.

»Mutter, da sind die Schwestern. Sie helfen dir!«

Aber die Frau schüttelte nur heftig den Kopf und hielt sich die Arme vor das Gesicht.

Maria bedeutete Tryngen, abzuwarten, während sie sich langsam der Frau näherte. »Ich bin Maria«, sagte sie mit sanfter

Stimme. »Das ist Tryngen. Dein Sohn hat uns hergeholt. Du musst keine Angst haben.«

Die Frau senkte ihr Gesicht so tief, dass man nur ihr Kopftuch sah.

»Geht!«, rief sie.

»Aber Mutter!«, protestierte Pero. »Lass dir doch helfen!«

»Niemand kann mir helfen. Ich habe dir gesagt, dass du niemanden herholen sollst.« Ihre Stimme klang klar und hell wie die einer jungen Frau.

Maria trat auf sie zu. »Wie ist dein Name?«

»Ich habe keinen Namen mehr.«

»Doch, jeder Mensch hat einen Namen.«

»Ich nicht. Geht weg, ich bin dem Tode geweiht. Niemand darf mich sehen.«

»Aber Mutter!« Pero stampfte mit seinem nackten Fuß ins Gras.

»Warum hast du sie hergeholt? Sie werden mich nur verraten.«

Maria hob ihre Hand. »Wir verraten niemanden. Was immer du hast, Frau – wir werden es für uns behalten, das schwöre ich bei Gott, dem Allmächtigen!« Zur Bekräftigung legte sie die Hand auf ihr Herz.

Die Frau erwiderte lange nichts. Reglos hockte sie auf ihrem Schemel, als wäre sie zu Holz erstarrt. »Ich weiß, wer ihr seid«, sagte sie endlich mit ihrer klaren Stimme. »Ihr kommt manchmal hierhin, um den Geächteten zu helfen. Damit Gott eure Seelen eines Tages zu sich nimmt.«

Maria hockte sich vor ihr hin. »Ich habe geschworen, dass wir nichts verraten werden. Lass mich helfen. Tu es für Pero!«

Da endlich hob die Frau den Kopf. Sie war älter, als Tryngen angenommen hatte, besaß ein hübsches, gut geschnittenes Gesicht, aber ihre Augen waren blutunterlaufen und voller

Tränen. Ihre Oberlippe sah aus wie eine wulstige, schlecht verheilte Narbe.

Maria wich zurück, als die Frau ihre Arme ausstreckte. Ihre Hände waren mit Lumpen umwickelt. »Wollt ihr alles sehen?« Auffordernd zuckten ihre Lumpen.

»Ich mach das!« Pero kniete sich vor seine Mutter, knotete die Lumpen auf und wickelte sie ab. Zum Vorschein kamen zwei Hände, denen alle Finger fehlten. An der trockenen, rissigen Haut der Handstümpfe schimmerten rötliche Wunden. Dort, wo einst die Daumen gewesen waren, lugten nur noch kleine Vorsprünge hervor.

Die Frau lachte bitter. »Wollt ihr meine Füße sehen?« Offenbar hatte sie erwartet, dass die Schwestern nun das Weite suchen würden, aber sie rührten sich nicht. Tryngen starrte gebannt auf die Handstümpfe. Sie hatte so etwas noch nie gesehen.

Maria war blass geworden. Reglos kniete sie vor der Frau.

»Ihre Füße sehen genauso aus wie die Hände, ich kann sie euch zeigen«, beeilte sich Pero zu sagen. Rasch begann er, die Lumpen an den Füßen seiner Mutter abzuwickeln. »Sie heißt Christina. Ein schöner Name, nicht?«

»Ja. Meine Mutter hieß auch so«, murmelte Maria. Sie rührte sich immer noch nicht. Starr beobachtete sie, wie Pero den Stoff abnahm und das zum Vorschein kam, was von den Füßen seiner Mutter noch übrig war: ein paar Stümpfe wie die Hände, schrundig und rissig.

Tryngen kam näher, um sie genauer zu betrachten, doch Maria hielt sie zurück. »Nicht, sie hat den Aussatz!«

Die wulstige Oberlippe Christinas verzog sich. Tränen liefen ihr aus den blutunterlaufenen Augen übers Gesicht.

»Nun verratet ihr mich doch«, schluchzte sie.

Eine Weile blieb es still bis auf fernen Kinderlärm und das Geräusch, das die Ziege machte, als sie das Gras ausrupfte. Von irgendwoher kam ein Windhauch und raschelte in den Blättern des Baumes.

Maria räusperte sich. »Wir verraten dich nicht, Christina, wir haben es geschworen.«

Pero lächelte erleichtert. Er sah von den Fußstümpfen seiner Mutter zu Maria und wieder zurück, als würde er ein rasches Wunder erwarten.

»Du weißt, dass wir dich nicht heilen können, aber vielleicht können wir dir helfen«, sagte Maria. »Erzähl uns von deiner Krankheit. Wie lange hast du sie schon? Wie ist das geschehen?« Sie deutete auf Christinas Hände und Füße.

Die Frau brauchte eine Weile, um ihre Überraschung zu überwinden. »Die Krankheit kam zu mir, als ich noch ein kleines Mädchen war«, begann sie. »Ich bekam Flecken am Körper, später breiteten sie sich überall aus. Das ist alles schon lange her.«

Sie hob den Kopf und starrte an Tryngen vorbei in den Apfelbaum. Mit ihren Handstümpfen strich sie sich das Kleid glatt. »Als ich Pero bekam, verschlechterte sich mein Zustand. Ich habe meine Finger und die Zehen verloren.«

Tryngen war Maria dankbar, dass sie sie gefragt hatte. So konnte sie mehr über den Aussatz erfahren. Auch deshalb kam sie immer wieder hierhin: um über Krankheiten zu lernen, die sie im Kloster nicht zu sehen bekam.

Maria schluckte. »Du musst in den Malatenhof.«

Christina schüttelte wieder ihren Kopf. Sie warf einen Blick auf ihren Sohn. »Das geht nicht, ich bleibe hier. Pero sorgt für mich.«

»Sie werden entdecken, was mit dir los ist.«

»Werden sie nicht. Bisher waren wir immer rechtzeitig weg, bevor man was merkte.«

Maria erhob sich. »Wie du meinst. Dann werden wir dir eben hier helfen, so gut es geht.« Sie bat Pero, eine Schüssel mit

Wasser zu holen – aus dem nächsten Brunnen, nicht aus dem alten Graben –, und Pero rannte fort und kehrte bald mit einem Holzeimer zurück.

Vorsichtig tauchte Christina ihre Fußstümpfe in das Wasser. »Wir werden versuchen, ein paar Schuhe für dich aufzutreiben, nicht wahr, Tryngen?«, meinte Maria. Sie zwinkerte Tryngen zu, die in ihrem Korb nach ein paar neuen Stoffwickeln wühlte.

»Bestimmt«, versicherte Tryngen. Sie besaßen im Kloster eine Truhe mit Kleidungsstücken Gestorbener, die niemand mehr haben wollte. Von Zeit zu Zeit wurden diese von einem Krämer abgeholt und auf dem Markt verkauft.

»Ich habe schon lange keine Schuhe mehr gehabt«, sagte Christina.

»Vielleicht kannst du dann auch wieder laufen«, meinte Maria.

Christina sah sie an, als wäre sie eine Erscheinung. »Du solltest einem Menschen in der Wüste keine Versprechungen auf Wald und Flüsse machen, Schwester.« Mit raschen Bewegungen wusch sie sich Beine und Fußstümpfe. Ihre Arme erinnerten Tryngen an verkrüppelte Äste.

Peros Gesicht leuchtete, unruhig trat er von einem Bein aufs andere.

»… und wir machen dir Umschläge für die Augen«, fuhr Maria ungerührt fort. »Dafür haben wir jetzt leider nichts dabei, aber wir kommen wieder. Hier ist eine Salbe aus Hühner- und Gänsefett, damit reibst du dir jeden Tag Füße und Hände ein.« Sie kramte in ihrem Korb und gab Pero ein prall gefülltes Stück Schweinedarm. Der Junge nahm die Salbe an sich und ließ sie schnell in seinen Gewandfalten verschwinden.

Als sie die Kranke später verließen, verneigte er sich mehrmals vor ihnen und brachte sie zur Gasse zurück. Tryngen blickte sich nach ihm um und sah ihn winken. Sie winkte zurück.

»Sie werden das Gänsefett essen«, bemerkte Tryngen, als sie in schnellen Schritten zurück zum Viehmarkt liefen, wo der Klosterknecht auf sie wartete. Sie waren sehr spät.

Maria überhörte ihre Bemerkung. »Hast du ihre Füße gesehen? Sie sind gut verheilt. Sie kann versuchen zu laufen«, gab sie zurück. Ihre Stimme klang beinahe freudig.

Natürlich hatte sie die Füße der Frau gesehen. Tryngen biss sich auf die Lippen, sagte aber nichts mehr, weil sie wusste, dass Maria das nicht mochte. Maria wollte nie, dass man ihre Worte in Zweifel zog.

»Ihre Krankheit ist schon sehr alt, und Christina lebt immer noch«, sagte sie. »Jemand muss ihr geholfen haben. Vielleicht war sie schon mal in einem Hof für Aussätzige.«

»Gut möglich«, erwiderte Tryngen. »Aber sie muss wieder dahin zurück.«

Maria blieb stehen. »Warum? Damit sie von ihrem Sohn getrennt wird? Du weißt, dass er nicht mitgehen kann. Deshalb will sie es auch nicht, damit sie zusammenbleiben können.«

»Gewiss, aber wenn er bei ihr bleibt, bekommt er den Aussatz vielleicht auch.«

Sie standen an der alten Heidenmauer und starrten sich eine Weile an. »Ich habe ihr geschworen, sie nicht zu verraten, und das werde ich auch nicht tun!«, rief Maria.

Tryngen, die an Marias gelegentliche Ausbrüche gewöhnt war, wich zurück und senkte den Blick. »Ich verstehe. Aber denk doch an die Gefahr, in der der Junge sich befindet. Jeden Tag könnte die furchtbare Krankheit auf ihn übergehen. Es ist sehr eigennützig von ihr, nicht in den Malatenhof zu gehen und ihn dieser Gefahr auszusetzen.«

Maria funkelte sie an. Ihre fein geschwungenen Lippen verzogen sich nach unten. »Sie heißt Christina wie meine Mutter. Ich hab den Schwur geleistet, ich werde sie nicht verraten. Und du wirst es auch nicht tun.«

Tryngen trat unbehaglich von einem Fuß auf den anderen.

»Schwör es mir!«, forderte Maria sie auf.

Tryngen zögerte. Der Junge tat ihr leid. Doch wiederum – wäre es nicht noch schlimmer für ihn, wenn er von seiner Mutter getrennt wäre? Offenbar waren die beiden ganz allein. Und sie, Tryngen, wollte sich auf keinen Fall mit Maria streiten, so kurz vor ihrer Aufnahme in die Schwesternschaft.

Sie hob die Hand und schwor, dass sie nichts verraten würde.

Kapitel 5

In dieser Nacht schlief sie nicht. Sie lag still und wartete, bis sie die regelmäßigen Atemzüge der beiden Novizinnen hörte, dann erhob sie sich leise. Im Mondlicht, das durch die Fensteröffnung hereinfiel, sah sie die schlafende Isalda auf dem Kissen. Sie schob den Vorhang beiseite, der den Schlafbereich der Novizinnen vom anderen Teil des Dormitoriums trennte. Als sie sich davon überzeugt hatte, dass alle schliefen, schlich sie sich durch den Schlafsaal. Die Binsen piksten sie an den nackten Füßen.

Falls sie jemand sehen würde – barfuß und nur mit ihrem Hemd bekleidet –, würde sie behaupten, sie müsse zur Latrine. Sollte man sie später im Kloster antreffen, müsste sie so tun, als würde sie schlafwandeln. Sie hatte sich alles zurechtgelegt und sich sorgfältig vorbereitet. Sie hatte gefastet, gebetet, sich innerlich gereinigt, wie Maria sie angewiesen hatte, und die Hohe Mutter um Hilfe und Stärkung gebeten.

Trotzdem war ihr nun flau im Magen. Sie wusste nicht, was sie bei der Zusammenkunft erwarten würde. Der vertraute Gang dehnte sich vor ihr wie ein tückischer dunkler Schlund, die Mauern des Kapitelhauses ragten bedrohlich vor ihr auf. Wenn man sie nun entdeckte und in den Schlafsaal zurückschicken würde, wäre ihre Möglichkeit vertan, in dieser Nacht in die Schwesternschaft der Hohen Mutter aufgenommen zu werden. Das lange Warten wäre umsonst gewesen.

Vor der Kapellentür im Kreuzgang stieg ihr der vertraute Geruch nach Kerzenwachs in die Nase. Es bedeutete, dass sich die Tür vor Kurzem noch geöffnet hatte. Die Laienschwester, die heute Nacht Wache hielt, war vielleicht gerade in die Kapelle hineingegangen. Oder herausgekommen. Tryngen verbarg sich im Schatten des Kreuzgangs, wartete und lauschte. Im Innenhof ragte das hohe Kreuz im Mondlicht auf. Vom Stall her kam leises Pferdeschnauben, aber sonst hörte sie nichts. Sie gab sich einen Ruck und lief weiter durch den Kreuzgang, dann vom Klausurbereich in den Klosterhof. Diese Gebäudeteile waren die jüngsten im Kloster Weiher und erst vor einigen Jahren erbaut worden. Richmud war der Meinung, dass ihr Kloster einen Kreuzgang haben sollte wie jedes andere auch. Es wurde nur ein einfacher, schlichter aus Lehmfachwerk mit Säulen aus Holz – aber dennoch hatte sein Bau die Klosterkasse so bedrohlich schrumpfen lassen, dass sie gezwungen waren, mehr zahlende Kranke und Hinfällige aufzunehmen, die dem Konvent gutes Geld einbrachten.

Tryngen spähte zum Krankensaal hinüber, durch dessen Fensterläden schwaches Licht drang. Das Haus der Laienschwestern lag daneben in friedlicher Ruhe, wie auch die Wirtschaftsgebäude. Aus dem Stall drang der Geruch nach Pferden und Heu, aber die Stallknechte würden um diese Zeit sicher schlafen. Die Pförtnerin war hoffentlich auch eingenickt.

Immerhin war es tiefste Nacht.

Tryngen verbarg sich im Schatten einer Mauer. Sie fürchtete, ihr weißes Hemd würde im Dunkeln leuchten. Sie atmete tief, dann überwand sie sich und lief über den Hof zum Friedhof. Vorsichtig öffnete sie das Holztor einen Spaltbreit und schob sich hindurch.

Sie lief ein paar Schritte, dann hielt sie inne. Vor ihr zeichneten sich die Kreuze der Gräber in der Dunkelheit ab. Das Gras unter ihren Füßen fühlte sich kühl und feucht an. Sie wischte sich eine Strähne ihres langen Haares aus dem Gesicht. Wie ungewöhnlich, es offen zu tragen! Auf einmal fühlte sie sich, als wäre sie einem Grab entstiegen – eine Wiedergängerin, eine der ruhelosen Seelen, die nachts herumstreiften und versuchten, sich der lebenden Seelen zu bemächtigen. Oder ein Opfertier.

Die Kälte stieg vom Boden herauf und kroch unter ihr dünnes Hemd. Ein kalter Schauer überlief sie. Sie lauschte angestrengt.

Warum ließen sie sie so lange warten? War sie zu früh oder gehörte das zu ihrer Erprobung? Vielleicht warteten sie auf ein Zeichen, das ihnen offenbarte, wann der richtige Zeitpunkt gekommen wäre, auf einen Nachtvogel vielleicht oder ein besonderes Wolkengebilde. Aber der Nachthimmel war klar und wolkenlos; er wölbte sich über ihr wie das schwarze Gewand einer Göttin, das mit unzähligen goldfunkelnden Edelsteinen besetzt war. Über den Wipfeln der hohen Bäume am Rand des Friedhofes hing der zunehmende Halbmond. Ein leichter Wind spielte mit den Blättern.

Tryngen konnte auf einmal den Fischteich riechen, der am Rande des Klostergeländes lag. Sie musste an Maria denken. Kaum zu glauben, dass Maria auf einer Sumpfinsel aufgewachsen war, bei einer weisen Frau, die sie nach dem Tod ihrer Mutter aufgezogen hatte. Nachdem sie nach Köln gekommen war, hatte Maria ihr Wissen an sie weitergegeben, die mutterlose Tryngen, und eines Tages würde Tryngen ihr Wissen an eine geeignete Schülerin und Nachfolgerin weitergeben. Sie war ein Glied in einer Kette von Vorgängerinnen und Nachfolgerinnen.

Tryngen zitterte. Sie ahnte, dass die Hohe Mutter ihr mit dieser Erkenntnis ein Zeichen gegeben hatte. Sie hörte ein Geräusch hinter sich und wandte sich um. Zwei Schwestern in bodenlangen weißen Gewändern standen hinter ihr. Ihre Gesichter waren unter weißen Schleiern verborgen. Sie trugen Lederbänder mit ovalen Anhängern um den Hals, die aussahen wie dunkle Flecken auf ihren hellen Gewändern. Ohne ein Wort nahmen sie sie in ihre Mitte. Eine fasste sie mit sanftem Griff am Arm. Sie sagte nichts, aber Tryngen wusste, dass es Maria war. Sie konnte sie riechen.

Die andere, die sie nicht erkannte, hielt ihr einen halb gefüllten Becher hin.

»Trink das!«

Tryngen nahm ihn, roch den Geruch der Flüssigkeit. Etwas Übles lag darin, etwas, das sie an einen Geruch aus der Ecke des Dachbodens erinnerte, wo die verbotenen Kräuter lagerten. Bestimmt Bilsenkraut, vielleicht auch Wolfswurz. Und noch anderes, das sie nicht kannte. Viel von anderem, das sie nicht kannte. Rasch leerte sie den Becher. Das Gebräu schmeckte widerlich und bitter.

Die Schwestern führten sie langsam über den Friedhof. Sie umkreisten die Gräber feierlich, so als schritten sie in einer Prozession. Bald hörte Tryngen ihre gehauchten, dann geflüsterten, schließlich geraunten Worte immer deutlicher.

»Was alt ist, muss sterben, wird zurückgelassen, wird zurückgegeben in den ewigen Kreislauf, wird zurückgelassen, wird zurückgegeben in den ewigen Kreislauf, was alt ist, muss sterben …«

So umrundeten sie mehrmals den Friedhof, und Tryngen gab es auf zu zählen, wie oft. Die Worte tanzten in ihrem Kopf, als vollführten sie dort ihren eigenen Reigen, der nicht aufhören wollte. Als sie sie auswendig konnte und mitmurmelte, hielten die beiden Schwestern inne, schritten einmal quer über den Friedhof mit ihr, dann zur anderen Ecke und von dort wieder quer, als würden sie ein Kreuz beschreiben. Tryngen begriff, ohne zu wissen.

Der Kreis und das Kreuz, die ewigen Zeichen. Mächtige Zeichen, die den Himmel trugen und die Ewigkeit Gottes und der Hohen Mutter beschrieben. »Für immer bist du, großer Gott. Für immer bist du, Hohe Mutter Maria«, flüsterten die Schwestern.

Tryngen wusste auf einmal, wer die andere war, die sie führte – Elisabeth, die älteste Tochter Richmuds, Marias Freundin. Sie sah sie nicht oft, weil sie eine eigene Kammer besaß, die sie nur selten verließ, ebenso wie alle Töchter Richmuds und Richmud selbst ihre eigenen Gemächer besaßen. Für ein gewöhnliches Kloster wäre das undenkbar gewesen, aber Richmud als reiche Erbin hatte es sich leisten können, sich ihren Konvent nach eigenen Wünschen zu gestalten.

Tryngen kam es so vor, als würde sie sich selbst und die Schwestern von oben sehen. Sie war ein Nachtvogel, dem nichts verborgen blieb. Sie sah die Zeichen, die sie liefen, zu einem Zeichen verschmelzen, und sie erkannte aus ihrer Höhe die flammend gelben Linien eines Rades, das ein Kreuz in sich trug – das Rad des Lebens, das die vier Mächte des Himmels umspannte. Ein Zeichen der Vollkommenheit.

Tryngen frohlockte. Sie flog in die Höhe, als wollte sie die Sterne erreichen, die das Kleid der Hohen Mutter zierten, dann glitt sie über das Land, das in nächtlicher Ruhe unter ihr lag – der glitzernde Fluss, von dem feuchte Kühle aufstieg, die Stadt mit ihren Häusern, dazwischen zuckende kleine Fackelflammen, die schwarzen feuchten Felder, die Wälder, deren Hauch ihr Gefieder kühlte. Sie ließ sich herabsinken, schwebte kurz über den Baumkronen, bis die Wipfel fast ihren Bauch berührten. Dann ließ sie sich auf einem Ast nieder und wartete. Leise rauschte der Wind in den Baumkronen.

Unten, genau dort, wo die Wege sich kreuzten, wartete eine verschleierte Gestalt, und sie sah sich vor ihr knien.

Sie spürte wieder das feuchte Gras unter ihren Füßen, sie spürte, dass sie zitterte, aber ihr war nicht kalt. Sie kniete vor einer weiß verschleierten Frau, die zu ihr sprach, und sie wusste, es war die Hohe Mutter. Nur sie konnte eine solche Wärme ausstrahlen, dass sie trotz der Kälte nicht fror. Sie wurden von einem kleinen Kreis an Schwestern umringt, die ihnen Wärme spendeten.

Die Frau sprach zu ihr, doch die Worte drangen nicht in Tryngens Bewusstsein. Etwas von ihr war noch oben im Geäst, ihre Seele, die oben im Nachtvogel wachte. Der Vogel verbarg und behütete ihre Seele, und sie fühlte sich geborgen. Sie atmete tief, damit sie die Worte der Frau verstehen konnte.

»... hab keine Angst«, sagte die Frau.

»Ich habe keine Angst«, wollte Tryngen erwidern, aber sie merkte, dass sie nicht sprechen konnte, denn ihre Lippen bewegten sich nur, ohne dass die Worte ihren Mund verließen.

»... komm zu mir!«, hörte sie die Frau rufen, und sie zwang sich, ihren Raubvogelkörper zu verlassen und in die junge Frau zurückzukehren, die sie war.

»Wer bist du?«, hörte sie die Frau fragen, und sie antwortete wahrheitsgemäß, wie Maria es ihr eingeschärft hatte: »Ein Vogel.«

Etwas in ihr dachte, dass die Hohe Mutter nun erstaunt sein müsste, aber sie nickte nur. Dann fasste sie ihre Hände. »Wovor hast du am meisten Angst, Tryngen?«

Tryngen? Ach ja, sie war die junge Frau, die vor der Hohen Mutter kniete. Diese junge Frau hatte vor allem Angst, sie hatte ja auch kaum eine Mutter gehabt, die sie schützen konnte, sie war immer wie ein kleiner Vogel gewesen, der vorzeitig aus dem Nest gefallen war.

»Meine Mutter ...«, flüsterte sie.

»Gib mir deine Angst«, sagte die Frau. »Du suchst deinen Weg, also nenn mir deine Angst und ich werde dir den Weg weisen.«

Tryngen hörte die Wärme in der Stimme, und es drängte sie auf einmal, ihre Angst auf diese Frau zu werfen und sie zu umarmen. Gleichzeitig schien etwas Mächtiges in ihr genau das verhindern zu wollen. Sie spähte hoch ins Geäst. Warum konnte sie nicht wieder der Nachtvogel sein und einfach davonfliegen?

»Bleib bei mir!«, mahnte die Stimme. »Nenn mir deine Angst.«

Tryngen beugte sich nach vorn. Dann brachen die zurückgehaltenen Gefühle plötzlich aus ihr heraus. »Der Tod!« Sie schleuderte das entsetzliche Wort vor die Hohe Mutter hin. Ihr Leib verkrampfte sich, als käme es aus den tiefsten Tiefen ihrer Eingeweide.

»Der Tod«, wiederholte die Hohe Mutter. Ihre Stimme klang plötzlich weniger warm, sondern dürr wie die Stimme eines Geistes, durch dessen Knochen der Wind pfeift. Sie streckte die Hände aus, als wollte sie das Wort an sich nehmen, dann barg sie es hinter den gekreuzten Armen ihrer Brust. »Du hast mir deine Angst gegeben. Sei ab jetzt stark und ohne Furcht!«

»Sei ohne Furcht«, wiederholten die Schwestern, die sie umringten, leise. Ihr Gemurmel vermischte sich mit dem Rauschen des Windes in den Baumkronen.

Tryngen spürte das Blut in ihrem Leib kreisen. Ihr war schwindelig und kalt, aber trotzdem fror sie nicht. Sie war von einer großen Wärme erfüllt. Sie wusste, dass etwas Wichtiges mit ihr geschah, etwas Entscheidendes.

Die Verschleierte gebot den Schwestern mit einer Handbewegung zu schweigen. Sie verstummten sofort.

»Was suchst du, Tryngen?«, fragte sie.

Tryngen besann sich auf die zu sprechenden Worte. »Den Weg zur Hohen Mutter.«

»Was wirst du ihr geben?«

»Mein Leben.«

»Du gibst ihr dein Leben, wenn du sie findest?«

»Wenn ich sie finde, gehört ihr mein Leben.«

Die Verschleierte nickte. Sie hob ihre Arme. »Hohe Mutter, Vollkommene! Ewige! Heilige Gottesgebärerin! Ich rufe Dich bei Deinen unzähligen Namen! Bei jedem einzelnen rufe ich Dich! Erbarme Dich unser und schenke uns Deine Gnade. Spende dieser Suchenden Deine Güte und erleuchte ihr den Weg zur Erkenntnis. Sei ihr eine Fackel auf dem Weg zu Dir, Mächtige, und leite sie mit Deiner lieblichen Hand.« Die Frau legte ihre Hand auf Tryngens Schulter. »Sei uns gnädig!«

»Sei uns gnädig!«, echoten die Schwestern. Langsam bewegten sie sich im Kreis. »Sei uns gnädig, erbarme Dich unser! Weise der Suchenden den Weg!«

Tryngen spürte die Hand warm auf ihrer Schulter, und ihr war, als würde sie durch die Kraft der Berührung gestärkt. Sie fühlte sich erleichtert. Eine der Schwestern reichte der Verschleierten einen Becher, und sie trank und reichte ihn anschließend an Tryngen weiter. »Trinke den Trank der Hohen Mutter, damit du sie findest!«

Tryngen gehorchte. Es war mit Wasser vermischter, schwerer Wein, der kaum den Geschmack der starken Kräuter überdeckte. Sie trank. Eine Schwester kam und nahm ihr den Becher ab, und sie sah, wie er kreiste. Alle tranken den Wein, er konnte also nicht gefährlich sein.

Hab keine Angst, hämmerte es in ihrem Kopf.

»Sei uns gnädig, erbarme Dich unser. Weise der Suchenden den Weg«, wisperten die Frauen.

»Sieh mich an!«, forderte die Verschleierte sie auf.

Tryngen gehorchte.

»Schwöre, dass du niemandem ein Wort von uns erzählst! Kein Wort über uns und über diese Nacht wird je über deine Lippen kommen! Schwöre bei deinem Leben.«

»Ich schwöre, dass ich niemandem ein Wort von euch und von dieser Nacht erzählen werde. Bei meinem Leben.« Zur Bekräftigung legte Tryngen die Hand auf ihr Herz.

Die Verschleierte nickte und hob ihre Hände zum Himmel. Sie summte eine leise Melodie, und die anderen fielen mit ein. Die Frauen umkreisten sie, ihr Lied verschmolz mit der Kühle und der Stille der Nacht. Tryngen hob den Kopf, sah die Sterne über sich funkeln. Sie drehten sich, tanzten einen Reigen. Der Halbmond über den Wipfeln drehte sich. Tryngen begriff, dass sie sich selbst drehte.

Der Kreis. Sie war gefangen im Kreis des ewigen Lebens, im Weltenrad, dessen Mittelpunkt die Hohe Mutter selbst war. Die Hohe Mutter war ewiges Leben. Es gab keinen Tod.

Tryngen lachte, als die Angst von ihr abfiel. Sie tanzte. Sie fühlte, wie sie sie über den Friedhof führten, und sie fühlte Marias beruhigende Gegenwart, während sie den Kreis entlangliefen, wieder und wieder. Aus den hohen Baumkronen erhob sich ein Vogel und flog in die stille Nacht.

Kapitel 6

Tryngen erwachte am Morgen durch das Geräusch von Wasserplätschern. Ein dumpfer Schmerz wütete in ihrem Kopf, und sie hatte einen üblen Geschmack im Mund. Ihr war schlecht. Sie beobachtete, wie Isalda sich über der Schüssel wusch. Nur zu gerne hätte sie weitergeschlafen, doch als sie die Augen schloss, tauchten sogleich die Bilder der vergangenen Nacht wieder auf und die eines verrückten Traums, den sie danach geträumt hatte.

Sie hatte die erste Prüfung bestanden. Nun war sie nicht mehr Schülerin, sondern eine Suchende.

Sie spürte, wie eine mächtige Freude sie erfüllte. Der Schmerz fühlte sich auf einmal weniger schlimm an. Aber dann musste sie daran denken, wie sie getanzt hatte, und Scham stieg in ihr auf. Sie hatte ihr Innerstes nach außen gekehrt und der verschleierten Frau ihre tiefste Angst offenbart. Was mussten die Schwestern von ihr denken!

Isalda wandte sich um und legte ihr ihre Hand, die noch feucht und kalt vom Waschen war, auf die Schultern. »Wach auf, Tryngen!«

Tryngen brummte unwillig. Isalda weckte sie immer. Sie weckte sie jeden Morgen und wenn sie nachts in den Krankensaal musste. Wenn Isalda in der Nacht nicht so friedlich geschlafen hätte, hätte Tryngen gedacht, dass sie niemals schlief.

»Du kommst zu spät zur Prim.«

»Ich komm ja schon.«

Tryngen wäre viel lieber liegen geblieben und hätte in Ruhe über die vergangene Nacht nachgedacht. Die Freude, aber auch die Scham blieben ihr erhalten, während sie sich hastig wusch und in ihr Novizinnengewand schlüpfte. Sie fühlte sich seltsam benommen. Das änderte sich auch nicht, nachdem sie sich mit dem kalten Brunnenwasser gewaschen und sich den Mund gespült hatte. Es musste an den Tränken liegen.

Beim Morgengebet in der Kapelle spähte sie heimlich nach den möglichen anderen Schwestern. Sie sah Richmud und die Priorin in der ersten Reihe sitzen, gleich neben Richmuds Töchtern. Sie forschte in den Gesichtern der anderen Schwestern nach Spuren der Erschöpfung, einem verräterischen Blick, aber sie bemerkte nichts. Die Schwestern aus dem Schlafsaal konnten es nicht sein. Alle hatten gestern Nacht, als sie sich aus dem Dormitorium schlich, geschlafen, kein Bett war leer gewesen. Es mussten jene sein, die eigene Gemächer besaßen – Richmud und ihre Töchter, die Schaffnerin, die Küsterin möglicherweise. Die Priorin.

Wieder stieg die Scham in ihr auf. Mit gesenktem Kopf folgte sie den anderen nach dem Morgengebet durch den Kreuzgang zum Krankensaal, nahm den Weg, den sie auch in der Nacht zum Friedhof gelaufen war, als wäre nichts gewesen. Sie vermied es, jemanden anzusehen.

Im Krankensaal beobachtete sie die Laienschwestern verstohlen, fragte sich, ob eine von ihnen dabei gewesen war. Aber die Laienschwestern gingen ihrer Arbeit nach wie jeden Tag.

Nur Maria lächelte ihr verschwörerisch zu. Sie sah erstaunlich frisch aus an diesem Morgen, als hätte ihr die letzte Nacht nichts ausgemacht. Freundlich sprach sie mit den Kranken und schenkte ihnen ihr bestes Lächeln.

Dabei hatte sie dieselben Tränke wie sie selbst genommen, dachte Tryngen. Nur etwas weniger.

Als sie später in der ›kleinen Küche‹ waren – eine an den Krankensaal grenzende Kammer mit einer Feuerstelle, in der die Kräutertränke und Heilsalben für die Kranken zubereitet wurden –, konnten sie endlich ungestört reden.

Maria umarmte sie. »Ich freue mich so«, flüsterte sie. »Alles war gut, oder nicht?«

Tryngen nickte. Sie fühlte immer noch den dumpfen Schmerz in ihrem Kopf.

Maria ließ sie los. »Du siehst blass aus. Ich werde dafür sorgen, dass du beim nächsten Mal weniger bekommst. Man muss sich erst an die Tränke gewöhnen, vor allem an das Sternenauge. Später geht's besser.« Sie wandte sich ab, schenkte eine dampfende Flüssigkeit aus einem Krug in einen Becher und reichte ihn Tryngen. »Hier, Garbenkraut und Nesseln. Das wird dir helfen.«

Tryngen nahm den Becher dankbar entgegen. »Was habt ihr mir denn gegeben?«

»Nichts Gefährliches. Wirst du noch alles lernen.«

Tryngen nickte und pustete auf die heiße Flüssigkeit. Sie sah zur Tür hinüber und vergewisserte sich, dass diese auch wirklich verschlossen war. »Wann ist das nächste Mal?«

Maria füllte ihren Becher und setzte ihn auf die Platte des Arbeitstisches. Sie zuckte mit den Schultern. »Das liegt in *ihrem* Ermessen.«

»Der Priorin?«

»Leise!« Maria legte einen Finger auf ihre Lippen und sah zur Tür. »Ich weiß, du brennst darauf, mehr zu wissen«, sagte sie. »Aber alles geschieht zu seiner Zeit, verstehst du? Gestern hast du den ersten Schritt gemacht, du bist Suchende geworden, und du wirst eine Lernende, wenn die Zeit reif dafür ist.«

Tryngen nickte. Sie wollte nicht undankbar sein, aber Maria hatte recht. Es drängte sie zu erfahren, wer die anderen Schwestern waren und welches Geheimnis die Schwesternschaft verbarg.

»Wie lange hat es bei dir gedauert, bis du Lernende wurdest? Bleibt *sie* überhaupt so lange hier?«

Maria nahm ihren Becher, nippte daran und stellte ihn wieder zurück. »Du weißt, dass wir die Priorin noch nicht kennen. Ihre Vorgängerin ist leider zum Herrn gerufen worden. Bei mir hat es ein paar Monde gedauert. Mehr darf ich dir nicht sagen, ich hab's geschworen.«

Tryngen hatte diese Antwort erwartet, doch sie beschloss trotzdem, es noch einmal zu versuchen. Sie senkte ihre Stimme zu einem kaum hörbaren Flüstern. »Wer sind die anderen?«

Maria erwiderte nichts, sondern schüttelte den Kopf. Natürlich konnte sie nichts darüber verraten.

Tryngen leerte ihren Becher und stellte ihn auf den Tisch zurück. »Ich … kann mich nicht mehr an alles erinnern.« Sie rieb sich die schmerzende Schläfe. Maria trat einen Schritt auf sie zu. »Hast du die Zeremonie verstanden?«, fragte sie leise.

Tryngen nickte. »Ich muss die ganze Zeit daran denken. Es fühlt sich so unwirklich an. Ich frage mich immerzu, wer die anderen sind.«

Maria spähte zur Tür hinüber, senkte ihre Stimme. »Eigentlich weißt du es doch, oder nicht? Die du nicht erkannt hast, siehst du beim nächsten Mal. Selbst das dürfte ich dir eigentlich nicht sagen. Achte auf dich und benimm dich so gut wie bisher, sie werden dich beobachten. Sag niemandem ein Wort.«

»Nein, ich hab's ja versprochen.«

»Gut.« Maria lächelte. »Ich weiß, es ist eine schwierige Zeit. Aber wir müssen vorsichtig sein. Schon einmal sind die Schwestern verraten worden.«

Tryngen erschrak. Über diese Möglichkeit hatte sie noch nicht nachgedacht. »Ihr seid verraten worden? Wann? Wer hat das getan?«

»Das ist lange her. Dieses Kloster hatte einmal ein Vorgängerkloster, es lag in der Stadt. Meine Ziehmutter lebte dort. Ihre Schülerin hat sie verraten.« Maria ergriff ihren dampfenden Becher und schwenkte ihn hin und her.

»Ihre Schülerin? Warum?« Tryngen konnte sich nicht vorstellen, Maria jemals zu verraten. Maria, die ihr die Überraschung wohl ansah, lächelte seufzend. »Aus Neid. Meine Ziehmutter Relindis hatte ein kleines Mädchen zu sich genommen, ihre Nichte, die zu ihnen ins Kloster gekommen war. Das konnte ihre Schülerin nicht verwinden. Sie hat die Schwesternschaft verraten, und es gab Untersuchungen wegen ketzerischen Unglaubens im Kloster. Relindis' Nichte wurde aus dem Kloster genommen, und Relindis floh. Sie ging weit weg, in ein Dorf ans Ende der Welt, wo sie niemand jemals fand.«

»Nach Linn.«

»Ja, in die Nähe.« Maria lächelte. »Sie lebte als Heilerin versteckt auf der Sumpfinsel. Dort kam ich als kleines Mädchen zu ihr, erst mit meiner Mutter, und als sie starb, blieb ich allein bei ihr.«

Tryngen nickte. Sie wusste, dass Maria bei der weisen Frau aufgewachsen war. Aber sie hatte nicht gewusst, dass diese Frau einst auch in der Schwesternschaft gewesen war. »Was geschah mit dem Kloster?«, wollte sie wissen.

»Es wurde aufgelöst. Die Verräterin ging ins Kloster der Makkabäerinnen. Sie starb vor einigen Jahren.« Maria umklammerte ihren Becher und starrte düster vor sich hin.

»Du kanntest sie?«

»Ja, ich kannte sie. Aber das erzähle ich dir ein anderes Mal.« Maria leerte ihren Becher mit großen Schlucken und stellte ihn ab.

Tryngen dachte eine Weile über ihre Worte nach. »Seltsam, dass dieses Kloster denselben Namen wie das alte Kloster trägt.«

»Das hat seinen Grund«, erklärte Maria. »Richmud wollte die Tradition fortführen. Sie ist die Nichte meiner Ziehmutter Relindis. Ich brauchte einige Zeit, bis ich das herausgefunden hatte.«

»*Sie* ist ihre Nichte?«, fragte Tryngen überrascht. »Dann seid ihr ja fast verwandt! Warum hast du mir das nie gesagt?«

»Ich wollte damit warten, bis du als Suchende aufgenommen bist.«

»Ich verstehe.« Auf einmal wurde ihr vieles im Nachhinein klar, vor allem, warum Maria und Richmud sich immer besonders nahestanden, warum Maria Krankenmeisterin geworden war, obwohl sie nur eine Laienschwester war und die Profess nie abgelegt hatte.

»Also hat Richmud die Schwesternschaft weitergeführt«, stellte Tryngen fest.

»Ja.« Maria nickte. »Aber sie wusste nicht viel darüber. Sie war ja noch ein Kind, als sie von den anderen Schwestern getrennt wurde. Sie hat ihre Aufgabe vor allem darin gesehen, mit dem Geld, das sie geerbt hat, ein neues Kloster zu gründen. Die anderen Schwestern waren die Wissenden. Friede ihrer Seelen!«

»Wie viele Jahre bist du schon in der Schwesternschaft?«

»Ach Tryngen«, begann Maria. »Du möchtest am liebsten immer alles ganz genau wissen. Aber du musst verstehen, dass man nicht alles genau messen kann. Manchmal können ein Tag oder ein paar Tage mehr bedeuten als ein ganzes Leben. Manchmal ändert sich ein Leben von einem Augenblick auf den anderen, wenn du jemandem begegnest …« Sie brach ab.

Tryngen bemerkte wieder den wehmütigen Ausdruck, den ihr Gesicht manchmal annahm, wenn sie an jemanden dachte, und sie fragte sich, wer dieser Jemand war. Sie hatte aber noch nie gewagt, Maria danach zu fragen. Eines Tages würde sie es tun. Sie wollte noch etwas sagen, als sich die Tür öffnete und Isalda ihren Kopf durch den Spalt schob.

»Maria, komm bitte, der Müllerin geht's schlecht. Und du sollst zur Meisterin, Tryngen.«

»Zur *Meisterin*?« Tryngen merkte, wie das Pochen in ihren Schläfen stärker wurde. Sie wechselte rasche Blicke mit Maria. Was könnte es bedeuten, wenn Richmud sie jetzt zu sich rief? Maria hob ihre Schultern, drückte Tryngen die Hand und eilte in den Krankensaal.

Tryngen zupfte ihren Schleier und ihr Gewand zurecht, atmete tief durch und eilte zu Richmuds Arbeitszimmer.

Sie wurde sogleich hereingerufen, nachdem sie geklopft hatte. Richmud saß an ihrem Schreibtisch, auf dem zusammengerollte Pergamentrollen in einer sorgfältig abgemessenen Reihe lagen. Offenbar war sie bei der Arbeit überrascht worden, denn vor ihr lagen ein großes Rechnungsbuch und ein hingeworfener Federkiel. Katharina von Gründbach stand neben ihr. Die beiden Frauen sprachen mit einem Soldaten, der am Fenster lehnte und die Arme vor seiner Brust verschränkt hielt. Zu ihrem Schrecken erkannte Tryngen den Hauptmann der pröpstlichen Leibwache wieder. Sie knickste tief vor den Frauen. Als sie sich wieder erhob, begegnete sie dem strengen Blick Katharina von Gründbachs.

»Tryngen!« Richmud erhob sich, umrundete ihren Schreibtisch und drückte ihr kurz die Hände. »Du erkennst diesen guten Mann wieder? Er hat eine Nachricht für dich.«

Tryngen nickte dem Hauptmann zu. Er trug dieses Mal nur einen ledernen Brustschutz über seinen Beinlingen. Unter seinem Umhang zeichnete sich der Griff seines Schwertes ab.

Sie musste blinzeln, weil er vor dem Fenster stand, durch das Sonnenlicht hereinfiel. »Mein Herr wünscht dich zu sehen, Schwester. Er möchte, dass du dir seine Verletzungen ansiehst. Ich soll dich zu ihm bringen.«

»Mich?«, entfuhr es Tryngen. »Aber … er hat doch seinen Leibarzt.«

Ehe der Hauptmann etwas erwidern konnte, sagte Richmud: »Leider hat es Gott dem Allmächtigen gefallen, Magister Pilgrim überraschend zu sich zu rufen. Der Dompropst hat im Augenblick keinen Leibarzt.«

»Oh …« Tryngen fühlte es hinter ihrer Stirn pochen, aber sie unterdrückte den Wunsch, sich die schmerzende Stirn zu reiben. Niemand sollte etwas von ihrer schlechten Verfassung bemerken, schon gar nicht der Hauptmann. »Gibt es denn keinen geeigneten Physicus?«, hörte sie sich fragen. »Es ist doch gewiss nicht schwer, jemanden zu finden, der …«

Der Hauptmann straffte sich. »Es ist der Wunsch des Dompropstes von Köln, dass *du* seine fortschreitende Heilung begutachtest, Schwester«, sagte er steif.

»Dieses Vertrauen ist uns eine große Ehre«, erwiderte Richmud hastig. Sie warf Tryngen einen warnenden Blick zu. »Natürlich wird sich unsere Schwester um Propst Engelbert kümmern. Ich werde sie dafür von ihren Aufgaben im Krankensaal entbinden. Es wird ihr eine Freude sein.«

Richmud sagte das lächelnd, aber ihre Stimme duldete keinen Widerspruch. Tryngen sah zur Priorin hinüber. Katharina von Gründbach starrte sie mit hoch erhobenem Haupt an. Ihre Gesichtshaut schimmerte gelb im hereinfallenden Morgenlicht. Wie seltsam, sie nach der letzten Nacht so anders vor sich zu sehen.

Sie senkte den Kopf. Der Befehl war eindeutig. Sie nickte dem Hauptmann zu, und der nickte zurück. Oh Gott, dachte sie, er wird es seinem Herrn hinterbringen, wie unwillig sie im ersten Moment gewesen war. Sie hätte ihre Worte mit mehr Bedacht wählen müssen. Sie hätte Freude heucheln müssen.

»Tryngen?« Richmuds Stimme riss sie wieder aus ihren Gedanken. »Du hast meine Worte gehört. Geh und pack alles, was du brauchst. Die Männer erwarten dich im Klosterhof.«

Tryngen nickte. Sie knickste wieder vor Richmud, dann vor der Priorin. Sehnlichst wünschte sie sich, die Gedanken hinter den Stirnen der Frauen lesen zu können, als sie sie noch einmal ansah, ehe sie den Raum verließ. Aber die ausdruckslosen Gesichter verrieten ihr nichts.

* * *

Es blieb Tryngen gerade noch genügend Zeit, ihren Korb mit den Kräutern und Arzneien zu füllen, von denen sie glaubte, dass sie sie brauchen würde: saubere Verbände, einen Sud, um Wunden zu reinigen, Marias Heilsalbe, die sich seit Jahren bewährt hatte, einen stärkenden Kräuterwein, und vor allem den Schlaftrunk. Sie konnte sich nur kurz von der überraschten Maria verabschieden, als der Hauptmann schon zum Aufbruch drängte. Widerwillig ließ sie sich von ihm in den Wagen helfen und nahm auf der unbequemen Holzbank Platz. Das Gefährt schaukelte los. Durch den aufgerollten Stoff beobachtete sie, wie das Kloster langsam in der Ferne verschwand. Trockene, wilde Kräuter und hohe Disteln wucherten am Rand der umgepflügten Felder. Auf den Obstwiesen, die sich am Weg erstreckten, gleich nachdem sie das Stadttor passiert hatten, glänzten dunkelrote reife Pflaumen in den Bäumen. Sie fuhren an St. Aposteln vorbei und durch eine Pforte in der alten Mauer über den Viehmarkt, dann weiter in die Stadt. Je weiter sie kamen, desto enger und dichter bebaut waren die Gassen und Wege. Tryngens Aufregung stieg. Sie fragte sich, warum sich der Dompropst ausgerechnet von ihr behandeln lassen wollte, wo es doch mehr als genug gebildete Magister in der Stadt gab. Ein Mann wie er konnte sich jeden angesehenen Physicus leisten, ob Magister oder Meister, er brauchte keine heilkundige Schwester.

Und dann ausgerechnet heute.

Tryngen versuchte, ihre Aufregung niederzukämpfen, als der Wagen durch das Tor fuhr, das in den abgeschlossenen Bereich des erzbischöflichen Hofes führte. Neugierig sah sie sich um, nachdem der Hauptmann ihr aus dem Wagen geholfen hatte. Der Dom streckte sich lang hin. An einer Seite erhoben sich zwei hohe Türme mit goldenen Kreuzen. Auf seinem langen Dach thronten noch zwei Türme mit goldenen Dächern, die in der Sonne schimmerten. Gleich neben dem Dom lag ein mächtiger alter Palast.

Tryngen staunte. Sie hatte aber keine Zeit mehr, alles näher zu betrachten, denn der Hauptmann führte sie sofort weiter. Nachdem sie ein Gewirr von Häusern und schmalen Durchgängen durchquert hatten, die sich hinter dem Palast drängten, öffnete sich vor ihnen ein kleiner, von Häusern umgebener Platz mit einem prächtigen Anwesen in einer Ecke. Dorthin führte sie der Hauptmann. Er nickte den Wachmännern an der Tür zu und brachte sie in einen Vorraum, der mit unscheinbaren steinernen Platten ausgelegt war. Ein weiterer Soldat trat ihnen entgegen.

»Die Schwester vom Kloster Weiher«, erklärte der Hauptmann.

Der Soldat nickte und durchsuchte Tryngens Korb, dann sie selbst mit ein paar raschen, geübten Griffen. Widerwillig ließ sie alles über sich ergehen, während sie triumphierend dachte, dass er den doppelten Boden in ihrem Korb nicht bemerkt hatte.

Der Hauptmann befahl Tryngen zu warten und verschwand hinter einer mächtigen Tür.

Kurz danach erklang die laute Stimme des Propstes von drinnen. »Komm rein, Schwester.« Tryngen atmete einmal tief durch und wappnete sich. Dann betrat sie das Gemach. Der Geruch nach Gebratenem und würziger Fleischbrühe schlug ihr entgegen. Durch ein rundbogiges Fenster, das mit vielen kleinen, mit Blei eingefassten Scheiben verglast war, floss grünlich schimmerndes Licht herein und fiel auf den Holzboden. Propst Engelbert saß auf einem Lehnstuhl am Fenster. Sein gebrochener Arm steckte in einer Stoffschlinge. Er trug einen blauen Bliaut, der an den Säumen und am Halsausschnitt mit einer gewebten Borte besetzt war. Hilbert wartete mit gefalteten Händen bei ihm, während der Leibdiener ein Tuch in eine Wasserschüssel tauchte, die ein weiterer Diener hielt, und dem Propst die Stirn abtupfte.

»Komm näher, Schwester Tryngen!« Engelbert winkte sie mit seiner gesunden Hand heran und betrachtete sie eine Weile.

Tryngen sank in einen tiefen Knicks. Das Herz klopfte ihr bis zum Hals, und sie fühlte den Schmerz hinter ihrer Stirn umso rascher pochen, als sie sich wieder aufrichtete. Hilberts flinker Wieselblick wanderte über ihre Gestalt und nahm jede Einzelheit auf.

»Hast du deine Kräuter mitgebracht?« Engelbert deutete auf ihren großen Korb. Sie nickte.

»Es gibt in Köln viele Magister, Wundärzte und Heiler«, sagte er. »Viele waren hier, und jeder von ihnen hat seine eigenen Vorlieben und Eigenarten. Aber keiner kennt feuchte Wadenumschläge bei Fieber.«

Tryngen fragte sich, ob er sie mit seinen Worten loben oder tadeln wollte. Sie hatte sich auf seine Grobheiten vorbereitet und sich vorgenommen, ihm ihre Angst nicht zu zeigen. Sie hob den Kopf und begegnete seinem Blick. »Wie ich sagte, Herr, hat sich diese Heilweise bei Fieber bewährt.«

»Ah. Warum kennt sie dann kein Arzt?«

»Ich weiß es nicht. Die meisten lernen von ihren Meistern, und wenn sie es nicht kannten …«

Er starrte sie eine Weile nachdenklich an. »Von wem hast du gelernt, Schwester?«

»Von der Infirmaria im Kloster Weiher. Die hat ihr Wissen von der vorigen Infirmaria.«

»Dann sag mir, was an dieser Art zu lernen anders ist.«

Tryngen atmete tief, um ihren Herzschlag und das Pochen hinter ihrer Stirn zu beruhigen. Sie hatte sich nicht auf ein Verhör vorbereitet.

»Nun, meine Krankenmeisterin hat nicht nur bei ihr gelernt, sondern auch bei einer heilkundigen Frau.«

»Ah, bei einer Herbaria? Deshalb auch das Kraut, mit dem du mein Krankengemach geräuchert hast.« Er schob die Hand seines Leibdieners beiseite, der ihm die Stirn abtupfte. »Betreibt ihr auch Zauberei? Sagt ihr magische Sprüche auf, um den Kranken zu helfen?« Er beobachtete sie weiter aufmerksam. Die Falten zwischen seinen Brauen hatten sich vertieft.

Tryngen musste schlucken. Hatte er vielleicht doch etwas von den heimlichen Beschwörungen mitbekommen, die sie an seinem Krankenlager gesprochen hatte? Wollte er sie nun deswegen verhören? Sie schüttelte hastig den Kopf.

Er machte eine wegwerfende Handbewegung. »Wie auch immer. Leider ist mein Magister vor ein paar Tagen plötzlich gestorben.«

»Das tut mir leid, Herr.«

»Ja, mir auch«, sagte Engelbert verdrossen. »Ich habe furchtbare Kopfschmerzen. Befrei mich davon! Außerdem sollst du dir den Schlangenbiss noch mal ansehen und meinen Arm. Also …?« Er winkte sie heran.

Tryngen atmete tief und hoffte, dass ihre Hände nicht zitterten. Er war nur ein Mensch wie alle anderen, sagte sie sich. Sie würde ihn behandeln, wie sie es für richtig hielt, und dann würde er sie nach Hause schicken und hoffentlich nicht mehr holen lassen. Sie stellte ihren Korb auf den Tisch neben ihm, nachdem Hilbert eilfertig ein paar Schriftrollen beiseitegeschoben hatte. Sie fühlte seine Stirn. Er hatte kein Fieber. »Fühlt Ihr Euch krank, Herr? Habt Ihr Halsschmerzen?«

Er schüttelte den Kopf.

»Wie lange habt Ihr die Schmerzen schon?«

»Seit heute Morgen.«

»Leidet Ihr öfter unter Kopfschmerzen?«

Er seufzte ungeduldig auf. »Was sollen denn die ganzen Fragen? Herrje! Ja, leider …«

»Wo ist der Schmerz? Hier?« Sie fasste seine Schläfen.

Er schloss die Augen und nickte.

»Nur an einer Seite? Oder hinter der ganzen Stirn?«

»Schöne kühle Hände«, murmelte er. »Hinter der ganzen Stirn.«

Sie ließ ihn los. »Habt Ihr gestern vielleicht zu viel dunklen Wein getrunken?«

Er schlug die Augen auf und runzelte die Stirn. »Zu viel dunklen Wein? Nicht mehr als sonst auch. Der Dekan hat ein Festmahl gegeben.«

Tryngen ließ ihre Hände sinken. Jetzt, wo sie ihm näher war, hatte sie merkwürdigerweise weniger Angst vor ihm. Das gab ihr den Mut für die nächsten Worte. »Ihr solltet wissen, dass Euch zu viel dunkler Wein schaden kann, Herr. Trinkt am besten klaren, mit Wasser vermischten Wein, und nur in Maßen.«

»Du hörst dich an wie mein alter Magister!« Propst Engelbert grinste. »Aber du kennst dich ja mit Wein aus. Dein Vater ist der Weinhändler Alexander von der Goldgasse, nicht?«

»Ja.« Tryngen war verblüfft, dass er sich offenbar über sie erkundigt hatte. »Habt Ihr beim Festmahl zu viel gegessen?«, fragte sie rasch, ehe er weiterfragen konnte. »Oder ungewöhnliche Speisen zu Euch genommen?«

»Was glaubst du? Natürlich isst man mehr, wenn die gefüllten Schüsseln vor einem stehen! Aber ich habe kein

Bauchgrimmen, mein Kopf tut weh, hast du das verstanden?« Seine Stimme hallte laut durch das Gemach.

Tryngen wich vor ihm zurück. Aber sie wusste, sie durfte sich nicht von diesem Mann einschüchtern lassen, selbst wenn er noch so mächtig wäre.

»Der Leib ist ein Wunder Gottes«, sagte sie leise. »Es hängt alles miteinander zusammen.« Sie zwang sich, ihn eingehend zu mustern. Sein Gesicht war blass, aber er sah gesünder aus als an dem Tag, an dem sie ihn das letzte Mal gesehen hatte. Seine Säfte mussten wieder im Gleichgewicht sein. Ungeduldig wartete er auf ihr Urteil, während er sie nicht aus den Augen ließ.

»Wo ist Eure Küche, Herr? Ich muss Euch einen Trank und eine Salbe machen. Danach schaue ich nach Euren Verletzungen.«

Der Propst seufzte. »Führ sie in die Küche und hilf ihr«, befahl er seinem Leibdiener. »Beeil dich, Schwester Tryngen.«

Sie nickte, nahm ihren Korb und ließ sich vom Leibdiener hinausführen. Er war ein junger, schweigsamer Mann, der die ganze Zeit kein Wort mit ihr wechselte. Er führte sie zurück zum Domhof, dann am neuen Palast und dem Marstall vorbei zur Drachenpforte, wo sie das Hofgelände verließen. Hier, außerhalb der Mauern, lagen mehrere Wirtschaftsgebäude, die für die Versorgung des Hofes zuständig waren. Sie mussten erst das Backhaus durchqueren, um von dort über eine hölzerne Brücke zur Küche zu gelangen. Der Leibdiener stieß die Tür auf, und sofort wogte ihnen dunstiger Rauch entgegen. Tryngen hielt inne. Vor ihr dehnte sich ein riesiges, steinernes Gewölbe mit einem abgetretenen Fußboden. An einer Wand befand sich ein gemauerter Vorsprung mit einer großen Feuerstelle unter einem Rauchabzug. Über dem Feuer hingen mehrere unterschiedlich große Töpfe an eisernen Haken und Ketten, daneben lehnten Bratspieße und Grillroste. An den Wänden zogen sich Holzborde mit Töpfen, Kannen, Schüsseln und Schalen lang hin. Ein Küchenjunge kauerte vor dem halb heruntergebrannten Feuer, während der Küchenmeister mit zwei Mägden schwatzte, die gerade Hühner rupften.

Als er sie erblickte, umrundete er den Tisch und kam auf sie zu. »Wen bringst du mir, Lambert? Diesmal hoffentlich keinen gelehrten Aufschneider, der Flohscheiße von mir will?« Er stemmte die Hände in die Hüften und musterte Tryngen mit leicht nach hinten geneigtem Kopf. »Ha, eine Nonne! Bin gespannt, was die gnäd'ge Frau von mir will.« Er grinste breit und rieb sich die Hände.

Tryngen schwieg, überrumpelt von seiner Frechheit.

»Unser Herr will, dass du die Wünsche der Ärzte ausführst«, entgegnete Lambert kühl.

»Ärzte? Was ich sehe, ist eine Nonne aus einem Kloster. Unser Herr muss sehr verzweifelt sein, wenn er schon ein Klostermädchen zu sich kommen lässt.« Er schüttelte seinen runden Kopf und ließ die Hände fallen.

»Spar dir deine Unverschämtheiten, Gottfried«, sagte Lambert so laut, dass die Küchenmägde mit dem Rupfen innehielten und neugierig zu ihnen hinüberblickten.

Gottfried verzog spöttisch sein Gesicht und wandte sich wieder an Tryngen. »Also wäre die Schwester so freundlich, mir zu sagen, was sie will?«

Tryngen starrte in das runde Gesicht des Küchenmeisters. Dann erinnerte sie sich daran, was Maria immer sagte – sei niemals unterwürfig zu den Hochmütigen und Frechen, sonst trampeln sie nur auf dir herum –, und schluckte ihre Angst herunter.

»Hast du Salbei da und Fenchel? Butter?«, fragte sie und bemühte sich um eine feste Stimme. »Ich möchte deinem Herrn eine Salbe gegen seine Kopfschmerzen machen.«

Sie spähte zu den Kräuterbündeln hinüber, die an Schnüren von einem Deckenbalken herabhingen. Gottfried kratzte sich durch den Stoff seiner Gugel, die er um den Kopf gewickelt hatte. »Hol Butter!«, befahl er dem Küchenjungen. Er selbst trat unwillig zu den Kräutern und suchte die gewünschten heraus. Tryngen folgte ihm.

»Hast du vielleicht auch Dost und Andorn? Dann brauche ich noch Nesseln und Garbenkraut für einen Trank.«

Gottfried schüttelte seinen Kopf. »Bin ich der Allmächtige? Wachsen mir Kräuter aus der Hand? Hier ist nur eine Küche, ich bin kein Apothecarius, Schwester.«

»Gottfried, still! Gib der Nonne, was sie will, und beeil dich!« Lambert baute sich vor dem Küchenmeister auf. Der schloss seinen Mund und widersprach nicht mehr.

Immerhin hatte er den Dost, und Lambert beauftragte einen Knecht, Andorn vom Hofapothecarius zu holen. Als sie alles zusammenhatte, zerstieß Tryngen die Kräuter mit einem Mörser, erhitzte die Butter in einem Dreibein auf dem Feuer und vermischte sie mit den Kräutern. Während alles vor sich hinköchelte, bereitete sie mit Gottfrieds Hilfe den Trank zu. Nesseln hatte er nicht da, dafür aber Garbenkraut, das noch überall wuchs. Er hatte auch Kamille für einen Kräutersud, den Tryngen vorsorglich für den gebrochenen Arm kochte. Die Salbe würde auf die Schnelle nicht fertig werden, und so bereitete sie aus den Kräutern einen Sud, in den sie ihre Tücher für einen Kräuterumschlag tauchte.

»Wenigstens brauchst du kein Harz oder Drachenblut«, knurrte Gottfried, während er den dampfenden Trank in einen Krug füllte.

»Wollten das die Ärzte haben?«, fragte Tryngen.

»Ja, einer von ihnen.«

»Wie viele waren denn schon hier?«

Gottfried winkte ab. »Ich hab sie nicht mehr gezählt, irgendwann hab ich aufgehört.«

»Harz für Kopfschmerzen?«

»Nein, er lässt sich ja immer was anderes einfallen, mal Bauchweh, mal Kopfweh.«

»Ach so … du meinst, der Herr täuscht seine Krankheiten nur vor, um die Ärzte auf die Probe zu stellen?«

Gottfried stellte den Topf zurück auf das Dreibein. »So hab ich das nicht gemeint, Schwester!«

»Wie dann?«

Er warf einen misstrauischen Blick zu Lambert hinüber, schüttelte den Kopf und winkte ab. Offenbar wusste sogar er, wann er zu viel gesagt hatte.

»Kein Wort darüber zum Propst«, warnte Lambert, als sie wieder zum Anwesen zurückeilten.

»Gewiss nicht.« Tryngen musste lächeln. Propst Engelbert ließ also die Ärzte zu sich rufen, um sie auf die Probe zu stellen. Er wollte wissen, wer der Beste von ihnen war. Ein kluges Vorgehen, dachte sie und musste ihm wider Willen Bewunderung zollen. Doch sie musste auch vorsichtig sein, sie wusste nicht, ob er nur vorgab, Kopfschmerzen zu haben, oder ob er sie wirklich hatte. Seine Blässe hatte eher dafürgesprochen. Sie beschloss, seine Schmerzen besser ernst zu nehmen.

Als sie sein Gemach betraten, saß Hilbert am Fenster gegenüber seinem Herrn, und sie studierten Schriftrollen, die zwischen ihnen ausgebreitet auf dem Tisch lagen.

»Das wurde aber auch Zeit!«, empfing sie Engelbert und ließ seine Pergamentrolle sinken. »Ich dachte schon, du brauchst den ganzen Tag.«

»Entschuldigt, Herr«, sagte Tryngen und stellte ein Tongefäß auf ein Tischchen, das Lambert rasch vom Kamin geholt und neben ihn gestellt hatte. »Ich habe Euch einen Trank und Umschläge für Eure Kopfschmerzen zubereitet sowie einen Sud für Euren Arm.« Sie beobachtete, wie Lambert ihm den Trank in einen Becher einschenkte, nahm den Tontopf und zog das feuchte Tuch hervor, das sie in den Kräutersud getaucht hatte. Es war noch warm, doch es müsste gehen. Sie wrang es aus, gab sich einen Ruck und trat an seinen Stuhl. »Darf ich?«

»Natürlich, worauf wartest du noch?«, entgegnete er.

Sie legte das feuchte Tuch auf seine Stirn und breitete ein trockenes Tuch darüber, während er weiter über den Pergamenten brütete. »Ich hoffe, es ist nicht zu warm?«

Er schüttelte den Kopf. Gehorsam hielt er still und duldete es, dass sie alles mit einem Verband befestigte. »Du hast recht, Hilbert«, sagte er. »Die Einnahmen aus Niehl stimmen nicht. Wir hatten in den Jahren davor viel mehr. Es muss an dem neuen Meier liegen … wie hieß er noch gleich?«

»Heinrich von der Au, ein Pfarrer.«

»Wie kann er so wenig liefern? Die Ernte war doch nicht schlechter als letztes Jahr, im Gegenteil. Haben sie etwa weniger Fische gefangen? Er hat schon im letzten Jahr weniger als sein Vorgänger erbracht, erinnerst du dich? Da haben wir's ihm noch nachgesehen. Aber jetzt muss er sich rechtfertigen!«

»Ja, das sehe ich auch so«, bestätigte Hilbert. »Niemand ist nachsichtiger als Ihr, Herr. Wenn der Mann einen wichtigen Grund hätte, würdet Ihr das gewiss hinnehmen. Aber er hat Euch nichts gesagt.«

Engelbert schlug mit der Faust auf die Armlehne. »Dieser Hundsfott will mich für dumm verkaufen! Er denkt, er kann mich so dreist betrügen! Ich werde ihn eines Besseren belehren!«

Tryngen wühlte in ihrem Korb nach einem Fläschchen und nach Marias Heilsalbe. »Wenn es recht ist, würde ich mir nun gern den Schlangenbiss ansehen, Herr.«

Engelbert hielt inne und starrte sie mit einem abwesenden Gesicht an. Er zögerte lange, ehe er antwortete. »Ja, mach nur.«

Er wandte sich wieder an Hilbert. »Wir werden jemanden zu ihm schicken. Hast du einen Vorschlag, wen?«

Tryngen fühlte, wie sie zu schwitzen begann. Es war nicht gut gewesen, ihn zu unterbrechen. Offenbar erwartete er, dass sie schweigend ihren Dienst verrichtete, während er mit Hilbert sprach. Wie sollte sie seine Wunde behandeln, wenn seine Beine bedeckt waren? Sie blickte hilfesuchend zu Lambert hinüber, der in der Nähe wartete, und er begriff sogleich.

»Herr, ich möchte Euch bitten, Euch die Beinlinge ausziehen zu lassen, damit die Schwester Eure Wunde begutachten kann.«

»Wie? Ach so, ja.«

Lambert trat neben ihn, nestelte mit einigen geübten Bewegungen die Beinlinge seines Herrn ab und rollte sie herunter. Tryngen nickte dem Leibdiener dankbar zu. Der Verband um Engelberts Bein schien frisch zu sein. Vorsichtig wickelte sie ihn ab. Der Geruch nach Harz, Wachs und verschiedenen Kräutern stieg ihr in die Nase. Sie musste lächeln. Offenbar hatte ihr Vorgänger die Salbe mit Harz verwendet, von der der Küchenmeister gesprochen hatte. Die Bisswunde war inzwischen gut verheilt. Tryngen reinigte die Stelle mit dem Sud, den sie mitgenommen hatte, dann trug sie Marias Heilsalbe auf und entschied, keinen neuen Verband mehr anzulegen.

Lambert blickte sie fragend an. »Keinen Verband?«, flüsterte er.

Sie schüttelte den Kopf und deutete auf Engelberts Armschlinge. Lambert verstand auch das und löste vorsichtig die Schlinge, damit Tryngen den Verband abwickeln und den gebrochenen Arm untersuchen konnte.

Engelbert schien von all dem nichts zu bemerken. Er beratschlagte weiter mit dem Scholaster, welchen Mann sie am besten zu dem betrügerischen Verwalter schicken sollten. Als Tryngen seinen Arm abtastete, hielt er inne.

»Was sagst du dazu?«, fragte er plötzlich.

»Äh … wozu?« Sie hatte aufmerksam mitgehört und wusste eine Weile nicht, was er meinte.

»Na, mein Arm! Ist er wiederhergestellt? Wann kann ich wieder reiten?«

»Habt Ihr noch Schmerzen?«

Engelbert schüttelte den Kopf. »Magister Pilgrim hat mir etwas dagegen gegeben.«

»Was?«

Er antwortete nicht, sondern gab seinem Leibdiener einen Wink. Lambert reichte Tryngen eine kleine Tonflasche. Tryngen zog den Stopfen heraus und roch. Ein übler Geruch stieg ihr entgegen. Etwas, das sie an die vergangene Nacht erinnerte. Sie rümpfte die Nase. »Das braucht Ihr nicht mehr, Herr.« Sie gab Lambert die Flasche zurück. »Ihr solltet es nicht mehr trinken. Könnt Ihr Eure Hand bewegen?«

Zufrieden beobachtete sie, wie er seine Hand und die Finger bewegte. Der Bruch schien wieder verheilt zu sein, aber sie wollte auf keinen Fall, dass er zu früh wieder ritt. Vorsichtig tauchte sie seinen Arm in die Schüssel mit dem warmen Kamillenwasser und badete ihn, was Engelbert mit einem behaglichen Seufzer beantwortete. Sie trug Marias Heilsalbe auf und legte einen frischen Verband an. Sein Schweigen und sein offensichtliches Wohlbehagen spendeten ihr Mut für die nötigen Anweisungen.

»Diesen Verband müsst Ihr noch eine Woche tragen, Herr«, sagte sie und klappte ihren Korb zu. »Lasst Euch von Lambert jeden Tag den Arm baden und den Verband erneuern. Ich werde ihm die Salbe geben und erklären, wie er es machen soll. Ihr könnt Eure Hand bewegen, ebenso Euren Arm, wenn Ihr keine Schmerzen habt, aber verzichtet bitte aufs Reiten! Ihr könnt spazieren gehen, das solltet Ihr sogar.«

Engelbert lehnte sich zurück. Er rieb sich seufzend die Stirn, während Lambert die Armschlinge wieder befestigte. »Ich habe mich geirrt. Du hörst dich noch schlimmer an als mein Magister«, sagte er seufzend. »Ich werde morgen verreisen.«

»Dann, Herr, solltet Ihr Euren Wagen nehmen.«

»Den Wagen? Kommt gar nicht infrage!« Seine laute Stimme ließ Tryngen zusammenfahren. Sie krallte ihre zitternden Hände in den Stoff ihres Gewandes. »Herr, es wäre grober Leichtsinn, jetzt schon wieder zu reiten«, beharrte sie leise. »Euer Arm braucht noch Schonung. Wenn Ihr wieder vom Pferd stürzen solltet, könnte er erneut zerbrechen und für immer unbrauchbar bleiben.«

»Grober Leichtsinn?«, rief Engelbert. »Du sagst mir, ich wäre grob leichtsinnig?« Er beugte sich nach vorn. »Hilbert, ist das nicht unerhört?«

Hilbert richtete seinen Wieselblick auf Tryngen und nickte eilfertig.

Tryngens Herz jagte. Sie spürte, wie sie noch mehr schwitzte.

»Es tut mir leid, wenn ich Euch mit meinen Worten zu nahe getreten bin«, sagte sie schnell. »Was ich sagte, geschah nur …« Sie brach ab, als sie sich an ihr Gespräch mit ihm im Kloster erinnerte. Sie durfte ihm auf keinen Fall etwas über Sorge erzählen. »Ihr solltet wirklich auf Euch achtgeben.«

»Du sagst mir also schon wieder, was ich zu tun und zu lassen habe, Schwester«, stellte Engelbert fest. Er schüttelte missbilligend den Kopf und sah auffordernd zu Hilbert. Der Mönch nickte ernst.

Engelbert hob seine Hand. »Danke, du kannst gehen, Schwester Tryngen. Der Wagen wird dich zurückbringen. Da wirst du merken, wie *angenehm* es ist, in einem lauten, schaukeligen Gefährt zu reisen, in dem einem nur übel wird.«

Tryngen sank in die Knie. Sie hörte die beiden Männer miteinander flüstern und leise lachen. Sie wandte sich um und ging hinaus.

Lambert brachte sie zum Wagen, der im Hof auf sie wartete, und nickte ihr zum Abschied zu. Als der Wagen über den Hof und das Tor der Hacht hinaus in die dämmrige Stadt rollte, ballte sie ihre Hände zu Fäusten. Was für ein undankbarer, eigensinniger Mann Propst Engelbert doch war! Er war die Salbe nicht wert, mit der sie ihn behandelt hatte.

Sollte er tun, was er wollte, und seine Gesundheit aufs Spiel setzen, indem er ritt, ihr konnte es gleichgültig sein. Zum Glück war sie nicht seine Heilerin. Dieser Gedanke beruhigte sie, aber ihre Wut verging erst, als sie in den Feldweg einbogen, der zum Kloster Weiher führte. Wenigstens, dachte sie, würde er sie gewiss nicht ein zweites Mal zu sich rufen lassen.

Kapitel 7

Das geschah auch zum Glück nicht. Tryngen bangte noch ein paar Tage, aber als sie nichts hörte, beruhigte sie sich allmählich. Sie erzählte Richmud, der Priorin und Maria alles und beantwortete geduldig ihre Fragen, dann ging sie ihrer täglichen Arbeit nach und dachte nicht mehr an den Propst.

Der Herbstmonat verging, und die Ernte wurde eingebracht. Richmud war zufrieden, erinnerte Tryngen aber an die alljährliche Weinlieferung ihres Vaters, die dieses Jahr ausgeblieben war. Tryngen versprach, sich an ihrem Besuchstag darum zu kümmern.

Am folgenden Sonntag, nachdem sie die Messe in der Pfarrkirche Klein St. Martin besucht hatte, versammelte sich die Familie des Weinhändlers in ihrem Haus in der Goldgasse zum Essen. Es gab eine üppige Mahlzeit mit mehreren Gängen und gewürzten, mit Honig gesüßten Moselwein. Weißes, besticktes Linnen bedeckte die Tafel, es gab kostbare Gläser und zinnerne Krüge.

Tryngens Vater Alexander verdiente seit einigen Jahren viel Geld durch den Englandhandel. Er beschäftigte mehr Gesinde als früher, leistete sich einen guten Koch, eine Kinderfrau, Knechte und Mägde.

Tryngen fühlte sich wie immer unwohl. Sie wünschte sich ihr altes, schlichtes Elternhaus zurück, in dem sie aufgewachsen war. Dieses prunkvolle Heim war ihr fremd, es gehörte ihrer Stiefmutter, der zweiten Frau ihres Vaters. Alveradis hatte ihre reiche Aussteuer mitgebracht und das Haus nach ihren Wünschen umgestaltet. Sie hatte die abgetretenen Fußbodendielen in der Kemenate erneuern und die Wände neu tünchen lassen. Dort prangten nun kunstvolle Malereien, wie es jetzt Mode war, und im ganzen Haus standen schwere Truhen herum, deren Inhalt Tryngen nur erahnen konnte. Alveradis hatte einen Teil des Gemüsegartens in einen Ziergarten umwandeln lassen, in dem sie im Sommer Gäste empfing. Von dort strömte nun die kühle Luft des verregneten Tages durch das offene Fenster herein und mischte sich mit dem Geruch nach Rindfleischsuppe.

»Wie schade, dass wir nicht mehr draußen sein können«, sagte Alveradis, als hätte sie Tryngens Gedanken erraten. Sie hielt die Händchen ihrer kleinen Tochter fest, die auf ihrem Schoß saß, um sie daran zu hindern, in die Suppe zu patschen.

»Ja, wirklich schade, dass der Sommer vorbei ist«, pflichtete Tryngen ihr bei. Sie saß neben ihrem Vater und beobachtete verstohlen, wie ihre beiden Halbgeschwister ihre Suppe aßen. Die kleine Mathilde war im letzten Winter fünf Jahre alt geworden, ihr Bruder Hugo war ein Jahr jünger und konnte gerade allein essen. Sie fühlte sich auch selbst beobachtet; ihre junge Stiefmutter, die gegenüber ihrem Vater am Kopf der Tafel saß, ließ sie nicht aus den Augen. Ihre kleinen Halbgeschwister starrten sie mit großen Augen an, als wäre sie ein Fremdling, vor dem man sie gewarnt hatte.

»Starrt nicht so und esst!«, ermahnte sie Alveradis, und die Kinder löffelten gehorsam weiter. Aber ja, sie hatten recht, Tryngen war eine Fremde, die große Halbschwester, die vor Jahren Nonne geworden war und nur selten zu Besuch kam.

Tryngen sah zu ihrem jüngeren Bruder Bruno hinüber. Er schien in dem Monat, wo sie sich nicht gesehen hatten, wieder eine Handspanne gewachsen zu sein. Längst hatte er seinen Vater an Größe eingeholt. Ein zarter Bartflaum wuchs über seiner Oberlippe.

»Geht es dir gut, Tryngen?«, fragte Alveradis steif.

Tryngen zwang sich, zu ihr hinüberzusehen. »Es geht mir sehr gut im Kloster Weiher.« Es fiel ihr nicht schwer, die Worte mit Überzeugung auszusprechen, besonders das ›sehr‹.

Alveradis nahm ihren Löffel mit spitzen Fingern und aß schweigend weiter.

»Das freut mich, Tryngen.« Ihr Vater streckte seine Hand über den Tisch aus, drückte ihr den Arm und nickte ihr zu. Er sah blass aus. In seinen dunkelblonden Haaren wuchsen jetzt mehr graue Strähnen, und auch in seinem Bart schimmerte es silbern, aber seine Augen leuchteten freundlich wie immer.

Tryngen schenkte ihm ein Lächeln. »Ich freue mich, euch alle so wohlbehalten zu sehen«, sagte sie förmlich. »Ich hoffe, es geht dir auch gut, Alveradis.«

Alveradis schluckte die Suppe herunter. »Ich hatte doch noch nie Schwierigkeiten. Die Hebamme sagt, es ist alles, wie es sein sollte.«

»Wann ist es denn so weit?«

Alveradis tupfte sich den Mund mit dem Stofftuch ab und schob ihrem Kind ein Stück Brot in den Mund. »Wenn alles so wird, wie sie sagt, werden wir ein Christkind bekommen«, sagte sie lächelnd und warf Tryngens Vater einen vielsagenden Blick zu.

»Oh ja, ein Christkind!«, echote die kleine Schwester und klatschte in die Hände, und ihr Bruder tat es ihr nach. »Ein Christkind, ein Christkind!«, riefen sie im Chor.

»Mathilde, Hugo, hört auf damit!«, rief Alveradis sie zur Ordnung. »Esst eure Schüsseln leer.«

»Ich hab aber keinen Hunger mehr, Mutter.« Mathilde schob ihre Schüssel fort.

»Mathilde, du isst weiter! Es ist eine Sünde, zurückzuweisen, was der Herr uns schenkt.«

Das Mädchen zog eine Grimasse, aber es gehorchte. Widerwillig nahm es seinen Löffel und aß weiter. Eine Magd trat an den Tisch heran, füllte den Kindern Milch in die Becher und schenkte den Erwachsenen Wein nach.

»Ich bin froh, dass der Herr uns mit vielen Kindern gesegnet hat«, fuhr Alveradis fort. »Wo mein Vater mich doch erst spät vermählt hat! Meine Hebamme sagt, eine Frau sollte ihre Kinder nicht zu spät bekommen, das würde dem Lauf der Natur widersprechen. Aber das weißt du ja selbst am besten, Tryngen. Du hast doch sicher schon vielen Kindern auf die Welt geholfen, oder nicht?«

»Nur ein paar«, gab Tryngen zu. »Bei uns werden Alte und Kranke versorgt. Die Frauen in guter Hoffnung gehen zu den Hebammen.«

»Wie schade«, sagte Alveradis bedauernd. »Es ist doch gewiss viel schöner, neuem Leben auf die Welt zu helfen, anstatt zu sehen, wie die Menschen von Krankheiten dahingerafft werden und die Alten langsam verfallen.« In ihrer Stimme lag wieder die gewohnte Strenge.

»Nein, es ist schön zu sehen, dass wir vielen helfen können, wenn Gott es zulässt«, entgegnete Tryngen. »Die Alten haben dank unserer Hilfe einen würdigen Lebensabend.«

Alveradis ließ ihren Löffel sinken. »Kannst du den Geruch ertragen? Das riecht doch bestimmt immerzu nach Fäulnis und Tod.«

Tryngen hielt inne und blickte in Alveradis' ebenmäßiges, etwas blasses Gesicht, das ein ungefärbter Schleier umgab. Ihre Stiefmutter war nur wenige Jahre älter als sie selbst, aber sie hatte das Auftreten und die Strenge einer erwachsenen Frau.

Tryngen fühlte Widerwillen aufsteigen. »Sei dir sicher, dass wir uns gegen den schlechten Dunst wappnen«, erwiderte sie.

Alveradis kräuselte missbilligend die Lippen. »Man kann sich nicht vor den schlechten Dünsten schützen. Schon gar nicht, wenn man jeden Tag in einem Krankensaal arbeitet. Die Mönche, die die Kranken in den Hospitälern pflegen, werden alle nicht alt.«

Ein ungemütliches Schweigen entstand.

»Wir sollten hier an der Tafel nicht über Krankheit und Tod reden, meine Lieben«, sagte Tryngens Vater und hob sein Glas. »Lasst uns besser auf das kommende Leben trinken!«

Er nickte seiner Frau über den Tisch hinweg zu. Alveradis hob gehorsam ihr Glas. »Auf das Leben«, echote sie mit eisiger Stimme. Tryngen spülte die Erwiderung, die ihr auf der Zunge lag, mit dem Wein hinunter. Sie sah auf ihren Bruder, der mit gesenktem Kopf dasaß und sein Weinglas umklammerte.

»Nun, Bruno? Hilfst du deinem Vater fleißig im Kontor?«, erkundigte sie sich schnell, ehe Alveradis etwas sagen konnte.

Bruno hob den Kopf und sah sie endlich an. »Ich hoffe es«, sagte er nur und warf einen raschen Blick auf seinen Vater.

»Aber natürlich«, bestätigte Alexander. »Er hilft mir bei den Abrechnungen. Wie du weißt, hat er mich diesen Sommer an die Mosel begleitet, und im kommenden Winter wird er im Kontor von Alveradis' Vater lernen. Zur Vorbereitung auf die Englandreise im nächsten Sommer.«

»Du fährst nach England?«

Bruno nickte. »Mit Alveradis' Vater.«

Alexander und sein Sohn wechselten Blicke. Alexander sah stolz aus, Bruno dankbar. Tryngen schenkte Bruno ein Lächeln. Er wurde also allmählich groß. Sie konnte sich noch gut daran erinnern, wie sie zusammen in einer Kammer geschlafen hatten, in den Jahren nach dem Tod ihrer Mutter. Damals war ein starkes Band zwischen ihnen entstanden, das jetzt kaum noch vorhanden war.

Für den Rest des Mahls redeten sie über Unverfängliches. Sie sprachen über die Weinernte und dass es durch den trockenen Sommer ein guter Jahrgang geworden war, den ihr Vater mit hohen Erträgen zu verkaufen gedachte. Nach dem Hauptgang aßen sie zum Nachtisch Äpfel und Käse. Danach übergab Alveradis die müden Kinder der Kinderfrau und Bruno verschwand im Haus.

Tryngen, die so üppige Mahlzeiten nicht gewöhnt war, fühlte sich träge vom vielen Essen und benommen vom Wein. Ein ungutes Gefühl stieg in ihr auf, als sie in Alveradis' blasse Miene sah.

»Um es kurz zu machen, Tryngen«, sagte ihr Vater, nachdem er die Tür geschlossen hatte, »wir *beide* wollen nicht mehr, dass du im Krankenhaus des Klosters arbeitest. Du solltest dich an den Gedanken gewöhnen, das Kloster zu verlassen und zu heiraten.«

Tryngen saß eine Weile wie betäubt da. Sie starrte auf einen Fettfleck, den die Bratensoße auf dem Tafeltuch hinterlassen hatte.

»Ich habe einen Vetter. Er ist ein anständiger, wohlhabender junger Mann«, ergänzte Alveradis. »Wir halten ihn für geeignet, dein Gemahl zu werden. Er könnte sich eine Heirat mit dir vorstellen.«

Tryngen hob den Kopf nicht. Sie konnte es nicht ertragen, die junge Frau anzusehen, die ihr Vater geheiratet hatte. Die Worte schienen an ihrem Hirn abzuprallen, als würde es sich sträuben, die Ungeheuerlichkeit wahrzunehmen.

»Du wirst in eine gute, sehr angesehene Familie einheiraten, in *meine* Familie«, fuhr Alveradis fort. »Du bräuchtest nicht mehr in einem stinkenden Krankensaal harte Arbeit zu verrichten und wärst nicht mehr den gefährlichen Dünsten ausgesetzt.«

Der Fettfleck verschwamm vor Tryngens Augen. »Aber ich wollte doch schon immer heilen! Ich möchte im Kloster bleiben!«

Sie brach ab, weil ihr die Worte fehlten. Wie könnte sie den beiden erklären, dass sie seit ihrer Kindheit nichts anderes wollte? Sie wusste längst noch nicht alles, es gab noch viel mehr, das sie von den Schwestern zu erfahren hoffte. Die verbotenen Tränke. Sie war so kurz davor, eine Lernende zu werden! Aber das konnte sie den beiden natürlich nicht sagen.

Sie fühlte die warme Hand ihres Vaters auf ihrer. »Ich weiß, Tryngen, du wolltest schon immer ins Kloster. Maria hat dir das Leben dort gezeigt.«

Tryngen hob den Kopf. Sie bemerkte den Schatten auf dem Gesicht ihres Vaters – einen harten Zug in seiner Miene, der ihr vorher noch nicht aufgefallen war.

»Maria kann nichts dafür. Sie hat sich um mich gekümmert … nach Mutters Tod.«

»Ich weiß«, sagte Alexander. »Das war gut, bis …« Er legte die Hand auf seine Stirn und hielt kurz inne. »Ich ahnte ja nicht, dass es so schlimm werden würde.«

»Schlimm? Du meinst, es ist schlimm, dass ich im Kloster lebe und Menschen heile?« Tryngen sprang auf. Sie sah auf ihren Vater hinunter und fragte sich, ob er jemals etwas von dem, was sie ihm gesagt hatte, verstanden hatte. »Du hast mir versprochen, dass ich im Kloster bleiben darf.«

Alexander erhob sich ebenfalls. »Das habe ich nicht!«, entgegnete er mit sanfter, aber fester Stimme. »Ich habe deinen Bitten damals zwar nachgegeben, und ich bezahle das Kloster für deinen Unterhalt, aber ich habe dir nie etwas versprochen. Ich habe die Erlaubnis zu deiner Profess nie gegeben.«

Tryngen spürte, wie sie zu frieren begann. »Du willst nicht mehr für mich zahlen?« Sie konnte nicht glauben, dass er so kleinlich sein würde. »Dann stimme meiner Profess zu! Es kann dir doch gleichgültig sein, ob du meine Mitgift dem Kloster gibst oder einem Ehemann.«

In der Miene ihres Vaters spiegelten sich Wut, Trauer – und noch etwas, das Tryngen nicht deuten konnte. Eine neue Strenge. Eine Härte, die früher noch nicht dagewesen war. »Es geht mir nicht ums Geld, Tryngen, davon habe ich genug. Ich habe deinen Bitten nachgegeben, weil ich glaubte, dass du eines Tages wieder zurückkommen würdest. Ich dachte, das harte Klosterleben würde dich mit den Jahren zermürben. Ist es nicht so? Komm zurück zur Familie und führ das Leben, das dir zusteht! Du kannst eine geachtete Bürgersfrau werden, Kinder bekommen, sie groß werden sehen. Das ist ein großes Glück.«

Etwas Weiches trat in seine Miene, das Tryngen an früher erinnerte. Gegen ihren Willen musste sie lächeln. »Ich möchte mich aber nicht vermählen. Ich möchte im Kloster bleiben.«

Ihr Vater ließ seine Hände sinken. Sie sah, wie sich seine Miene verschloss. »Dann werde ich meine Zahlungen an das Kloster einstellen«, sagte er mit tonloser Stimme. Er ließ sich auf den Stuhl zurückfallen und starrte düster vor sich hin.

»Vater!« Sie ließ sich neben ihn sinken, drückte seinen Arm. Aber er sah nur ins Weinglas.

»Wir können es doch nicht so ausgehen lassen! Bitte, Vater!« Bei dem Gedanken, sich im Streit von ihm zu trennen, wurde ihr ganz flau im Magen.

»Das hast du dir allein zuzuschreiben«, zischte Alveradis. Sie erhob sich, ging zu ihrem Mann und legte den Arm um seine Schultern. Unter ihrem Kleid zeichnete sich schon deutlich ihr runder Bauch ab.

Tryngen wusste nicht mehr, was sie noch sagen sollte. Sie raffte ihr Gewand und lief hinaus. Ihre Füße trugen sie durch die Gassen. Der Regen rauschte auf sie herab, durchweichte den Lehm und bildete Pfützen auf den Wegen. Sie merkte nicht, wie sie allmählich durchnässte.

Sie konnte nicht glauben, dass sie sich soeben von ihrem Vater im Streit getrennt hatte. Von ihrem friedlichen Vater! Sie mochte nicht fassen, dass er seine Zuwendungen für das Kloster einstellen wollte. Dass er sie vermählen wollte! Bei dem Gedanken, einen fremden Mann zu heiraten, mit ihm das Bett zu teilen, seine Kinder zu bekommen, eins nach dem anderen, seinen Haushalt zu führen, wurde ihr übel. Dass ihr Vater das von ihr verlangte! Sie wusste, dass er nie begeistert von ihrem Leben im Kloster gewesen war, aber sie hatte geglaubt, er hätte sich damit abgefunden.

Alveradis, dachte Tryngen, sie musste es sein, sie hatte es ihm eingeredet. Es war ihr schlechter Einfluss.

Sie spürte, wie die Wut in ihr hochstieg. Beinahe hätte sie laut aufgeschrien, doch sie lief nur noch schneller.

Auf einmal fühlte sie Reue. Warum war sie nur so außer sich gewesen? Warum nicht überlegter, ruhiger? Dann hätte sie vielleicht noch etwas retten können. Die Wächter an der Stadtmauer gafften sie an – eine Nonne allein im Regen! –, aber sie kannten sie auch und winkten sie durch.

Tryngen konnte es kaum erwarten, zurück zum Kloster zu kommen. Sie würde Maria suchen, und Maria würde sie trösten. Sie wüsste bestimmt, was zu tun wäre. Sie wusste immer Rat.

Im Kloster hastete Tryngen sogleich zum Krankensaal. Sie wusste, Maria würde dort sein, obwohl es Sonntag war. Sie gönnte sich nur selten eine Pause. Tryngen sah sie schon von Weitem vor der ›kleinen Küche‹, doch sie war nicht allein. Neben ihr stand ein hochgewachsener junger Mann, der einen dunklen Wollumhang trug. Ihr Vetter Wilem.

Tryngen hielt inne. So, wie sie aussah, konnte sie ihm unmöglich begegnen! Sie wollte gerade wieder kehrtmachen, als sie merkte, dass Maria sie gesehen hatte. Überrascht winkte sie sie zu sich heran. »Du bist ja schon wieder da!«

Wilem wandte sich zu ihr um. Er ließ die Hand sinken, die er Maria gerade auf den Arm gelegt hatte, und runzelte die Stirn. Tryngen presste die Lippen fest aufeinander und ging mit langsamen Schritten näher. Bei jedem Schritt tropfte Regenwasser aus ihrem Gewand auf den Fliesenboden.

»Wie siehst du denn aus?«, rief Maria und fasste sie am Arm. »Hat dein Vater dich nicht zurückgebracht?«

Tryngen sah auf Wilem, betrachtete seine schlanke, kräftige Figur, sein gut geschnittenes Gesicht, seine Augen – ein merkwürdiges Gemisch aus Grün und Braun – und wäre am liebsten im Boden versunken.

»Wilem«, sagte sie. »Wie schön, dich wiederzusehen.«

»Tryngen.« Er schenkte ihr ein kleines Lächeln. Sein Blick streifte kurz ihre nasse Gestalt. Sie fühlte ihr Herz rascher klopfen, wie immer, wenn sie ihn sah.

Maria zog sie beiseite. »Was ist denn nur passiert, um Gottes willen?«

Tryngen musste wieder mit den aufsteigenden Tränen kämpfen. »Mein Vater, er … es gab einen Streit.«

»Einen Streit? Mit deinem Vater?«

»Ja, er will mich vermählen.« Nun hatte sie es gesagt, obwohl sie es nicht wollte. Sie wollte Maria nicht stören an diesem Sonntag, an dem Wilem sie besuchte.

Maria starrte sie mit großen Augen an. »Dich vermählen? Was ist denn nur in ihn gefahren?«

»Ich glaubte auch, er würde es nicht mehr wollen. Ich dachte, er hätte sich damit abgefunden, dass ich im Kloster lebe, aber ich habe mich getäuscht. Er will nicht mehr für mich zahlen.« Sie schluckte gegen den dicken Kloß in ihrer Kehle an.

Maria schüttelte den Kopf. Sie war blass geworden.

»Was mache ich denn jetzt nur? Ich habe Angst, dass er mich aus der Familie ausstößt, wenn ich mich weigere, diesen Mann zu heiraten.«

Maria nahm ihre Hände in ihre. »Das wird er sicher nicht.«

»Sag das nicht, du hast ihn lange nicht mehr gesehen. Er hat sich verändert«, sagte Tryngen mit tonloser Stimme.

Maria seufzte. »Heute ist der Tag der schlechten Nachrichten. Wilem ist aus den Diensten Dietrichs von Heimbach entlassen worden und jetzt das …«

»Oh, das tut mir leid. Ich wollte euch nicht stören …« Sie bemerkte, wie Wilem sie beobachtete, und fühlte Scham aufsteigen. Was musste er nur von ihr denken!

»Geh und zieh dich um, sonst wirst du noch krank«, sagte Maria. »Wir reden später miteinander.«

Tryngen nickte. Hastig verabschiedete sie sich von Wilem und eilte aus dem Krankensaal. Sie hatte ihn schon länger nicht mehr gesehen und sich gewünscht, ihm unter besseren Umständen begegnet zu sein. Später, als sie in einem trockenen Novizinnengewand wieder zurück in den Krankensaal kam, war er verschwunden.

Kapitel 8

Tryngen kniete in der Kapelle vor dem schlichten Altar. Hier war es noch warm vom letzten Stundengebet, der Non, die gerade vorbei war, und der Geruch nach den Schwestern und nach Wachs hing in der Luft. Auf dem Altar flackerte eine Kerze. Durch ein paar schmale Fenster, die mit Schweinsblasen verhängt waren, sickerte trübes Tageslicht in den schmucklosen Gebetsraum.

Tryngen betete das Vaterunser, dann zur Hohen Mutter. Wie jeden Tag seit ihrem Besuch zu Hause flehte sie darum, ihren Vater zum Umdenken zu bewegen und sie doch hier im Kloster zu lassen. Das Gebet beruhigte sie etwas, aber es tröstete sie nicht. Maria hatte ihr gesagt, dass sie notfalls auch als Laienschwester hierbleiben könne, falls ihr Vater nicht mehr für sie zahlen würde. Aber das konnte Tryngen nicht beruhigen. Mehr als alles andere fürchtete sie, ihre Familie zu verlieren.

Nachdem sie eine Weile dumpf in die Kerzenflamme gestarrt hatte, öffnete sich die Tür, und Isalda trat ein. »Hier bist du!« Sie sank vor dem Altar in die Knie und bekreuzigte sich, dann wandte sie sich an Tryngen. »Du sollst zur Meisterin kommen, sofort. Ich soll dich zu ihr bringen.«

»Was ist denn?«

»Das hat sie mir nicht gesagt.«

Tryngen brummte etwas vor sich hin und erhob sich unwillig. Isalda wusste nie etwas. Es schien ihr zu reichen, die Welt schweigend mit ausdrucksloser Miene zu beobachten. Zudem hatte sie es sich wohl zur Aufgabe gemacht, Tryngens Aufpasserin zu sein. Tryngen bekreuzigte sich vor dem Altar, dann folgte sie Isalda aus der Kapelle.

Richmud rief sie sogleich in ihr Arbeitszimmer. Sie saß an ihrem Schreibtisch. Neben ihr warteten ihre Tochter Blithildis, Katharina von Gründbach und Maria aufgereiht wie Wachsoldaten. Tryngen war sehr erleichtert, auch Maria hier zu sehen. Was immer man ihr gleich sagen würde, es wäre weniger schlimm, wenn Maria dabei wäre.

»Ich habe eine Nachricht bekommen«, sagte Richmud und strich ein Pergament glatt, das vor ihr auf dem Schreibtisch lag.

Tryngen spürte, wie sie innerlich verkrampfte. Hatte ihr Vater schon einen Brief geschickt, um der Meisterin mitzuteilen, dass er die Zahlungen für seine Tochter einstellen würde und sie das Kloster verlassen musste? Sie reckte den Hals, um etwas erkennen zu können, doch Richmud hatte das Pergament umgedreht. »Dompropst Engelbert von Berg hat mich gebeten, dich in seine Dienste nehmen zu dürfen, bis er sich endgültig für einen Leibarzt entschieden hat«, sagte Richmud. Sie musterte Tryngen, um zu sehen, wie sie die Nachricht aufnahm.

»Er … hat immer noch keinen Leibarzt gefunden?«, fragte Tryngen. Sie hörte, wie hoch und zittrig ihre Stimme klang.

»Er hat sich noch nicht entschieden«, entgegnete Richmud. »Bisher hat er niemanden gefunden, der seinen Ansprüchen genügt. Er scheint ein wählerischer Mann zu sein. Anfangs hätte ich nie geglaubt, dass er sich überhaupt an dich erinnert. Aber du scheinst einen guten Eindruck auf ihn gemacht zu haben.«

Sie schenkte Tryngen ihr übliches freundliches Lächeln, das dieses Mal eine Spur wärmer war.

Es freute sie wirklich, dachte Tryngen. Laut sagte sie: »Ich hatte nicht den Eindruck, dass er sehr überzeugt von mir war.«

»Wie auch immer, er *ist* es. Sein Angebot ist eine große Ehre für unseren Konvent. Wir sind alle der Meinung, dass wir seiner Bitte nachkommen sollten.« Richmud deutete flüchtig auf die anderen Frauen.

Tryngen musste an ihre letzte Begegnung mit Propst Engelbert zurückdenken und spürte Widerwillen aufsteigen.

»Es kann sehr nützlich sein, wenn du dich gut anstellst«, sagte Katharina von Gründbach. »Es ist möglich, dass dieser Mann bald Erzbischof von Köln wird.«

»Wie du weißt, untersteht unser Kloster nur dem Erzbischof, sonst niemandem. Du kannst dir sicher denken, was es für uns bedeutet, wenn wir ihm den Gefallen tun und dich gehen lassen«, ergänzte Richmud.

Tryngen schluckte ihren Widerwillen hinunter. Sie begriff die Bedeutung der Worte, ohne sie zu billigen. »Aber ich bin doch Novizin dieses Klosters!«, entgegnete sie. »Wie kann ich dann dem Propst dienen?«

»Du wirst selbstverständlich weiter unsere Novizin bleiben«, versicherte Richmud. »Du kannst uns jederzeit besuchen, wenn es deine Zeit zulässt und man es dir erlaubt. Es wird nicht für immer sein.«

»Aber …« Tryngen biss sich auf die zitternde Unterlippe. »Ich glaubte, ich könnte bald eine … Lernende werden!«

Eine Weile war es still im Raum. Richmud starrte auf das Pergament hinunter, während Blithildis Tryngen finster musterte. Tryngen wusste auch, warum: Sie hatte eine Regel gebrochen. Niemand durfte Worte, die die Schwesternschaft betrafen, offen aussprechen. Hilflos sah sie zu Maria hinüber, auf deren glatter Stirn sich eine Falte gebildet hatte.

»Sei sicher, dass sich deine Dienste bei Propst Engelbert sehr vorteilhaft *darauf* auswirken werden«, sagte Katharina von Gründbach. »Richmud war so gut, mich zu einem längeren Aufenthalt hier einzuladen, bis sie selbst in der Lage ist, unseren Kreis zu führen. Ich habe ihre Einladung angenommen. Ich erwarte deine Berichte über den Propst mit Spannung.«

Tryngen fasste wieder Mut, weil die Priorin wohl gerade beschlossen hatte, ebenfalls offen zu reden. »Ihr wollt, dass ich Euch von ihm berichte«, fasste sie zusammen.

Die Priorin nickte. »Wir wollen alles von ihm erfahren. Wir müssen doch wissen, was der künftige Herr dieses Klosters für ein Mensch ist, nicht wahr, Richmud?«

»Natürlich.«

»Wenn du dem Kloster in dieser Hinsicht nützlich bist, wird sich das gut für dich auswirken«, wiederholte die Priorin. »Genauer auf die Zeit, die du als Suchende verweilen musst.«

»Ihr meint also, ich werde eher Lernende, wenn ich Euch vom Propst berichte?«

Katharina von Gründbach trat ans Fenster und sah hinaus. Dann wandte sie sich wieder um. »Ich kann dir keine Versprechungen machen, aber ich versichere dir, dass sich deine Berichte günstig auswirken werden«, sagte sie leise. »Du wirst uns natürlich versprechen, dass du kein Sterbenswort über uns verrätst. Maria hat uns versichert, dass du das nicht wirst. Sie bürgt ja für dich, wie du weißt.«

Die Worte verfehlten ihre Wirkung nicht. Tryngens Anspannung stieg, als sie sich erinnerte, dass Maria sich mit ihrem Leben für sie verbürgt hatte. Sie konnte sich zwar nicht vorstellen, dass Maria tatsächlich etwas geschehen würde, wenn Tryngen die Schwesternschaft verriet – was sie natürlich niemals tun würde –, aber Katharina von Gründbach war eine Edle, und man musste vorsichtig vor den Edlen sein. Sie hatte womöglich eine große Familie mit Männern in einflussreichen Ämtern.

Wer wusste schon, was sie alles tun könnte.

»Natürlich werde ich nichts verraten«, sagte Tryngen. Sie sah hilfesuchend zu Maria hinüber. »Aber mein Vater, er will …«

»Ich habe es ihnen schon erzählt«, gab Maria zu.

»Wir wissen, dass dein Vater dich vermählen will und damit droht, seine Zahlungen einzustellen, falls du dich weigerst«, erklärte Richmud. »Wir halten es für das Beste, wenn wir mutig sind. Dein Vater wird es nicht mehr wagen, dich zu vermählen, wenn du erst in Diensten des Propstes bist.«

Die Priorin nickte.

»Es kann ein Ausweg sein«, ergänzte Maria.

Alle sahen Tryngen erwartungsvoll an. Tryngen war überrascht über so viel Dreistigkeit. Aber dann fand sie Gefallen an den Ansichten der Schwestern. Sie hatten recht, der Dienst bei Engelbert von Berg würde die Heiratspläne ihres Vaters für sie erst mal vereiteln. Vielleicht würde er sich sogar über die große Ehre freuen, die ihr zuteilwurde.

Mit Mühe kämpfte sie ihren Widerwillen nieder. Sie würde tun, was man von ihr verlangte.

* * *

Schon am nächsten Morgen brachte der Klosterkutscher Tryngen zur Dompropstei. Sie hatte in der Nacht kaum geschlafen, bis sie sich schließlich mit dem Gedanken beruhigen konnte, dass ihr Vater sie nicht vermählen konnte, solange sie in Diensten von Propst Engelbert wäre, und sie sicher eher als Lernende in die Schwesternschaft aufgenommen werden würde.

Trotzdem beschlich Tryngen ein ungutes Gefühl, als der Wagen durch die Drachenpforte in den abgeschlossenen Bereich hinauffuhr. Es war ein feuchter, kühler Frühherbsttag. Die Wachmänner an der Pforte sahen verfroren aus. Von irgendwoher ertönten Hammerschläge, in die sich laute Rufe mischten. Mit klammen Fingern schob sie den Stoff beiseite, der den Wagen überspannte. Es roch nach frisch entfachtem Feuer. An einer Kirche gleich hinter dem Dom klebte ein Baugerüst, auf dem Maurer arbeiteten. Unten hämmerten Steinmetze unter einem hölzernen Dach. Ein Windenknecht lief in dem großen Laufrad einer Hebemaschine, mit der Steine nach oben transportiert wurden. Der Dom selbst streckte sich lang hin mit seinem feuchten Dach und den Türmen, die in den regengrauen Himmel ragten.

Tryngen ließ den Stoff fallen, als der Wagen im Domhof hielt. Sie wollte nicht aussteigen. Lange zögerte sie, bis der Kutscher den Stoff zurückschob und ihr seine raue Hand hinhielt. Auf dem Hof wehte ein kühler Wind, fuhr unter ihren Wollmantel. Nieselregen fiel auf sie herab. Mit zitternden Fingern umklammerte sie ihren Korb und beobachtete, wie der Kutscher den weiteren Korb mit ihren wenigen Habseligkeiten entlud. Sie fühlte sich beobachtet, von den Wachen an den Türen und Pforten, von den Dienern, Knechten und Mägden, die gewiss hinter den mächtigen Mauern des alten Palastes, der sich trutzig und nass vor ihr erhob, ihren Pflichten nachgingen und bei jedem Karrengeräusch neugierig aus den Fenstern spähen würden. Erleichtert sah sie Lambert heraneilen, gefolgt von einem weiteren Diener. Er hielt seine Gugel fest, damit der Wind sie ihm nicht vom Kopf wehen konnte.

»Schwester Tryngen! Entschuldigt bitte meine Verspätung. Wir bringen Euch in Eure Kammer.«

Er deutete flüchtig auf den Diener, einen kleinen unscheinbaren Mann, der ganz unter seinem Umhang verschwand. Der Diener nahm den Korb mit ihren Habseligkeiten, doch sie bestand darauf, ihren Medizinkorb selbst zu tragen. Sie nickte dem Kutscher zu und beobachtete, wie er das Zugpferd antrieb und mit dem Wagen durch die Pforte verschwand. Sie folgte Lambert an dem alten Palast vorbei durch das Häusergewirr, das sich dahinter drängte, bis sie ein zweigeschossiges, lang gestrecktes Haus erreichten.

»Das Gesindehaus der Propstei«, erklärte er. »Hier schlafen wir alle. Es gibt Schlafsäle für das niedere Gesinde unten, einen für die Knechte und einen für die Mägde. Die höheren Diener schlafen oben. Als Leibärztin des Propstes hättet Ihr Anrecht auf eine eigene Kammer, aber leider sind wir darauf nicht eingestellt.« Er stieg eine knarrende Treppe hinauf und führte Tryngen über den ebenso knarrenden Dielenboden des oberen Geschosses, das gleichzeitig Dachgeschoss war. Er öffnete eine Tür. »Ihr teilt Euch eine Kammer mit der Köchin, die gerade Dienst hat. Das andere Gemach gehört der Gesindevorsteherin. Ehrlich gesagt haben wir nicht mit einer Frau gerechnet. Ich hoffe trotzdem, es ist alles zu Eurer Zufriedenheit, Schwester.«

Tryngen betrat den winzigen Raum mit den beiden Betten. Über ihr wölbte sich das Dachgebälk. Durch eine fehlende Schindel im Dach kam Licht und Luft herein. Immerhin gab es einen Tisch mit einer Waschschüssel und eine Truhe aus billigem Holz.

»Es ist sehr gut«, lobte sie und beobachtete, wie der Diener ihren Korb abstellte. Es war ihr sogar lieber, nicht allein schlafen zu müssen.

»Der Schlafbereich der Diener und Knechte ist von hier aus natürlich nicht zugänglich«, fuhr Lambert nüchtern fort. »Die Mahlzeiten nehmt Ihr gemeinsam mit dem Gesinde unten im Refektorium ein. Beten könnt Ihr in der St.-Lambert-Kapelle. Wir halten uns an die Regeln eines Klosters. Jeglicher Männerbesuch ist selbstverständlich nicht erlaubt.« Er sah sie streng an. »Weiter muss ich Euch sagen, dass Ihr Euch ständig zur Verfügung des Propstes halten müsst. Ihr dürft den Hof auf keinen Fall verlassen, nur mit Erlaubnis der Gesindevorsteherin.«

»Ich verstehe.« Tryngen atmete den Schlafgeruch der Köchin ein, der noch im Raum hing, und fühlte sich fremd. Sie musste daran denken, wie sie sich am Morgen von Godelivis Vinke verabschiedet hatte, der alten Frau eines reichen Wollhändlers, die an der schwarzen Drachengeschwulst litt. Sie würde sie nicht in den Tod begleiten können, wie sie es gewollt hatte. Die alte Frau, für die sie eine wichtige Stütze war, hatte bitter geweint.

»Ihr müsst wissen, dass dem erzbischöflichen Truchsess der gesamte Haushalt untersteht, auch der des Propstes. Wie Ihr vielleicht gehört habt, weilt unser derzeitiger Erzbischof Adolf gerade in Rom«, erklärte Lambert. »Wir wissen nicht, wann er zurückkommt. Solange er fort ist, ist der Dompropst unser oberster Herr und natürlich auch unser Dekan.«

Er machte eine kurze Pause, als würde er eine Frage erwarten, aber als Tryngen nichts sagte, fuhr er fort: »Etwas Wichtiges ist da noch: Der Bereich des Klosters St. Maria ad Gradus ist nur den Domherren vorbehalten. Ihr solltet auch den alten Palast und die Domschule meiden, das sind keine guten Orte für Frauen.«

»Warum?«, wagte Tryngen endlich zu fragen.

»Die edlen Domschüler sind unberechenbar«, erwiderte Lambert knapp.

Tryngen knetete ihre Hände. »Danke«, sagte sie.

Lambert nickte. »Ich werde Euch eine Magd schicken, die Euch beim Einrichten hilft. Dann haltet Euch bereit, unser Herr wird Euch heute nach der Vesper empfangen.«

»Schon?«, entfuhr es ihr, doch Lambert nickte ihr nur kurz zu und verschwand dann mit dem anderen Diener im Dunkel des Dachbodens. Wenig später erschien eine Magd und half ihr, ihre wenigen Habseligkeiten auszupacken. Sie hieß Uda und war etwa im selben Alter wie sie, weshalb sie schnell Vertrauen zueinander fassten. Nachdem Tryngen ihr ein wenig vom Klosterleben erzählt hatte, wurde auch sie gesprächig.

»Propst Engelbert ist ein strenger Herr«, berichtete sie. »Wisst Ihr, dass er hier auf der Domschule war? Er hat seine erste Propstei schon als Knabe bekommen. Aber er ist ja auch der Sohn des Grafen von Berg.« Sie legte Tryngens Kamm neben die Waschschüssel und hängte ein sauberes Tuch an den Nagel.

»Ich weiß«, sagte Tryngen.

Uda senkte ihre Stimme. »Man sagt, dass unser ehemaliger Erzbischof Dietrich von Heimbach damals … also, als er noch lange kein hoher Kirchenmann war, auch Dompropst werden wollte«, verriet sie. »Es gab einen Streit zwischen den Domherren und den Äbten. Die meisten von den jungen Domherren haben Engelbert gewählt, aber die älteren Äbte haben gesagt, dass er zu jung wäre. Der Streit ist bis vor den Papst gekommen, und der hat dann bestimmt, dass Engelbert Propst werden soll.«

Sie schob Tryngens Korb in eine Ecke und fuhr fort: »Lustig war, als Dietrich von Heimbach später Erzbischof wurde und somit Engelberts Herr.« Sie grinste. »Wie auch immer, nun ist Dietrich jedenfalls vom Papst wieder abgesetzt worden, weil er zu Kaiser Otto gehalten hat. Er will aber weiter Erzbischof bleiben, genau wie Adolf von Berg. Sie zanken sich gerade in Rom darum.« Ihr Gesicht verdüsterte sich.

Tryngen nickte. Sie wunderte sich, dass die Magd so viel darüber wusste.

»Nun muss Seine Heiligkeit entscheiden, ob es einer der beiden alten oder ein neuer Erzbischof wird«, fuhr Uda fort. »Der Hof wartet seit Wochen auf die Boten des Papstes! Darf ich Euch was anvertrauen, Schwester? Versprecht bitte, dass Ihr es nicht weitererzählt!«

Tryngen hob feierlich ihre Hand und versprach es. Sie war neugierig geworden. Uda nickte zufrieden. »Es gibt schon Wetten am Hof, wen der Papst zum nächsten Erzbischof machen will. Entweder einen von den beiden alten oder einen neuen.«

»Auf wen setzen die meisten?«, erkundigte sich Tryngen.

Uda zuckte mit den Schultern. »Für uns ist's ja eigentlich egal, welchen Herrn wir haben. Ich hab auf Dietrich von Heimbach gesetzt, aber die meisten glauben, dass es wieder Adolf von Berg wird, weil der damals schon zu den Staufern gehalten hat. Ein paar sagen aber auch, es wird Propst Engelbert.«

»Ah.«

»Wenn Ihr wollt, könnt Ihr mitmachen, Schwester. Ihr braucht keinen Pfennig. Jeder bringt das ein, was er hat.«

Tryngen sah in das erwartungsvolle Gesicht der Magd. Vielleicht würde Uda einen Anteil an den Wetten bekommen. Sie dachte, dass es sicher klug wäre, ihr etwas zu geben; vielleicht würde sie dann in Zukunft noch mehr von ihr erfahren. Aber sie besaß nur ein paar Pfennige, die die Kranken im Kloster ihr zugesteckt hatten. Außerdem wollte sie vorsichtig sein.

»Ich … werde es mir überlegen, Uda. Vielleicht später.«

Die Magd sah enttäuscht aus. »Wie Ihr wünscht, Schwester. Wenn Ihr wollt, kann ich Euch ins Refektorium begleiten. Oder soll ich Euch das Essen auf die Kammer bringen?«

»Ich esse im Refektorium.«

Uda nickte. Nachdem Tryngen es abgelehnt hatte, sich an der Wette zu beteiligen, war es mit ihrer Redseligkeit vorbei, wie Tryngen betrübt feststellte. Ein wenig mehr vom Klatsch zu erfahren, hätte sicher nicht geschadet. Doch dann dachte sie, dass Uda sicher nicht zögern würde, den anderen auch von ihr zu erzählen, wenn sie ihr so bereitwillig alles erzählte. Sie musste vorsichtig sein.

Sie waren zu spät. Das Gesinde saß im Refektorium bereits an der langen Tischreihe und hatte das Gebet gesprochen. Uda begleitete Tryngen wortlos an das Ende der Tafel, das ihnen am nächsten war, knickste vor einer älteren Frau und stellte sie vor.

Die Frau ließ ihren Löffel sinken. Sie war rundlich und hatte dunkle Äuglein, die tief in den rötlich schimmernden Wülsten ihres Gesichts lagen. »Ihr seid zu spät!«, tadelte sie.

»Verzeihung, Clementia.«

Die Frau brummte unwillig und winkte Uda fort, als wäre sie eine lästige Fliege. Uda wandte sich um und verschwand im düsteren Halbdunkel des Refektoriums, das mit dem Geruch nach gekochtem Gemüse und dem Stimmengewirr erfüllt war.

Clementia musterte Tryngen mit einem scharfen Blick aus ihren winzigen Augen. »Setzt Euch, Schwester Tryngen.« Sie winkte einer Magd, die heraneilte und Tryngens Teller mit Hirsebrei und roten Rüben füllte. Eine weitere Magd schenkte ihr Birnenmost in einen hölzernen Becher. »Verzeiht meine Verspätung, es wird nicht wieder vorkommen«, sagte Tryngen hastig, murmelte ein rasches Tischgebet und bekreuzigte sich. Sie spürte, wie Clementia sie beobachtete, als sie ihren Löffel aus der Gürteltasche hervorholte und zu essen begann, und fühlte sich unbehaglich.

»Ihr werdet Euch künftig an die Regeln halten«, sagte Clementia. »Der Leibdiener des Herrn hat sie Euch doch gesagt, oder?«

Tryngen nickte. Clementia wühlte in einer Schüssel mit Gebratenem, die eine Magd gerade hingestellt hatte, und schob sich ein Stück Fleisch in den Mund. »Ihr teilt Euch die Kammer mit der Köchin. Nebenan schlafe ich. Kommt am besten nie zu spät zurück, sonst kann es sein, dass die Tür zum Gesindehaus von innen verriegelt ist.«

Tryngen starrte auf Clementias offenen Mund, in dem ihre lückenhaften Zähne das Fleisch zermalmten.

»Und wenn der Propst mich noch später braucht?«

Clementia starrte sie belustigt an und schüttelte den Kopf. Sie nahm sich mehr Fleischstückchen aus der Schüssel und hielt sie Tryngen hin. »Herzen und Nieren von den herrschaftlichen Sonntagshühnern. Iss!«

»Nein danke.« Tryngen aß den letzten Löffel Gemüsebrei und schob ihren Teller fort.

»Ihr seid wohl kleinere Mahlzeiten gewöhnt«, bemerkte Clementia. »Hat man im Kloster Weiher nicht genug?«

»Doch, haben wir. Ich habe nur keinen Hunger mehr.« Mit Mühe zwang Tryngen sich, das Mus aus getrockneten Pflaumen aufzuessen, das es zum Nachtisch gab, während Clementia sich einem hageren, älteren Mann zuwandte, der neben ihr saß, und Tryngen nicht mehr beachtete. Sie hielt es nicht für nötig, ihn vorzustellen, aber Tryngen begriff auch so, dass es der Verwalter der Propstei sein musste. In dem Gespräch der beiden ging es um die Essensplanung für die nächste Woche und eine erwartete Lieferung von Wild für das Festmahl zu Simon und Judas.

Nach dem Mahl erhob sich Clementia und klatschte in die Hände. »Auf mit euch!« Alle erhoben sich und machten sich wieder an die Arbeit. Da sich niemand weiter um sie kümmerte, kehrte Tryngen in ihre Kammer zurück, wo sie ein paar langweilige Stunden verbrachte, bis Lambert endlich erschien, um sie zum Propst zu bringen.

Er musterte sie von oben bis unten und nickte zufrieden, ehe sie sich auf den Weg machten. Tryngen hatte viele Fragen, aber sie wagte es nicht, sie ihm zu stellen. Aufgeregt folgte sie Lambert die schmalen Wege durch die Häuser bis zu dem Platz, wo das pröpstliche Anwesen lag. Hinter seinen rundbogigen Fenstern schimmerte Licht hinaus in die Dämmerung. Lambert nickte den Wachmännern an der Tür zu und führte Tryngen in den Vorraum. Dort durchsuchte sie wieder ein Leibwächter und postierte sich danach vor der geschlossenen Tür, die zum Empfangsraum führte. In dem kleinen Raum war es dämmrig.

Nur wenig Licht sickerte durch ein winziges, bleigefasstes Fenster herein. In diesem Augenblick trat ein Mann aus einem schattigen Winkel hervor. Er kam so schnell, dass Tryngen erschreckt zusammenfuhr. »Schwester Tryngen?«

»Ja?« Sie wich ein wenig zurück. Er war hager und hochgewachsen, trug ein dunkles Gewand und eine Bundhaube. Buschige Brauen kräuselten sich über seinen Augen, die in tiefen Höhlen lagen.

»Gestatten – Magister Waldever, Physicus.« Er musterte sie scharf und nickte huldvoll auf sie herab. »Ich habe gehört, dass Ihr auch berufen seid. Offenbar sind wir die beiden Einzigen, die übrig geblieben sind.« Er stellte sich so ans Fenster, dass das Licht auf ein eingesticktes Abzeichen fiel, welches seine Cotte zierte.

»Ja, offenbar.« Tryngen machte einen Knicks, als ihr einfiel, dass sie nicht vor ihm zu knicksen brauchte, denn sie waren ja beide als letzte Bewerber für das Amt des Leibarztes übrig geblieben und somit als gleichwertig anzusehen. Er beantwortete es mit einem nachsichtigen Lächeln. In dem matten Licht versuchte sie, die Schriftzüge seines Abzeichens zu entziffern.

»Medizinische Schule in Montpellier«, erklärte er knapp.

»Ihr habt in Frankreich gelernt?«

Er nickte sichtlich stolz. Tryngen war beeindruckt. Sie sah auf seine dünnen Hände hinunter, die den Griff eines klobigen Holzkastens umklammerten. »Ihr habt Eure Mittel dabei«, stellte sie fest und dachte erschreckt, dass sie ihren Korb in der Kammer zurückgelassen hatte.

»Ein Arzt hat seine Heilmittel immer bei sich«, gab Waldever zurück und sah aus dem Fenster.

»Aber … Propst Engelbert ist doch nicht krank?« Sie warf einen hilfesuchenden Blick zu Lambert hinüber, der den Kopf schüttelte.

»Man kann nie wissen«, meinte Waldever.

Tryngen knetete nervös ihre Hände und schalt sich, weil sie ihren Koffer nicht ebenfalls dabeihatte. Immer wieder musterte sie verstohlen das eingestickte Abzeichen auf der Cotte des Magisters. Sie hatte noch nie mit einem Mann gesprochen, der an einer medizinischen Schule studiert hatte. Sie wollte unbedingt mehr darüber wissen, aber jetzt war nicht der geeignete Zeitpunkt für ein Gespräch. Vielleicht hätte sie später noch die Möglichkeit, mit ihm zu reden.

Sie wurden hereingerufen, und Lambert führte sie in den Empfangsraum. Waldever schritt energisch voran und verbeugte sich tief vor Propst Engelbert, der auf seinem hohen Stuhl saß, umgeben von einigen Getreuen. Neben ihm saß ein nicht weniger gut gekleideter Mann, der etwa im selben Alter wie er war.

Tryngen trat neben den Magister und sank in einen Knicks. Ein Diener schloss leise die Tür hinter ihnen.

»Magister Waldever, ich freue mich, Euch zu sehen!«, sagte Propst Engelbert. »Wie schön, dass ich Euch von den Kölner Bürgern fortlocken konnte und Ihr Eure Kenntnisse nun mir zur Verfügung stellt.«

»Es ist mir eine große Ehre, allergnädigster Herr.« Waldever verneigte sich wieder.

Propst Engelbert lächelte. »Ich hoffe, dass ich Euch nicht allzu viele Mühen machen muss, Magister, denn es geht mir ausgezeichnet. Meine Verletzungen sind verheilt.«

Tryngen betrachtete ihn still und dachte, dass er recht haben könnte. Er hatte wieder eine gesunde Gesichtsfarbe. Seine dunkelblonden Haare fielen in sorgfältig gekämmten Wellen bis zum Kinn hinab, und sein tiefblauer Bliaut passte hervorragend zu seinen blauen Augen, mit denen er munter umherblickte. Er trug auch keine Armschlinge mehr. Kein Zweifel, seine Säfte mussten wieder vollkommen im Gleichgewicht sein.

Stolz durchflutete Tryngen, denn obwohl es gewiss Gottes Wille gewesen war, dass dieser Mann noch lebte, so hatte sie viel dafür getan, ihn vor Schlimmerem zu bewahren. Was gewiss der Grund dafür war, warum sie als Einzige neben dem Magister an den Hof gerufen worden war.

»Es freut mich sehr, dass Ihr bei guter Gesundheit seid, gnädiger Herr«, sagte Waldever.

»Eure Salbe hat meinem Arm gut geholfen«, sagte Engelbert, und er fand noch weitere lobende Worte, die Waldever sichtlich stolz hinnahm. Tryngen war überrascht, Propst Engelbert so verändert zu sehen.

So war er also, wenn er gesund war. Sie fragte sich, ob er auch noch das Wort an sie richten würde. Verstohlen betrachtete sie die Männer, die ihn umgaben – Hilbert, der seine wieselflinken Blicke an ihnen auf und ab schweifen ließ und dem nichts entging, Lambert, ein paar weitere Diener und einen älteren Mann in höfischer Tracht mit einer Kappe, der hinter dem Propst stand. Wahrscheinlich ein Mann mit einem hohen Amt am Hof. Die Stimme Engelberts riss sie aus ihren Betrachtungen.

»Schwester Tryngen! Ich freue mich, dass deine Meisterin so gütig war, dich unseren Diensten zu überlassen. Ich hoffe, dass dies kein allzu großer Umstand für dich ist.«

Tryngen erschrak. Täuschte sie sich, oder klang seine Stimme tatsächlich eine Spur kühler? Hatte man ihm berichtet, dass sie nicht begeistert davon gewesen war, zu ihm gerufen zu werden? Sie hob den Kopf und begegnete seinem Blick. Er lächelte nicht.

Er wusste es, durchfuhr es sie. Der Hauptmann hatte es ihm gesagt.

Sie spürte, wie sie bis zu ihrem Schleier errötete. »Es ist kein Umstand für mich, sondern eine Freude«, versicherte sie hastig und zwang sich zu einem Lächeln.

»So? Nun, dann freut es mich auch«, gab er zurück, aber es klang nicht überzeugt. Die Männer starrten sie an, und Tryngen spürte, dass sie noch tiefer errötete.

»Ich bin übrigens am nächsten Tag schon wieder geritten, Schwester«, berichtete er. »Es hat mir sehr gutgetan!« Der Trotz lag unüberhörbar in seiner Stimme.

Tryngen schluckte ihre Erwiderung herunter. »Es freut mich sehr, dass Ihr wieder gesund seid, Herr.«

»Gut. Wenn Ihr etwas brauchen solltet, zögert nicht, Euch meinem Truchsess Dietrich von Münchhausen anzuvertrauen. Als Vorsteher des erzbischöflichen Haushalts hat er ein großes Herz für alle.« Engelbert deutete auf den älteren Mann in der höfischen Tracht, der ihnen huldvoll zunickte.

»Ich stelle vor: den ehrenwerten Domkeppler Dietrich von Brohl!« Er deutete auf den Edlen zu seiner Rechten, einen dunkelhaarigen, freundlich aussehenden Mann, der in etwa im selben Alter wie er selbst war. »Er ist der Vorsteher der erzbischöflichen Kanzlei und Hüter aller Schreiben, die den Hof erreichen oder ihn verlassen.«

Dietrich von Brohl nickte ihnen zu. Er war deutlich kleiner als Engelbert und hatte ein schmales, gut geschnittenes Gesicht.

»Ihr könnt Euch beide glücklich schätzen. Aus einem Heer von Ärzten und Heilern seid Ihr die Auserwählten. Euer Können hat mich überzeugt«, fuhr Engelbert fort. »Es ist immer gut, eine Auswahl zu treffen, vor allem, wenn es um eine so wichtige Position wie die meines Leibarztes geht. Ich denke, Ihr seid klug genug, Euch Eurer Verantwortung bewusst zu sein.« Er musterte sie mit scharfen Blicken.

»Aber natürlich, gnädigster Herr«, versicherte der Magister. Tryngen nickte nur, während sie dem Blick des Propstes tapfer standhielt.

»Ich hoffe, dass ich Euch nicht brauchen werde, aber wenn, dann werde ich Euch beide zurate ziehen«, sagte Engelbert. »Ich musste leider feststellen, dass es so viele Meinungen wie Ärzte gibt. Sehr verwunderlich! Man sollte doch meinen, dass es für eine Schwierigkeit nur eine Lösung geben kann. Wenn ein

Wagen ein Rad verliert, dann gibt es auch nicht verschiedene Arten, es wieder zu befestigen.«

Die Männer lachten. Engelbert blickte Magister Waldever und Tryngen auffordernd an, doch keiner der beiden wagte eine Erwiderung. »Ich glaube deshalb, dass Ihr Heiler viel im Dunkeln herumstochert«, fuhr er fort. Seine Stimme hatte auf einmal einen kälteren Klang. »Es sollte mehr Universitäten geben! Überall müsste dasselbe gelehrt werden. Alle sollten aus denselben Büchern lernen, damit nicht einer dies und der Nächste das behauptet. Aber Ihr lernt bei verschiedenen Meistern, und ist der Meister gut, ist es auch der Lehrling, aber ist der Meister schlecht … ach, ich will nicht weiter darüber nachdenken.« Er machte eine wegwerfende Handbewegung. »Bei den Arabern gibt es Krankenhäuser, die gleichzeitig Medizinschulen für Ärzte sind. Warum sind die arabischen und die jüdischen Ärzte so viel besser als unsere? Was meint Ihr?«

»Die medizinische Schule in Salerno hat einen ausgezeichneten Ruf, Herr«, beeilte sich Waldever zu versichern.

»Ja, aber wir haben viel zu wenig davon.«

»Es wird besser mit den Jahren, gnädiger Herr. Ich muss sagen, die Schule in Montpellier, an der ich die Ehre hatte, lernen zu dürfen, hat sehr gute Lehrer.«

»Ja, das merkt man an Euren Heilkünsten, Magister Waldever«, lobte Engelbert. »Magister Pilgrim war ein hervorragender Arzt. Ich bin immer noch betrübt, dass der Herr ihn so plötzlich von uns genommen hat. Ihr habt gute Aussichten, ihn zu beerben, Magister Waldever.«

Der Magister schien zu wachsen. Er wagte sogar ein kleines Lächeln, während Tryngen sich übergangen fühlte. Was hatte sie auch erwartet? Dass Propst Engelbert sie auf Händen trug, nachdem sie so widerwillig zu ihm gekommen war? Sie war außerdem nur eine Frau, eine unbedeutende Novizin aus dem Kloster, die ihr Wissen von Kräuterfrauen hatte. Wahrscheinlich würde sie nur eine Weile bleiben, bis Magister Waldever endgültig Engelberts Leibarzt geworden wäre.

Sie sollte sich freuen, bald wieder ins Kloster zurückkehren zu können, aber trotzdem war sie enttäuscht. Der Propst wechselte noch ein paar freundliche Worte mit dem Magister und entließ sie dann beide.

Tryngen atmete auf, als sich die Tür hinter ihnen geschlossen hatte und sie wieder in dem Vorraum waren, in dem nur eine kümmerliche Kerze brannte. Sie schluckte ihre Enttäuschung herunter. »Ihr müsst mir bald von Eurer Schule erzählen, Magister Waldever«, sagte sie.

»Ja, gewiss bald. Viel Zeit scheinen wir ja nicht mehr miteinander zu haben, Schwester Tryngen.« Er lächelte hochmütig auf sie herab, ehe er sich umwandte und sie einfach stehen ließ.

Tryngen starrte ihm hinterher, wie er mit energischen Schritten den Vorraum durchquerte und verschwand. Ihre Hände ballten sich zu Fäusten.

»Ich bringe Euch in die Kammer zurück«, sagte Lambert.

Täuschte sie sich oder lag wirklich Mitgefühl in seiner Stimme? Aber nein, sie hatte sich bestimmt geirrt. Lambert war sicher ein nüchterner, pflichtbewusster Mann, der an den Umgang mit Propst Engelbert gewöhnt war und seine Gefühle beherrschte und versteckte.

Sie hatte es verdorben, dachte sie enttäuscht, als sie die Treppe zu ihrer Kammer hinaufstiegen. Die Köchin lag schon im Bett und schnarchte. Die Kammer war stockdunkel, kalt und roch nach den Essensdünsten, die die Frau ausströmte. Tryngen zog sich rasch bis auf ihr Unterhemd aus und tastete sich in ihr Bett. Obwohl sie müde war, konnte sie nicht einschlafen. Sie musste an Maria denken, an Isalda und an Godelivis Vinke. Eine Träne rann ihr über die Wange und fiel auf das Kissen.

Kapitel 9

Die Köchin war eine dicke, wortkarge Frau, die morgens in aller Herrgottsfrühe aufstand, spätabends wiederkam und dann sofort einschlief. Tryngen sah sie erst am nächsten Abend wieder, und sie sprachen kaum miteinander. Wahrscheinlich hatte die Frau Furcht vor ihr, aber Tryngen wollte sie nicht aus ihrer Zurückhaltung locken, obwohl ihr durchaus nach einem Gespräch und nach Gesellschaft zumute war. Die einzige Gesellschaft, die sie hatte, waren Clementia und der Verwalter bei den Mahlzeiten im Refektorium, und auch die beiden sprachen kaum mit ihr. Wahrscheinlich rechnete niemand damit, dass sie lange blieb.

Einige Tage verflossen in zäher Langeweile, in denen Tryngens einzige Abwechslung die Mahlzeiten im Refektorium und ihre täglichen Gebete in der St.-Lambert-Kapelle waren. Als sie an einem Morgen im Weinmonat nach dem Morgengebet aus der Kapelle trat, sah sie, wie die Pilger zur Vorhalle des Doms strömten. Sie kamen vom Nordtor herein, ein prächtiges Tor, das von zwei stattlichen Türmen flankiert wurde und zu der Mauer gehörte, die den Hof umgab. Langsam schoben sich die Menschen unter den scharfen Blicken der Wachmänner in die Vorhalle. Sie wollten sicher die Gebeine der Heiligen Drei

Könige verehren, von denen sie sich Hilfe für ihre Gebrechen und Schutz gegen alle Übel erhofften.

Tryngen hielt inne. Noch nie war sie im Dom gewesen. Er musste prächtig sein, und die Reliquien, sagten die Schwestern im Kloster, würden eine ungeheure Kraft ausstrahlen, die auch jetzt noch, Jahrhunderte nach dem Tod der Heiligen, spürbar wäre. Tryngen brauchte Stärke und Mut nötiger denn je. Außerdem wäre es sehr unwahrscheinlich, dass der Propst sie ausgerechnet jetzt zu sich rufen ließ.

Sie nahm ihren Mut zusammen und reihte sich in die Menge der Pilger ein. Viele waren in einem erbarmungswürdigen Zustand, hinkten, trugen Verbände und Augenklappen, hatten geschwollene Gliedmaßen oder waren stockdürr. Nachdem sie sich durch das Eingangsportal geschoben hatten, öffnete sich ein lang gestrecktes Atrium vor ihnen, das zu beiden Seiten von Säulenhallen begrenzt war. In der Mitte prangten Blumenbeete, die in der Herbstsonne leuchteten. Hier und da ragten Grabkreuze daraus empor.

Einige Mönche schöpften Wasser aus einem Brunnen in der Mitte des Atriums, weitere hielten den Pilgern im Säulengang Eimer hin, damit sie sich Gesicht und Hände waschen konnten. Tryngen tat es ihnen gleich, hielt den Kopf dabei aber gesenkt, sodass der Mönch nur ihren Schleier sehen konnte. Die Luft war mild und roch nach Herbst, konnte aber kaum die vielen Gerüche verwehen, die die Menschen um sie herum ausströmten. Sie erinnerten sie an den Krankensaal im Kloster. Endlich betraten sie den Dom durch ein großes, zweiflügeliges Portal, hinter dem sich der Chorraum erhob.

Tryngen blickte sich staunend um. Der Raum streckte sich lang hin, mit einer bunten Decke und rundbogigen Durchgängen zu den Seitenschiffen, über denen kleinere Fenster lagen, als wollte Gott der Herr selbst hineinsehen. Licht fiel schräg herein und malte Flecken auf gegenüberliegende Säulen.

Der Fußboden leuchtete in roten und grünen Fliesen. Am Ende wölbte sich der bemalte Himmel des Chores mit einem Altar, zu dem zwei Treppen hinaufführten.

Die Menschen drängten sich, alle wollten zu dem Altar in der Mitte des Langhauses, vor dem der Schrein mit den Gebeinen der Heiligen Drei Könige stand. Die Wachmänner hatten alle Hände voll zu tun, um die Pilger in geordneten Reihen zu halten und darauf zu achten, dass kein Tumult ausbrach. Doch je näher die Menschen dem Schrein kamen, desto heftiger drängten sie nach vorn; keiner wollte dem anderen genug Zeit lassen, um seine Gebete zu verrichten, und die Priester am Schrein kamen kaum noch nach, die Pilger zu segnen.

»Der Friede unseres Herrn Jesus Christus, die Fürbitte der seligen Jungfrau und Gottesmutter Maria, aller Engel und Heiligen sei mit euch«, sagte der Priester und besprengte eine Frau, die ein kleines Kind auf dem Arm trug, mit Weihwasser. Die Frau schob das Kopftuch des Kindes beiseite, drängte sich näher an den Schrein heran. »Ihr Heiligen, gebt uns Kraft! Heilt mein Kind!«

Sie hielt ihr Kind, das nicht älter als vier Winter sein mochte, vor dem Schrein in die Höhe. Sein Gesicht war mit Pusteln übersät.

Die Menschen in der Nähe wichen zurück. Der Priester ließ seine Kelle sinken und starrte das Kind an, als wäre es eine Ausgeburt der Hölle. »Hilfe! Der Teufel hat das Kind gezeichnet!«, schrie eine Frau.

Die Mutter fiel vor dem Schrein auf die Knie und brach in Tränen aus. »Ihr Heiligen, helft mir und meinem armen Jungen!«, flehte sie.

Ein heftiges Gemurmel entstand. Die Menschen in der Nähe wichen noch weiter zurück. Einige wandten sich um, drängten die Umstehenden beiseite und flohen, als wäre der Leibhaftige hinter ihnen her. Die beiden Wachmänner hoben ihre Spieße. »Weg da! Aus dem Weg!« Sie bahnten sich ihren Weg zum Schrein. Dort hielten sie ihre Spieße an den Rücken der Frau. »Nimm deinen Balg und hau ab!«

Die Frau rührte sich nicht. Sie schluchzte so heftig, dass ihr Rücken bebte. Schützend beugte sie sich über ihren Jungen, der nun auch zu weinen begann.

»Na los, mach schon!«

Die Frau richtete sich mühsam auf und presste ihr Kind fest an sich. Trotzig sah sie in die Gesichter der Pilger, die alles schweigend beobachteten. Die Wachmänner zögerten nicht lange. Sie trieben die Frau mit ihren Spießen vor sich her in eines der Seitenschiffe und von dort hinaus. Die Menschen begannen, wild durcheinanderzureden. »Ist das noch zu fassen!«, erboste sich eine Frau. »Kommt hierher mit diesem Kind!«

Tryngen fragte sich, wo die Wachmänner die Frau hinbringen würden. Sie hatte in der Gasse am alten Graben einmal zwei Kinder mit solchen Pusteln gesehen. Eins davon hatte schweres Fieber bekommen und war gestorben, das andere hatte überlebt, aber seine Pusteln hatten Narben hinterlassen. Wenn dieses Kind überleben sollte, würde es für immer gezeichnet sein.

Allmählich beruhigten sich die Menschen. Das Gezeter verebbte, und ein Mann trat an den Schrein und begann zu beten. Der Priester sprach seinen Segensspruch und besprengte ihn mit Weihwasser. Tryngen hatte jegliche Lust verloren, die Heiligen zu verehren. Sie löste sich aus der Pilgerreihe und schlich sich zum Seitenschiff, in dem die Wachmänner verschwunden waren. Sie erblickte einen weiteren Altar, auf dem ein paar Kerzen brannten, und einen Durchgang, den die Männer benutzt haben mussten. Tryngen schlüpfte durch den Rundbogen und gelangte in ein weiteres Seitenschiff, das niedriger und nur mit einem schlichten Schieferboden ausgelegt war. Durch eine offene Tür wehte frische Luft herein. Sicher hatten die Wachmänner in der Aufregung vergessen, sie wieder hinter sich zu verschließen, als sie die Frau hinausgebracht hatten, und sie würden gleich zurückkommen.

Tryngen ging hin und spähte durch den Spalt. Sie sah einen Innenhof, der von Gebäuden umschlossen wurde, links von einem zweistöckigen wuchtigen Bau, auf dessen Dach sich ein Kreuz erhob, rechts von einem Säulengang, der sich vor einem Haus erstreckte. Aus dem Rasen des Innenhofes ragten einige kunstvoll verzierte Grabsteine, vor denen sich Laub gesammelt hatte. Von den Wachmännern und der Frau war nichts zu sehen.

Tryngen zögerte. Möglicherweise ging es hier zum Kloster der Domherren, vor dem Lambert sie gewarnt hatte. Aber wo um Himmels willen hatten die Männer die arme Frau nur hingebracht? Tryngen verharrte an der Tür, hin- und hergerissen zwischen Angst und Neugier. Sie hörte die leisen Stimmen der Betenden und des Priesters aus der Ferne. Sie gab sich einen Ruck, schlüpfte durch die Tür und betrat den Säulengang. Eine mächtige zweiflügelige Tür vor ihr stand einladend offen. Tryngen ging dorthin und spähte hinein. Vor ihr dehnte sich ein hell getünchter Gang mit einem abgetretenen Kachelfußboden. In den Wänden steckten Halter mit halb heruntergebrannten Kerzen. Es roch ein wenig muffig und nach altem Mauerwerk, nach Kerzenwachs und nach etwas, das Tryngen bekannt vorkam. Aber ihr fiel im Augenblick nicht ein, was es sein konnte. Eine Tür im Flur stand offen. Ob die Männer die Frau dorthin gebracht hatten und nun verhörten? Sie betrat den Gang. Mit leisen Schritten schlich sie sich vorwärts, während sie sich innerlich wappnete, jeden Augenblick einem der Wachmänner zu begegnen, einem Priester oder einem Diener.

Sie ging weiter, bis sie die offene Tür fast erreicht hatte. Dass sie nichts hörte, wunderte sie. Licht fiel durch einige winzige Fenster, die tief in der dicken Wand lagen, auf den Gang. Tryngen hörte das Geräusch kratzender Federn auf Pergament. Hinter der offenen Tür sah sie einen Mönch an einem Schreibpult sitzen. Er trug die schwarze Kutte der Benediktiner. Sie wollte weitereilen, doch da hatte er sie schon bemerkt. Überrascht ließ er seine Feder sinken, die er gerade ins Tintenhorn tauchen wollte, dann wischte er sich die Finger an einem Tuch ab und kam zu ihr.

Tryngen rührte sich nicht. Ängstlich starrte sie in sein mageres, noch junges Gesicht unter der Tonsur. »Was macht Ihr hier, Schwester?«

»Ich … habe mich verlaufen.« Sie starrte an ihm vorbei in den Raum, wo mehrere Bücher in einem offenen Schrank lagen. Die Mönche saßen an Schreibpulten und schrieben auf Pergamentblättern.

»Wie seid Ihr hier reingekommen?«

»Die … Tür stand offen.«

Der Mönch runzelte die Stirn. »Immer wieder vergessen die Wachmänner, die Türen abzuschließen!«

»Sie … haben eine Frau mit einem kranken Kind aus der Kirche hierhergebracht. Habt Ihr sie gesehen?«

»Nein, hier war niemand. Wenn, dann hätten wir es auf jeden Fall gehört, so ruhig, wie's hier ist.« Er sagte das in einem Tonfall, als würde er diese Ruhe bedauern.

»Wo können sie denn nur sein?«

»Warum wollt Ihr das wissen?«

»Ich dachte, ich könnte vielleicht helfen.«

»Helfen? Wobei?«

»Das Kind war krank.«

»Ach so. Seid Ihr denn nicht eine von den Pilgerinnen?«

Tryngen schüttelte den Kopf. Sie hatte eine Entscheidung getroffen. »Ich bin Tryngen, Infirmaria des Klosters Weiher und Heilerin des Propstes.« Wie glatt ihr die Worte von den Lippen gekommen waren! Wie der Mönch sie nun ansah!

»Dann … hat man sie vielleicht ins Hospital gebracht.«

»Ins *Hospital*? Gibt es hier ein Hospital?«

Der Mönch nickte. »Wusstet Ihr das nicht? Wir haben eine Armenherberge und einen Krankensaal für die Armen, das Heiliggeisthaus. Ich bring Euch hin.«

»Danke.« Tryngen nickte erleichtert. Er stellte zum Glück keine Fragen mehr, als er sie den Gang hinunterbegleitete, dann einen weiteren Gang entlang, wo er vor einer Tür innehielt.

»Hier ist es«, sagte der Mönch, während er sich die Hand vor Mund und Nase hielt, als fürchte er die üblen Dünste, die ihnen gleich entgegenschlagen würden. Er öffnete die Tür.

»Dort ist Bruder Stephanus«, sagte er und deutete auf einen Mönch in hellem Gewand, der in der Mitte des Krankensaales an einer Pritsche stand und einer Kranken die Hand hielt. »Ihn könnt Ihr nach der Frau fragen. Gott sei mit Euch.«

Er hob die Hand, wandte sich um und eilte fort, noch ehe Tryngen etwas sagen konnte. Zögernd betrat sie den Krankensaal. Der übliche Geruch nach Körperflüssigkeiten, Fäulnis und Schweiß schlug ihr entgegen, doch er roch hier anders, schien mehr mit Kräutern und Salbei durchsetzt zu sein und noch etwas anderem – was war es noch gleich? – Lavendel! Sie erblickte die Kräuterbündel, die an Schnüren an den Wänden des Saales hingen, dazwischen die kleinen, aber mit echtem Glas verschlossenen Fenster tief in den dicken Wänden. Was für ein Wohlstand, dachte sie, hier ist es viel wärmer als bei uns. Auch die Betten, in denen die Kranken zu zweit lagen, waren breiter und der Fußboden zwar mit abgetretenen und oft zersprungenen, aber kostbaren Fliesen ausgelegt.

»Ah, die neue Novizin!« Bruder Stephanus eilte mit offenen Armen auf sie zu. »Du bist spät, aber das macht nichts. Gut, dass du hier bist!« Er nahm ihre schmalen kalten Hände in seine warmen und drückte sie fest. In sein breites Gesicht trat ein glückliches Lächeln. »Ich bin Bruder Stephanus, der Krankenmeister, und zeig dir alles. Wie heißt du?«

»Tryngen.«

Sein Lächeln wurde noch breiter. »Ungewöhnlicher Name, aber leicht zu merken. Uns sind zwei Brüder und ein Diener krank geworden! Ich bin allein mit einem Bruder bei vierzig Kranken!« Er machte eine ausladende Bewegung und deutete auf einen Mönch am anderen Ende des Saales. »Wie sollen wir das nur schaffen? Ich hab mir in der Bruderschaft schon die Zunge wund geredet, aber ich krieg keine weiteren Brüder. Ist das zu versteh'n? Dabei bringt uns diese Arbeit doch Gott näher als jede andere!« Er ergriff ihre Hand und zog Tryngen durch den Krankensaal. »Nirgendwo kann man so viel für seine unsterbliche Seele tun wie hier. Sieh doch nur die armen Seelen, wir müssen uns um sie kümmern! Es steht in der Heiligen Schrift, ›was ihr einem meiner geringsten Brüder getan habt, das habt ihr mir getan‹.«

Er führte Tryngen in einen kleinen Raum, der durch einen Vorhang vom Krankensaal getrennt war. »Hast du schon mal in einem Krankenhaus gearbeitet?«

Tryngen sah in sein gütiges Gesicht. Sie wusste, dass sie ihm sagen müsste, wer sie war, dass sie den Irrtum aufklären müsste. Spätestens, wenn die erwartete Novizin käme, würde alles herauskommen, und sie würde Ärger bekommen. Sie öffnete den Mund, aber sie brachte kein Wort hervor. Die Verzweiflung des Mönches, die vielen Kranken – sie musste bleiben und helfen. Also nickte sie nur.

»Dem Herrn sei Dank!« Bruder Stephanus klatschte in die Hände. »Hier, nimm das, wir fangen gleich an.« Er gab ihr ein Tuch, das sie sich um die Taille band, und nahm ein weiteres, kleineres Tuch von einem Stapel in einem offenen Schrank, der gefüllt war mit Flaschen, Tonbehältern, Schüsseln und allerlei Geräten. Dann schöpfte er Wasser aus einem Eimer und füllte es in eine Schüssel.

»Bruder Stephanus, ist hier eine Frau bei Euch, eine Mutter mit einem Kind, das einen Ausschlag hat?«

Der Mönch stellte die Schüssel auf einen kleinen Tisch. »Nein. Wie kommst du denn darauf?«

»Weil … ich hab eine Frau gesehen, die die Wachen wegführten. Vielleicht haben sie sie hierhergebracht.«

Stephanus schüttelte den Kopf. »Tut mir leid, Mädchen.« Er nahm ein kleines Gerät, das aussah wie ein Messer mit einem Dorn, aus dem Regal, dann ein winziges Messer und eine Schale und legte alles auf dem Tisch zurecht. Dann steckte er den Kopf durch den Vorhang und rief nach dem anderen Mönch.

Es dauerte nicht lange, und der Mönch führte einen Mann herein. Der war barfuß, trug nur ein Hemd, eine Bundhaube und sah sehr blass aus. Er blickte Bruder Stephanus kaum an und ließ sich kraftlos auf den Stuhl sinken, den Tryngen ihm hinschob.

Bruder Stephanus tätschelte ihm liebevoll den Arm. »Was macht dein Husten, Kuno? Ist er besser geworden?«

Der Mann schüttelte nur den Kopf und winkte ab. Bruder Stephanus beugte sich zu ihm herunter und hörte auf seine Atemzüge. Nach einer Weile richtete er sich wieder auf. »Wo hast du Schmerzen?«

Kuno deutete auf seine linke Brustseite. »Und den schaumigen Auswurf hast du auch immer noch?«

Der Kranke nickte schwach. Bruder Stephanus legte seine Stirn in kummervolle Falten. Er nahm Kunos Arm, band ihn über dem Ellenbogen mit einem Stoffband ab, nahm ein Messer und ritzte in die prallvolle Ader. Blut lief heraus, und Tryngen beeilte sich, in der Schüssel alles aufzufangen. Stephanus löste das Band und presste einen Stoffballen auf die Wunde. Neugierig spähte er in die kleine Schüssel, die Tryngen ihm hinhielt. Das Blut schwamm schwarz und trüb darin.

Tryngen wusste, dass es nicht gut aussah, aber sie sagte nichts. Auch Stephanus sagte nichts, sondern tätschelte dem Kranken den Arm, während Tryngen den anderen verband.

»Gib ihm etwas Milch«, wies er sie an und deutete auf einen Krug. Er zog den Stopfen aus einer Flasche und schüttete einen dickflüssigen Sirup auf einen Löffel, den er dem Kranken einflößte. Danach gab Tryngen dem Mann die Milch.

»Bring ihn zurück auf sein Lager und reib ihn mit dieser Salbe ein.« Stephanus reichte ihr einen kleinen Tonbehälter. »Deck ihn gut zu. Später bringst du ihm noch seinen Trank.«

Tryngen nickte. Es war ungewöhnlich für sie, Anweisungen für Arbeiten entgegenzunehmen, die sie gewohnt war, allein auszuführen. Trotzdem fühlte sie sich besser, hier helfen zu können, als untätig in ihrer Kammer herumzusitzen. Vielleicht könnte sie von Bruder Stephanus noch etwas lernen. Sie begleitete Kuno zurück zu seinem Lager, wo er sich erleichtert auf die Pritsche sinken ließ. Er hustete lange und hielt sich die schmerzende Seite, wobei er mühsam Luft holte. Tryngen schob sein Hemd hoch und rieb ihn mit der Salbe ein. Sie roch anders als Marias Hustensalbe, süßlich, und sie war sehr fettig, aber sie schien ihm gutzutun. Tryngen breitete die Wolldecke über ihn, und er lächelte matt. Sie lächelte zurück, doch insgeheim fürchtete sie, er könnte ein Geschwür in der Lunge haben und bald sterben.

»Sticht es dich sehr in der Seite?«, fragte sie. Er nickte mit geschlossenen Augen und presste sein Gesicht in das Strohkissen. Sie fühlte seine Stirn, die heiß war. Kein gutes Zeichen.

»Ich bring dir gleich noch deinen Trank«, sagte sie, doch er rührte sich nicht mehr. Neben ihm lag ein totenbleicher, bis auf die Knochen abgemagerter Mann vollkommen reglos. Seine Nase ragte spitz aus seinem Gesicht hervor, seine geschlossenen Augen lagen in tiefen Höhlen. Tryngen blickte sich um. Der Vorhang zum Aderlass-Raum war geschlossen, und der andere Mönch kümmerte sich gerade um einen Kranken am Ende des Saales. Rasch erhob sie sich, trat an das Lager des Todkranken und tastete nach seinem Puls. Sie fühlte nichts. Sie vergewisserte sich. Wirklich nichts.

Sie ließ den Arm des Mannes sinken und sprach ein leises Gebet. Dann lief sie zurück zu Bruder Stephanus, der gerade sein Messer an einem Tuch abstreifte. »Der Mann neben Kuno – Gott hat ihn zu sich gerufen!«

Stephanus legte das Messer auf den Tisch. »Oh nein, Mädchen, das täuscht. Er sieht aus, als wär er schon tot, aber der schläft nur.« Er stapfte zum Vorhang und rief nach dem anderen Mönch, der ihm kurz darauf den nächsten Kranken für den Aderlass brachte.

Fast den ganzen Tag ließen sie die Kranken zur Ader, befreiten sie von verderblichen Säften, Fäulnis und schädlichem Schleim. Bruder Stephanus sagte, es sei abnehmender Mond und deshalb eine besonders gute Zeit für Aderlässe. Tryngen hatte noch nie so viele Menschen an einem Tag zur Ader gelassen. Sie fragte sich, ob der Mönch vielleicht nicht zu übereifrig damit war. Maria hegte stets einen Widerwillen gegen den Aderlass und tat es nur, wenn es wirklich nicht anders ging. Sie schwor auf ihre Kräuter, Tränke, Salben und Tinkturen, auf ihre Schwitzbäder, Einläufe und Schröpfkuren. Manchmal auch auf ihre magischen Sprüche und Beschwörungen, die sie immer dann heimlich aussprach, wenn sie nicht mehr weiterwusste.

Nachdenklich ging Tryngen Bruder Stephanus zur Hand, sie merkte dabei nicht, wie die Zeit verrann. Sie verließ ihn nicht ohne das Versprechen, am nächsten Tag wiederzukommen. Als sie ging, sah sie noch, wie er sich endlich über den Mann neben Kuno beugte und seinen Tod feststellte.

Sie eilte aus dem Krankensaal, fand nach einigem Suchen einen weiteren Ausgang und stellte fest, dass sie sich wieder auf dem Domhof befand. Von hier hatte Lambert sie am ersten Tag abgeholt und in ihre Kammer gebracht. Sie suchte den schmalen Durchgang und folgte dem Weg, den sie damals genommen hatten. Die Sonne warf ihre letzten Strahlen über die Hausdächer. Es wurde höchste Zeit für die Abendmahlzeit, das Mittagsmahl hatte sie vollkommen vergessen. Jetzt erst spürte sie, wie hungrig sie war. Sie beschleunigte ihre Schritte, bog um eine Ecke und stieß beinahe mit Uda zusammen.

»Oh, Verzeihung!« Uda wich einen Schritt zurück. »Ich wollte Euch nicht …« Sie brach ab und schob ihr Kopftuch zurecht. Ihr Blick huschte über Tryngens Gestalt. »Gott sei Dank seid Ihr da. Ihr wart nicht beim Essen und auch nicht in Eurer Kammer!«

»Ich war mit den Pilgern im Dom«, erklärte Tryngen. »Danach war's zu spät zum Essen.« Sie würde sich für den nächsten Tag etwas einfallen lassen müssen, warum sie der Mahlzeit fernbliebe. Sie bemerkte Udas Blick und sah an sich herunter. Hatte sie etwa vergessen, das Tuch abzubinden? Nein, es war alles in Ordnung. Uda deutete auf ihre Wange. »Da ist was.«

»W-was?«

»Sieht aus wie Blut.«

»Oh.« Tryngen leckte sich über den Finger und beeilte sich, ihre Wange abzureiben.

»Ist's weg?«

Uda nickte. »Ihr sollt zum Propst kommen, sofort. Ich bring Euch hin, dann schafft Ihr's vielleicht noch rechtzeitig.«

Tryngen erschrak. Ausgerechnet jetzt ließ er sie rufen, nachdem sie tagelang untätig herumgesessen hatte! Hoffentlich wäre sie noch pünktlich, sonst würde er sie gleich ins Kloster zurückschicken, was nicht gut für ihren Konvent und für sie selbst wäre, denn ihr Vater würde sie womöglich sofort vermählen. Sie seufzte tief in sich hinein vor unterdrückter Verzweiflung, als sie Uda zum Gesindehaus folgte. »Ich brauche meinen Korb«, sagte sie, doch Uda winkte ab. Die kluge Magd hatte ihn schon aus ihrer Kammer geholt und unten bereitgestellt. Atemlos erreichten sie die Propstei, wo Lambert sie in Empfang nahm und Uda mit einem Nicken entließ. Seine verschlossene Miene verriet nicht, was er dachte, als der Söldner in dem dämmrigen Vorraum die übliche Durchsuchung bei Tryngen vornahm. Rasch führte Lambert sie danach ins hell erleuchtete Gemach des Propstes. Engelbert saß auf seinem Lehnstuhl am Feuer, das in einem großen Kamin brannte. Der Capellarius Dietrich von Brohl, Magister Waldever und einige Diener waren bei ihm. In der Nähe des Kamins stand ein Tisch mit großen Schachfiguren. Das Spiel hatte noch nicht begonnen.

»Ah, die Infirmaria ist auch erschienen!«, rief Engelbert ihr spöttisch entgegen. »Wie schön, dass du es einrichten konntest.«

Tryngen knickste und senkte den Kopf so tief, dass er ihre verlegene Röte nicht sehen konnte. »Verzeiht, Herr«, sagte sie, »ich war …«

Er brachte sie mit einer Handbewegung zum Schweigen. »Keine Ausreden! Ich erwarte Pünktlichkeit und Zuverlässigkeit von meinem Gesinde und dass es kommt, wenn man es ruft.« Er musterte sie mit einem strengen Blick. Wieder trug er den blauen Bliaut, der gut zu seinen Augen passte.

»Es wird nicht wieder vorkommen«, murmelte sie hastig.

Magister Waldever wartete vor einem Tisch, auf dem er seine Geräte zurechtgelegt hatte, und musterte Tryngen missbilligend. Sie hätte sich selbst verwünschen können. Warum war sie nur so dumm gewesen und nicht in ihrer Kammer geblieben? Sie schluckte schwer und fragte: »Wie geht es Euch, Herr?«

»Gut«, sagte Engelbert schroff. »Der Magister will mich zur Ader lassen. Er meint, bei einem gesunden Mann in den besten Jahren sollte das alle drei Monate geschehen. Aber Magister Pilgrim hat mich nie regelmäßig zur Ader gelassen.«

Waldever faltete die Hände vor seinem schwarzen Gewand. »Es ist nötig, dass Euer Blut von schädlichem Schleim und schlechten Säften gereinigt wird«, erklärte er. »Das wird Euch bei vorzüglicher Gesundheit erhalten. Euer Puls ist stark und es ist kein heißer Tag. Außerdem ist heute der erste Tag des abnehmenden Mondes, der sich besonders gut zum Aderlass eignet.«

Engelbert sah nicht überzeugt aus. »Magister Pilgrim sagte immer, ich hätte ein heißes, trockenes Temperament und deswegen nicht viel Blut. Darum sollte ich nur zur Ader gelassen werden, wenn ich krank bin.«

»Wenn Ihr gestattet, Herr, würde ich mir davon gern ein eigenes Bild machen«, sagte Waldever. »Ich werde eine Blutschau durchführen und dann ein Urteil fällen.«

Engelbert trommelte mit den Fingern auf die Armlehne. »Warum sollte ich das Urteil meines hervorragenden Arztes in Zweifel ziehen?«, fragte er. »Aber gut, in Gottes Namen! Ich gestatte Euch ein eigenes Urteil. Vielleicht bin ich ja doch kein Choleriker und bekomme endlich andere Essensvorschriften.« Er grinste seinen Capellarius an. »Du siehst, unsere Schachpartie muss leider noch warten, Dietrich.«

»Wenn Ihr es gestattet, lasse ich mir ebenfalls die Ader schlagen«, meinte Dietrich von Brohl.

»Ihr seid ein wahrer Freund.«

»Es ist eine gute Entscheidung, Herr«, meinte Waldever und ergriff sein Messer. »Helft Ihr mir bitte, Schwester?«

»Natürlich.« Tryngen setzte ihren Korb ab und eilte zu ihm. Ein Diener, der eine Wasserschüssel und ein sauberes Tuch hielt, kam heran. Tryngen nahm Schüssel und Verband, die Waldever zurechtgelegt hatte, und beobachtete, wie der Magister den Arm des Propstes über dem Ellenbogen abband und einen geübten Schnitt ausführte. Rasch fing sie das Blut in der Schüssel auf. Als es ungefähr so viel war, wie ein erwachsener Mann in einem Zug trinken konnte, hörte der Arzt auf und befahl Tryngen, Engelberts Arm zu verbinden. Sie gehorchte. Mittlerweile hatte sie darin so viel Übung, dass es ihr flugs von der Hand ging. Der Propst hatte sich zurückgelehnt und betrachtete sie mit halb geschlossenen Augen. Sie hätte gern nach seinem gebrochenen

Arm gesehen, aber sie wagte es nicht, dies in Anwesenheit des Magisters zu tun.

»Habt Ihr noch Schmerzen im Arm, Herr?«, fragte sie.

Seine Augen fielen zu, und er schüttelte den Kopf. »Nur manchmal noch.«

Tryngen sah auf seinen Hals, aus dem der Adamsapfel unter seinem kräftigen Kinn hervorragte. Sein Bartscherer hatte ein paar rote Flecken hinterlassen. »Ich gebe Lambert meine Heilsalbe, die alte müsste inzwischen aufgebraucht sein. Lasst sie Euch bitte weiter von ihm auftragen.«

Engelbert nickte wortlos. Tryngen wandte sich an einen der Diener. »Holt Milch für die Herren!«

Der Diener nickte und eilte davon, während Magister Waldever und Tryngen auch Dietrich von Brohl zur Ader ließen. Später begutachteten sie das Blut im letzten Tageslicht, das durch das Fenster hereinfiel. Es sah gesund und rot aus, genauso, wie es sein sollte. Waldever nickte zufrieden. »Sehr gut. Auch das vom Herrn Capellarius.«

Tryngen nickte. Sie hatte heute sehr viel über die Blutschau lernen können. »Aber schaut hier, Magister!« Sie deutete auf die Schüssel mit dem Blut des Propstes. »Es liegt weniger Wasser darauf, es sieht trockener aus. Magister Pilgrim hatte recht: Unser Herr hat ein heiß-trockenes, cholerisches Temperament.«

Der Magister runzelte die Stirn. Seine dunklen Augen unter den buschigen Brauen funkelten sie ärgerlich an. »Ihr irrt, Schwester«, gab er zurück. »Ich habe schon Tausende Blutschauen durchgeführt und kann Euch versichern, dass unser Herr bestens geeignet ist für einen regelmäßigen Aderlass.«

»Wollt Ihr mich an Eurem Zank teilhaben lassen?«, rief Engelbert vom Kamin her.

Sofort trat der Magister vor ihn hin und verbeugte sich. »Ich kann Euch versichern, edler Herr, dass Ihr Euch allerbester Gesundheit erfreut. Auch der gnädige Herr Capellarius.« Er verbeugte sich auch vor Dietrich von Brohl. »Ihr könnt ohne Bedenken regelmäßig zur Ader gelassen werden, damit Eure Gesundheit erhalten bleibt.«

»Also hat sich mein guter Pilgrim geirrt?«, fragte Engelbert mit scharfer Stimme. Er ergriff den Becher mit Milch, den der Diener ihm reichte, und leerte ihn mit großen Schlucken.

»Ich fürchte ja, Herr.«

»Aber du bist anderer Meinung, Schwester?« Propst Engelbert blickte sie auffordernd an. Tryngen begann zu schwitzen, gleichzeitig fühlte sich ihr Mund trocken an. Sollte sie es wirklich wagen, dem kundigen Magister zu widersprechen? Er war ein gelehrter Mann und hatte die reichsten Bürger Kölns behandelt. Aber sie war sich sicher, dass er irrte.

»Nun, ich ...«

Engelbert seufzte ungeduldig. »Was? Nun sag schon, das Leben ist kurz!«

Dietrich von Brohl lachte. Auch der Magister hob spöttisch seine Brauen. Tryngen holte tief Luft. »Ich teile die Meinung Eures alten Magisters, Herr, dass Ihr ein heißes, trockenes Temperament habt. Ihr solltet nicht viel zur Ader gelassen werden, weil Ihr wenig Blut habt.« Sie rang nach Luft. Das Herz klopfte ihr bis zum Hals, aber nun hatte sie wenigstens gesagt, was sie sagen wollte.

»Sieh, die kleine Schwester widerspricht unserem Magister.« Engelbert wechselte einen belustigten Blick mit Dietrich von Brohl. »Nun, soviel ich mittlerweile selbst von Medizin verstehe, sagst du mir also, dass ich ein Choleriker bin?«

Tryngen nickte.

»Und Ihr?« Engelbert wandte sich an Waldever.

»Ich kann kein solches Temperament an Euch feststellen, Herr«, sagte der Magister. »Eher warm und feucht, ein Sanguiniker, wie der Herr Capellarius.«

»Ha!« Engelbert schlug sich mit der Hand auf das Knie. »Ich bin ein Sanguiniker, wie ich's schon immer gedacht habe! Was sagst du dazu, Dietrich?«

»Ganz vorzüglich.« Dietrich von Brohl nickte lächelnd. »Man hat dich doch schon immer für einen Sanguiniker gehalten. So viele Menschen können sich nicht irren.«

»Ich fühle mich auch viel besser. Leichter und entspannter. Ich glaube, Ihr habt recht, Magister!« Engelbert schenkte dem Arzt ein gütiges Lächeln. Waldever nickte zufrieden und verneigte sich tief vor ihm.

»Nun werdet Ihr mir sicher einen anderen Speiseplan erstellen, nicht wahr?« Er zwinkerte seinem Freund zu.

»Aber gewiss, gnädiger Herr, wenn Ihr es wünscht.«

»Gut.« Engelbert nickte. »Ich habe vor, morgen für ein paar Tage in meine alte Heimat zu reisen. Ihr werdet mich begleiten, Waldever.«

»Sehr gerne, gnädiger Herr.« Magister Waldever verbeugte sich wieder tief vor dem Propst. Ein triumphierendes Lächeln umspielte seine dünnen Lippen. Tryngen verschloss ihren Mund fest und schluckte ihre Enttäuschung herunter.

»Lass uns Schach spielen«, hörte sie den Propst zu Dietrich von Brohl sagen, als sie vor ihm knickste.

Als sie wenig später im Vorraum waren, nahm Waldever sie am Arm und zog sie aus Lamberts Hörweite. »Macht das nicht noch einmal!« Er bohrte ihr seinen dünnen Finger zwischen Hals und Brust.

Sie hielt die Luft an, so überrascht war sie von seinem plötzlichen Vorstoß. »Was meint Ihr?«

»Stellt Euch nicht so dumm an!«

Tryngen wich zurück. Sie starrte in sein erbostes Gesicht und wagte es nicht, sich zu rühren.

Er ließ seine Hand sinken. »Ihr werdet mir nicht noch einmal in Gegenwart unseres Herrn widersprechen«, zischte er, wandte sich um und stapfte mit energischen Schritten davon. Tryngen sah ihm hinterher und umklammerte mit zitternden Fingern ihren Korb. Ihr war plötzlich übel, nachdem sie den ganzen Tag noch nichts gegessen hatte. Hilfesuchend wandte sie sich zu Lambert um, der aus dem Schatten trat, ihren Arm nahm und sie schweigend zurück ins Gesindehaus brachte.

In ihrer Kammer brannte noch Licht. Die Köchin saß im Schein einer Kerze auf ihrem Bett und aß Hähnchenfleisch. Tryngen schob den Riegel vor die Tür und versicherte sich, dass sie auch wirklich abgeschlossen war. Dann ließ sie sich auf ihre Pritsche sinken und starrte vor sich hin. Sie zitterte nicht nur wegen der kühlen Luft, die durch die Öffnung im Dach hereinwehte.

Die Köchin ließ ihr Fleischstück sinken und starrte sie an. »Was haste denn, Kind?«

Tryngen schüttelte den Kopf, sie konnte nichts sagen. Das, was sie soeben erlebt hatte, erschien ihr zu ungeheuerlich, um es auszusprechen.

»Hm. Leg dich doch ins Bett, sonst holste dir noch den Tod.«

Tryngen schüttelte wieder den Kopf und brach in Tränen aus.

Die Köchin ließ ihren Teller sinken. »Was ist denn nur los?«, fragte sie wieder, doch Tryngen schluchzte nur. Da rutschte die Frau nach vorn und hievte ihren unförmigen Leib aus dem Bett. Sie legte Tryngen die Hand auf die Schulter. »Na, wein doch nich' so! Wer bringt dich denn so zum Heulen? Warste beim Herrn?«

Tryngen nickte schweigend. Die Frau tätschelte ihre Schulter. »Jaja, der kann manchmal ziemlich grob sein. Der is' streng, unser Herr, aber gerecht. Nimm's dir nich' so zu Herzen, Kind. Haste Hunger?«

»Hm.«

»Hier, kannste aufessen.« Sie gab Tryngen ihre Schüssel, die noch halb mit Hähnchenfleisch gefüllt war. »Haste auch bitter nötig, so wie du aussiehst. Ich brauch's nich' mehr.« Sie hielt sich ihren dicken Bauch und lachte ein tiefes, glucksendes Lachen. Dann ließ sie sich auf dem Nachttopf nieder und erleichterte sich. »Wenn dir jemand krummkommt, der kriegt's mit der Johanna zu tun, sag ihm das! Ich kenn den Herrn von Geburt an.« Sie erhob sich, ließ ihr Hemd herunterfallen und schob den Nachttopf mit dem Fuß beiseite. »Der meint's nich' so, der is' nur grob.«

Tryngen nickte, auch wenn sie Johanna kaum glauben konnte. Sie hörte auf zu schluchzen und begann zu essen.

»Siehste.« Johanna klopfte ihr auf die Schulter. »Iss die Schüssel leer, Kind, und schlaf.« Sie legte sich wieder auf ihre Pritsche, die unter ihrem Gewicht knarrte, und blies die Kerze aus.

Tryngen seufzte tief. Sie vertilgte das restliche Fleisch, dann zog sie sich aus und legte sich hin. Aber sie konnte nicht schlafen. »Wie lange bist du denn schon hier in Köln, Johanna?«, fragte sie leise.

Ein tiefes Seufzen antwortete ihr. »Ich hab die Heimat schon so lang nich' mehr geseh'n! Unser Herr kam als Knabe hierhin an die Domschule, und wir wurden mit ihm geschickt.«

»Wir? Wer denn noch?«

»Ach, die meisten sind schon tot. Nur Hilbert, sein früherer Scholaster aus dem Kloster Altenberg, der lebt noch. Und ich.« Es klang stolz. »Aber nun schlaf.«

Johanna hatte wohl keine Lust mehr zu reden. Sie hatte auch schon ungewöhnlich viel gesprochen, so viel wie noch nie. Endlich war sie aufgetaut, und Tryngen fühlte sich ein wenig getröstet. Aber sie war noch viel zu aufgewühlt, um zu schlafen. Sie wünschte sich ins Kloster zurück. Sie vermisste Maria und Isalda, sogar Richmud. Sie vermisste ihre gewohnte Arbeit im

Krankensaal, ihre heimlichen Gebete zur Hohen Mutter in der Kapelle. Sie sehnte sich danach, eine Lernende zu werden. Sie wollte zurück. Hier lief nur alles falsch.

Sie starrte in die Dunkelheit der Kammer und sah das magere Gesicht des Magisters vor sich. Erneut stieg Angst in ihr hoch. Was würde er tun, wenn sie ihm noch mal widerspräche? Zuerst war sie enttäuscht gewesen, weil der Propst ihn auf die Reise mitnahm und nicht sie, aber nun war sie froh, dass sie nicht auch mitmusste. Sie zog die Decke höher und kämpfte gegen ihre Angst an. Nie mehr wollte sie Magister Waldever wiedersehen. Aber ihr war klar, dass sie es musste.

Kapitel 10

Am nächsten Morgen brach Propst Engelbert mit einem kleinen Gefolge in seine bergische Heimat auf. Nur sein Vertrauter Hilbert, Lambert und einige weitere Diener sowie der Domkustos Dietrich von Isenberg, ein entfernter Verwandter von ihm, begleiteten ihn.

Und natürlich Magister Waldever.

Frühmorgens versammelte sich das Gesinde im Domhof, um seinen Herrn zu verabschieden. Tryngen wartete in der zweiten Reihe hinter den Hofbeamten neben Clementia und beobachtete, wie Propst Engelbert einen Apfelschimmel mit prächtigem Zaumzeug bestieg, den der Marschall persönlich für ihn am Zügel hielt. Der Truchsess beaufsichtigte alles mit scharfen Blicken von seinem guten Platz in der ersten Reihe zwischen den übrigen Hofleuten aus. Engelbert trug eine blaue Kappe und einen gleichfarbigen pelzgefütterten Mantel. An seiner linken Seite steckte ein Schwert. Die anderen Hofleute traten vor und verbeugten sich vor ihm.

»Gute Reise, Herr«, sagte der Truchsess. »Möge Gott mit Euch sein.«

»Danke, Dietrich.« Engelbert hob die Hand und nickte seinen Hofleuten und dem ganzen Gesinde zu. Er lenkte seinen Apfelschimmel herum und ritt fort, gefolgt von seinen Begleitern und den Söldnern seiner Leibgarde, die unter dem Kommando des Hauptmanns standen. Magister Waldever ritt einen ruhigen Zelter, der den anderen folgte. Tryngen beobachtete, wie der kleine Zug durch die Hachtpforte ritt, um bald darauf hinter den Häusern zu verschwinden, und betete für die Gesundheit des Propstes. Nachdem das Hufgetrampel in der Ferne verklungen war, löste sich die Versammlung auf, und jeder ging wieder an seine Arbeit. Johanna wischte sich verstohlen mit einem Tuch die Tränen aus den Augen, ehe sie in Richtung Küche ging.

Wie musste ihr zumute sein, fern der Heimat, die sie vielleicht seit Jahren nicht mehr gesehen hatte? Tryngen beschloss, fortan netter zu ihr zu sein. Wahrscheinlich hatte die arme Köchin viel mehr Trost nötig als sie selbst. Obwohl Tryngen erleichtert über Waldevers Abwesenheit war, fühlte sie sich elend und nutzloser denn je. Schrecklich langweilige Tage würden kommen, trostlos und öde. Wenn sie nichts unternähme.

Schweigend aß sie im Refektorium und lauschte dem Gerede von Clementia und dem Verwalter, das sich um ein bevorstehendes Gespräch mit dem Truchsess drehte. Die beiden beachteten sie nicht, würdigten sie nicht mal eines Blickes, als wäre sie schon gar nicht mehr da. Tryngen wünschte sich an einen Ort, wo man sie wahrnahm, wo man mit ihr redete und ihr freundschaftlich begegnete. Wo sie sich nützlich machen konnte.

Nach dem Mahl erhob sie sich, schützte Unwohlsein vor und behauptete, sich in ihrer Kammer hinlegen zu wollen. »Jaja, geht nur, Schwester«, meinte Clementia und bedachte sie mit einem flüchtigen Blick.

Gut, dachte Tryngen, sie wird mich bestimmt nicht vermissen, wenn ich heute Abend nicht zum Essen erscheine.

Sie ging zum Krankensaal. Bruder Stephanus freute sich sehr, sie zu sehen. Er hatte sie schon vermisst.

»Meine beiden Brüder sind immer noch krank«, klagte er, als sie durch die Reihen der Betten schritten. »Wir haben gestern noch zwei neue Kranke bekommen, eine mit Auszehrung und einen Mann mit einem schlimmen Geschwür. Hier, du kannst der Armen den Trank geben. Sie liegt hinten bei den Frauen.« Er drückte Tryngen einen vollen Krug in die Hand und senkte seine Stimme. »Ich glaub, die holt der Herrgott bald zu sich. Gib allen davon, die etwas zu trinken verlangen. Danach kannst du mir bei dem Geschwür helfen. Ach ja, du hattest übrigens recht gestern: Der Mann war wirklich tot.« Er stemmte die Hände in seine breiten Hüften und musterte Tryngen mit einem flinken Blick. »Wie lange kümmerst du dich schon um Kranke?«

»Seit ein paar Jahren«, sagte Tryngen.

Der Mönch schnappte nach Luft. »Heilige Mutter Gottes! Dann lassen sie dich geh'n? Welches Kloster ist das denn?«

»Kloster Weiher.«

Er rieb sich nachdenklich das Kinn. »Hmm, ich dachte, es sollte eine Novizin von einem anderen Kloster kommen … von welchem noch gleich … ach, ist auch egal, die kommen sowieso nie …«

Tryngen atmete erleichtert auf. Also würde die erwartete Schwester höchstwahrscheinlich nicht auftauchen. Sie hatte sich vorgenommen, in diesem Fall sofort das Weite zu suchen. Aber sie wollte helfen, solange es ging. Was geschehen würde, wenn man sie entdeckte, darüber wollte sie gar nicht erst nachdenken. Was war nur mit ihr los?, dachte sie. So war sie sonst nie. Wahrscheinlich würde der Propst sie sofort zurückschicken, aber das erschien ihr seit dem Vorfall mit Waldever weniger schlimm, als hierzubleiben. Er hatte sich gewiss schon für den Magister als Leibarzt entschieden.

Sie versuchte, nicht daran zu denken. Sie verabreichte Tränke und Sirups, spendete Trost und fütterte die Schwerkranken, die nicht mehr allein essen konnten. So ging der Tag dahin. Am nächsten Tag vertraute ihr Bruder Stephanus so weit, dass er sie Wunden reinigen und Verbände erneuern ließ, nachdem er sich von ihrem Können überzeugt hatte. Am Abend fragte er, ob sie die Nachtwache übernehmen könne. »Bruder Gernand hat so viele Nächte gewacht, er kann kaum noch aufrecht gehen«, sagte er und deutete auf den anderen Mönch. »Und ich schlafe schon bei der Komplet ein! Es ist nicht viel zu tun, die Schwerkranken bekommen ihren Schlaftrunk und die anderen haben ruhig zu sein.« Er lächelte und zwinkerte ihr zu, doch Tryngen zögerte. Sie dachte eine Weile nach. Sie würde noch im Refektorium essen müssen, damit Clementia keinen Verdacht schöpfte, und sich eine gute Ausrede für die Köchin einfallen lassen müssen. »Ich muss aber erst im Kloster Bescheid sagen«, log sie. »Es wird später werden, ehe ich wiederkomme.«

Bruder Stephanus strahlte. »Macht nichts, Mädchen! Ich warte auf dich.«

Das tat er dann auch, und Tryngen hatte genug Zeit, im Refektorium zu essen, ehe sie zurück zum Krankensaal ging.

Es war dunkel. Am alten Palast brannten Fackeln und im Krankensaal ein paar Kerzen, auf die sie zu achten hatte, wie Bruder Stephanus ihr einschärfte. Aber das wusste sie natürlich längst. Er gab ihr noch eine Reihe von Anweisungen und ermahnte sie, ihn zu wecken, wenn etwas sei, denn er schlafe gleich hier im Flur in einer Kammer und habe überdies einen sehr leichten Schlaf. Nachdem sie ihm versichert hatte, dass sie das tun würde, ließ er sie allein.

Die Nacht wurde hart und arbeitsreich. Der Mann mit dem Geschwür am Bein stöhnte ununterbrochen. Bruder Stephanus hatte ihm eine Enzianwurzel in seine Wunde gesteckt und ein Pulver hineingeschüttet, und nun mussten sie abwarten, ob es half. Tryngen gab dem Mann etwas gegen die Schmerzen und einen Schlaftrunk. Ein anderer Mann hatte Albträume, schrie und redete im Schlaf, bis er schweißgebadet erwachte. Auch ihm gab Tryngen vom Schlafmohn, durch den er still und ruhig hinwegdämmerte. Danach kümmerte sie sich um eine fiebernde Frau. Sie war gerade dabei, ihr Wadenwickel anzulegen, als sie ein Poltern an der Tür hörte. Dann ertönte ein Geräusch, als würde etwas an der Tür schaben. Schließlich pochte jemand laut gegen das Holz.

»Macht auf!«, verlangte eine Männerstimme.

Tryngen ließ das Bein der Fiebernden sinken und horchte.

Wieder pochte es. »Macht auf, ihr kranken Brüder, ihr Brüder der Kranken, ihr …« Die Stimme verlor sich in einem undeutlichen Lallen und verebbte. Eine Weile war es still. Dann hallte ein schauerliches Weinen und Wehklagen über den Flur. Tryngen verharrte reglos. Wer war das? Ein betrunkener Wachsoldat? Oder einer der Kanoniker? Sie dachte daran, wie Lambert sie vor den Domherren gewarnt hatte. Es war nicht gut, dass sie allein hier war. Sie konnte keinen fremden Mann hereinlassen. Aber er würde mit seinem Krach alle Kranken wecken. Sollte sie Bruder Stephanus wecken? Nein, dachte sie, vielleicht könnte sie durch die Tür mit dem Mann reden und ihn zum Weggehen bewegen. Sie erhob sich, ging zur Tür, legte ein Ohr an das Holz und lauschte. Der Mann sang ein leises Lied. Dann stöhnte er laut. Er musste gleich hinter der Tür liegen.

»Wer seid Ihr?«, fragte sie.

Der Mann lachte leise. »Dietrich von Brohl.«

Sie schnappte nach Luft. Nein, das konnte nicht wahr sein, da wollte ihr jemand eine gewaltige Lüge auftischen. Der Capellarius würde unmöglich betrunken mitten in der Nacht vor der Tür des Krankensaals liegen. Jemand wollte sie täuschen, um sich Zugang zu verschaffen. Sie sollte doch Bruder Stephanus wecken. Aber dafür müsste sie den Krankensaal verlassen.

»Was habt Ihr?«, fragte sie.

Der Mann lachte. »Ich lieg vor deiner Tür, Marie!«, sang er. »Ich lieg vor deiner Tür, Marie, denn ich will dich wie nie.« Sein Lachen erstarb und ging in ein lautes Schluchzen über.

»Tut Euch etwas weh?«, fragte Tryngen.

»Mein Arm«, zischte er. »Mein verdammter Arm brennt wie Feuer.«

Tryngen erkannte die Stimme des Capellarius. Sie schob den Riegel fort und öffnete die Tür.

Der Betrunkene fiel ihr entgegen. »He!«, beschwerte er sich. Mühsam rappelte er sich auf alle viere auf. Tryngen fasste ihn unter die Schulter und half ihm auf die Beine. Mit einem Fuß stieß sie die Tür zu und schob den Riegel vor.

Dietrich von Brohl schwankte. Sie musste sich mit aller Kraft gegen ihn stemmen, um nicht von ihm zu Boden gerissen zu werden. Er roch nach Wein. Seine dunklen Haare klebten an seiner Stirn, sein kostbares Gewand hatte feuchte Flecken. Er legte den Arm um ihre Schulter, und so schwankten sie gemeinsam durch den Saal. »Oh Marie, ich lieb dich wie nie!«, sang er und presste ihr einen feuchten Kuss auf die Wange.

»Bitte seid leise, Herr, Ihr weckt die Kranken«, ermahnte ihn Tryngen. Sie spürte, wie er sie von der Seite anstarrte.

»Schwes… Schwester … was machst du denn hier?«

Ihr wurde warm. Sie hörte, wie die Kranken allmählich unruhig wurden, und beeilte sich, den betrunkenen Mann in den Aderlass-Raum hinter den Vorhang zu verfrachten. Mit Mühe brachte sie ihn auf den Stuhl. Sein Kopf sank nach vorn auf die Brust hinunter. Hastig goss sie Wasser in einen Becher und bat ihn zu trinken. »Is' ja kein Wein!«, beklagte er sich, nachdem er einige Schlucke getrunken hatte. Sein Kopf sank wieder hinunter. Sie fing seinen Becher auf und kniete sich vor ihn hin. »Herr von Brohl!«

Sein Kopf zuckte, er murmelte ein paar unverständliche Worte. Gott sei Dank wurde er nicht ohnmächtig.

Tryngen holte eine Kerze, dann streifte sie sein Gewand hoch und betrachtete seinen Arm im Kerzenlicht. Um die Einstichstelle, wo Magister Waldever ihn zur Ader gelassen hatte, war sein Arm rot und geschwollen. Vorsichtig tastete sie die Schwellung ab. Sie war warm. Das Blut darunter schien im Rhythmus seines Herzschlags zu pulsieren.

Tryngen presste ängstlich die Lippen zusammen. Das sah nicht gut aus. Überhaupt nicht. Sie überlegte, was sie tun sollte. Sie sollte Bruder Stephanus wecken, damit er sich um den Capellarius kümmern konnte. Immerhin war der Mann nicht irgendwer. Der Krankenmeister müsste eingeweiht werden. Aber dann fiel ihr ein, was für eine Schande es für Dietrich von Brohl sein musste, in seinem Zustand von irgendwem gesehen zu werden. Er war ein Domherr, der Vertraute des Propstes und bekleidete ein hochstehendes Amt. Das Gerede würde ihn ewig verfolgen. Sie beschloss, Bruder Stephanus nicht zu wecken.

Sorgfältig reinigte sie die Wunde im Schein der Kerze, dann suchte sie im Regal nach Bruder Stephanus' Wundsalbe. Sie sei zubereitet nach einer Anweisung von Avicenna, eines persischen Arztes, die die Mönche im Scriptorium kopiert hätten, hatte Bruder Stephanus ihr stolz erklärt, und ihr würde nichts gleichkommen. Tryngen fand sie schließlich. Sie bestrich ein sauberes Tuch mit der Paste, die nach Weihrauch und Harz roch, legte es auf die kranke Stelle und verband den Arm sorgfältig, während Dietrich von Brohl mit vornübergeneigtem Kopf auf dem Stuhl schlief. Dann holte sie aus der angrenzenden Kammer ein paar Wolldecken und baute daraus ein Lager. Sie zog den Betrunkenen hoch und verfrachtete ihn vorsichtig auf das Lager.

»Schwester …«, lallte er. »W-wie war noch gleich dein Name?«

»Tryngen, Herr.«

»Tr… Tryngen.« Er kicherte. »… klingt wie trinken.« Er lachte leise, ehe er wieder einnickte. Tryngen fühlte seine Stirn und atmete auf. Zum Glück hatte er kein Fieber.

Danach ließ sie sich auf den Stuhl fallen und lauschte, wie sich ihr Herzschlag allmählich beruhigte, während sie überlegte, was sie tun sollte. Es war mitten in der Nacht. Die Mönche würden erst nach den Morgengebeten im Krankensaal erscheinen. Bis dahin hätte der Capellarius noch ein paar Stunden Zeit, um seinen Rausch auszuschlafen. Rechtzeitig vor dem Erscheinen der Mönche würde sie ihn in sein Haus zurückbringen müssen. Irgendwie. Sie hoffte, dass er bis dahin wieder nüchtern genug wäre, um es dorthin zu schaffen. Sie sah auf den schlafenden Mann hinunter und betete, dass die Avicenna-Salbe helfen und er kein Fieber bekommen würde. Wenn jemand mit einer solchen Wunde Fieber bekäme, könnte er daran sterben, das hatte sie schon einige Male miterleben müssen.

Sie erhob sich, kümmerte sich um die fiebernde Frau und um weitere Kranke, die durch den Lärm erwacht waren und zu trinken verlangten oder über ihre Schmerzen klagten. Als sie damit fertig war und wieder Ruhe herrschte, ging sie zurück zum Capellarius, um an seinem Lager zu wachen. Er schlief unruhig und übergab sich in einen Eimer, den sie ihm vorsorglich hingestellt hatte. Erschöpft schlief er wieder ein. Vor dem Morgengrauen machte sie noch einen Rundgang durch den Saal. Sie flößte der fiebernden Frau gerade einen Kräutertrank ein, als sie durch ein Geräusch aufschreckte.

Dietrich von Brohl stand an der Tür, schob den Riegel beiseite. Sogleich eilte sie zu ihm. Im matten Schein der Kerzen bemerkte sie, wie blass er aussah. Er sagte nichts, sondern starrte sie nur mit großen Augen an. Wenigstens schwankte er nicht mehr.

»Wartet, ich helfe Euch, Herr.« Sie wollte ihn unterhaken, aber er wehrte sie ab, wandte sich um und schlich mit langsamen Schritten durch den dunklen Gang davon. Tryngen kämpfte mit sich, ob sie ihm nicht doch helfen sollte, doch dann entschied sie sich dagegen. Vielleicht wäre es besser so.

»Euer Arm muss weiter behandelt werden!«, rief sie ihm hinterher. »Ich lasse Euch die Salbe bringen!«

Doch sie hörte nur noch seine leisen Schritte im Gang, die sich langsam entfernten. Da öffnete sich eine Tür hinter ihr, und sie fuhr herum. Bruder Stephanus stand dort, mit zerknautschtem Haarkranz um seine Tonsur, aber hellwach.

»Was ist los, Mädchen? Ist alles in Ordnung?«

»Ja, Bruder Stephanus.«

»Aber ich hab doch Stimmen auf dem Flur gehört!«

»Das war nur ein Wachmann, der hat nach dem Rechten gesehen.«

»Aber das machen die sonst nie! War denn was Besonderes?«

»Er hat mir nichts gesagt.«

Der Mönch rieb sich verwundert die Bartstoppeln. »Ach, dann haben die wohl wieder einen gesucht, der sich hier reingeschlichen hat. Diese portarii minores werden immer nachlässiger! Es kommt noch so weit, dass uns das Gesindel die Kirchenschätze raubt«, erboste er sich. Dann führte er Tryngen in den Krankensaal zurück und verriegelte die Tür.

»Was sind portarii minores, Bruder?«

»Ach, du kannst ja kein Latein, stimmt. Na, die verfluchten Unterpförtner! Der Oberpförtner hat sie nicht im Griff, fürchte ich, und der eine oder andere verdient sich gerne mal was dazu. Verstehst du, was ich meine?«

Tryngen nickte. Sie hörte nur mit halbem Ohr zu, als sie durch den Krankensaal schritten und Bruder Stephanus ihr ein Klagelied über schlampige Pförtner, übles Gesindel und gefährliche Zeiten sang, während er mit flinken Blicken die Kranken in Augenschein nahm. »War was Besonderes?«, wollte er schließlich wissen, und sie erzählte ihm von der fiebernden Frau und dem Mann mit dem Geschwür, der so starke Schmerzen hatte. Im Aderlass-Raum rümpfte Bruder Stephanus die Nase, als er das Erbrochene roch. Offenbar hatte sich der Capellarius noch einmal übergeben, ehe er geflohen war.

»Was ist das?« Er deutete auf das Lager.

»Ich … ich musste einen Mann hierhinbringen«, erklärte Tryngen. »Er hat wohl das Essen nicht vertragen. Ich wollte nicht, dass er die anderen weckt.«

Bruder Stephanus runzelte die Stirn. »So was machen wir nicht, Mädchen, wir bringen hier keine Kranken her. Dieser Raum ist nur für den Aderlass und unsere Arzneien bestimmt.«

»Verzeiht mir, Bruder«, sagte Tryngen kleinlaut. »Es wird nicht wieder vorkommen.«

»Na, du wusstest es ja nicht besser.« Er tätschelte ihr gnädig den Arm. »Du wirst dich noch einleben, wirst seh'n.«

Sie nickte und fühlte sich schlecht, weil sie ihm nichts vom Capellarius erzählt und ihn so oft angelogen hatte. Warum war sie nur zu einer solchen Lügnerin geworden? Sie hatte doch früher nie gelogen, sie war ein wahrheitsliebender Mensch. Es musste an der Umgebung liegen. Ihr Leben hier an diesem Ort forderte Lügen geradezu heraus, und jede Lüge schien eine weitere nach sich zu ziehen. Maria wäre erschüttert, wenn sie das alles wüsste.

Tryngen ergriff den Eimer. »Ich mach das weg.«

Doch Bruder Stephanus hielt sie zurück. »Lass nur, das können die Diener machen. Du bist jetzt über die Dienerarbeit hinaus, Mädchen. Leg dich hin und schlaf. Komm morgen früh wieder.«

Er zwinkerte ihr zu, und sie nickte, band sich das Tuch ab und verließ den Krankensaal. Als sie über den dämmrigen Domhof schritt, fiel ihr ein, dass die Tür zum Gesindehaus wahrscheinlich noch verschlossen wäre. Außerdem hätte die Köchin, die immer früh aufstand, ihre Abwesenheit spätestens heute Morgen bemerkt. Sie musste sich eine gute Ausrede einfallen lassen. Sie versteckte sich in einem dunklen Winkel, von dem aus man den Eingang des Gesindehauses im Blick hatte, und wartete ab, bis der Diener die Tür aufgeschlossen hatte. Leise schlich sie sich die Treppe hoch, ging in ihre Kammer zurück und erzählte Johanna, die gerade aufgestanden war, dass sie gestern Abend noch einmal kurz hinausgegangen sei, weil sie nicht habe schlafen können. Als sie dann zurückgekommen sei, sei die Tür bereits abgeschlossen gewesen und sie habe die ganze Nacht draußen verbringen müssen.

Sie musste so verfroren und müde wirken, dass Johanna ihr tatsächlich glaubte. »Leg dich hin und schlaf, Kind. Bist ja ganz blass und müde«, sagte sie und überzeugte sich davon, dass Tryngen das wirklich tat, ehe sie zur Arbeit ging.

Tryngen kam sich schäbig vor. Sie hätte gern geschlafen, aber sie musste wach bleiben bis zur Morgenmahlzeit im Refektorium, damit Clementia keinen Verdacht schöpfen würde.

Doch Clementia kümmerte sich wie immer nicht um sie. »Geht es Euch besser?«, erkundigte sie sich knapp und wandte sich wieder an den Verwalter, nachdem Tryngen ihre Frage bejaht hatte.

Nach dem Mahl sank Tryngen in ihrer Kammer endlich auf ihr Bett. Sie dachte noch an den Capellarius und fragte sich, wie es ihm ginge und ob er sie verraten würde. Seltsamerweise hatte sie davor keine Angst.

* * *

Sie erwachte am Mittag, als die Sonnenstrahlen durch die Dachluke in ihre Kammer fielen. Sie beschienen ein paar Dreckflecke und den Staub auf dem Bretterfußboden. Tryngen betrachtete ihn eine Weile müde, dann fiel ihr ein, dass sie sich für den heutigen Tag mit Maria verabredet hatte. Sie hatten beschlossen, ihre Treffen beizubehalten, wenn immer es ging.

Sie sprang aus dem Bett. Wenn sie nicht spätestens bis zur Non an der Klostermauer von St. Ursula wäre, würde Maria sich allein um die Armen in der Gasse am alten Graben kümmern müssen. Hastig kleidete sie sich an, wusch sich Gesicht und Hände in der Waschschüssel, die auf dem wackligen Tischchen stand, wand sich die langen Haare zu einem Knoten und steckte ihn mit ein paar Haarnadeln fest. Dann setzte sie sich den Schleier auf, hüllte sich in den Umhang und verließ die Kammer.

Sie ging am neuen erzbischöflichen Palast und am Marstall vorbei und erreichte gleich dahinter die Drachenpforte, die zwischen Palast und erzbischöflichem Wohnhaus lag. Die Pförtner waren daran gewöhnt, dass das Gesinde hier den Hof verließ, um zum Backhaus, zur Küche oder zu den Wirtschaftsgebäuden am erzbischöflichen Tier- und Baumgarten zu gelangen.

Tryngen sagte dem Pförtner, dass sie zur Küche müsse, Kräutertränke zubereiten, und er winkte sie durch. »Wir machen nach der Komplet zu«, sagte er nur gelangweilt, und

Tryngen dachte, dass Bruder Stephanus nicht unrecht hatte, was die Unterpförtner betraf. Sie beeilte sich, da sie einen Umweg machen musste, durchquerte das alte Stadttor in der Heidenmauer und nahm den Weg nach Niederich. Zu ihrer Erleichterung sah sie Maria schon von Weitem an der Klostermauer warten. Sie nahmen sich in die Arme und hielten sich fest, als hätten sie sich Monate nicht gesehen. »Du bist blass«, stellte Maria fest, nachdem sie Tryngen gründlich gemustert hatte. »Geht es dir gut? Isst du genug?«

»Jaja. Ich schlafe nur zu wenig, die Köchin, mit der ich mir die Kammer teile, schnarcht so laut.«

Wieder eine Lüge. Aber Tryngen hatte sich fest vorgenommen, Maria nichts von ihrem heimlichen Dienst im Heiliggeisthaus zu erzählen, um sie nicht zu beunruhigen. Also erzählte sie ihr alles andere, von der abweisenden Clementia über die gutmütige Köchin bis zum verreisten Propst, der ganz offensichtlich den Magister vorzog. Maria runzelte ihre feine Stirn, in die wie immer ein paar ihrer blonden Locken gerutscht waren. »Magister Waldever ist ein schlimmer Mann«, schloss Tryngen. »Eingebildet und ehrgeizig. Von Anfang an wollte er an erster Stelle sein.« Schuldbewusst dachte sie daran, dass sie sich selbst nicht gerade klug angestellt hatte, sagte aber nichts.

»Meinst du, der Propst könnte dich bald entlassen?«, fragte Maria, während sie langsam den Weg zum alten Graben entlangschritten.

»Nein, so schnell wohl nicht«, beruhigte sie Tryngen. »Er wird den Magister sicher noch genauer prüfen. Er ist misstrauisch und eigenwillig.«

»Das wissen wir ja«, sagte Maria lächelnd. »Ein schwieriger Kranker.«

»Ja, auch wenn ich bleiben könnte, würde es schwer für mich«, sagte Tryngen trübsinnig.

»Ach, komm schon!« Maria legte den Arm um sie. »Nicht den Kopf hängen lassen! Die Sonne scheint auch hinter einem wolkigen Himmel.«

Tryngen seufzte in sich hinein. Maria hatte gut reden, sie war ja auch nicht am Hof, umgeben von Fremden, verurteilt zur Langeweile. »Ich wünschte, ich wäre wieder bei euch!«, rief sie.

Maria sah sie traurig an. »Sag das lieber nicht. Dein Vater war bei uns und hat mit Richmud gesprochen. Er war sehr wütend, als er erfuhr, dass wir dich ohne sein Wissen in die Dienste des Propstes gegeben haben. Richmud musste ihr ganzes Geschick aufwenden, um ihn zu beruhigen. Aber er hat die Zahlungen für dich eingestellt.«

Tryngen war, als bohrte sich eine Faust in ihren Magen. Also hatte ihr Vater seine Drohung wahr gemacht. Sie hatte nicht geglaubt, dass er das tun würde. Sie blieb stehen und lehnte sich an die Klostermauer. Die warmen Sonnenstrahlen schienen sie zu verhöhnen. Ihr guter Vater, der ihren Wunsch, ins Kloster zu gehen, zwar nie geteilt, aber wenigstens hingenommen hatte, war ein anderer geworden.

»Was ist nur mit ihm los?«, stieß sie hervor. »Wie kann eine Frau einen Mann nur so verändern?«

Ein Schatten fiel auf Marias hübsches Gesicht. »Was meinst du damit?«

»Mein Vater war früher nicht so. Es ist Alveradis, sie hat ihn verändert.«

»Kann sein. Vielleicht hat sie aber auch keine Schuld daran. Vielleicht hat ihn etwas anderes verändert.«

Tryngen verstand nicht, was Maria meinte. Für sie war einzig Alveradis schuld an der Veränderung ihres Vaters. »Ich heirate auf keinen Fall«, stieß sie trotzig hervor. »Wenn er nicht mehr zahlt, bleibe ich eben als Laienschwester bei euch! Richmud würde mich doch behalten, oder?«

»Natürlich.« Maria drückte hastig ihre Hand. »Aber dein Vater ist dein Vormund, vergiss das nicht. Du brauchst seine Zustimmung. Im Augenblick sind ihm die Hände gebunden, aber wenn Propst Engelbert dich entlässt …« Ihre Worte verklangen unheilvoll in der warmen Herbstluft.

»Du meinst, mir bleibt nichts anderes übrig, als zu heiraten, wenn der Propst mich entlässt?«

Maria wich ihrem Blick aus. »Es ist meine Schuld. Ich hätte dich nicht ins Kloster holen dürfen. Dein Vater hat das nie wirklich gewollt.«

»Es ist nicht deine Schuld, er war immerhin ein paar Jahre damit einverstanden«, sagte Tryngen und beobachtete abwesend, wie der milde Herbstwind trockene Blätter über den Weg wehte. Ihr wurde elend bei dem Gedanken, mit einem Fremden vermählt zu werden und nie mehr als Heilerin arbeiten zu können. Ihr fiel ein, dass man sie auch nicht als Lernende in die Schwesternschaft aufnehmen würde, solange ihr die Vermählung drohte. Das sagte sie Maria.

»Aber nein, die Priorin ist zufrieden mit dir«, versicherte Maria. »Wenn du uns weiter vom Hof berichtest, wirst du bestimmt bald aufgenommen. Das hat sie versprochen.«

Tryngen seufzte. Wenn sie es doch nur glauben könnte!

»Ich werde mit deinem Vater reden«, sagte Maria. »Vielleicht kann ich ihn umstimmen.«

»Wirklich?«

»Wenn ich's doch sage! Versprechen kann ich nichts, aber versuchen werde ich es! Solange bemühst du dich, am Hof zu bleiben.«

Tryngen lächelte dankbar, doch sie fühlte sich nicht wirklich erleichtert. Maria und ihr Vater hatten nicht mehr miteinander gesprochen, seitdem er verheiratet war. Ihr Verhältnis war alles andere als gut.

Sie stieß sich von der Mauer ab und schwieg eine Weile, während sie langsam weitergingen. Sie würde also alles daransetzen müssen, so lange wie möglich in Propst Engelberts Diensten zu bleiben, aber sie war gerade dabei, genau das Gegenteil zu tun.

Sie begann, Maria noch mehr über den Hof, den Propst und sein Gesinde zu erzählen, damit sie es der Priorin weiterberichten konnte. Maria hatte der Priorin gesagt, dass sie sich bei den Kräuterhändlern auf dem Marsplatz treffen würden.

»Diese Clementia, wie sieht sie aus?«, wollte Maria zu ihrem Erstaunen wissen.

Tryngen beschrieb ihr die Gesindevorsteherin in allen Einzelheiten.

»Oh Gott, ich kenne sie.«

»Du kennst sie? Woher denn?«

»Als ich nach Köln kam, war sie Pförtnerin im Kloster Weiher. Aber sie war ungeeignet als Schwester. Richmud hat sie entlassen.«

Tryngen schwieg überrascht. Sie hatte nicht gedacht, dass eine Schwester jemals aus dem Kloster entlassen werden könnte.

»Was hat sie denn getan?«, fragte sie, aber Maria wich ihrer Frage aus und sagte nur unbestimmt, dass sie gelogen hätte.

»Nimm dich vor ihr in Acht!«, warnte sie. »Sie ist hinterhältig. Sie weiß, dass du aus unserem Kloster kommst und wird dir nicht wohlgesinnt sein.«

»Sie hat mir nicht gesagt, dass sie Schwester im Kloster Weiher war.«

»Wundert mich nicht. Richmud hat sie bestimmt nicht im Frieden entlassen. Ich frag mich nur, wie sie es zu dieser Anstellung gebracht hat …«

»Vielleicht hat sie sich hochgedient. Es ist doch ein paar Jahre her, dass sie bei uns war, oder?«

Maria nickte. »Bestimmt hat sie ihre Herkunft verschwiegen. Sie hat keinem gesagt, dass sie eine Schwester war. Sag ihr bloß nicht, dass du das weißt! Lass sie nichts merken, sonst denkt sie noch, du wirst sie verraten!«

»Nein, ich bin doch nicht dumm.« Aber sie musste es Maria feierlich versprechen, damit diese beruhigt war. Immerhin konnte sie sich nun Clementias abweisendes Verhalten erklären.

Es war schon spät, als sie in die Gasse am alten Graben kamen, und sie wurden sehnsüchtig erwartet. Ein paar Kinder waren krank geworden. Sie hatten Fieber und einen rötlichen Ausschlag. Maria und Tryngen flößten ihnen Kräutertränke ein und gaben den Müttern Anweisungen, wie sie die Wadenwickel machen sollten.

Rethers Frau war wieder gesund, und Rether gab ihnen zum Dank ein Stück Fleisch, das Maria dankend ablehnte. »Du weißt doch, dass wir nichts nehmen«, sagte sie. »Behalt es für die Kinder, die brauchen es nötiger.«

Rether zuckte mit den Schultern und ging in seine Hütte.

»Du hättest es annehmen sollen«, meinte Tryngen, als sie durch die Gasse zu Pero und Christina gingen. Aber Maria entgegnete, sie nähme ganz bestimmt kein Fleisch von einem Hundefänger an. »Wir müssen bei unseren Regeln bleiben«, beharrte sie. »Wir nehmen nie etwas von diesen armen Leuten. Wo kämen wir hin, wenn wir von einem was nehmen und vom anderen nicht!«

Tryngen erwiderte nichts, sie wollte sich nicht mit Maria streiten. Zufrieden stellten sie fest, dass es Christina etwas besser ging. Maria hatte ihr, nachdem sie bei ihr gewesen waren, ein Paar Schuhe gebracht, einen Sirup und Kräuterauflagen für die Augen. Mit Freude beobachteten sie, wie Christina – gestützt auf Pero – unbeholfen durch den Garten schlurfte. Sie wiesen sie an, das weiter zu üben. Pero strahlte.

»Siehst du«, meinte Maria, als sie später durch die Vorstadt zurückgingen. »Dankbarkeit ist genug Lohn für unsere Arbeit, wir brauchen keine Geschenke.«

Und das ewige Seelenheil, ergänzte Tryngen in Gedanken und beschleunigte ihre Schritte. Die Sonne ging gerade hinter den Hausdächern unter, sie mussten sich beeilen. Traurig verabschiedete sie sich von Maria und eilte den restlichen Weg zum Hof allein zurück. Der Pförtner an der Drachenpforte war derselbe wie am Nachmittag und ließ sie wortlos hinein. Aber kaum hatte sie den Domhof erreicht, sah sie Clementia und den Verwalter auf sich zukommen.

Kapitel 11

»Wo kommt Ihr her?«, wollte Clementia wissen. Der Verwalter stellte sich neben sie und verschränkte die Arme vor der Brust.

Tryngens Gedanken wirbelten durcheinander. »Ich war am Marsplatz, Kräuter für den Herrn besorgen«, log sie.

Aber Clementia schüttelte nur den Kopf. Ihre kleine, kastenartige Gestalt war gestrafft wie die eines Söldners. »Alles Lüge! Ihr wart gestern nicht in Eurer Kammer, obwohl Ihr mir gesagt habt, Ihr wolltet Euch hinlegen. Ich hab nach Euch gesehen, aber Ihr wart nicht da, und nun wart Ihr wieder weg. Gibt es eine Erklärung dafür?«

Tryngen schluckte hastig. Sie konnte der Gesindevorsteherin schlecht sagen, dass sie im Krankensaal gearbeitet hatte. »Gestern war ich noch draußen im Hof spazieren«, log sie. »Ich hoffte, es würde mir besser gehen.« Sie hörte, wie schwach ihre Stimme klang.

Clementia starrte sie ungläubig an. »Wo wart Ihr gerade?«, fragte sie wieder. »Man hat Euch gesagt, dass Ihr Euch zur Verfügung des Propstes halten müsst! Ohne meine Erlaubnis dürft Ihr den Hof nicht verlassen. Die hattet Ihr nicht, Ihr seid einfach weggegangen. Wir nehmen Euch fest, Schwester Tryngen.«

Der Verwalter trat hinzu, und sie packten Tryngen und führten sie über den Domhof, vorbei am neuen Palast in ein gedrungenes kleines Steinhaus mit nur wenigen Fenstern. In der Wachstube übergaben sie sie an einen Söldner. »Sie bleibt hier, bis der Herr über sie entschieden hat«, bestimmte Clementia und rieb sich die Hände, als müsste sie den Schmutz loswerden, den sie sich durch die Berührung der ungehorsamen Schwester zugezogen hatte. Dann wandte sie sich um und ging mit dem Verwalter hinaus. Der Söldner nahm Tryngen am Arm und drängte sie eine schmale, gewundene Treppe hinunter. Er entriegelte eine Tür und schob sie in ein finsteres Verlies, dann knallte er die Tür wieder zu.

Tryngens Augen brauchten eine Weile, um sich an die Dunkelheit zu gewöhnen. Ein bisschen Licht fiel durch ein paar Ritzen im oberen Mauerwerk herein. Aber vielleicht wäre es besser, wenn sie nichts sah, denn sie roch genug. Es roch nach feuchtem Stroh und Fäulnis. Lange blieb sie stehen, nachdem die Schritte des Söldners verklungen waren, und wagte es nicht, sich zu bewegen, aus Angst, sie könnte in der Dunkelheit gegen irgendetwas Furchtbares stoßen, ein totes Tier oder – schlimmer noch – einen toten Menschen, den man hier vergessen hatte.

Sie presste sich gegen die raue Mauer, hatte das Gefühl, keine Luft mehr zu bekommen. Dann spürte sie nichts mehr.

Tryngen erwachte durch das Quietschen der Tür. Sie lag auf dem Steinboden. Die Kälte hatte sich in ihre Glieder gefressen und sie steif werden lassen. Eine Weile brauchte sie, um zu begreifen, wo sie war, und als sie es wieder wusste, befiel die Angst sie erneut. »Lasst mich raus!«, flehte sie.

Doch der Wachmann war nur gekommen, um einen Becher, eine Schale und einen Eimer in ihr Verlies zu stellen. Er sprach kein Wort. Wenigstens warf er ihr noch eine Wolldecke hin, ehe er die Tür schloss und den Riegel wieder vorschob.

Tryngen rang nach Luft. In einem winzigen Winkel ihres Hirns, der noch vernünftig arbeitete, verstand sie, dass sie nicht mehr in Ohnmacht fallen durfte. Mühsam richtete sie sich auf alle viere auf, kroch zur Decke und kauerte sich darauf. Hier wäre sie sicher, gleich bei der Tür. Sobald der Wachmann wiederkäme, würde sie ihn anflehen, sie rauszulassen. Vielleicht war alles nur ein Versehen. Man würde sie hier nicht vergessen. Der Propst würde zurückkehren und nach ihr verlangen. Er würde Clementia zur Rechenschaft ziehen, wenn ihr etwas passierte. Das könnte sich die Vorsteherin nicht leisten.

Ihre nüchternen Gedanken beruhigten sie so weit, dass sie wieder atmen konnte. Es gelang ihr, den Becher zu nehmen und das fade Wasser zu trinken, das der Wachmann ihr hingestellt hatte. Dass man ihr eine Decke und zu essen gab, bedeutete ja, dass man sie am Leben erhalten wollte. Aber für wie lange? Wie lange würde es dauern, bis Engelbert wieder zurückgekehrt wäre und man ihre Sache vor ihn brächte?

Tryngen versuchte, ruhig zu atmen, ihr jagendes Herz zu beruhigen. Ihre Säfte waren in Unordnung geraten, ihre Seele verschreckt. Sie musste sie davor zurückhalten, sich weiter in die Tiefen ihres Leibes zurückzuziehen, damit sie das Bewusstsein nicht wieder verlor.

Sie käme hier raus, dachte sie. Ruhig atmen.

Auf einmal bereute sie ihr eigenes Verhalten. Wie hatte sie nur vergessen können, sich Clementias Erlaubnis zum Verlassen des Hofes zu holen? Aber wenn sie ehrlich war, hatte sie es nicht vergessen. Nein, sie hatte sie nicht fragen wollen. Sie hatte es eilig gehabt und zudem keine Lust, Clementia etwas zu erklären, außerdem hatte sie sich sicher gefühlt, weil der Propst verreist war und sie nicht gebraucht hätte. Sie hatte gedacht, sie käme damit durch. Sie hatte sich alles selbst zuzuschreiben.

Tryngen seufzte tief. Sie verstand sich selbst nicht mehr. Warum beachtete sie hier die Regeln nicht? Das tat sie doch im

Kloster immer! Aber die Regeln hier zwangen sie in ein ödes, sinnloses Leben – so, wie sie sich in etwa das Leben an der Seite eines fremden Mannes vorstellte. Im Kloster durfte sie heilen, hier nicht. Deshalb hatte sie gelogen und sich über die Regeln hinweggesetzt. Sie war eigenwillig.

Tryngen legte den Kopf auf die Knie und brach in Tränen aus. Sie weinte, weil Propst Engelbert sie nun sicher aus seinen Diensten entlassen und ihr Vater sie vermählen würde, weil sie dann keine Lernende in der Schwesternschaft mehr werden könnte und überdies dem Kloster keinen guten Dienst erwiesen hätte. Sie weinte, weil sie nicht schön war. Weil ihre Mutter tot und ihr Vater ein anderer geworden war.

Schönheit, dachte sie, wäre sicher ein guter Trost für das harte Los der Frauen. Wenn sie schön waren, ließe sich das Leben für sie gewiss leichter ertragen. Aber sie war nicht schön, sie war nur klug. Doch dafür hatte der Herr bei Frauen keine Verwendung.

Ob die Hohe Mutter schön gewesen war? Maria hatte ihr einmal gesagt, dass Gott sie nicht ausgewählt hätte, weil sie schön war, sondern wegen der Reinheit ihres Herzens. Der Herr sähe nicht auf die äußere Hülle der Menschen, er sähe allein das Herz. Aber Tryngen konnte sich nicht vorstellen, dass die Hohe Mutter nicht schön gewesen war. Überall in den Kirchen konnte man doch ihre Schönheit bewundern.

Sie hörte auf zu weinen und betete. Später, als die Nacht herabsank und die Eiseskälte aus den Tiefen des Verlieses heraufstieg, summte sie das Ave-Maria. Sie konnte sich nicht vorstellen, an diesem Ort zu schlafen, doch irgendwann schlief sie doch ein, denn als sie erwachte, fiel wieder Licht in ihr Gefängnis. Mehr als am Tag zuvor. Ein paar Einzelheiten wurden sichtbar, die sie am Vortag nicht hatte sehen können: der schmutzige Strohhaufen in einer Ecke, ein paar Einkerbungen in der Wand gegenüber, eine Kette mit eisernen Ringen. Sie schloss die Augen und atmete tief. Nur ruhig bleiben.

Sie käme hier raus, dachte sie.

Sie zwang sich, den faden Haferbrei zu essen, der sich in der Schüssel befand. Sie trank das schale Wasser. Ob man ihr einmal am Tag etwas bringen würde? Zweimal?

Sie würde versuchen, den Wachmann zu erweichen. Sie würde so lange betteln, bis er nachgäbe. Er musste sie irgendwo anders einsperren, an einem besseren Ort. Nicht hier. Sonst würde sie sterben, das musste er begreifen.

Langsam krochen die Stunden dahin. Tryngen beobachtete, wie das Licht allmählich schwächer wurde. Von ferne hörte sie Rufe und Karrenrumpeln, den üblichen Lärm der Straße, die am Hof vorbeiführte. Die Menschen strömten jetzt bestimmt zum Markt, die Arbeiter entluden die Schiffe am Rhein und verfrachteten alles auf Karren und Wagen, die es weiterbrachten, zu den Märkten der Stadt, in die Keller und Lagerhäuser. Tryngen sah die mächtigen Weinfässer in den Keller ihres Vaters hinein- und wieder herausrollen, sie sah, wie ihr Vater die Knechte beaufsichtigte, die sein Englandschiff beluden. Sie fühlte wieder, wie er sie zum Abschied an sich gepresst hatte. Das zweite Mal war sie nicht mehr mit nach London gefahren. Sie hatte die beschwerliche Überfahrt und die Seekrankheit gescheut, unter der sie bei ihrer ersten Reise gelitten hatte. Sie hatte so lange gebettelt, bis ihr Vater nur Bruno mitgenommen und sie zu Hause gelassen hatte, unter der Obhut der Magd. Und Marias Obhut. In dieser Zeit war in ihr der Wunsch entstanden, ins Kloster zu gehen. Wie Maria zu werden.

Tryngen hörte Schritte oben auf der Treppe. Sie erhob sich so schnell, dass ihr schwindelig wurde und sie sich gegen die Wand lehnen musste. Einen Augenblick schwankte alles um sie herum, und sie fürchtete, das Bewusstsein zu verlieren. Sie atmete ein paar Mal tief durch und versuchte, sich zu beruhigen.

Sie klopfte sich den Dreck aus ihrem Novizinnengewand, zupfte sich den Schleier zurecht. Bereitete sich darauf vor, den Söldner zu bereden. Die Tür ging auf, und ein Schwall kalte Luft wogte herein. Tryngen brauchte nichts zu sagen. Der Mann packte sie wortlos mit hartem Griff und brachte sie die Treppe hinauf.

In die unglaubliche Erleichterung, aus dem Verlies gekommen zu sein, mischte sich neue Angst. Bestimmt war Propst Engelbert zurückgekehrt und würde sie zur Rechenschaft ziehen. Sie musste auf der Treppe innehalten, weil sie glaubte, die wackligen Knie würden ihr den Dienst versagen. Ihr Herz raste, sie zitterte am ganzen Leib. Sie musste sich innerlich darauf vorbereiten, sich zu rechtfertigen.

Der Söldner nahm ihren Arm und führte sie weiter, durch die Wachstube über den Domhof zum alten Palast, wo das Scriptorium lag, die Domschule, wie sie mittlerweile erfahren hatte, und auch der Krankensaal. Doch er führte sie nicht dorthin, sondern eine Treppe hinauf ins obere Stockwerk, wo sie noch nie gewesen war. Vor einer mächtigen zweiflügeligen Tür hielt er inne, pochte dagegen und wartete, bis ein Diener ihnen öffnete. Dann brachte er sie in ein großes Gemach mit einem Dielenfußboden und einer schweren Balkendecke. Selbst das wenige Licht, das durch ein Fenster hereinfiel, schmerzte Tryngen in den Augen. Sie musste blinzeln und glaubte, nicht richtig zu sehen, als sie Dietrich von Brohl hinter einem mächtigen Schreibtisch erblickte.

»Danke.« Er nickte dem Wachmann und seinem Diener zu. »Lasst uns allein!«

Die Männer verneigten sich schweigend und verließen das Gemach. Dietrich von Brohl erhob sich, kam um seinen Schreibtisch herum auf sie zu. Er zog einen Stuhl für sie heran und befahl ihr, sich zu setzen. Er selbst lehnte sich gegen seinen Schreibtisch und faltete die Hände vor seinem kunstvoll bestickten Gürtel.

Erleichtert ließ Tryngen sich auf den Stuhl sinken und musterte ihn. Sein Haar fiel strähnig auf seine Schultern, er sah blass und übernächtigt aus, aber sonst schien er gesund zu sein. »Habt Ihr Fieber, Herr?«, erkundigte sie sich.

Er lächelte, schüttelte den Kopf. »Immer zuerst Infirmaria, Schwester Tryngen, dabei kannst du selbst kaum stehen.«

»Verzeiht, Herr, ich bin nicht gut darin, in ein nachtschwarzes Verlies gesperrt zu werden.« Sie ballte ihre Hände zu Fäusten, damit er ihre schmutzigen Fingernägel nicht sehen konnte.

»Du hättest auch nicht ins Gefängnis für Verbrecher gesperrt werden dürfen, Schwester. Ich habe die Vorsteherin bereits zurechtgewiesen. Es wird nicht wieder vorkommen.«

Tryngen traute ihren Ohren nicht. »Oh, Ihr habt … aber ich habe doch …«

»Ich weiß«, unterbrach er sie. »Die Vorsteherin hat mich natürlich über deine Vergehen in Kenntnis gesetzt. Außerdem kann ich mich daran erinnern, was in der Nacht im Krankensaal geschah, obwohl es vielleicht nicht danach aussah.« Er lächelte, wodurch er auf einmal gut aussah. Seine Brauen waren dunkel wie seine Haare, schwarz wie Krähengefieder. Er trug ein grünes Gewand, das am Halsausschnitt mit einer bestickten Borte besetzt war. Wahrscheinlich stammte er aus einer edlen rheinischen Familie, die mächtig genug war, ihre Söhne an den erzbischöflichen Hof zu bringen.

»Ich war erstaunt, dich dort vorzufinden«, fuhr er fort. »Damit habe ich nicht gerechnet.«

»Ich weiß, Herr. Es war reiner Zufall. Bruder Stephanus versank in Arbeit, mehrere Brüder waren krank geworden. Ich wollte mich nützlich machen.«

»Das ist dir gelungen.« Er hob seinen Arm. »Es brennt nicht mehr. Bruder Stephanus hat sich gewundert, wer meinen Arm so gut versorgt hat. Ich musste ihm sagen, dass du es warst, und ihn darüber aufklären, wer du bist. Er hat verstanden, dass er natürlich künftig auf dich verzichten muss. Du musst wissen, dass ich als Domkeppler auch für Ordnung im erzbischöflichen Gesinde sorgen muss.«

»Ich verstehe.« Tryngen biss sich verzweifelt auf die Lippen. »Herr Capellarius, ich weiß, dass es nicht richtig war, im Hospital zu helfen und den Hof ohne Erlaubnis zu verlassen. Aber ich bitte Euch, sperrt mich nicht mehr in dieses Verlies, das überlebe ich nicht. Sperrt mich in einen anderen Raum mit Licht und …«

Er machte eine rasche Handbewegung, die sie verstummen ließ. »Keine Sorge, Schwester, du wirst nicht mehr eingesperrt. Ich will ehrlich zu dir sein. Ich war sehr erfreut, dass Bruder Stephanus nichts von meinem nächtlichen Erscheinen im Krankensaal wusste. Du hast ihm nichts davon erzählt.«

Sie schüttelte den Kopf.

»Hast du zu irgendeiner Menschenseele darüber gesprochen?«

»Nein, zu niemandem.«

»Ehrlich?«

»So wahr mir Gott helfe.«

Er musterte sie eine Weile nachdenklich, dann nickte er. »Gut, so soll es auch bleiben. Niemand wird davon erfahren, verstanden?«

Sie nickte rasch.

»Kein Sterbenswort.« Sein Blick bohrte sich in ihr Gesicht.

»Ich verspreche es Euch, Herr, bei Gott und Jesus Christus.« Sie legte die Hand auf ihr Herz.

»Gut. Als Gegenleistung, und weil du mir geholfen hast, lege ich ein gutes Wort für dich bei Propst Engelbert ein. Aber du hältst dich ab jetzt an die Regeln!«

»Ganz bestimmt!« Tryngen strahlte. Sie hätte dem Mann die Hände, nein, die Füße küssen können. Alles war besser als dieses Verlies. »Ich freue mich so, dass Ihr kein Fieber habt. Das wäre wirklich gefährlich …«

»Reden wir nicht mehr davon«, schnitt er ihr das Wort ab. »Ich hätte mir nicht die Ader öffnen lassen dürfen.«

Tryngen schwieg, aber sie gab ihm heimlich recht. »Meine Infirmaria hält auch nichts von Aderlässen bei Gesunden«, sagte sie. »Sie meint, die schädlichen Stoffe werden auch so aus dem Leib gespült. Nur manchmal empfiehlt sie das Schröpfen. Das habe ich übrigens auch gelernt und kann es beim Propst vornehmen, wenn er es wünscht.«

Dietrich von Brohl betrachtete sie schweigend. Dann erhob er sich, trat hinter seinen Schreibtisch und hob ein schmales, in Leder gebundenes Buch hoch. »*Macer floridus*«, las er von dem Deckel ab. »Kennst du das? Es ist ein Kräuterbuch. Gerade vom Kloster Altenberg gekommen, wo die Mönche es kopiert haben, nachdem man es aus dem Lateinischen übersetzt hat.«

Tryngen räusperte sich. Sie glaubte, nicht richtig gehört zu haben. Hatte er ihr wirklich gerade ein Buch aus der Dombibliothek gezeigt, das sie sonst niemals in ihrem ganzen Leben in den Händen würde halten können? Noch dazu ein Buch, das nicht in Latein war, sondern in ihrer Sprache, die sie verstehen konnte? Sie leckte sich über die trockenen Lippen. »Ich würde es liebend gern lesen, Herr«, sagte sie rasch.

»Kannst du überhaupt lesen?«, fragte er.

»Ja, Herr.«

Er hob erstaunt die dunklen Brauen.

»Wirklich«, bestätigte sie. »Mein Vater hat meinen Bruder und mich in Rechnen, Lesen und Schreiben unterrichten lassen. Von einem befreundeten Kanoniker.«

Dietrich von Brohl grinste. »Es ist wirklich erstaunlich, was die reichen Bürger der Stadt sich alles leisten können«, sagte er. »Lesen und Rechnen! Sogar für die Töchter!« Er schüttelte den Kopf und legte das Buch wieder hin. Tryngen starrte ihn flehend an.

»Ich erlaube dir, hineinzusehen«, sagte er. »Aber nur im Scriptorium unter der Aufsicht des Scriptors. Du hältst dich strikt an seine Anweisungen!«

Tryngen erhob sich. »Danke!«

Sie sank so tief vor ihm in die Knie, dass sie Mühe hatte, sich wieder aufzurichten. Sie hätte ihm tatsächlich die Füße geküsst.

Kapitel 12

Zu Martini, einem nasskalten, stürmischen Herbsttag, kehrte Propst Engelbert wieder nach Köln zurück. Nach der Messe im Dom gab es ein Festessen mit den Domherren in St. Maria ad Gradus, zu dem er geladen war und das sich bis zum Abend hinzog.

Tryngen verbrachte den Tag in einsamer Klausur, denn sie konnte wegen der Feierlichkeiten nicht ins Scriptorium, wo sie die letzten Tage mit dem Studium des *Macer floridus* verbrachte hatte. Dass sie diese neue Abschrift lesen durfte, war ein wahrer Glücksfall für sie, und sie hatte schon viel auswendig gelernt. Bisher kannte sie nur das dünne Kräuterbuch, welches ihr Kloster besaß, sowie eine Abschrift des *Hortulus*, eines alten Lehrgedichts über den Gartenbau, das ihnen ein Mönch aus dem Kloster Knechtsteden übersetzt hatte.

Tryngen war glücklich. Gerne hätte sie auch noch die anderen medizinischen Bücher gelesen, die sich im Besitz der Dombibliothek befanden, aber sie waren in Latein verfasst. Immerhin hatte Bruder Ingram, der Vorsteher des Scriptoriums, ihr ein paar Verse aus einem Buch über Gesundheitsregeln aus der medizinischen Schule von Salerno übersetzt. Es war ihr auch gelungen, ihm ein paar winzige Pergamentverschnitte abzuschwatzen, um die Regeln aufzuschreiben.

»Gut zum Wohnen und rein muss die Luft sein, sie muss blinken, sie darf nicht trüb und verräuchert sein oder nach Kloake stinken.«

Das Licht der kleinen Kerze zuckte über das mehrfach abgeschabte Pergament, das sie selbst eng beschrieben hatte – die letzte Regel, die sie heute auswendig lernen wollte. Aber ihr müder Geist wollte die Zeilen nicht mehr aufnehmen. Sie ließ das Blatt sinken und lauschte auf den Sturm, der um das Haus heulte. Es war mitten in der Nacht, und Johanna war immer noch nicht zurück. Die Köchin musste wegen des Festessens lange in der Küche arbeiten. So konnte Tryngen lesen, ohne Johanna zu stören. Sie vertiefte sich gerade weiter, als sie die Treppe knarren hörte. Johanna kam also doch schon zurück. Rasch schob sie die Pergamente unter das Kissen, aber die Tür öffnete sich nicht. Jemand pochte dagegen.

»Macht auf, Schwester!« Lamberts Stimme.

Sie sprang aus dem Bett, nahm die Kerze und öffnete die Tür.

Die Flamme fiel auf das ebenmäßige, beherrschte Gesicht des Leibdieners. »Ihr sollt sofort zum Propst kommen«, sagte er mit leiser Stimme.

Tryngen nickte. Sie streifte sich das Gewand glatt, das Gott sei Dank nach ihrer Haft gewaschen worden war, rückte sich den Schleier zurecht, warf sich ihren Umhang über, nahm den Korb.

»Ist … etwas Besonderes?«, fragte sie den Leibdiener, als sie ihm die knarrende Treppe hinunterfolgte, doch er sagte nur: »Das wird Euch der Herr selbst sagen.« Er legte einen schnellen Schritt vor, als sie durch die stürmische Nacht eilten, was bedeutete, dass es dringend sein musste. Sie fragte sich, warum Propst Engelbert sie zu so später Zeit noch rufen ließ und ob der

Magister vielleicht in Ungnade gefallen war. Aber das konnte sie sich nicht vorstellen.

Endlich tauchten die Umrisse der Propstei vor ihnen auf. Hinter einigen Fenstern brannte Licht. Lambert führte sie in den dämmrigen Vorraum. Zu ihrem großen Erstaunen durchsuchte sie der Söldner nicht, sondern nickte ihr nur zu, als Lambert sie in den Empfangsraum führte und sich dann zu ihrem noch größeren Erstaunen sofort zurückzog.

Propst Engelbert wartete am Kamin. Er hatte ihr den Rücken zugewandt, die Arme vor der Brust verschränkt, und starrte ins Feuer. Das dunkelblonde Haar fiel unordentlich bis zum Kinn hinab. Er trug nur ein lose gegürtetes Gewand über seinem Nachthemd. Ein fremdartiger Duft hing im Raum und mischte sich mit dem Geruch nach frisch entzündetem Feuer. Tryngen hatte das Gefühl, in eine fremde, vertrauliche Welt eingedrungen zu sein, in die sie eigentlich nicht gehörte.

Endlich wandte er sich zu ihr um. »Ah, Schwester Tryngen.« Er winkte sie heran. Sie kam näher und knickste vor ihm. »Was kann ich für Euch tun, Herr?«

Er sah sehr ernst aus, unter seinen hellen Augen lagen Schatten. Etwas schien ihn zu bedrücken. »Mein Freund, der Capellarius, erzählte mir von deinen Verfehlungen«, begann er. Im Gegensatz zu sonst sprach er mit leiser Stimme. Er musterte sie eine Weile mit ausdrucksloser Miene. Sie wollte etwas sagen, aber er winkte ab. »Keine Rechtfertigungen! Der Capellarius und ich kennen uns seit der Domschule, wir vertrauen uns. Er sagte, du seiest klug und verschwiegen, und ich schätze sein Urteil.« Er schenkte ihr nun seine volle Aufmerksamkeit, und Tryngens Aufregung stieg. Sie war froh, dass sie noch vor ein paar Tagen ein Bad hatte nehmen dürfen und sich von den schlechten Dünsten des Verlieses hatte reinigen können. Ihre kalten Hände umklammerten den Griff des Korbes, während sie sich fragte, worauf er hinauswollte. Warum er sie zu nachtschlafender Zeit allein empfing, wo es ihm doch offenbar gut ging.

»Ich rechne dir an, was du für meinen Freund getan hast, Tryngen, und für mich, sonst wärst du nicht hier«, fuhr er fort. »Er sagte ausdrücklich, dass du ein Geheimnis für dich behalten kannst«. Er legte wieder eine Pause ein, während er sie nicht aus den Augen ließ, als wollte er hinter ihre Stirn sehen.

»Ja, Herr.« Sie hielt seinem Blick stand.

»Ich schätze Zuverlässigkeit, vor allem aber Verschwiegenheit«, sagte er. »Ich hasse geschwätzige Leute, die alles ausplaudern. Die Fähigkeit, ein Geheimnis für sich zu behalten, ist eine große Kunst, die nur von wenigen beherrscht wird. Es ist so, dass alles, was du hier an diesem Ort tust, früher oder später an meine Ohren gelangt. Ich möchte, dass du das, was du gleich sehen wirst, unter allen Umständen für dich behältst.« Er sah sie eindringlich an.

Sie nickte.

»Schwöre es bei Gott und allen Heiligen!«

Sie legte die Hand auf ihr Herz und schwor, wie ihr geheißen.

»Sehr gut.« Propst Engelbert bedeutete ihr, ihm zu folgen. Er öffnete eine Tür, und sie betraten sein Schlafgemach, das von zahlreichen Kerzen erhellt wurde. Ein riesiges Bett beherrschte fast den ganzen Raum, gemeinsam mit einer mächtigen Truhe mit eisernen Beschlägen. Es war warm, und der fremdartige Duft verstärkte sich hier um ein Vielfaches. Aus den Augenwinkeln sah Tryngen die zerwühlten Laken auf dem Bett. Überrascht bemerkte sie, wie Engelbert einen bestickten Wandbehang löste und dahinter verschwand.

»Nun komm schon!«, raunte er. Sie gehorchte, glitt hinter den Wandbehang und folgte ihm eine schmale Tür hindurch in eine weitere Kammer. Sie war schlicht und sehr spärlich eingerichtet und wurde nur von einer einzigen Kerze erleuchtet. Der Geruch nach Parfum hing auch hier in der Luft. Eine Pritsche stand an der Wand. Auf ihr lag eine junge Frau im etwa selben Alter wie Tryngen. Sie weinte. Vor ihrem Lager kniete eine Magd und tupfte ihr mit einem feuchten Tuch die Stirn ab.

Tryngen stellte ihren Korb ab und trat an das Krankenbett. Die Frau war schön, obwohl ihr Gesicht leichenblass auf dem Kissen lag. Dicke helle Locken umrahmten ihr ebenmäßiges Gesicht und flossen auf das Kissen hinunter. Fein geschwungene Lippen, zartgliedrige Hände, sanft gerundete Schultern. Als hätte Gott in seiner Gnade eine liebenswürdige Vollkommenheit erschaffen.

»Wie ist Euer Name?«, fragte Tryngen.

Die Frau hielt im Schluchzen inne und sah sie an. »Sophie«, murmelte sie.

Natürlich Sophie. Schönheiten wie sie mussten Sophie, Elisabeth oder Maria heißen, nicht Guda oder Drude. Oder Tryngen.

Tryngen biss sich auf die Lippen und rief sich zur Ordnung. »Ich bin Schwester Tryngen«, sagte sie mit sanfter Stimme. »So Gott will, kann ich Euch helfen. Ihr gestattet …« Sie legte ihre Hand auf die Stirn der Frau – kein Fieber. Dann fühlte sie den Puls. Auch er war in Ordnung.

»Was ist mit Euch, Sophie?«

Die junge Frau deutete mit schmerzverzerrtem Gesicht nach unten. Tryngen hob die Wolldecke und erblickte ein zusammengeknülltes, blutdurchtränktes Laken zwischen ihren Beinen. Sie ließ die Wolldecke sinken. Es war zu viel Blut für einen normalen Mond. Eine Weile brauchte sie, um zu begreifen, was das alles bedeutete, und ihr wurde klar, warum sie hier war und nicht der Magister. Sie räusperte sich.

Propst Engelbert nahm ihren Arm und führte sie in eine Ecke der Kammer. »Kannst du ihr helfen?« Die Kerzenflamme zuckte über sein besorgtes Gesicht.

»Ich denke schon«, meinte sie. »Ich brauche einen Eurer Kerzenleuchter.«

Engelbert nickte. Er eilte hinaus und kehrte mit einem Leuchter wieder zurück. Tryngen stellte ihn an Sophies Lager. Sie hatte sich inzwischen alle weiteren Schritte überlegt. »Bitte lasst uns allein«, bat sie den Propst. Was auch immer ihn mit dieser Frau verband – er musste das nicht sehen.

Zu ihrem Erstaunen fügte er sich. »Lasst mich alles wissen«, meinte er nur, ehe er die Kammer verließ.

Tryngen befahl der Magd, die Kerzen zu halten, und tastete vorsichtig den Leib der Frau ab. »Sophie …« Sie zwang sich zu einem Lächeln. »Wann hattet Ihr Euren letzten Mond?«

Sophie schloss die Augen. Eine Weile sagte sie nichts, dann stieß sie einen verzweifelten Seufzer aus. »Kurz vor Mariä Himmelfahrt«, murmelte sie.

Tryngen überlegte. Also mitten im Erntemonat. Dann war die Leibesfrucht noch sehr klein. Es war einige Male vorgekommen, dass Frauen in dieser Notlage an der Pforte des Klosters Weiher um Hilfe gebeten hatten, meistens Bäuerinnen aus der Umgebung. Sie hatte immer zugesehen, und einmal hatte Maria ihr eine Frau anvertraut.

Sie untersuchte Sophie im schwachen Licht der Kerzen, so gut es ging. Sie sah Blut. Viel Blut. Das Kind war nicht mehr zu retten.

Tryngen richtete sich wieder auf. »Hol saubere Tücher und eine große Schüssel mit Wasser!«, befahl sie der Magd. »Beeil dich!«

Die Magd nickte und eilte davon. Vermutlich war sie die Einzige außer ihr, die der Propst eingeweiht hatte.

Sophie richtete sich auf. Sie starrte auf das blutverschmierte Laken, und ihr Gesicht verzog sich, als hätte sie verdorbene Milch getrunken. Sie ließ sich zurück auf das Kissen sinken, drehte das Gesicht zur Wand und weinte.

Tryngen nahm ihre Hand. Sie konnte nichts weiter tun, als der Frau beizustehen und sie zu trösten, so gut es ging. »Ihr seid jung, Ihr könnt noch viele Kinder bekommen.«

Sophie hörte auf zu schluchzen. Sie wandte ihr das Gesicht zu und starrte sie mit einem solchen Ausdruck von Bitterkeit an, dass von ihrer Schönheit einen Atemzug lang nichts mehr zu sehen war.

»Ja!«, fauchte sie. »Aber nicht mehr von *ihm*!« Sie starrte auf die Wand, hinter der das Schlafgemach des Propstes lag. Dann wandte sie sich wieder ab und seufzte. »Er wird mich nicht mehr wollen«, murmelte sie.

Tryngen konnte eine Weile nichts sagen. Ihr Verdacht entsprach also der ungeheuerlichen Wahrheit, die sie erst nicht hatte verstehen wollen. Diese Frau und Propst Engelbert … sie mochte es noch nicht einmal denken. Er war doch ein Kirchenmann! Aber eben auch ein Mann.

Sie drückte Sophie wieder die Hand. »Das könnt Ihr doch nicht wissen. Vielleicht …«

Sophies Kopf flog zu ihr herum. »Glaubt mir, ich *weiß* es!«, zischte sie. Ihr Gesicht verzerrte sich vor Schmerz. »Mit einem Bastard hätte ich ausgesorgt. Aber jetzt vermählt Vater mich mit dem nächstbesten Mann.« Sie schluchzte laut auf.

Die Magd kam herein und brachte die verlangten Dinge, und sie wuschen Sophie und wickelten sie in neue Tücher, gaben ihr zu trinken und beteten mit ihr. Für sich selbst richteten sie Lager aus Fellen und Wolldecken her, schliefen und wachten bei Sophie. Die Kammer verlassen durften sie nur nachts, wenn es niemand mitbekam. Tryngen bereitete Sophie heimlich Tränke in der Küche zu, die ihre Gebärmutter reinigten. Engelbert kam jeden Tag, um nach der jungen Frau zu sehen. Er drückte ihr die Hand, strich ihr die Locken aus der Stirn. Am Abend des dritten Tages rief er Tryngen zu sich.

Er saß in seinem Empfangsgemach am Kamin, trank Wein und sah ins Feuer. Lange Schatten hingen in dem großen Raum, der nur von dem Feuer und ein paar Kerzen erhellt wurde. Engelbert war allein.

»Setz dich.« Flüchtig deutete er auf einen Schemel am Kamin.

Tryngen ließ sich steif darauf nieder. Die müden Augen brannten ihr, und ihre Glieder schmerzten vom unbequemen Schlafen auf dem Boden.

Engelbert ergriff einen Krug, der auf einem Tisch bereitstand. »Wein?«

Sie nickte dankbar und beobachtete, wie er ihr den Wein in einen Becher einschenkte. »Auf das Leben!«, sagte er.

»Auf das Leben.« Sie prosteten sich zu und tranken. Es war ein stark gewürzter edler Rotwein, der wunderbar schmeckte.

Tryngen kämpfte gegen ihre Müdigkeit an, gleichzeitig war sie aufgeregt und fragte sich, was er von ihr wollte. Sie wartete ab, bis er das Wort an sie richtete.

»Sie sieht jeden Tag besser aus«, bemerkte er endlich, während er in die tanzenden Flammen sah.

»Ja, Herr.«

»Wie lange wird es noch dauern?«

»Nicht mehr lange. Vielleicht morgen noch, dann wird alles vorbei sein und sie kann wieder aufstehen.«

»Gut.« Er trommelte mit den Fingern auf die Sessellehne. »Wird sie … noch Kinder bekommen können, Schwester Tryngen?«

Seine Stimme klang rau und voller Anteilnahme. Endlich sah er sie an, und in seiner Miene lag etwas Weiches, Verletzliches, das sie noch nie an ihm gesehen hatte.

»Es gibt keinen Grund anzunehmen, dass sie keine Kinder mehr bekommen kann«, sagte sie. »Ich kenne Frauen, die gesunde Kinder bekamen, nachdem sie welche verloren hatten. Wenn Gott es will, wird sie gesunde Kinder gebären.«

Er lächelte erleichtert. Ein paar Fältchen tauchten in seinen Augenwinkeln auf. »Gut. Es wäre furchtbar, wenn ihr Leben … dadurch zerstört wäre.«

»Nein, das wird es nicht, Herr«, sagte Tryngen leise und leerte ihren Becher. Sie hatte schon lange keinen so guten Wein mehr getrunken.

Er drehte den Becher in seiner Hand. »Wenn alles nur nicht so traurig wäre«, sagte er seufzend. »Ich hatte gehofft, ein wenig Zerstreuung im Schachspiel zu finden, aber der Capellarius ist heute Abend leider verhindert.« Er leerte den Becher und blickte sehnsüchtig zum Tisch hinüber, wo das Spiel stand. Zwei Heere kunstvoll geschnitzter Figuren standen sich angriffslustig gegenüber.

Tryngen, die seinem Blick gefolgt war, knetete ihre Hände. »Es ist ein sehr schönes Spiel, Herr«, sagte sie. »Viel schöner als unseres zu Hause.«

»Spielst *du* etwa Schach?«

Sie nickte. »Mein Vater hat ein Schachspiel von seiner ersten Englandreise mitgebracht. Er wollte, dass mein Bruder und ich es lernen. Ich habe es geliebt, aber seitdem ich im Kloster bin, habe ich es nicht mehr gespielt.«

Er musterte sie überrascht. »Sieh an, die eifrigen Bürger! Alles tun sie den Edlen nach.« Er schüttelte den Kopf, dann stellte er den Becher weg und erhob sich. »Also dann, lass uns spielen!« Er deutete auffordernd auf das Spiel, das im Schein eines Kerzenständers unberührt auf dem Tisch stand.

Tryngen stellte ihren Becher zurück und erhob sich langsam. Was hatte sie nur getan? Welcher Übermut hatte sie nur dazu gebracht, ihm zu verraten, dass sie Schach spielen konnte?

Es mussten die Müdigkeit und der viele Wein sein. »Herr, ich habe es seit Jahren nicht mehr gespielt. Ich bin bestimmt nicht mehr gut darin.«

»Das werden wir ja sehen, Schwester Tryngen.« Engelbert hob einen Mundwinkel zu einem halben Lächeln an, während Tryngen sich zögernd vor den Figuren aus geschnitztem Knochen niederließ.

»Du solltest dein Licht nicht immer unter den Scheffel stellen, Schwester. Hab Mut!« Propst Engelbert zog eine kleine Silbermünze aus seinen Gewandfalten. »Kreuz oder Hand?«

Tryngen sah auf den Heller, den er ihr hinhielt.

»Hand.«

Er lächelte überrascht. »Die meisten nehmen das Kreuz. Wahrscheinlich denken sie, ich würde es von ihnen erwarten.«

Sie beobachteten, wie der Heller auf den Tisch fiel, mit der Hand nach oben. »Also gut, dann wähle deine Farbe!«

Er blickte sie auffordernd an. Sie spürte, wie sich ihr Herzschlag beschleunigte, und dachte, dass sie unter seinen scharfen Blicken sicher kaum einen vernünftigen Gedanken fassen könnte, geschweige denn ihre Spielzüge gut überlegen. Er hatte schon gewonnen.

»Schwarz«, sagte sie.

»Also bleibt mir weiß, gut.« Er lächelte und eröffnete die Partie mit einem Bauern.

Er war ein geübter Spieler, doch nach einigen Zügen erwachte auch ihr Ehrgeiz, und sie strengte sich mehr an. So leicht wollte sie ihm das Spiel dann doch nicht machen. Er merkte es sofort und belohnte ihren Ehrgeiz mit einem Lächeln. »Deinem Vater muss viel an dir liegen, wenn er dich so gut unterrichten lässt«, sagte er. »Lesen und Schreiben, Rechnen, Schach. Dann die Ausbildung im Kloster.«

Tryngen fühlte sich geschmeichelt, weil er ihr so viel Aufmerksamkeit schenkte. Der Magister hätte sich bestimmt um ein gemeinsames Schachspiel mit ihm gerissen.

»Ihm war es nicht recht, dass ich ins Kloster wollte«, entfuhr es ihr. Sofort biss sie sich auf die Lippen. Es musste der Wein sein, er hatte ihre Zunge gelockert.

»Ach ja?« Engelbert hob überrascht die Augenbrauen und nahm ihren Springer vom Feld. Enttäuscht sah sie auf die Bauern, die er ihr bereits abgenommen hatte. Mit jeder verlorenen Figur würde es schwieriger für sie werden. Sie musste sich etwas einfallen lassen.

»Ich wollte schon immer Heilerin werden«, sagte sie schlicht. »Das konnte ich nur im Kloster.«

Seine Hand glitt von seinem Turm, während er sie aufmerksam betrachtete. »Du gibst zu, dass du ins Kloster gegangen bist, um Heilerin zu werden, nicht um Gott zu dienen?«

Täuschte sie sich oder klang seine Stimme schärfer? Ihr Blut begann schneller zu kreisen. »Natürlich möchte ich Gott dienen. Aber von klein auf war es mein Wunsch, den Menschen zu helfen.«

»Warum? Ist nicht letztlich alles Gottes Wille und die Medizin als Menschenwerk immer unvollkommen?«

»Gewiss.« Tryngen nickte. »Aber wir Menschen sollten uns auch bemühen, uns und unser Handwerk zu verbessern.«

»Menschen sind nicht in der Lage, jemals etwas annähernd Vollkommenes hervorzubringen«, entgegnete er. »Das kann nur Gott.«

»Natürlich, Herr. Wir Heilerinnen befragen und beobachten die Kranken und lernen aus unseren Erfahrungen und Erkenntnissen. Wir sind immer bemüht, uns zu verbessern. Ich bin schon viele Jahre im Krankensaal und lerne immer noch Neues dazu.«

»Das ist sehr löblich, aber so handelt längst nicht jeder. Die Menschheit in summa ist sündhaft, verdorben und auf die Erlösung durch unseren Herrn angewiesen.«

»Ja, wir können nur auf Gottes Liebe und Gnade hoffen«, bestätigte Tryngen. »Trotzdem sollten wir uns jeden Tag um unser Seelenheil bemühen. Wo kämen wir hin, wenn wir die Hände in den Schoß legten und Gott die Arbeit machen ließen?«

Propst Engelbert starrte sie lange wortlos an. Sie rutschte unruhig auf ihrem Stuhl nach vorn. Nun war ihr die Zunge schon wieder durchgegangen! War sie verrückt geworden, so mit ihm zu reden? Es war ihre Erschöpfung und dieser verfluchte Wein. Sie musste sich unbedingt zusammennehmen!

Engelbert grinste. Diesmal hob er beide Mundwinkel. »Von wem hast du das denn, Schwester?« Er schüttelte den Kopf, beugte sich wieder über das Spiel und machte den nächsten Zug, mit dem er ihr den zweiten Springer nahm.

»Von meiner … Lehrerin. Schwester Maria.« Und sie hat es von ihrer Ziehmutter, setzte sie in Gedanken hinzu. Sicher wäre es besser, diesen kleinen Streit nicht weiter fortzusetzen. Auf keinen Fall wollte sie sein neu gewonnenes Zutrauen aufs Spiel setzen.

Er lehnte sich zurück, formte die Finger zu einem Dreieck und rieb sich mit den Zeigefingern das Kinn. »Ein reizvoller Gedanke«, sagte er. »Aber ich fürchte, es reicht nicht, wenn Einzelne sich bemühen. Es gibt zu viele, die es nicht tun, und zu viele, die schlecht und lasterhaft sind. Es ist ein Trugschluss zu glauben, mit der Menschheit könnte es besser werden. Die Geschichte lehrt uns etwas anderes. Reiche, die einst riesig und mächtig waren, sind untergegangen. Könige starben auf dem Höhepunkt ihrer Macht, ihre Herrschaft zerbrach. Anderswo entstanden neue Reiche, neue Könige wurden geboren. Unsere Geschichte ist ein ewiges Auf und Ab, ein Kreislauf von

Siegen und Niederlagen, von Erfolgen und Irrtümern, von Entdeckungen und Verlusten. Nur Gott kann uns retten.«

Tryngen starrte auf das Schachspiel, während sie über seine Worte nachdachte. Sie musste an den Kreis mit dem Kreuz darin denken, den sie bei ihrer ersten Zeremonie mit den Schwestern gelaufen war – jenes Zeichen, das sie aus der Höhe als Rad erkannt hatte. Das Rad war auch das Zeichen der Hohen Mutter, das Zeichen des Lebens. Wie merkwürdig, dass er gerade dieses Bild angesprochen hatte!

»Ihr meint, wir sind diesem Kreislauf des Lebens unterworfen, als stünde die Welt unter dem Joch eines Rades?«

Er beugte sich nach vorn. »Ja, genau so ist es.«

»Aber dann wäre ja … alles Streben und Hoffen vergeblich.«

»Nein. Natürlich müssen wir uns jeden Tag bemühen, Gutes zu tun und uns zu verbessern, schon allein um unseres Seelenheils willen. Aber das Böse ist auch in der Welt. Wir sollten nicht glauben, dass sie durch unsere Bemühungen besser wird.«

»Wenn wir uns nicht bemühen würden, wäre die Welt noch schlechter.«

»Genau. Wir müssen uns nach Christi Worten richten.«

»Gewiss, Herr.« Tryngen wollte ihm nichts mehr entgegnen. Sie versuchte, sich auf das Spiel zu besinnen, was ihr in seiner Gegenwart fast unmöglich war. Sie konnte nicht gut denken, wenn er sie beobachtete. Ihr fiel auf, dass er sie im übernächsten Zug mattsetzen konnte. Könnte es sein, dass er sie mit dem Gespräch nur ablenken wollte? Er spielte strategisch und klug, mit einem unbedingten Siegeswillen.

Schon trommelte er ungeduldig auf die Armlehnen, während sie überlegte, was sie noch tun könnte. Sie bemerkte eine Lücke in seiner Deckung und zog ihre Dame. »Schach!«

Sein Lächeln erstarb, und er sah stirnrunzelnd auf das Spielbrett.

Er brauchte eine Weile, um nachzudenken, dann brachte er seine Dame so geschickt ins Spiel, dass sie ihre verlieren würde, und lehnte sich zufrieden zurück. »Gott hat uns durch Christus gezeigt, wie wir unsere Seelen retten und zu ihm gelangen können«, nahm er den Gesprächsfaden wieder auf. »Indem wir den Worten Christi folgen. Du wolltest Heilerin werden, um anderen Menschen zu helfen, das entspricht dem Gebot der Nächstenliebe. Aber bist du dir auch sicher, dass dies Gottes Wille ist? Oder ist es nur dein eigener Wunsch?«

Sie ließ ihre Hand sinken und legte sie in den Schoß. Dieser Mann war in jeder Hinsicht gefährlich. Kaum dachte sie, ihm entronnen zu sein, griff er sie aus dem Hinterhalt mit einer überraschenden Frage an. Mit etwas, worüber sie noch nie nachgedacht hatte.

»Ich fühle, dass es richtig ist«, erwiderte sie. »Ich wollte noch nie heiraten.«

»Gefühle können uns in die Irre leiten.«

»Dieses nicht.«

Sie sahen sich über das Spiel hinweg an. Er musterte sie mit einer neuen Aufmerksamkeit, die sie bisher noch nicht an ihm bemerkt hatte. Das gab ihr den nötigen Mut für den nächsten Satz. »Wenn es sich so anfühlt, muss es Gottes Wille sein.«

Er räusperte sich. »Dein Vater hat dich also ins Kloster gehen lassen, obwohl er es nicht wollte.«

»Ja, das hat er.« Sie atmete insgeheim auf, weil sie den schwierigen Augenblick im Gespräch überwunden hatte. »Aber nun will er mich aus dem Kloster nehmen und vermählen. Wenn ich … nicht mehr in Euren Diensten bin, werde ich heiraten müssen.« Sie seufzte tief und zog ihre Dame.

»Das wäre schade«, sagte er und beugte sich für den nächsten Zug nach vorn.

»Es wäre furchtbar«, meinte Tryngen. Hilflos musste sie mit ansehen, wie er ihre Dame vom Spielfeld warf und ihren König bedrohte. Nach einigem Nachdenken begriff sie, dass sie endgültig verloren hatte.

»Du hast dich länger gehalten als die meisten meiner Gegner«, lobte Engelbert zufrieden, als er ihren König an sich nahm. »Es war ein sehr … unterhaltsames Spiel.« Er erhob sich und gähnte, dann trat er an den Tisch und schenkte sich noch einen Becher ein. »Du auch?«

Sie hatte sich ebenfalls erhoben und war ihm gefolgt. »Nein danke.« Es wurde Zeit, sich zurückzuziehen. »Wenn Ihr erlaubt, dann gehe ich nun wieder zu Sophie.«

Er nickte. »Ja, geh nur, kümmere dich um sie. Sag mir Bescheid, wenn es vorbei ist.«

Seine Stimme klang wieder so weich wie am Anfang des Gesprächs. Sie lächelte erleichtert und war froh, als sie sein Gemach verlassen und in die Kammer zurückgehen konnte. Sie ahnte, dass sie einer heimlichen, unbekannten Prüfung unterzogen worden war und bestanden hatte. Nun würde alles besser werden.

Kapitel 13

Allmählich erholte sich Sophie. Ihre Blutung verwandelte sich in ein Rinnsal, und die Farbe kehrte wieder in ihr Gesicht zurück, doch in ihrer Miene blieb die Traurigkeit. Teilnahmslos ließ sie über sich ergehen, wie die Magd sie wusch und ankleidete, ihr die langen Locken kämmte, und bedankte sich nicht einmal, als Tryngen sich von ihr verabschiedete.

Dafür bedankte sich Propst Engelbert mit freundlichen Worten bei ihr, mehr, als er sich jemals für seine eigene Rettung bedankt hatte. Nachdem sie der Magd Anweisungen gegeben hatte, wie sie das geheime Gemach ausräuchern sollte, schlich sich Tryngen müde zurück in ihre Kammer, warf sich aufs Bett und schlief sofort ein.

Sie erwachte erst, als Uda am nächsten Morgen erschien, um zu fegen und den Nachttopf zu entleeren. »Ich möchte mich an der Wette beteiligen, Uda«, sagte sie und hielt ein Säckchen mit Kölner Pfennigen hoch, das der Propst ihr zum Dank geschenkt hatte. »Es geht doch noch, oder?«

»Sicher!« Udas Augen leuchteten in unverhohlener Gier. »Wie viel möchtet Ihr denn setzen?«

»Die Hälfte.« Die restlichen Pfennige würde sie Christina und Pero für Wintervorräte überlassen.

»Oh.«

»Hat man denn schon etwas gehört?«

»Nein, aber das kommt bestimmt bald«, meinte Uda, während sie mit wachsendem Erstaunen die Pfennige zählte, die Tryngen auf das Bett geworfen hatte. »Auf wen wollt Ihr setzen?«

»Auf Propst Engelbert natürlich«, sagte Tryngen lächelnd.

Sie hatte Glück. Bald verbreitete sich die Nachricht, dass Seine Heiligkeit der Papst sowohl Adolf von Berg als auch Dietrich von Heimbach die Wiedereinsetzung in das Amt des Erzbischofs verweigert und die Prioren und Äbte von Köln aufgefordert hatte, einen neuen Erzbischof zu wählen. Nun war nur noch Engelbert übrig, und die wenigen, die auf ihn gesetzt hatten, würden reichlich entlohnt werden. Aber die Wetterlöse sollten erst nach der Wahl ausgezahlt werden, wenn wirklich feststünde, ob Engelbert gewählt worden wäre.

Tryngen war es recht, sie hatte sowieso noch nie eigenes Geld besessen. Sie freute sich, als Richmud hochoffiziell beim Propst anfragen ließ, ob Tryngen das Fest der heiligen Katharina mit den Schwestern im Kloster feiern dürfte. Engelbert erlaubte es.

Tryngen wurde herzlich im Kloster Weiher empfangen. Alle freuten sich offensichtlich, sie wiederzusehen. Sogar Blithildis rang sich ein kleines Lächeln ab. Es war ein windiger Herbstabend, und die Kerzenflammen zuckten in den Haltern an der Wand, als sie abends nach der feierlichen Messe im Refektorium gemeinsam aßen. Weil sie nun ein Gast war, zudem ein hoch angesehener, durfte Tryngen bei Richmud und ihren Töchtern an der Tafel sitzen, gemeinsam mit der Priorin und Maria. Maria hatte hier schon immer ihren angestammten Platz. Ihr besonderes Verhältnis zu Richmud und ihre Stellung als Infirmaria sicherten ihr diesen hervorgehobenen Rang, obwohl sie nur Laienschwester war.

Tryngen fühlte sich wohl. Wie anders war es doch, hier zu sein als bei den öden Mahlzeiten mit Clementia und dem Verwalter! Wie warm und herzlich man ihr entgegenkam! Sie merkte, wie Richmuds Töchter sie heimlich beobachteten, als konnten sie nicht glauben, dass eine Novizin aus ihrem Kloster es in die Nähe des mächtigen Dompropstes geschafft hatte.

Sie musste natürlich alles erzählen – sie wusste ja, dass man sie auch deswegen eingeladen hatte –, und sie tat ihnen den Gefallen. Sie erzählte, dass sie dem Capellarius geholfen und er sich dafür erkenntlich gezeigt hätte, dass sie im Scriptorium ein Buch lesen dürfte, dass sie endlich auch zum Propst gerufen worden sei. Warum, sagte sie nicht, und sie verschwieg auch Dietrich von Brohls nächtliche Trunkenheit und dass man sie eingesperrt hatte. Ihre Versprechen waren ihr heilig, außerdem wollte sie Maria nicht beunruhigen.

»Du hast tatsächlich mit ihm Schach gespielt?« Duregins Augen wurden kreisrund. »Wer hat gewonnen?«

»Er natürlich.« Tryngen lächelte. »Er ist ein ausgezeichneter Spieler. Aber ich hab's ihm nicht leicht gemacht.«

»Wir müssen üben!«, rief Duregin und rieb sich die Hände. »Damit du ihn das nächste Mal schlagen kannst. Dann wird er sich wundern!«

»Duregin!« Blithildis bedachte ihre jüngere Schwester mit einem strengen Blick.

»Lass sie«, meinte Richmud. »Wir sind alle froh und stolz auf dich, Tryngen.«

Alle nickten, und Tryngen senkte verlegen den Kopf.

»Ich freue mich, dass du in der kurzen Zeit ein vertrauensvolles Verhältnis zu Propst Engelbert aufbauen konntest«, sagte Katharina von Gründbach, die die anderen an der Tafel selbst im Sitzen noch überragte. Sie lächelte, ohne ihre Zähne zu entblößen. »Nur dieser Magister Waldever gefällt mir nicht. Was wissen wir über ihn?« Sie blickte Richmud auffordernd an.

»Nicht viel«, beeilte sich Richmud zu antworten. »Er hat einen guten Ruf. Einige reiche Händler und Kanoniker ließen sich regelmäßig von ihm behandeln. Er hat keine Familie. Man sagt, er lebe allein für seine Profession.«

»Hm.« Die Priorin runzelte ihre Stirn. »Dann ist er sehr ehrgeizig. Die Stellung eines erzbischöflichen Leibarztes wird eine hohe Ehre für einen Mann wie ihn sein. Ich nehme an, dass Propst Engelbert nun gewählt wird, nachdem Seine Heiligkeit die beiden anderen abgelehnt hat. Was sagt man im Priorenkolleg, Richmud?«

Tryngen wunderte sich über ihren Befehlston, doch Richmud schien es nicht zu stören, im Gegenteil. »Die Anhänger Dietrichs von Heimbach sind erschüttert über das Urteil des Papstes. Aber man glaubt allgemein, dass Propst Engelbert unser nächster Erzbischof wird«, berichtete sie und schenkte der Priorin ein Lächeln, das diese gnädig erwiderte.

»Ja, er hat es verstanden, sich rechtzeitig auf die Seite unseres jungen staufischen Königs zu stellen«, sagte sie. »Ein Mann, der die Zeichen der Zeit erkennt und sie zu nutzen versteht.«

Tryngen war sich nicht sicher, ob sie ihn dafür bewunderte oder verachtete. Heimlich beobachtete sie die Priorin. Es schien ihr gut zu gehen, auf ihren gelblichen Wangen lag ein rötlicher Schimmer. Sie langte kräftig zu, immer wieder griff sie in die Schüsseln und nahm sich vom Fleisch. Wenn es ihr hier gefiele, bliebe sie bestimmt noch länger, dachte Tryngen hoffnungsvoll, dann würde sie wohl ihr Versprechen halten und sie bald als Lernende aufnehmen.

Ihre Laune hob sich bei diesem Gedanken noch mehr.

»Es war klar, dass Dietrich von Heimbach nicht mehr in sein Amt zurückkehren kann«, sagte Richmud. »Seine Heiligkeit und unsere Majestät König Friedrich wollen gewiss keinen Mann in diesem wichtigen Amt, der so treu zu Kaiser Otto gehalten hat.«

»Nein, ganz sicher nicht«, bestätigte Katharina von Gründbach, während sich ihre Lippen kräuselten, als wäre das Fleischstück verdorben. »Aber Adolf von Berg kann es nicht mehr werden. Er hat den Welfenkönig Otto an die Macht gebracht und dadurch den Streit zwischen den Welfen und den Staufern überhaupt erst entfesselt, der unser ganzes Reich in den Krieg gestürzt hat.«

»Ihr habt recht, Katharina, Adolf von Berg kann nicht mehr Erzbischof von Köln werden«, bestätigte Richmud. »Obwohl er später wieder auf die staufische Seite umgeschwenkt ist und sich sogar gegen die eigene Stadt gewandt hat. Er und seine Söldner haben zu viel Unheil im Kölner Land angerichtet. Wir werden noch lange an den Folgen dieses schrecklichen Krieges leiden müssen.«

Katharina von Gründbach nickte. »Nein, er kann unmöglich in sein Amt zurückkehren, da sind wir uns wohl alle einig. Seine Heiligkeit hat richtig entschieden. Es muss ein junger, unverbrauchter Mann sein, einer, der geeignet ist, wieder Ordnung in das Erzbistum zu bringen.«

Alle schwiegen, während die Mägde ihre leeren Schüsseln abräumten. »Aber Tryngen, du kannst doch nicht Heilerin eines Erzbischofs werden!«, entfuhr es Duregin. »Du bist doch nur eine Frau!«

Wieder schwiegen alle. Keine widersprach, denn sie wussten genau, dass Duregin die Wahrheit ausgesprochen hatte.

»Der Magister wird es werden, früher oder später«, sagte die Priorin seufzend. »Obwohl es Tryngen gelungen ist, das Vertrauen des Propstes zu gewinnen. Genau das wird dem Magister nicht gefallen. Er wird sie als seine Gegnerin betrachten.« Sie sprach so, als wäre Tryngen nicht da.

Tryngen musste an den Zeigefinger Waldevers an ihrer Brust denken, und etwas Schweres legte sich auf ihr Gemüt.

»Habe ich recht?«

Sie wich dem Blick der Priorin aus, aber sie wusste auch so, dass sie gemeint war. Sie nickte nur.

»Dann müssen wir uns überlegen, wie wir dich vor ihm schützen können«, sagte Katharina von Gründbach.

Maria und Elisabeth, die Tryngen gegenübersaßen, sahen bestürzt aus. Richmud holte tief Luft, und sogar Duregin fiel offenbar nichts ein, was sie sagen könnte. Blithildis schwieg wie immer. Tryngen konnte sich nicht erinnern, sie in den letzten Monaten irgendwann mit jemandem sprechen gesehen zu haben. Wahrscheinlich redete sie nur mit ihrer Mutter.

»W-was sollte er mir tun?«, fragte sie hilflos, doch niemand antwortete ihr. Katharina von Gründbach hatte mit ihrem scharfen, nüchternen Blick etwas gesehen, was sie selbst verdrängt hatte.

»Sagtest du nicht, dass der Propst eine Leibwache hat, Tryngen?«, fragte Maria. »Er könnte noch jemanden in seine Dienste nehmen. Mein Vetter Wilem vermählt sich bald und könnte einen guten Sold gebrauchen.«

»Er vermählt sich? Davon wusste ich nichts!«, entfuhr es Tryngen.

»Ja, zu Weihnachten. Es kam auch für mich überraschend. Er hat sie mir erst vor ein paar Tagen vorgestellt. Sehr hübsches Mädchen.« Maria lächelte ein wenig traurig.

Tryngen fühlte Bedauern aufsteigen. Sie hätte nie gedacht, dass Wilem sich jemals vermählen würde. Er war für sie immer ein Söldner gewesen, ein Mann ohne Familie. Wahrscheinlich hätte er Maria geheiratet, wenn sie nicht ins Kloster gegangen wäre. Aber nun das.

»Ist Wilem nicht bei Dietrich von Heimbach in Diensten?«, erkundigte sich Richmud.

»Nicht mehr. Der hat ihn vor Kurzem entlassen. Wegen seiner Geldnöte musste er zum Schluss die besten Männer gehen lassen. Der Prozess in Rom war wohl zu teuer«, erklärte Maria.

Richmud nickte. »Es könnte sein, dass Propst Engelbert den ehemaligen Söldner seines Gegners nicht will.«

»Nicht unbedingt, Richmud«, entgegnete die Priorin. »Ich halte das für einen guten Einfall. Propst Engelbert wird fähige Männer brauchen, denn er rechnet damit, Erzbischof zu werden, und muss sich noch mehr schützen. Wir können Marias Vetter vertrauen. Tryngen könnte den Propst bitten, ihn in seine Dienste zu nehmen.«

»Wilem würde sich sicher freuen«, sagte Maria. »Auf Dauer ist es nichts für ihn, die Hände in den Schoß zu legen. Außerdem will er eine Familie gründen.«

Alle sahen Tryngen erwartungsvoll an. »Gut, ich werde den Propst fragen«, versprach sie. Wahrscheinlich waren ihre Aussichten auf Erfolg nicht schlecht. Sie ertappte sich dabei, sich über diesen Gedanken zu freuen. Katharina von Gründbach hatte recht, sie brauchte jemanden, der sie schützen würde, auch wenn ihr dieser Gedanke nicht gefiel.

Sie sprach mit Maria darüber, als sie nach dem Essen Gelegenheit hatten, allein im Kreuzgang miteinander zu reden.

»Mach dir keine Sorgen, aber sei vorsichtig«, sagte Maria. »Wilem wird dich schützen. Er ist der beste Beschützer, den man sich denken kann. Je eher du ihn an den Hof bringst, desto besser.« Sie lächelte wehmütig.

»Wie gut, dass die Priorin so vorausschauend ist«, sagte Tryngen und senkte ihre Stimme zu einem Flüstern. »Wie ist sie als Hohepriesterin?«

Maria zog ihren Umhang enger und sah in das dunkle Geviert des Kreuzgangs. Dann sagte sie leise: »Sie ist gut und scharfsinnig, eine geborene Anführerin. Aber sie lässt die Tränke stärker mischen, und sie beherrscht Richmud. Die Meisterin ist ihr vollkommen ergeben.« Sie seufzte tief. Ihr Seufzen verlor sich in einer scharfen Windböe, die in den geschützten Bereich des Kreuzgangs gedrungen war und raschelnd Laub aufwirbelte.

»Wisst ihr nun mehr von ihr?«, fragte Tryngen.

Maria schüttelte den Kopf. »Sie hat nie etwas über sich erzählt. Von Richmud weiß ich, dass ihre Nichte, die sie begleitet hat, vor zwei Jahren einen Grafen geheiratet hat.«

»Einen Grafen? Um Gottes willen!« Tryngen fröstelte. »Meinst du nicht, sie könnte uns an ihre hohen Verwandten verraten?«

Maria schwieg lange, dann schüttelte sie den Kopf. »Dann würde sie sich nur selbst verraten. Richmud vertraut ihr voll und ganz, sie verehrt sie regelrecht.«

»Weil sie eine Edle ist.«

»Vielleicht. Die Priorin erwidert ihre Zuneigung aber nicht im selben Maße, sie scheint sie nur auszunutzen.«

»Für was denn?«

»Wenn ich das wüsste!« Maria starrte düster vor sich hin. »Du kannst aber beruhigt sein, was deine Aufnahme angeht – sie wird auf jeden Fall noch bleiben. Sie scheint sich hier wohlzufühlen.« Ihre Miene zeigte deutlich, dass ihr das missfiel. »Ich wünsche mir so oft ihre Vorgängerin zurück … sie wusste viel mehr als die Priorin. Die scheint kaum etwas zu wissen!«

»Aber …« Tryngen schluckte schwer, betroffen von Marias Worten. »Sie ist doch die Hohepriesterin!«

Maria zuckte mit den Schultern. Tryngen fühlte sich hilflos, als würde etwas Wertvolles zwischen ihren Fingern zerrinnen. Sie begriff, dass sie über Verbotenes geredet hatten. Maria hatte ihr Worte gesagt, die sie nicht hätte aussprechen dürfen.

»Ich verstehe«, sagte sie leise, obwohl sie nichts verstand. »Ich wünschte, ich könnte helfen.«

»Du kannst nichts tun«, sagte Maria leise. »Wir treffen uns wie bisher. Pass nur gut auf dich auf.«

Tryngen versprach es.

»Ach ja, da ist noch etwas: Ich habe mit deinem Vater geredet.«

Tryngens Herzschlag beschleunigte sich. Sie legte ihre Hand an die raue Mauer der Kapelle, vor der sie standen. »Was hat er gesagt?«

»Er hat mir zugehört«, sagte Maria lächelnd. »Ich habe ihm erklärt, wie gerne du Heilerin bist und wie gut du mit den Kranken umgehen kannst. Dass du Propst Engelbert das Leben gerettet hast. Ich glaube, das hat ihn beeindruckt. Er möchte aber, dass du ihn und Alveradis besuchst und den jungen Mann kennenlernst, den sie für dich ausgesucht haben.«

»Oh nein!«, raunte Tryngen.

»Ich weiß nicht, ob das ein gutes oder ein schlechtes Zeichen ist«, meinte Maria. »Vielleicht solltest du dich erst mal fügen. Solange du in Diensten des Propstes bist, hast du nichts zu befürchten.«

»Ich hab's ihm erzählt«, sagte Tryngen.

»Was?«

»Ich habe Propst Engelbert von den Plänen meines Vaters erzählt, als wir Schach spielten. Er teilt meine Meinung.«

Maria starrte sie überrascht an. »Er teilt deine Meinung? Aber das ist ja … nicht zu fassen! Wunderbar!« Sie legte die Hände auf Tryngens Schultern. Das erste Mal an diesem Abend strahlte sie vor Freude.

Sie hörten Schritte im Kreuzgang und wandten sich um. Vor ihnen tauchte die hohe Gestalt Katharina von Gründbachs in der Dunkelheit auf. Sie war allein.

»Wie schön, euch so fröhlich zu sehen«, sagte sie mit einem schwachen Lächeln. »Lasst mich an eurer Freude teilhaben. Was ist so wunderbar?«

Maria ließ ihre Hände sinken. »Die Freude über unser Wiedersehen«, sagte sie schnell und wich dem Blick der Priorin aus.

Katharina von Gründbach verzog die Mundwinkel. »Maria, habe die Güte und lass uns allein. Ich möchte vertraulich mit der Novizin sprechen.«

Maria knickste kurz vor ihr, lächelte Tryngen aufmunternd zu und verschwand mit raschen Schritten im Dunkel des Kreuzgangs. Tryngen sah ihr hilflos hinterher. Sie fühlte sich unbehaglich, als sie daran dachte, was sie gerade über die Priorin gesagt hatten. Als hätten ihre schlechten Worte die Frau angelockt! Es kostete sie einiges an Überwindung, Katharina von Gründbach anzusehen. Deren Augen schimmerten dunkel im Licht der Fackel, die in der Nähe in einem Halter an der Kapellenwand brannte.

»Ich habe noch ein paar Fragen.« Sie ließ ihren Blick rasch schweifen, um zu sehen, ob jemand in der Nähe wäre. »Wie ist es um die Gesundheit des Propstes bestellt? Hat er irgendwelche Gebrechen?«

»Nein. Er ist ein gesunder Mann in guter körperlicher Verfassung. Sein Armbruch ist gut verheilt. Hin und wieder hat er Kopfschmerzen, das ist alles.«

»Hm.« Die Priorin musterte sie mit einem kühlen Blick. »Warum hat er dich dann neulich zu sich gerufen?«

Tryngen presste ihre Fingerspitzen in die Mauer der Kapelle. »Weil er nicht schlafen konnte«, log sie rasch. »Die Verpflichtungen seines Amtes rauben ihm manchmal den Schlaf.«

»Aber war es nicht zu Martini?«

»Ja, vielleicht hat er auch zu viel gegessen. Er brauchte Abwechslung und verlangte einen Schlaftrunk.«

Die Priorin betrachtete sie mit einem undeutbaren Blick. »Warum hat er nicht den Magister gerufen?«

»Ich weiß es nicht, Herrin.« Tryngen lehnte mit dem Rücken an der Mauer, die Hände hinter sich. Sie wagte kaum zu atmen.

»Hm. Was meinst du, lebt er keusch?«, fragte die Priorin so plötzlich, dass Tryngen zusammenzuckte.

»Aber Herrin, er ist doch ein Kirchenmann!«

Katharina von Gründbach lächelte spöttisch. »Er wäre weiß Gott nicht der erste Geistliche mit einer heimlichen Geliebten. Der Krieg hat die Sitten gelockert, auch bei den Kanonikern.«

Tryngen schluckte. »Ich weiß nicht, ob er eine Geliebte hat.«

Die Priorin sah nicht überzeugt aus. »Du weißt, dass du mir alles berichten sollst, damit du bald in unseren Kreis aufgenommen wirst. Auch die vertraulichen Dinge.«

»Natürlich.« Tapfer hielt Tryngen ihrem Blick stand. »Ich wäre froh, wenn Ihr mich bald aufnehmen würdet.«

Katharina von Gründbach nickte. Sie drückte ihr fest den Arm. Es sollte wohl Zuversicht zeigen, aber es fühlte sich an wie der Griff einer Raubvogelklaue.

Kapitel 14

Am Ende des Nebelmonats begann die Fastenzeit vor dem Christfest. Propst Engelbert wollte diese Wochen nutzen, um sich in innerer Einkehr auf das Fest vorzubereiten, wie er sagte. Eigentlich aber bereitete er sich auf sein künftiges Amt als Erzbischof von Köln vor, wie es schien, und auf die Wahl. Jeden Tag saß er in seinem Arbeitszimmer in der Propstei, sichtete Dokumente und Briefe aus seiner Kanzlei, empfing Berichte, beriet sich mit dem Domdekan Konrad von Büren, dem Kustos Dietrich von Isenberg, dem Capellarius und weiteren hochgestellten Männern.

Die Pröpste und Dekane der alten Kölner Stifte machten ihm ihre Aufwartung, auch die Äbte der alten Klöster aus Köln, Siegburg und Deutz. Es war, als würde ein unsichtbares Netz gesponnen werden, dessen Fäden Engelbert selbst spann und fest in den Händen hielt. Manchmal ritt er mit einem kleinen Gefolge zu seinen städtischen Stiften und kehrte erst spät abends zurück.

Von seinen Ärzten verlangte er nun, dass sie ihm jeden Tag ihre Aufwartung machten und seinen Gesundheitszustand überprüften.

Tryngen war nicht überrascht, als sie am Vorabend der Fastenzeit zu ihm gerufen wurde, gemeinsam mit Magister Waldever. Nachdem sie in der Propstei die übliche Durchsuchung hinter sich gebracht hatten, wurden sie von Lambert in ein kleineres Gemach geführt, in dem sie noch nie gewesen waren. Es war mit Kacheln gefliest, und an den Wänden steckten eiserne Halter, in denen Kerzen brannten. In der Mitte stand ein hölzerner Badezuber. Feuchter Dunst hing im Raum und mischte sich mit der Wärme und dem Geruch, die ein Kohlebecken verströmte. Hilbert wartete neben dem Zuber, eine Schriftrolle in der Hand, aus der er gerade vorlas. Hinter ihm warteten zwei Diener.

Propst Engelbert saß im Zuber, hatte den Kopf in den Nacken gelegt und die Augen geschlossen. Er warf ihnen einen kurzen Blick zu, als sie hereinkamen, und schloss die Augen wieder. Tryngen knickste und stellte sich neben Waldever. Sie hatten nun zu warten, bis Engelbert das Wort an sie richtete.

Hilbert räusperte sich und las weiter. »… indem er die Menschen abweist oder – wenn sie sich schon unter seinem Dache befinden – nicht ausreichend für ihr leibliches Wohl sorgt, kommt der Abt dieses Klosters seiner christlichen Gastungspflicht nicht nach. Dieser traurige Missstand dauert nun schon längere Zeit an, ohne dass ich, Euer Exzellenz ergebenster Diener, eine Besserung hätte feststellen können oder dass meine Ermahnungen in irgendeiner Weise Früchte getragen hätten. Im Namen des Herrn, Euer …«

Mit einer Handbewegung brachte Engelbert den Mönch zum Schweigen. »Dieser verfluchte Geizhals! Setz den Abt auf unsere Liste, Hilbert. Es wird mir ein Vergnügen sein, auf meinen Reisen mit meinem großen erzbischöflichen Gefolge ausgiebig Rast in seinem Kloster zu machen.« Er lächelte grimmig und tauchte unter.

Ein Diener, der einen kleinen Krug in der Hand hielt, trat nach vorn. Nach einer Weile tauchte Engelbert wieder auf, die Haare dunkel und feucht, und rieb sich das Wasser aus den Augen. Tryngen bemühte sich, nicht zu ihm hinzusehen, was ihr aber nicht gelang. Immer wieder musste sie ihn ansehen – die breiten Schultern, die aus dem Wasser ragten, den Ansatz dunkler Haare auf seiner Brust. Sie fühlte sich seltsam.

»Magister Waldever, Schwester Tryngen – habt Ihr Euch nun geeinigt, was mein Temperament betrifft?« Er maß sie beide nacheinander mit strengen Blicken, aber um seine Mundwinkel zuckte es.

»Allergnädigster Herr, nach unserer Harnschau heute Morgen hat sich meine Annahme, dass Ihr ein feucht-warmes Temperament besitzt, bestätigt. Ihr solltet zu viele feuchte und warme Speisen und auch Bäder meiden, weil sie Eurem Leib nur noch mehr Wärme und Feuchtigkeit zufügen. Es ist nicht gut, wenn ein Element die Überhand gewinnt, es sollte alles im Gleichmaß bleiben.«

Engelbert rümpfte die Nase, während der Diener ihm das Haar wusch. »Ich soll also das Bad beenden, sagt Ihr? Ich fühle mich aber ausgesprochen wohl. Vergesst nicht, ich bin ein Sanguiniker, ein Genussmensch!«

Er grinste den verdutzten Magister an und tauchte erneut unter.

Waldevers Mundwinkel zogen sich kaum merklich nach unten. Als Engelbert wieder auftauchte, antwortete er: »Gnädiger Herr, ich bin weit entfernt davon, Euch vorzuschreiben, was Ihr tun oder lassen sollt. Nehmt meine Worte bitte als gut gemeinte Ratschläge an, die Euch helfen sollen, Eure Gesundheit zu erhalten.«

»Jaja, gut gemeinte Ratschläge sagt jeder Physicus, und dann sind's doch nur Vorschriften.« Engelbert seufzte verdrossen. »Was meinst du, Schwester Tryngen?«

»Ich …« Sie hatte sich ihre Worte schon zurechtgelegt, doch nun wollten sie ihr nicht über die Lippen kommen. Sie hatte noch nie mit einem badenden, nackten Mann gesprochen. »Ich …« Sie schluckte und besann sich rasch, ehe er etwas sagen konnte. »Ich meine … was Euer Temperament betrifft, teile ich die Auffassung Eures alten Magisters, dass Ihr ein cholerisches Temperament besitzt. Zweifelsfrei seid Ihr aber auch gesund: Ihr seht gut aus, habt eine gesunde Gesichtsfarbe und seid frohgemut. Euer Puls ist weder zu schnell noch zu langsam, und Euer Harn hat die richtige Farbe. Das bedeutet, dass alle Säfte in Eurem Leib im Einklang sind. Ihr braucht Euch nur an unsere Speiseregeln zu halten.«

Propst Engelbert starrte sie eine Weile an, dann lächelte er unvermittelt, während der Diener ihm den Rücken knetete. »Ach ja, du studierst nun die Bücher in unserer Bibliothek. Welche Regeln sind das?«

Tryngen spürte, wie sie rot wurde vor Hitze und Verlegenheit. Sie bemerkte Waldevers missbilligenden Seitenblick. »Aus der medizinischen Schule von Salerno, Herr«, sagte sie.

»Du hast sie gelesen?«

»Nicht alle. Bruder Ingram aus dem Scriptorium war so gütig, mir ein paar aus dem Lateinischen zu übersetzen.«

»Ach, tatsächlich? Dann kannst du mir doch sicher eine nennen, oder?«

Sie knetete ihre Hände. Sie spürte, wie ihr ein Schweißtropfen den Rücken herunterrollte, als sie überlegte, welche Regel sie am besten aufsagen sollte. Dann sagte sie: »Aus einem reichlichen Mahl wird oft maximale Qual. Soll dein Nachtschlaf gut sein, lass dein Abendmahl klein.«

Gespannt wartete sie auf seine Antwort. Durch den Dunst hindurch bemerkte sie, wie Hilbert und Lambert sie anstarrten. Im Gemach war es still bis auf das Geräusch von Wasserplätschern.

»Sehr schön. Davon kannst du mir nun jeden Tag eine aufsagen.« Er lachte leise und erhob sich. Rasch bedeckte der Diener ihn mit einem großen Tuch, hüllte ihn ein und begann ihn abzutrocknen, aber das alles ging zu schnell für Tryngen, um wegzusehen. Einen Augenblick sah sie ihn, wie Gott ihn geschaffen hatte. Staunend beobachtete sie, wie der Diener ihm das Tuch an der Hüfte zusammenknotete und er die Arme ausstreckte, um sich abtrocknen zu lassen. Sie betrachtete seinen schlanken, makellosen Rücken, den er ihnen zuwandte – an den Schultern breit, in der Hüfte schmal. Mit zwei kleinen Wölbungen dort, wo das Handtuch aufhörte. Er wandte sich wieder zu ihnen um. Schnell sah sie weg und heftete ihren Blick auf den schwarz-weiß gekachelten Fußboden.

»Eine anstrengende Zeit liegt vor mir, für sie brauche ich alle Kräfte«, begann Engelbert. »Ich muss die Fastenzeit gut überstehen. Auf keinen Fall darf ich krank werden! Ihr beiden – Magister Waldever, Schwester Tryngen –, Ihr sorgt dafür, dass meine Säfte im Gleichgewicht bleiben. Was ich jetzt am wenigsten gebrauchen kann, ist eine dieser widerlichen Winterkrankheiten.« Er beugte den Kopf, damit der Diener ihm das Haar trocken reiben konnte, dann trat er hinter einen Vorhang.

»Wenn Ihr erlaubt, Herr, werde ich einen Gewürzwein zubereiten, von dem Ihr jeden Tag trinkt, er wird Euch stärken«, schlug Magister Waldever vor.

»Gut. Ich habe in letzter Zeit wieder mehr Kopfschmerzen. Ich brauche etwas dagegen.«

»Ich kann Euch ein Pulver machen«, sagte Tryngen rasch, ehe der Magister etwas anderes vorschlagen konnte. »Das nehmt Ihr nach dem Essen, es schadet nicht und vertreibt Euch den Dunst aus dem Kopf.«

»Sehr gut.« Propst Engelbert kam wieder hinter dem Vorhang hervor. Er trug ein schlichtes Hemd, das bis zu seinen Knien reichte. »Ihr werdet meinem Küchenmeister Anweisungen für meinen Speiseplan geben. Ich möchte, dass Ihr Euch dabei an die Regeln der Salernischen Schule haltet, nicht an mein Temperament. Darüber seid Ihr Euch ja offenbar nicht einig.« Er musterte sie beide nacheinander, während der Diener ihm einen rostfarbenen Samtmantel umlegte, der an den Säumen mit Goldfäden bestickt war. »Aber einigt Euch, in Gottes Namen!«

Magister Waldever verneigte sich. »Sehr wohl, gnädiger Herr.«

Tryngen sank in einen tiefen Knicks.

»Ihr könnt jetzt gehen. Ach nein, Schwester Tryngen bleibt.«

Magister Waldever verneigte sich wieder, ehe er mit hoch erhobenem Haupt aus dem Gemach stolzierte. Er würdigte Tryngen keines Blickes. Lambert brachte sie in Engelberts Wohn- und Empfangsgemach und wies ihr einen Stuhl am Kamin zu. Er legte noch ein paar Holzscheite aufs Feuer, ehe er verschwand.

Tryngen stellte ihren Korb ab, ließ sich steif auf dem Stuhl nieder und atmete tief, während sie sich fragte, was der Propst noch von ihr wollte. Sie strich über ihr Gewand, prüfte, ob der Schleier noch richtig saß. Meine Güte, er hatte sie im Bad empfangen! Wieder stieg ihr die Röte ins Gesicht bei dem Gedanken, dass sie ihn nackt gesehen hatte. Die Bilder tanzten noch in ihrem Kopf.

Aber sie war seine Heilerin, sie musste seinen Leib kennen, sie prüfte seinen Puls, sein Blut und seinen Harn, sie war für seine Speisen, seinen guten Schlaf und sein Wohlergehen zuständig. Warum kam ihr das auf einmal seltsam vor? Sie versuchte, sich zu beruhigen. Wahrscheinlich wollte er sie wieder wegen Sophie zurate ziehen, wegen etwas, das Waldever nicht wissen sollte. Langsam ließ sie ihre Blicke im Gemach schweifen, von den teuren, dünnwandigen und beinahe durchsichtigen Gläsern auf dem Tisch zu dem gestickten Wandbehang hinter ihr, der einen Mann zeigte, der einen Löwen mit bloßen Händen bezwang. Sie fragte sich gerade, wer hier wohl dargestellt wäre, als Propst Engelbert erschien. Sie sprang auf und knickste tief.

»Schon gut, setz dich.« Sie roch sein fremdartiges Duftwasser, als er an ihr vorbeiging und sich auf den Stuhl fallen ließ. Er hob den Krug.

»Wein?«

»Nein danke.« Sie beobachtete, wie er sich die dunkelrote Flüssigkeit einschenkte, und verkniff sich eine altkluge Bemerkung über die Schädlichkeit von zu viel rotem Wein, noch dazu am Abend.

Sie wusste ja mittlerweile, wie sehr er Vorschriften hasste.

Er trank und starrte ins Feuer, als hätte er ihre Anwesenheit vergessen. Seine nassen, gekämmten Haare glänzten im Feuerschein. Tryngen faltete die Hände in ihrem Schoß und gab sich den Anschein von Ruhe.

Er schwenkte sein Glas, ehe er trank. Dann sagte er: »Als ich noch ein kleiner Junge war und mit den anderen Edelknaben auf unserer Burg spielte, zogen wir uns immer alle möglichen Verletzungen zu. Es gab eine Herbaria auf unserer Burg, der Mutter vertraute. Zu ihr wurden auch wir Knaben geschickt, und sie hat uns immer geholfen. Sie hat uns auch geholfen, als wir krank waren. Du bist doch in Wahrheit auch eine Herbaria, nicht?«

Tryngen wunderte sich über seine Worte, denn sie erinnerte sich, dass er bisher nicht gerade gut über kräuterkundige Frauen gesprochen hatte. »Schwester Maria, von der ich alles gelernt habe, ist bei einer weisen Frau aufgewachsen«, sagte sie und sah auf ihre Hände hinunter. Sie fühlte, dass er sie ansah.

»Du brauchst dich dessen nicht zu schämen, Schwester Tryngen. In Wahrheit schätze ich die Kenntnisse dieser Frauen, sonst wärst du nicht hier. Ich weiß, dass du keine Infirmaria bist.«

Er sagte das so unvermittelt, dass sie erschreckt zusammenfuhr. Er bemerkte es und lächelte. »Du musst keine Angst haben! Natürlich prüfe ich, wen ich mir an den Hof hole, was glaubst du? Ich weiß, wer du bist. Ich weiß, dass du mich nicht angelogen hast. Du kannst den Mund halten, wenn es darauf ankommt. Das ist das Wesentliche.« Er streckte ein Bein vor und lehnte seinen Fuß gegen den Tisch. »Ich habe mich heute gestoßen und brauche deine Salbe.«

»Natürlich!« Ihr schwirrte der Kopf. Von seinem Duftwasser, von der Wärme des Feuers. Von seiner ungewohnten Offenheit. Sie öffnete ihren Korb und zog das Töpfchen mit Marias Heilsalbe hervor.

»W-wo habt Ihr Euch gestoßen?«

»Dort.« Er deutete auf eine Stelle an seinem Schienbein. Sie verteilte vorsichtig die kühlende Salbe darauf. Er lehnte sich zurück und schloss die Augen. Die Falten zwischen seinen Brauen verschwanden, als er lächelte. »Das tut gut«, sagte er seufzend.

Sie hielt inne, verschloss den Topf und stellte ihn zurück auf den Tisch. »Ich gebe Lambert die Salbe, er soll sie Euch jeden Tag dreimal auftragen.«

Engelbert nickte, öffnete die Augen. Irrte sie sich oder sah er enttäuscht aus? Er hatte doch nicht etwa geglaubt, sie würde … oh nein! Sie wandte sich ab und verschloss ihren Korb. Sie hatte sich bestimmt geirrt.

Als sie sich wieder umsah, hatte er sich erhoben und die Arme vor der Brust verschränkt. »Keine Angst, du bist nicht hier, um mein Bein einzureiben«, sagte er mit einem schwachen Lächeln. »Ich habe eine Bitte an dich. Es ist etwas Ungewöhnliches. Ich verlange, dass du mit niemandem darüber sprichst.«

Tryngen nickte, aber er war erst zufrieden, nachdem sie es wieder geschworen hatte. Er räusperte sich. »Was mit Sophie geschah, soll sich nicht mehr wiederholen. Du kennst doch bestimmt Mittel, die eine Frau nehmen kann.«

Tryngen hörte ein leises Geräusch. Eine Tür hatte sich geöffnet. Sie blickte sich um, aber es war niemand sonst im Gemach. Wurden sie belauscht? Hatte Lambert etwas vergessen und war zurückgekehrt? Die Tür zu Engelberts Schlafgemach stand einen Spaltbreit offen. Im schwachen Licht weniger Kerzen erblickte Tryngen eine zierliche Gestalt mit einem dunklen Haarschopf. Für einen Augenblick fiel der Lichtschein auf ein Paar feste kleine Brüste, dann verschwand die Frau hinter der Tür.

Tryngen wandte sich hastig um, während ihr die Verlegenheit ins Gesicht stieg. Sie hatte das Gefühl, Zeugin eines verbotenen Spiels geworden zu sein, und das erfüllte sie mit Scham. Aber Propst Engelbert schien nichts bemerkt zu haben. Er blickte sie erwartungsvoll an.

»Wie alt ist die Frau?«, hörte sie sich fragen. Eine Frage, die völlig überflüssig war und sie zudem überhaupt nichts anging. Tryngen spürte, dass ihr Verstand nicht richtig arbeitete. Sie musste Zeit gewinnen.

»Das ist nicht von Belang.«

»Doch, wenn sie … wenn sie zu jung ist, dann …«

»Schwester Tryngen.« Propst Engelbert bedachte sie mit einem tadelnden Blick. »Keine Vorschriften! Ich möchte nur verhindern, dass so etwas wieder passiert. Ich will auch keinen Bastard. Sie soll kein Kind empfangen, verstehst du?«

Tryngen nickte. Natürlich verstand sie. Sie wusste auch, dass es Mittel gab, die Frauen benutzten. Sie hatten sie manchmal heimlich den Frauen in der Gasse am alten Graben gegeben. Es gab Frauen in der Stadt, zu denen man ging, wenn man kein Kind mehr haben wollte, doch es war verboten. Tryngen wunderte sich, dass ausgerechnet der Propst als hoher

Mann der Kirche deren eigene Verbote hinterging. Wie sehr er ihr vertrauen musste!

»Ich möchte nicht, dass sie zu irgendeiner Giftmischerin in der Stadt geht«, sagte er. »Kannst du nun etwas besorgen oder nicht?«

»Doch, doch«, sagte sie hastig. »Es wird nur ein paar Tage dauern.« Sie würde zum Marsplatz gehen müssen, die entsprechenden Kräuter besorgen. Der Markt wäre erst in drei Tagen. Allmählich begann ihr Verstand wieder normal zu arbeiten. Wenn sie es geschickt anstellte, könnte sie auf diese Weise einen Vorwand für ihr nächstes Treffen mit Maria finden.

Propst Engelbert lächelte und drückte ihr den Arm. Das hatte er noch nie getan.

* * *

Tryngen besorgte die Kräuter, die sie brauchen würde, auf dem Kräutermarkt mit dem Geld, das Engelbert ihr gegeben hatte. Später traf sie sich mit Maria an der verabredeten Stelle, und gemeinsam gingen sie zu den Armen in der Gasse am alten Graben. Aber Tryngen verlor kein Wort über die Kräuter in ihrem Korb und darüber, was sie damit machen würde. Sie würde ihr Versprechen halten und niemandem etwas sagen, selbst Maria nicht. Sie war stolz, dass Propst Engelbert ihr vertraute, und sie wollte sein Vertrauen auf keinen Fall enttäuschen.

Erst spätabends, als nur noch ein paar Mägde in der Küche waren, um sie aufzuräumen und zu säubern, ging Tryngen dort zu Werke. Mittlerweile hatte sich das Küchengesinde an sie und Magister Waldever gewöhnt; man nahm es hin, dass sie dort ihre Tränke, Salben und Pulver zubereiteten, wenn auch der Küchenmeister Gottfried nicht sehr entgegenkommend war. Er hatte schon vor einigen Tagen gemurrt, als er seinen Speiseplan für den Propst nach ihren Anweisungen ändern musste. Mit

Mühe waren Magister Waldever und Tryngen sich über die Speisen einig geworden, die Engelbert in der Fastenzeit essen sollte, und zwar in der Weise, dass Waldever seine Vorstellungen meistens durchgesetzt hatte. Er behandelte Tryngen herablassender und abweisender als je zuvor, und sie wagte es kaum zu widersprechen. Sie hatte Angst vor ihm. Auch Gottfried wagte bei ihm keinen Widerspruch; im Gegensatz zu ihr verhielt er sich dem Magister gegenüber mit ehrfurchtsvoller Unterwürfigkeit.

Tryngen nutzte deshalb gern spät die Küche, wenn kaum noch jemand hier war und sie Gottfried nicht begegnen musste. Zufrieden betrachtete sie die winzigen Kügelchen, die sie gerade geformt hatte. Sie hatte sie nach einer alten Anweisung von Maria hergestellt, die diese von ihrer Ziehmutter bekommen hatte. Nun musste sie nur noch den Kräutertrank zubereiten. Sie wies den Küchenjungen an, das Feuer zu schüren, als Johanna in der Küche erschien.

Ein Leuchten trat in ihr dickes Gesicht, als sie Tryngen erblickte. Sie stellte ihren Holzeimer ab und kam zu ihr. »Na, was machste, Kind?« Neugierig betrachtete sie die Kügelchen. Sie roch daran und rümpfte die Nase.

»Nicht berühren, Johanna, sonst können sie nicht wirken!«, warnte Tryngen. Sie hatte sie noch nicht geweiht und wollte sie noch mit den richtigen Worten besprechen.

»Was du nicht immer alles zauberst!« Johanna schüttelte den Kopf. Sie schlurfte zu einer Schale mit Trockenobst und langte hinein.

»Alles für die Gesundheit unseres Herrn«, meinte Tryngen, während sie die Köchin stirnrunzelnd beobachtete. Wenn Johanna weiter so viel aß, würde sie noch am Schlagfluss sterben. Sie lehnte ab, als Johanna ihr eine Trockenpflaume hinhielt. »Es ist Fastenzeit! Du solltest dich daran halten.«

Johanna schüttelte den Kopf, während sie weiter Obst und Nüsse aus der Schüssel sammelte. »Ich ess doch nichts Falsches,

Kind! Außerdem, wen stört's schon, wenn 'n altes Weib zu viel isst?« Sie schob sich alles auf einmal in den Mund.

»Mich!«, entgegnete Tryngen. »Schon Hippokrates sagte, dass allzu dicke Menschen früher sterben als die schlanken. Du solltest weniger essen.«

Johanna beobachtete kauend, wie Tryngen Basilikumblätter in einen Krug warf und das heiße Wasser daraufschüttete. »Wer ist Hippokrates?«, fragte sie.

»Der größte Meister der Medizin, der je geboren wurde.« Tryngen gab dem Küchenjungen den Topf zurück und wischte sich die Hände an ihrem Tuch ab. »Ah, das haste aus den Büchern im Scriptorium!« Johanna stützte die Ellenbogen auf die Tischplatte und beäugte wieder die Kügelchen. »Kriegst noch ganz blinde Augen vom vielen Lesen! Willste denn nich' lieber heiraten und Kinder kriegen? Dann lässte das Studieren bei den Gelehrten.« Sie machte eine wegwerfende Handbewegung.

»Nein, will ich nicht«, entgegnete Tryngen. »Ich habe Glück, dass ich hier Bücher lesen kann.« Studieren war übertrieben. Aber die Lektüre des *Macer floridus* und die Verse, die Bruder Ingram ihr übersetzt hatte, hatten ihr schon wertvolle Kenntnisse gebracht. Wahrscheinlich würde Johanna nicht verstehen, wie viel ihr das bedeutete.

»Willste wirklich keine Kinder? Ich hätt' immer gern welche gehabt. So'n zartes kleines Wesen. Ich hätt's gefüttert und geguckt, wie's wächst und gedeiht. Und später wär ich stolz drauf gewesen.« Sie starrte eine Weile gedankenverloren vor sich hin. Dann richtete sie sich auf und wischte mit ihren dicken Fingern ein paar Krümel von der Tischplatte. »Ich freu mich, dass der Herr dich angenommen hat«, sagte sie. »Der braucht immer 'ne Weile, is' halt einer von uns, da is' man nich' mal so und mal so. Aber wenn der dich einmal angenommen hat, dann bleibste auch bei ihm, wirst sehn!«

Sie tätschelte ihr den Arm, und Tryngen vergalt es ihr mit einem freundlichen Lächeln. »Du kennst ihn von klein auf. Wie war er denn als Kind?«, fragte sie. »Was ist er für ein Mensch?«

»Was fragste alles!« Johanna seufzte, lehnte sich gegen den mächtigen Arbeitstisch und kratzte sich nachdenklich das Kinn. Dann lächelte sie unvermittelt. »Der war schon immer der Größte von allen. Er hat sie angeführt, eine wilde Horde von Knaben! Die kamen ja von überall her an den Grafenhof. Wenn die keinen Unterricht mehr hatten, ging's los. Er immer vorneweg, der große Junge! Aber die war'n nich' bösartig.«

Sie kratzte sich wieder und schwieg eine Weile. »Er hat ja seinen Vater früh verlor'n, der arme Junge. Der is' im Kreuzzug geblieben und in der Fremde gestorben. Die Kinder wuchsen bei der Mutter auf, 'ner geldrischen Grafentochter. Sehr kluge, züchtige Frau.« Sie starrte vor sich hin. »Die hat ihre Kinder gut erzogen, und Engelbert war ein guter Junge. Sein Vetter, der Adolf von Altena, der hat schon zu Haus als Knabe viel Böses angestellt. Was war ich froh, als ich mit meiner Mutter nach Burg kam! Aber dann musste ich mit dem jungen Herrn nach Köln, als der auf die Domschule kam, und hab Adolf wiedergesehen. Da war der Erzbischof!« Sie schüttelte den Kopf. »Der hat unsern Engelbert an sich genommen, und ich dachte erst, der verdirbt mir den Knaben. Ich möcht' nich' wissen, was im Krieg alles passiert is' … Aber der Engelbert is' stark, der hat sich nich' verderben lassen. Der wird ein bess'rer Erzbischof.«

»Das glaube ich auch«, stimmte Tryngen zu. Sie war Johanna dankbar. Nun sah sie vieles klarer. Sie hatte sich durch die schroffe Art des Propstes einschüchtern lassen. Immer hatte sie zu viel Angst.

»Du warst also an verschiedenen Höfen, Johanna«, sagte sie. »Propst Engelbert hierhin zu folgen, war sicher eine besondere Ehre für dich.«

Johanna sah sie traurig an. »Ich wollte nich' weg. Heimat is' Heimat, verstehste? Aber jetzt bin ich schon so lang hier, und hier bleib ich auch, bis Gott mich zu sich ruft.« Sie beobachtete, wie Tryngen ein Holzkästchen öffnete und mit einem Tuch auslegte. Dann beugte sie sich nach vorn und schnupperte wieder an den Kügelchen. »Hm. Garbenkraut, Petersilie … und was is' noch drin?«, wollte sie wissen.

»Das verrate ich nicht«, sagte Tryngen.

Johanna runzelte die Stirn. »Aber da is' was … Muss er das essen?«

Tryngen errötete. Hastig begann sie, die Kugeln in das Kästchen zu schichten. »Die bittersten Mittel sind immer die besten«, erklärte sie. »Ist gegen seine Kopfschmerzen.«

Johanna sah nachdenklich aus. »Die erinnern mich an was. Die seh'n aus wie die Naschkugeln, die Gottfried früher immer gemacht hat. Was ha'm die geschmeckt!« Ihr Gesicht leuchtete bei der Erinnerung daran. »Die hat der gerne gemacht, aber nach dem Tod von Magister Pilgrim nich' mehr.«

Tryngen hielt inne. »Warum nicht?«

»Weil Magister Pilgrim gern davon genascht hat. Zu Michaeli hat's die auch gegeben, und am Tag drauf war der Magister tot. Gottfried glaubt, die Nascherei wär verzaubert gewesen. Deshalb macht er die nich' mehr.« Sie warf einen Blick auf den schlafenden Küchenjungen und senkte ihre Stimme. »Ein paar sagen, der Magister hätte furchtbar ausgesehen, der war ganz schwarz im Gesicht, aber sag davon nichts dem Herrn, der will so'n Gerede nicht.«

Ein merkwürdiges Gefühl breitete sich in Tryngens Magen aus. Mechanisch füllten ihre Hände das Kästchen und verschlossen es, wickelten es in ein Tuch. »Die Leute reden viel, wenn der Tag lang ist«, sagte sie und gab damit eine Redensart von Maria wieder.

Schwarz. Was bedeutete das? Ein plötzlicher Tod im Schlaf? Oder dass etwas anderes geschehen war, etwas Ungeheuerliches, an das keiner dachte und das niemand auszusprechen wagte?

Hätte jemand Grund gehabt, den alten Magister zu vergiften?

Tryngens Gedanken umschwirrten diese Möglichkeit, als sie mit Johanna über den nächtlichen Domhof zu ihrer Kammer zurückging. Die Fackeln zuckten müde im kalten Winterabend. Über den Dächern wölbte sich der Himmel mit zahllosen funkelnden Sternen, davor zeichneten sich die schwarzen Silhouetten des Domes und des alten Palastes ab. In Tryngen kroch eine Angst empor, die kälter war als dieser Abend.

Kapitel 15

In der Kemenate blitzte und blinkte es. Der Dielenboden war geschrubbt worden, das Linnen auf der Tafel strahlte in frisch gewaschenem Weiß, die Zinnkrüge glänzten. Tryngens Halbgeschwister trugen Gewänder aus demselben grünen Stoff. Der kleinen Mathilde hatte man bunte Bänder in ihre zarten, hellen Locken gebunden. Die beiden Kinder benahmen sich gut, selbst der kleine Hugo hielt seinen Löffel und aß tapfer die dünne Fastensuppe.

Tryngen saß steif an der Tafel und pustete auf die heiße Brühe. Sie schwitzte unter ihrem Schleier von der heißen Suppe, vom Wein und von der Wärme, die das Kohlebecken verbreitete.

Alveradis' Onkel, der Kölner Weinhändler Friedrich Schoenweder, redete die ganze Zeit. Vom Weinhandel, von den Geschäften. Von den minderwertigen Hellern, die das ganze Reich fluten und die guten Kölner Pfennige verdrängen würden.

Tryngen hörte nur mit halbem Ohr zu. Sie sah auf das verschlossene Fenster und versuchte, sich dahinter Alveradis' neuen Ziergarten vorzustellen, wie er wohl im Sommer aussehen würde – mit schönen gelben Ringelblumen und duftenden Rosensträuchern. Aber sie konnte nicht immer an Ortwin vorbeischauen, Schoenweders Sohn, der bereit war, sie zur Frau zu nehmen. Er war etwa im selben Alter wie sie, mit heller Haut und rötlichen Haaren, die unter seiner dunklen Kappe hervorkamen. Die Kappe ließ sein Gesicht noch schmaler und höher wirken. Es ragte über seinen schmalen Schultern auf, mit denen er leicht vornübergebeugt an der Tafel saß. Er war still und in sich gekehrt, ganz anders als sein breitgesichtiger Vater mit den roten Wangen. Nicht ein Mal hatte er sie angesehen, jedenfalls nicht, dass sie es bemerkt hätte.

»… mein Sohn ist meine wertvollste Stütze«, setzte Schoenweder das Loblied, das er gerade auf seinen Sohn angehoben hatte, fort. »Den Moselhandel macht er ganz allein, mein Älterer und ich können uns ganz auf England besinnen. Was für ein Glück, dass König Johann uns Kölnern die alten Rechte gelassen hat! Ich fürchtete schon Schlimmes, als wir unseren neuen jungen Stauferkönig bekamen.«

»Darum mache ich mir keine Sorgen«, erwiderte Alexander. »Die Engländer lieben unseren Wein. Ihr König Johann wird seinen Untertanen das Weintrinken nicht verbieten, selbst wenn er gegen Friedrich ist, er verdient doch selbst genug daran.«

»Da hast du recht, mein Freund. Man macht sich immer zu viele Sorgen.« Schoenweder nahm sich ein Stück Brot aus der Schüssel und tauchte es in die Kräutersauce. »Was ist mit dir, Tryngen, welchen Wein trinkst du am liebsten?«

Tryngen fuhr überrascht zusammen. Sie hatte nicht damit gerechnet, dass Schoenweder ihr eine Frage stellen würde. »Nun ich … trinke am liebsten unseren Moselwein«, sagte sie. »Er schmeckt am besten und hat alles, was ein guter Wein haben muss. Wie sagt man – ›stark, rund und funkelnd, kalt und frisch, solchen Wein braucht man bei Tisch‹.«

Schoenweder gaffte sie an, während er das Brot zwischen seinen breiten Kiefern zerkaute. »Bist du eine Dichterin?«, fragte er.

»Nein, das war nur eine Gesundheitsregel aus der medizinischen Schule von Salerno.«

»Aha. Wo ist das denn?«

»In Italien.«

Schoenweder klappte seinen Mund zu und langte nach dem nächsten Brot. »Ich dachte, du wärst beim Dompropst.«

»Bin ich auch«, erklärte Tryngen. »Ich hatte das Glück, im Scriptorium medizinische Schriften lesen zu dürfen.«

»Oh, du kannst lesen?«, fragte Schoenweder und stieß seinem Sohn in die Seite. »Ortwin, was sagst du dazu?«

Ortwin hörte auf, seinen Löffel zu betrachten. Er hob den Kopf und wandte Tryngen sein spitz zulaufendes Gesicht zu, in dem die hellbraunen Augen weit auseinanderlagen. »Freut mich«, sagte er nur und sah wieder auf seinen Löffel hinunter.

»Würdest du deine Töchter auch im Lesen und Schreiben unterrichten lassen?«, fragte sein Vater.

Ortwin schüttelte den Kopf. »Zu teuer«, murmelte er, ohne aufzublicken.

»Siehst du, Alexander, das ist mein Sohn, auf jeden Pfennig bedacht. In drei Jahren hat er unsere Einnahmen aus dem Moselhandel fast verdoppelt.« Stolz klopfte er Ortwin auf die Schulter. »Vielleicht mag der gnädige Herr Dompropst ja mal unseren Moselwein probieren?«

Tryngen starrte in Schoenweders breites Gesicht. Sie hatte das Gefühl, keine Luft mehr zu bekommen. Am liebsten hätte sie ihm entgegengeschleudert, dass Propst Engelbert schwere französische Rotweine bevorzugte, aber sie wollte keinen Anlass für Ärger geben. Nicht schon wieder.

»Ich fürchte, das wäre zwecklos«, sagte sie. »Die Propstei besitzt eigene Güter, von denen sie ihre Weine bekommt.«

»Ah, hätte ich mir auch denken können. Aber hast du nicht schon mal Weine an einen hohen Kirchenmann verkauft, Alexander?«, erkundigte sich Schoenweder.

Tryngens Vater lächelte schwach. »Ja, vor ein paar Jahren, bei der Rheinsperre, als keine Schiffe mehr durchkamen. Zum Glück konnte ich meine Keller noch rechtzeitig füllen. Ich konnte Preise verlangen, davon träumen wir heute nur.«

»Besser kleinere Einnahmen und dafür keinen Krieg«, meinte Alveradis. »Aber mein lieber Ortwin, es ist doch gut, dass Tryngen lesen und rechnen kann, so könnte sie dir bei den Abrechnungen helfen und du würdest einen Kontorgehilfen einsparen.«

Ortwin hob seinen Kopf und erwiderte artig ihren Blick. »Ein guter Gedanke, Base Alveradis«, meinte er nur.

Tryngen bemerkte, dass er mit scharfen Blicken beobachtete, wie die Mägde die Platten mit dem Hering auftrugen. So, wie er auch schon die Einrichtung und das teure Tischgerät beäugt hatte.

»Unsere Tryngen ist ausgesprochen fleißig«, fuhr Alveradis fort. »Die Schwestern aus dem Kloster lobten ihre Pflichterfüllung in höchsten Tönen. Auch Schwester Maria, die neulich hier war, hat die ganze Zeit Loblieder auf sie gesungen, nicht wahr, Alexander?«

Ihr Gemahl nickte.

»Sie sei immer die Erste und die Letzte im Krankensaal«, fuhr Alveradis fort. »Die Mühe, die sie sich mit den Alten und Kranken im Kloster macht, kann sie gut für eure Kunden aufbringen, wenn ihr erst vermählt seid, Ortwin.«

Tryngen ließ ihr Brot sinken. War Alveradis nicht vor dem Mahl noch herzlich und freundlich zu ihr gewesen? Hatte sie sich nicht bemüht, ihren Streit vergessen zu lassen? Sie hatte Tryngen gleich nach ihrer Ankunft an die Hand genommen und war mit ihr die Treppe hinaufgestiegen in den ersten Stock, in Tryngens alte Kammer, die sie sich einst mit Bruno geteilt hatte. Dort schliefen nun Mathilde und Hugo. Alveradis hatte eine Truhe geöffnet und ein wunderschönes Gewand herausgenommen, ihr eigenes Hochzeitskleid – sehr schmal geschnitten, mit langen Ärmelöffnungen und aufgestickten Blumen am Halsausschnitt. Sie habe mal hineingepasst, sagte sie mit einem wehmütigen Lächeln und nötigte Tryngen, das Gewand anzuziehen. Doch Tryngen weigerte sich. Daraufhin schenkte Alveradis ihr das Kleid, zu ihrer großen Überraschung.

»Nimm es mit und zieh es an. Du wirst sehen, wie gut es dir passt.«

Tryngen hatte es nicht übers Herz gebracht, abzulehnen.

Sie wusste, was das bedeutete. Alveradis würde nun von ihr erwarten, dass sie es bei ihrer eigenen Hochzeit trüge.

Aber jetzt an der Tafel war sie wieder ganz die Alte, log und verdrehte die Wahrheit. Maria hatte Tryngen gelobt, aber auch gesagt, wie gerne sie Heilerin sei. Dies erwähnte Alveradis mit keinem Wort.

»… sie wird freundlich zu deinen Kunden und eine gute Gastgeberin sein«, schloss Alveradis. »Nicht wahr, Tryngen?«

Tryngen fühlte, wie alle sie ansahen. Sie hatte sich fest vorgenommen, sich zu fügen, nicht anzuecken, schon allein um Marias Willen, die sich so für sie eingesetzt hatte. Natürlich auch, um ihren Vater zu besänftigen. Aber Alveradis forderte ihren Widerstand geradezu heraus.

»Ihr wisst doch, dass ich in Diensten des Dompropstes bin«, sagte sie. »Er ist sehr zufrieden mit mir, und …«

»Natürlich wirst du in seinen Diensten bleiben, solange er dich behalten will«, schnitt ihr Vater ihr das Wort ab. »Das steht außer Frage. Wir gehen aber nicht davon aus, dass du noch lange dableibst.«

Friedrich Schoenweder nickte. Er beugte sich nach vorn. »Du musst klug sein. Nutze die Zeit, die dir noch am Hof verbleibt! Du kannst dem hohen Herrn die Vorteile unserer Weine näherbringen. Zum Vorteil meines Sohnes und zu deinem.«

Tryngen legte ihren Löffel nieder. Ihr war jeglicher Hunger vergangen. Mit Mühe schluckte sie die Erwiderung herunter, die ihr auf der Zunge lag, und zwang sich, in Friedrich Schoenweders feistes Gesicht zu lächeln. »Gewiss, Herr, ich werde es versuchen.«

Schoenweder nickte zufrieden und nahm sich noch einen Hering.

»Warum denkst du, Vater, dass ich nicht mehr lange in Diensten des Propstes sein werde?«

»Ich will es dir ehrlich sagen. Wenn Propst Engelbert erst mal Erzbischof ist, wirst du dich von ihm verabschieden müssen.«

»Warum?«, fragte Tryngen mit leiser Stimme.

»Ich glaube, dass er sich für den Magister entscheiden wird.«

»Aber …«

»Hast du jemals einen Bischof erlebt, der ein Weib als Leibärztin hat?«, unterbrach sie Alveradis. »Das ist unmöglich!«

Tryngen starrte in ihr blasses, aufgedunsenes Gesicht. Alveradis war nicht mehr hübsch. Ihr Gesicht und ihre Gliedmaßen waren angeschwollen, ihr Bauch ragte kugelig unter ihren Brüsten hervor. Es wird nicht mehr lange dauern, bis das Kind kommt, dachte Tryngen. Sie atmete tief und bezähmte ihre Wut und Angst. »Ihr habt wahrscheinlich recht«, sagte sie leise.

»Siehst du, und solange ist's doch ein wahrer Glücksfall, dass du beim Propst bist«, meinte Schoenweder und rieb sich die Hände. »Ich musste deinen Vater erst überzeugen, aber jetzt sieht er's auch ein. Die Saat, die du jetzt säst, wird euch später einmal zugutekommen. Nicht wahr, Ortwin?«

Ortwin nickte, ohne den Kopf zu heben. Er sah Tryngen auch während des ganzen Nachtisches nicht an. Erst später, als sein Vater und er sich nach dem Essen verabschiedeten, bedachte er sie mit einem kurzen Blick aus seinen hellbraunen Augen.

Sie ahnte, dass er sie ebenso wenig heiraten wollte wie sie ihn. Aber er würde sich fügen.

Ein eisiger Schauer überlief sie, als sie auf dem Weg zurück zum Hof darüber nachdachte. Sie grübelte darüber nach, ob ihr Vater wohl recht behalten und Propst Engelbert sie wirklich entlassen würde, sobald er Erzbischof wäre. Dieser Gedanke stimmte sie traurig.

Sie freute sich deshalb umso mehr, als der Propst sie noch am selben Abend zu sich rufen ließ. Sie hatte kaum ihre Kammer erreicht und Alveradis' schönes Hochzeitsgewand auf ihrem Bett ausgebreitet, als Lambert erschien, um sie zu seinem Herrn zu bringen. Für einen Augenblick erwog sie, dem Diener ein paar Fragen zu Magister Pilgrims überraschendem Tod zu stellen, doch dann überlegte sie es sich anders. Sie kannte den Leibdiener nicht gut genug, um ihn so etwas zu fragen. Sie hatte inzwischen begriffen, dass sie vorsichtig sein musste, wem sie hier vertraute.

Propst Engelbert erwartete sie in seinem Wohngemach. Im Gegensatz zu ihr schien er bester Laune zu sein. Er sei nach der Messe ausgeritten, erzählte er, nur mit einem kleinen Gefolge, und es sei ein wunderbarer Tag gewesen.

Er sah auch gut aus, hatte eine frische Gesichtsfarbe. Sein brauner Samtbliaut, den er an diesem Abend trug, stand ihm ausgezeichnet. Er deutete auf das Schachbrett.

»Ich brauche dich heute als Gesellschafterin«, sagte er lächelnd. »Mein Freund ist verhindert.«

Tryngen stellte ihren Korb ab und rutschte auf den Stuhl. Ihr Herz pochte rascher vor Freude. Er hatte sie einfach so zu sich bestellt! Nur um mit ihr Schach zu spielen!

Ein Diener füllte ihnen mit Wasser vermischten hellen Wein in die Gläser und postierte sich an der Tür.

»Keinen Rotwein heute, Herr?«, entfuhr es ihr.

»Wir haben Fastenzeit, Schwester Tryngen.«

»Unsere Speiseregeln hätten es Euch trotzdem erlaubt.«

»Sicher. Aber ich möchte auf meine Gesundheit achten. Auch wenn es nicht den Anschein hat, so kann ich mich sehr wohl beherrschen, wenn ich will.«

»Niemand würde das Gegenteil behaupten, Herr.«

Er nickte und warf den Heller. Dieses Mal durfte er die Farbe auswählen und entschied sich für Schwarz. Nach den ersten Spielzügen wagte sie es, leise zu fragen: »Ist das Mittel, das ich Euch neulich gab, recht so? Ich hoffe, es wird seine Wirkung nicht verfehlen.«

»Welches Mi…? Ach so!« Er hob den Kopf und grinste, wobei er wieder nur einen Mundwinkel nach oben hob. »Bis jetzt ja! Sehen wir weiter.« Er nahm seinen Springer und warf einen ihrer Bauern. Tryngen stöhnte in sich hinein. Nun würde sie also wieder eine Partie verlieren. Sie versuchte, sich auf das Spiel zu besinnen, was ihr nicht wirklich gelang. Die ganze Zeit musste sie an das blasse Gesicht Ortwin Schoenweders denken. Sie musste versuchen, sich unentbehrlich zu machen, damit Propst Engelbert sie nicht entließ. Aber wie sollte sie das anstellen? Mit dem Schachspiel sicher nicht, denn sie verlor. Mit der schwarzen Farbe war er noch besser.

»Was ist los, Schwester Tryngen? Nicht gut beisammen heute?«

Engelbert hatte das Kinn auf seine gefalteten Hände gestützt und musterte sie mit seinen hellen Augen. Das Licht der Kerze zuckte über sein Gesicht und die geraden Brauen, zwischen denen sich die energischen Falten nun geglättet hatten.

Tryngen fühlte eine merkwürdige Befangenheit. »Ich …« Sie schluckte, räusperte sich und zwang sich, seinen Blick zu erwidern. »Ich war heute bei meiner Familie und habe den …

Mann kennengelernt, den mein Vater mir zum Gemahl geben will.«

»Und gefällt er dir?«

»Überhaupt nicht.« Sie schüttelte den Kopf und sah auf das Spiel hinunter. Sie konnte nicht weitersprechen, weil der Kloß in ihrem Hals zu dick wurde.

Engelbert lehnte sich zurück. »Wer ist er?«

Sie schluckte den Kloß herunter, atmete tief und hob den Kopf. »Ortwin Schoenweder, der Sohn des Weinhändlers Friedrich Schoenweder. Der verkauft seine Weine bis nach England. Wie mein Vater.«

Engelbert musterte sie mit seinem durchdringenden Blick. »Aber dein Vater weiß doch, dass du in meinen Diensten bist. Warum will er dich dann vermählen?«

Tryngen wich seinem Blick aus. Sie hatte schon viel zu viel gesagt. Sie konnte ihm nicht sagen, dass ihr Vater glaubte, sie wäre nicht mehr lange in seinen Diensten. Auf keinen Fall durfte sie ihren Vater schlechtreden. »Es ist meine Stiefmutter, sie drängt ihn«, sagte sie stattdessen.

»Kann ich mir denken«, erwiderte er prompt. »Es gibt Weiber, die ihre Männer beherrschen wollen. Meine Mutter ist auch eine willensstarke Frau.« Nun lächelte er ein ganzes Lächeln. »Ich bin froh, dass sie sich nach dem Tod meines Vaters nicht wieder vermählt hat. Sie blieb standhaft Witwe, obwohl es genug Männer gegeben hat, die sich unsere Grafschaft gerne einverleibt hätten. Meine Mutter kümmerte sich allein um alles und erhielt die Grafschaft für ihre Söhne.«

Tryngen musste daran denken, was Johanna ihr über die Gräfin von Berg erzählt hatte. Eine geldrische Grafentochter. »Wie schade, dass Euer Vater zu Gott gerufen wurde, Herr«, sagte sie.

Engelbert nickte und starrte eine Weile in die Kerzenflamme. »Ich habe ihn kaum gekannt. Ich war noch ein kleiner Junge, als er mit König Friedrich zum Kreuzzug aufbrach. Er ist schon auf dem Weg ins Heilige Land gestorben. Man sagt, dass die Seelen der Ritter im Gefolge des Heiligen Kreuzes sofort zum Allmächtigen kommen. Glaubst du das, Schwester Tryngen?«

»Ganz bestimmt«, versicherte sie, ohne nachzudenken. »Meine Mutter ist auch gestorben, als ich noch ein Mädchen war. Ich glaube, dass ihre Seele jetzt bei Gott ist.« Und bei der Hohen Mutter, setzte sie in Gedanken hinzu.

»Das tut mir leid, Schwester Tryngen«, sagte Engelbert. »Ja, unsere Seelen kommen zu Gott, wenn sie nicht verdammt sind. Aber bis dahin ist es noch ein langer Weg.«

»Auf dem wir uns hier auf Erden bemühen müssen«, ergänzte sie lächelnd.

»Ha! Ich habe dich zum Lächeln gebracht!«, rief er triumphierend. »Wusste ich doch, dass mir das gelingt! Nun setze den nächsten Zug.«

Tryngen starrte auf die Figuren, die vor ihren Augen zu tanzen schienen. Eine merkwürdige Mischung aus Freude, Aufregung und Angst hatte sie ergriffen und verhinderte, dass sie sich auf das Spiel besinnen konnte. Dass Engelbert nun begann, mit den Fingerspitzen auf die Armlehnen zu trommeln, machte es nicht besser.

»Verzeiht bitte, ich bin …«

Er beugte sich nach vorn. »Was deine Stiefmutter betrifft, sie wird sich nicht gegen meinen Willen stellen können«, sagte er mit rauer Stimme. »Du bist in meinen Diensten! Das sollte sie nicht vergessen. Wenn du erlaubst …« Ohne ihre Einwilligung abzuwarten, ergriff er das Schachbrett, drehte es herum und sah es sich eine Weile an. »Du hast deine Deckung vernachlässigt«, erklärte er, während er ihren Turm zwei Felder nach vorne setzte. »Die müssen wir in zwei Zügen sichern, siehst du? Sonst hätte ich dich in fünf Zügen schachmatt setzen können. Aber dann wäre unser Spiel allzu früh beendet gewesen.« Er zog einen seiner schwarzen Bauern. Dann setzte er ihren Bischof, drehte das Spiel wieder um und leerte sein Weinglas.

Sie atmete hastig. Freude durchflutete sie, obwohl sie sich ziemlich dumm vorkam. Er hatte ihr geholfen, damit sie länger spielen konnten! Sie lächelte ihn an und versuchte, sich in das veränderte Spiel zu vertiefen. Nach einer Weile fiel ihr auf, wie sie seinen König in Gefahr bringen konnte, und zog ihre Dame.

Er bemerkte natürlich sofort, was sie vorhatte, und die Falten zwischen seinen Brauen vertieften sich. »Das hat man nun von seiner Hilfsbereitschaft«, brummte er. »Nur Undank und Gefahr.«

Tryngen leerte ihr Glas. Sogleich trat der Diener heran und füllte die Gläser neu. Gedankenverloren starrte sie ihn an und dachte, dass sie die Anwesenheit des Mannes vollkommen vergessen hatte.

»Danke, Herr, Ihr habt mir sehr geholfen.«

Propst Engelbert hob sein Glas. »Auf die Hilfsbereitschaft!«, sagte er. »Auf das Gute im Menschen.«

»Auf das Gute im Menschen.«

Lächelnd sah er sie über den Glasrand hinweg an. Sie lächelte zurück, ehe sie verlegen die Augen niederschlug. Ob sie es wagen könnte, noch einmal das Gespräch auf ihre drohende Vermählung zu bringen? Aber sie konnte ihn schlecht fragen, ob er sie entlassen würde, nachdem er Erzbischof geworden wäre. Hastig setzte sie den nächsten Zug und fragte: »Wann wird die Wahl des nächsten Erzbischofs stattfinden, Herr?«

Er schüttelte den Kopf, ohne aufzublicken. »Wohl noch in diesem Winter.« Er machte den nächsten Zug.

Tryngen runzelte die Stirn. Noch in diesem Winter! Aber der Winter war ja noch lang. Bis zur Wahl wäre sie vor einer Vermählung verschont. Sie beruhigte sich und besann sich auf das Spiel. Auf einmal begriff sie, was er vorhatte, und durchkreuzte seinen Plan mit ihrem nächsten Zug.

Er warf ihr einen anerkennenden Blick zu. »Man merkt, du hast dich wieder in der Gewalt, Schwester Tryngen.« Dann brachte er seine Dame in Stellung, kündigte ihr sein Schach an und lehnte sich zufrieden zurück.

»Nein!« Verzweifelt brütete sie darüber, wie sie dem ›Schachmatt‹ entkommen könnte.

»Der Stärkere im Kampf ist immer der, der gelernt hat, seine Angst zu beherrschen«, sagte Engelbert und bedachte sie wieder über sein Weinglas hinweg mit einem Lächeln.

Sie lächelte zurück und spürte zu ihrem Verdruss, wie sie rot wurde. Hastig sah sie auf das Schachbrett hinunter und setzte den nächsten Zug.

»Gut«, lobte er. »Du wirst besser. Du wirst es noch lernen.« Er zog seine Dame. »Schach. Matt in drei Zügen.«

Sie starrte auf das Spielfeld. Er hatte recht. Bedauernd nahm sie ihren König und legte ihn nieder. »Wie gut, dass es keine echte Schlacht ist.«

Engelbert erhob sich. »Setzen wir uns noch eine Weile an den Kamin«, forderte er sie auf. »Hier ist es sicher wärmer als in deiner Kammer.«

Sie nahm ihr Glas und folgte ihm ans Feuer, wo sie sich auf den bequemen Stühlen niederließen. Der Diener trat hinzu und füllte Engelbert ein neues Glas. Tryngen ertappte sich dabei, wie sie verstohlen zu seiner Schlafzimmertür spähte. Sie rechnete damit, dass diese jeden Augenblick wieder aufspringen und das Mädchen dahinter auftauchen würde. Aber nichts geschah.

Engelbert schien es bemerkt zu haben. »Sophie geht es gut, Schwester Tryngen. Sie wird den jungen Meier meines Hofes in Bonn heiraten. Ich hoffe, sie werden noch viele Kinder zusammen haben.« Er bedachte sie mit seinem halben Lächeln.

»Das hoffe ich auch, Herr.« Zu gern hätte sie gewusst, wer das neue Mädchen war, aber sie wagte es nicht, ihn danach zu fragen.

Engelbert starrte ins Feuer und schwenkte sein Weinglas. »Ich bin vielleicht doch nicht das Raubtier, wie man es sich hier am Hof erzählt. Es gab eine Zeit, da war das anders.« Er nahm einen tiefen Schluck und drehte das Glas in seiner Hand.

»Herr, niemand behauptet, Ihr seid ein Raubtier«, erwiderte Tryngen überrascht.

Er sah sie an und lächelte schwach, ehe er wieder ins Feuer starrte. »Ich weiß sehr wohl, was am Hof über mich geredet wird«, sagte er. »Der Hofklatsch ist mir gleichgültig, aber im Priorenkolleg gibt es Männer, die nicht wollen, dass ich Erzbischof werde, obwohl ich der Wunschnachfolger Seiner Heiligkeit bin, wie du sicher gehört hast. Es sind die Anhänger des ehemaligen Erzbischofs Dietrich von Heimbach. Sie werfen mir vor, ich hätte mir in den Jahren des Krieges mit Gewalt den Erlös aus meinen Propsteien geraubt und dadurch den damaligen Erzbischof von Köln in Bedrängnis gebracht.«

Tryngen schwieg. Sie wusste nicht, was sie sagen sollte.

»Sie haben recht«, fuhr er fort. »Es herrschte Krieg damals, Krieg zwischen zwei Königen, die um den Thron kämpften, und das ganze Reich war in Aufruhr. Ich war jung und unbedacht. Ich folgte meinem Vetter Adolf von Altena, der sich der staufischen Seite angeschlossen hatte und König Philipp unterstützte, gegen Köln und den damaligen Erzbischof, die beide aufseiten von König Otto standen.«

»Der damalige Erzbischof Dietrich von Heimbach?«

»Nein, sein Vorgänger Bruno von Sayn«, erklärte Engelbert. »Das alles liegt schon lange zurück. Ich dachte damals, ich hätte alles verloren, und sah keinen anderen Weg, als mir mein

Eigentum mit Gewalt zurückzuholen. Ich werde noch viel Buße für meine Taten tun müssen.« Er leerte sein Glas in einem Zug und stellte es auf den Tisch zurück.

Tryngen war betroffen von seinem überraschenden Geständnis. Gleichzeitig war sie stolz darauf, dass er ihr so vertraute. Sie erinnerte sich an das, was Johanna ihr erzählt hatte. Adolf von Altena, der den jungen Engelbert an sich genommen hätte.

»Ich war damals ungefähr im selben Alter wie du, Schwester Tryngen«, fuhr Engelbert fort. »Ich wusste noch nicht viel vom Leben. Ich wusste nicht, dass alles, was oben ist, auch eines Tages wieder hinabgezogen wird. Dietrich von Heimbach war Kaiser Otto treu ergeben. Doch seine Treue zu dem Welfen hat ihm nichts genutzt, im Gegenteil. Als Kaiser Otto mit einem Heer nach Italien zog, begriff der Papst, dass er auch nicht besser war als die Staufer, die Italien jahrelang bedroht hatten. Er entzog ihm seine Unterstützung. Als Dietrich sich weigerte, Kaiser Otto zu bannen, war das der Anfang von seinem Ende.« Er seufzte und ließ sich von dem Diener noch einmal das Glas füllen. »Im Laufe der Jahre habe ich gelernt, dass die Staatskunst nur eine Frage des klugen Nachdenkens und Abwägens ist. Der Papst will keinen Welfenanhänger mehr im Amt des Erzbischofs von Köln, und der junge Stauferkönig Friedrich will es schon gar nicht. Sie wollen mich. Es gibt nur noch ein paar Männer im Priorenkolleg, die das noch nicht begriffen haben und umgestimmt werden müssen.«

»Ich verstehe«, sagte Tryngen. »Wie … wollt Ihr sie denn umstimmen?«

»Darüber denke ich noch nach«, antwortete er knapp, schwenkte sein Glas und leerte es in einem Zug. »Aber nun genug davon, reden wir von etwas anderem. Ich habe dir noch nicht wirklich vergolten, dass du mir das Leben gerettet hast.

Hast du einen Wunsch, Schwester Tryngen? Etwas, das ich für dich tun kann?«

Er betrachtete sie von der Seite. Ihr Herz begann schneller zu klopfen, und sie spürte, wie das Blut in ihrem Körper kreiste. Ihr schwindelte von dem Vertrauen, das er ihr zeigte, und vom vielen Wein. Er hatte nicht vergessen, was sie für ihn getan hatte. Sie strich mit den Händen über ihr Gewand. »Ja, ich habe eine Bitte, Herr. Ich hoffe, es ist nicht zu … nicht zu schwierig.«

»Heraus damit!«

»Der Vetter meiner Mitschwester Maria – meiner Infirmaria –, Wilem, war Söldner in Diensten Dietrichs von Heimbach. Der hat ihn vor Kurzem entlassen, weil er ihn nicht mehr bezahlen konnte. Könntet – ich meine, würdet Ihr ihn einstellen?«

Die Falten zwischen Engelberts Brauen vertieften sich. »Er war in Dietrich von Heimbachs Diensten? In seiner Leibwache?«

»Ja. Maria sagt, Wilem ist ein hervorragender Soldat. Er hat sogar damals in der Schlacht bei Wassenberg gekämpft, allerdings … äh … auf welfischer Seite.« Sie blickte auf ihre Hände hinunter, als ihr bewusst wurde, was sie von ihm verlangte. Er sollte den ehemaligen Söldner seines Feindes einstellen, der zudem auf feindlicher Seite gekämpft hatte.

Er lehnte sich zurück und starrte sie mit einem undeutbaren Ausdruck in seiner Miene an.

»Verzeiht, ich habe Euch um zu viel gebeten«, sagte sie rasch. »Mir ist klar, dass er Eurem Feind gedient hat. Es ist nur – er will sich zu Weihnachten vermählen. Er möchte eine Familie gründen, und dafür braucht er Geld …«

Plötzlich hellte sich Engelberts Miene auf. »Schon gut, ich verstehe. Es ist nicht zu viel verlangt für das, was du getan hast. Der Mann ist ein Söldner, er dient jedem Herrn. Ich werde das mit meinem Kustos besprechen.«

»Danke!« Tryngen strahlte. Sie hatte die Gelegenheit genutzt, und mit etwas Glück würde Wilem bald an den Hof kommen. Dann hätte sie einen Vertrauten am Hof und wäre besser geschützt gegen Magister Waldever, dessen eisiger Blick ihr neulich kalte Schauer über den Rücken gejagt hatte. Er musste erfahren haben, dass sie in der letzten Zeit öfter beim Propst gewesen war als er.

Nachdem Engelbert sie wenig später entlassen hatte, brachte Lambert sie wieder in ihre Kammer zurück. Ein fast vergessen geglaubtes Gefühl füllte sie aus. Sie hatte es nicht mehr verspürt, seit ihre Mutter gestorben war – eine tiefe Freude.

Kapitel 16

Tryngen und Magister Waldever bekamen nun abwechselnd an den Sonntagen frei, an denen sie den Hof verlassen durften. Zudem wurde es Tryngen offiziell gestattet, an einem Tag im Monat Kräuter auf dem Marsplatz zu kaufen. An diesen Tagen traf sie Maria und kümmerte sich gemeinsam mit ihr um die Armen am alten Graben. Bei einem ihrer Treffen bedeutete ihr Maria, dass es so weit sei. Sie solle am Sonnabend vor Mariä Empfängnis ins Kloster kommen. Tryngen wusste, was das bedeutete: Sie würde endlich als Lernende in die Schwesternschaft der Hohen Mutter aufgenommen werden.

Sorgfältig bereitete sie sich auf diesen Tag vor. Sie fastete drei Tage, betete und trug unter ihrem Novizinnengewand heimlich einen geweihten Stein mit einem merkwürdigen Zeichen darauf, den Maria ihr gegeben hatte. Sie bat Clementia darum, ein Bad nehmen zu dürfen, was diese widerwillig gewährte. Seitdem die Vorsteherin sie aus dem Verlies hatte entlassen müssen, behandelte sie Tryngen wie ein rohes Ei. Der Capellarius musste ihr ordentlich ins Gewissen geredet haben.

Tryngen hüllte sich in ihr winterliches Novizinnengewand und wusch das alte. Sie wusch sich das Haar und befreite ihren Körper von jeglichem Schmutz. Sie handelte wie im Traum, als wäre sie eine Puppe, die von einem großen Spieler geführt wurde. Dieser Spieler war ihr Traum, der sich nun endlich erfüllen würde. Endlich würde sie erfahren, welches Geheimnis die Schwesternschaft verbarg.

Abends im Kloster wurde sie von Isalda in Empfang genommen, die sie sogleich ins Dormitorium führte. Von den Schwestern sah sie niemanden, selbst Maria nicht. Aber sie wusste, dass dies nur der Vorbereitung diente. Als alle in den Betten lagen, flüsterte sie noch mit Isalda, die ihr ein paar Neuigkeiten erzählte – Godelivis Vinke sei letzte Woche gestorben und Katharina von Gründbach sei mittlerweile mit der Meisterin zu einem unzertrennlichen Zwillingspaar verschmolzen.

Nachdem Isalda eingeschlafen war, erhob sich Tryngen und sah aus der Fensteröffnung. Sie konnte kaum etwas erkennen, nur den Schimmer des Mondlichts in der Dunkelheit. Sie musste an Engelbert denken, an ihr Schachspiel und an das, was er ihr anvertraut hatte. Wie er sie angesehen hatte. Es verging kein Tag, an dem sie nicht daran dachte, und immer spürte sie Freude und eine fiebrige Unruhe, wenn sie sich daran erinnerte.

Doch nun schob sie die Erinnerung weg. Sie durfte auch nicht an ihren Vater, an Alveradis oder an Ortwin Schoenweder und ihre drohende Vermählung denken. Sie musste ihre Gedanken bannen, damit sie reinen Geistes war für das, was ihr bevorstand. Worauf sie so lange gehofft hatte.

Sie legte sich wieder ins Bett, faltete die Hände und betete zur Hohen Mutter.

Sie kamen in der Nacht. Tryngen hatte wach bleiben wollen, aber sie musste doch eingeschlafen sein. Sie schreckte hoch, als sie sanft an der Schulter gerüttelt wurde, sah in das Licht einer Kerze und erblickte die beiden weiß verschleierten Schwestern dahinter. Sie hielten ihr einen Becher hin, den sie unter ihrer

Aufsicht leeren musste. Es war der gleiche Trank wie der, den sie zu Beginn des letzten Rituals getrunken hatte. »Komm mit«, flüsterten sie.

Tryngen schlüpfte wortlos in ihre Schuhe und folgte den Schwestern schweigend in die dunkle Nacht. Sie mussten sich nicht durch das Dormitorium schleichen, wie sie es in der Nacht ihres ersten Rituals getan hatten. Sie stiegen durch die Fluchttür im Boden, die Tryngen noch nie benutzt hatte, kletterten eine Stiege hinab ins Refektorium und von dort aus durch eine weitere Fluchttür in einen unterirdischen Gang. Er war so klein und schmal, dass sie ihn nur gebückt und hintereinander benutzen konnten. Tryngen folgte der Schwester mit der Kerze und fragte sich, wer sie war. Blithildis? Von der Größe her könnte sie es sein.

Und hinter ihr Duregin?

Sie fühlte sich anders als beim letzten Mal, als wäre sie in der kurzen Zeit, die sie am Hof verbracht hatte, ein anderer Mensch geworden. Nüchtern und mit wachem Verstand nahm sie alles wahr, was um sie herum geschah. Sie fragte sich, wer diesen Gang wohl gemauert hatte und warum. Wohin er führte.

Er endete vor einer verschlossenen Tür. Die beiden Schwestern wandten sich um, die eine hielt ihre Kerze hoch und beleuchtete Tryngens Gesicht.

»Wie ist dein Name?«, fragte die Schwester, von der Tryngen annahm, dass sie Blithildis wäre. Als ob sie es nicht schon wüssten.

Sie sagte ihren Namen.

»Was begehrst du, Schwester Tryngen?«

»Ich möchte im Kreis der Schwestern eine Lernende werden.«

»Du begehrst Einlass in den Kreis der Schwestern?«

»Ja.«

Herzklopfend wartete Tryngen darauf, dass die beiden beiseitetreten und ihr die Tür öffnen würden, wie Maria es ihr gesagt hatte. Doch nichts geschah. Die Schwestern warteten und beteten.

Dann hob die eine, die ihr die Fragen gestellt hatte, die Hand, ballte sie zur Faust und schlug Tryngen gegen die Stirn. Als Tryngen taumelnd gegen Duregin prallte, fing diese sie auf, befahl ihr, die Luft anzuhalten, schlang ihr die Arme um den Brustkorb und drückte mit aller Macht zu. Tryngen verlor das Bewusstsein.

Als sie wieder erwachte, war alles nachtschwarz um sie herum. Im ersten Augenblick dachte sie, sie wäre gestorben und nun an einem finsteren Ort in der Hölle, bis ihre schmerzende Stirn sie daran erinnerte, was geschehen war. Sie tastete die Stelle an ihrem Kopf ab und fühlte eine Schwellung, in der es im Takt ihres Herzens pochte. Ein Tropfen des widerlichen Tranks befand sich noch in ihrem Mund. Sie schluckte ihn hinunter.

Es roch muffig, nach Stein und nach Holz. Sie lag auf etwas Hartem. Sie rang nach Luft. Wo um Gottes willen war sie nur? Warum war es hier so stickig? Sie streckte ihre Hand aus und stieß gegen ein Holzbrett kaum eine Handbreit über ihr. Sie stemmte sich dagegen. Nichts bewegte sich. Sie streckte die Hände über den Kopf und fühlte kalten Stein. Sie streckte die Schuhe aus und stieß gegen Stein. Himmel, sie war eingeschlossen!

Einen Augenblick lang, ehe die Erkenntnis zur Gewissheit wurde, fühlte sie nichts. Doch dann überfiel sie eine Angst, die schlimmer war als jede Angst, die sie je gefühlt hatte. Sie schrie und schlug gegen das Holz. Warum hatten die Schwestern sie hier eingesperrt? Sie mussten doch wissen, Maria wusste doch, dass sie Todesängste hatte, wenn sie eingesperrt war.

Sie schrie und klopfte, aber nichts geschah. Als sie begriff, dass das Schreien zwecklos war, verstummte sie und lauschte.

Vielleicht sollte sie ruhig sein. Vielleicht war es Teil eines seltsamen Rituals, sie hier einzusperren. Sie tastete nach dem Harten, auf dem sie lag – winzige Splitter von Steinen, nein, von etwas anderem. Sie erfühlte einen länglichen holzartigen Gegenstand mit einem kugeligen Ende, und sie wusste, was es war. Etwas lag neben ihr, eine Kugel oder besser gesagt eine Schale. Sie konnte sie ertasten, die zersplitterten Ränder, die im Laufe der Jahre abgebrochen und zerfallen waren, gleich neben ihrem Kopf. Ein anderer Kopf neben ihr, der Knochen eines Oberschenkels, zersplitterte Knochenteile, auf denen sie lag.

Sie war in einem Sarg.

Tryngen begann zu zittern. Die Kälte des Gesteins, das diese Knochen seit Jahrzehnten, vielleicht auch seit Jahrhunderten barg, kroch in ihre Glieder. Sie lag starr, unfähig zu einer Regung, unfähig zu schreien. So muss sich der Tod anfühlen, dachte sie. Nichts mehr zu haben, Starre im Totenhemd. Nicht fühlen, nicht denken.

Aber sie war nicht tot, sie fühlte noch die Kälte, die Angst.

Sie hob ihre Hände, presste sie mit aller Kraft gegen das Holz. Auf einmal bewegte es sich. Licht fiel durch einen haarfeinen Spalt in ihr Gefängnis. Sie holte tief Luft und drückte, bis die schwere Holzplatte sich allmählich hob. Mit der ungezügelten Kraft eines Menschen, der sich befreien will, schob sie die Platte weg, und die krachte zu Boden. Licht und Luft umfingen Tryngen. Sie rang erleichtert nach Luft.

Die verschleierten Schwestern umringten ihren Sarg. Sie hielten brennende Kienspäne in den Händen. Alle trugen ihre silbernen Anhänger mit dem Bild der Hohen Mutter. Sie summten ein Lied in einem auf- und abschwellenden Choral.

»Was alt ist, muss sterben, wird zurückgelassen, wird zurückgegeben in den ewigen Kreislauf, wird zurückgelassen, wird zurückgegeben in den ewigen Kreislauf, was alt ist, muss sterben …«

Eine Schwester löste sich aus dem Kreis, trat nach vorn und reichte Tryngen die Hand. Sie half ihr, sich aufzurichten und aus dem Sarg zu steigen. Obwohl sie einen Schleier trug wie alle anderen, erkannte Tryngen, dass es Maria war. Sie spürte die Wärme ihrer Hand. Eine Wärme, die sie schon immer beruhigt hatte. Erleichtert atmete sie auf. Einen schrecklichen Augenblick spähte sie zurück in den Sarg und erblickte den Leichnam, auf dem sie gelegen hatte – ein wüstes Durcheinander an Knochen und den Resten eines Schädels. Ein kalter Schauer überlief sie. Sie konnte nicht fassen, dass sie das überlebt hatte.

Sie hielt Marias Hand fest, während die verschleierten Schwestern sie beide umringten. Leise summten die Frauen die Melodie des Liedes weiter, ohne den Text zu singen. Tryngen zählte die Schwestern, es waren fünf. Mit Maria sechs, und wenn man sie nun aufnehmen würde, wäre sie die siebte Schwester.

Der scharfe Geruch nach Weihrauch erfüllte die Luft. Es war eng und stickig. Die Flammen der Kienspäne lohten in das Dunkel und beleuchteten alte Mauern, die sich über ihnen zu einem steinernen Gewölbe rundeten. In den Schatten vor den Mauern erblickte Tryngen die dunklen Umrisse der Sarkophage, die sie umringten.

»Was alt ist, muss sterben, wird zurückgelassen, wird zurückgegeben in den ewigen Kreislauf«, raunten die Schwestern.

Tryngen spürte, wie die Wärme in ihren Körper zurückkehrte. Sie fühlte sich leicht und beschwingt. Sie war wieder ein Vogel, frei und stark wie der Wind. Aber sie konnte nicht wegfliegen, denn die Mauern bedrückten sie. Sie kamen näher, schienen sich auf sie werfen zu wollen. Sie schoben die Sarkophage, die vor ihnen standen, nach vorn, zerstörten den Aschekreis, der die Schwestern umschloss, spielten mit dem Totenschädel, dem Wächter des Aschekreises. Alles schwamm auf der Oberfläche eines sanft gewellten Sees.

Tryngen roch seinen modrigen Geruch, sah die Schatten der Bäume, die ihn umringten. Ihre nackten Füße versanken in seinem schlammigen Grund. Obwohl ihr warm war, ja sogar heiß, spürte sie die Kühle des Wassers bis zu ihren Hüften. Eine Mondsichel spiegelte sich auf der Wasseroberfläche.

Tryngen war traurig, aber sie wusste nicht, warum. Ein Feuer brannte vor ihr auf dem See. Sie streckte die Arme danach aus, konnte es aber nicht erreichen. Sie watete durch den See, doch je weiter sie schritt, desto mehr entfernte sich das Feuer von ihr, bis es nichts weiter war als ein winziger brennender Punkt in der Ferne. Sie schrie und weinte. Jemand umfing sie, strich ihr über das Haar, tröstete sie. »Schon gut, schon gut. Beruhige dich!« Sie hörte die Worte, ohne sie zu verstehen.

Sie fühlte sich gestützt und umfangen. Eine Flüssigkeit rann ihren brennenden Hals hinab. Gierig trank sie. Der See verschwand, und sie fühlte seine Kühle nicht mehr. Sie roch Weihrauch, Feuer, Staub und einen muffigen Geruch. Ein paar weiß verschleierte Gestalten umringten sie, summten ein fernes Lied. Dann verschwanden sie, und sie war wieder allein. Die Mauern verzerrten sich zu Bäumen, und sie roch die frische kühle Luft einer lauen Frühlingsnacht. Das Wasser plätscherte leise und bewegte sich in kleinen Wellen von ihr fort, als sie es durchschwamm. Das Feuer wurde größer, sie spürte seine Wärme. In hohen Flammen tanzte es auf dem See, als würde es etwas Unsichtbares verzehren. Es war so nah, dass sie es fassen konnte. Sie streckte wieder die Hände danach aus, aber da zerfiel es vor ihren Augen und verwandelte sich in eine zuckende Kerzenflamme, die auf einem Altar brannte. Daneben stand eine hohe, in Weiß gehüllte Gestalt mit einem Löwenkopf, der Strahlen in alle Richtungen aussandte. Das Raubtier öffnete sein Maul und brüllte ihr etwas zu, das sie nicht verstand. Sie wich zurück, aber jemand hielt sie fest. Opfertier. Sie sollte also doch geopfert werden. Sie schrie und versuchte, die Hände abzuschütteln, die sie festhielten. Aber man ließ sie nicht los.

Jemand redete auf sie ein. »Schon gut, Tryngen, ganz ruhig. Dir geschieht nichts!« Marias Stimme. Ihr würde nichts geschehen. Sie sah die weißen Gestalten, die sie umringten, die sie umarmten und trösteten, ihr wieder zu trinken gaben. Dann sah sie lange nichts mehr.

Als sie das Bewusstsein wiedererlangte, fühlte sie sich gestützt und aufgehoben. Sie wartete vor dem Altar. Die Hände der beiden Schwestern, die neben ihr standen, umfassten ihre Hände. Mehrere Stimmen hinter ihr summten ein leises Lied. Es klang friedlich und melodisch, als würden alle auf etwas warten. Die hohe, verschleierte Gestalt vor ihr hatte nun keinen Löwenkopf mehr. Sie stand vor dem Altar und hatte allen den Rücken zugewandt. Das Summen der Frauen schwoll an. Die Gestalt hob ihre Arme und formte ihre Hände zu Kelchen. Die Kerzenflamme auf dem Altar zuckte über einen Stapel sorgfältig aufgeschichteter Schriftrollen und etwas, das mit einem roten Tuch abgedeckt war. Goldene Lichtpunkte tanzten auf dem verhüllten Haupt der Gestalt und umgaben es wie ein Strahlenkranz. Die Hohe Mutter! Wie hatte sie sie nur nicht erkennen können?

Tryngen sank vor ihr auf die Knie. Die Hohe Mutter sagte etwas zu ihr, das sie nicht verstand, und es schien, als wartete sie auf eine Antwort. Tryngen nickte nur.

Das Lied der Schwestern verstummte. Viele Hände zogen an ihrem Gewand, zogen es ihr aus. Sie zitterte, obwohl ihr warm war. Die Flamme zuckte, und die Wände zitterten, als würden sie wieder zu Wasser zerschmelzen. Tryngen spürte, wie sich etwas Neues, Kühles auf ihre nackte Brust legte.

»So nimm dein neues Leben an, Lernende!« Die Hohe Mutter tauchte die Finger in eine Schale und malte ein öliges Zeichen auf ihre Stirn. Tryngen wurde aufgerichtet. Sie fühlte sich in ein warmes Gewand gehüllt. Ihr war merkwürdig zumute, als stünde ihr Geist an der Schwelle zum Schlaf. Etwas verhüllte ihr Gesicht und ließ sie schwerer atmen, ein feiner Stoff. Aus der Ferne hörte sie, wie die Worte eines Gebetes sie umkreisten. »Sei willkommen! Willkommen!«

Das Wort toste und tanzte in ihrem Kopf, und etwas in ihr begriff seine Bedeutung: Sie war aufgenommen worden. Sie war eine Lernende.

»Lernende, sieh die Hohe Mutter, in deren Kreis du eingetreten bist!«, rief die Hohepriesterin und zog das rote Tuch von dem Gegenstand auf dem Altar fort. Eine Schwester trat vor und schlug Tryngens Schleier zurück. Die Figur auf dem Altar gewann an Konturen. Es war eine fremde Frau mit einem Knaben auf dem Schoß und einem Halbmond auf dem Kopf. Die Kerzenflamme zuckte über ihr wurmstichiges, verwittertes Holz.

Tryngen starrte auf die fremde Figur der Hohen Mutter und auf die Schriftrollen, die danebenlagen. Sie sehnte sich nach dem kühlen Wasser des Sees zurück. Sie starrte auf die Mauern und hoffte, sie würden sich wieder in Bäume verwandeln wie eben, und das Feuer auf dem See würde ihr den Weg weisen. Aber die Mauern zitterten nur ein wenig, und sie roch nur noch aus der Ferne den modrigen Geruch des Sees.

Kapitel 17

Isalda weckte sie, als die Sonne schon aufgegangen war. »Wach auf, wir müssen zur Messe. Beeil dich!«

Tryngen fuhr hoch. Das Bild der verschleierten Schwestern, das sie noch im Kopf hatte, verlor sich im Nichts. Sie rieb sich die Stirn, hinter der ein Unwetter des Schmerzes tobte, und kniff die Augen zusammen. Warum musste ausgerechnet heute die Sonne scheinen und ihre widerlichen Strahlen auf ihr Bett werfen? Es war der Allmächtige, er zürnte ihr wegen der Missetaten, die sie heute Nacht begangen hatte. Frevel.

»Oh Gott, wie siehst du denn aus?« Isalda beugte sich über Tryngens Stirn. »Was hast du getan?«

»N-nichts.« Tryngen wehrte sie mit der Hand ab und betastete vorsichtig die geschwollene Stelle. Ziemlich dick. »Bin aus dem Bett gefallen«, murmelte sie hastig.

Isalda verzog missbilligend den Mund. »Du hast geschlafen wie ein Stein«, sagte sie mit vorwurfsvoller Miene. »Was ist denn nur los? Nun mach schon!«

Tryngen erhob sich mit Mühe. Sie fühlte sich, als flösse Blei in ihren Adern. Ihr Kopf pochte vor Schmerz, und sie hatte einen üblen Geschmack im Mund. Sie trug wieder ihr altes

Hemd. Aber über ihren Brüsten fühlte sie den neuen Anhänger. Also war alles doch kein Traum gewesen.

Sie wusch sich und spülte sich den Mund aus, dann kleidete sie sich an. Gerade noch rechtzeitig kamen sie zur Messe in der Kapelle und drängten sich zu den anderen Novizinnen. Hinter ihnen standen die Laienschwestern und die Familienangehörigen der Schwestern.

Unauffällig sah Tryngen sich um und erschrak, als sie ihren Vater erkannte. Er trug seinen Sonntagsstaat – Samtkappe, knöchellanger Bliaut, darüber einen Mantel aus feiner Wolle. Sein silbern schimmernder Bart war sorgfältig gestutzt. Er war allein.

Hastig wandte sie sich wieder um und bewegte die Lippen zum Gebet. Was bei allen Heiligen wollte er hier? Sie konnte sich nicht erinnern, wann er das letzte Mal zur Messe ins Kloster gekommen war, es musste Jahre her sein. Nun kam er ausgerechnet heute. Wenigstens war Alveradis nicht bei ihm. Eine Begegnung mit ihr hätte sie heute nicht ertragen.

Ungeduldig wartete Tryngen die Messe und die anschließende übliche Prozession der Schwestern auf dem Friedhof ab. Sie traf ihren Vater am Rande des Friedhofs. Die Sonne schien auf sein winterblasses Gesicht, doch sein Lächeln erlosch, als er sie sah.

»Was ist das?« Er deutete auf die Beule an ihrer Stirn.

Tryngen musste schlucken. »Ein Sturz. Ich bin heute Nacht aus dem Bett gefallen.«

»Das ist doch unglaublich!« Er holte tief Luft und stemmte die Hände in die Hüften.

»Bitte, Vater, glaub' mir.«

Er schüttelte den Kopf. »Wann ist das passiert?«

»Ich sagte doch, in dieser Nacht.«

Er nahm sie am Arm und führte sie von den Schwestern fort, die mit ihren Familien an den Gräbern in der Nähe standen. Langsam schritten sie über das Gras. Tryngen musste daran denken, wie sie im ersten Ritual hier mit den Schwestern die Gräber umkreist hatte, um das Zeichen zu beschreiben. Es kam ihr vor wie ein Traum.

Ihr Vater hielt inne. »Wenn du Schwierigkeiten hast, sag es mir bitte! Wo und mit wem auch immer, ich werde mich darum kümmern!« Er sah sie eindringlich an.

Sie hielt seinem Blick stand. »Du brauchst dir keine Sorgen zu machen, Vater, es geht mir gut!«

»Aber du siehst blass aus!«

»Das ist nichts. Ich hab schlecht geschlafen.«

Er zog seine Stirn in sorgenvolle Falten. »Wirst du am Hof gut behandelt?«

»Ja, ausgezeichnet! Der Propst ist ein guter Herr.« Sie hätte nie geglaubt, dies einmal zu sagen. »Aber nun sag mir, warum bist du hier? Woher wusstest du, dass ich heute hier bin und nicht in der Propstei?«

Endlich lächelte er. »Von ihr.« Er deutete auf Maria, die allmählich herankam. Sie ging so langsam, wie es Tryngen schien, weil sie jeden Schritt auskosten wollte. Mehr Locken als sonst waren ihr ins Gesicht gefallen. Ihre Blässe verlieh ihrer Schönheit einen besonderen Reiz. Sie lächelte.

Alexander starrte sie an. Auch er wurde noch blasser, wie es schien. Vielleicht lag das daran, dass die Wintersonne wieder hinter einer Wolke hervorgekommen war und auf sie herunterschien. Er presste die Lippen zusammen, dann hob er die Mundwinkel zu einem Lächeln. »Maria«, sagte er nur.

»Schön, dich zu sehen, Alexander.« Sie hielt vor ihnen inne, als müsste sie von einem langen Marsch verschnaufen. Aus der Nähe betrachtet sah sie doch erschöpfter aus. »Ich freue mich, dass du uns nach so langer Zeit wieder besuchst. Wie geht es Alveradis?«

»Gut. Aber sie muss sich heute ausruhen und konnte nicht mitkommen«, sagte Alexander, ohne den Blick von ihr zu wenden.

»Wie bedauerlich.«

»Wir haben uns so lange nicht mehr gesehen und nun gleich zweimal hintereinander. Leider aus weniger erfreulichem Anlass.«

»Das lag nicht an mir«, gab sie zurück.

Wieder maßen sie sich mit Blicken, als würden sie ein stilles Gefecht ausführen, dessen Grund nur sie kannten. Tryngen atmete die frische Luft ein und wünschte sich, bald etwas gegen ihre Kopfschmerzen und die Schwellung tun zu können. Sie hoffte, dass ihr Vater nicht gekommen war, um sie doch noch zu einer Heirat mit Ortwin Schoenweder zu drängen.

»Du hast recht, Maria. Das lag nicht an dir, aber auch nicht nur an mir. Alles hätte anders sein können. Es hätte anders sein sollen.«

Die beiden sahen sich eine Weile an. Sie schienen Tryngen vergessen zu haben.

»Bist du zufrieden mit deinem Leben?«, fragte er.

Maria nickte.

Er presste seine Lippen fest zusammen. »Also war es richtig.«

»Ja.« Sie sah ihm geradewegs in die Augen.

Er sah auf den Boden. Dann hob er den Kopf und fragte: »Warum habe ich trotzdem das Gefühl, dass du nicht glücklich bist?«

»Ich bin zufrieden«, beharrte Maria. »Wenn ich wüsste, dass Tryngen nicht heiraten müsste, wäre ich noch zufriedener. Du machst sie unglücklich, wenn du sie in eine Ehe zwingst, die sie nicht will.«

Sein Mund formte eine harte Linie. »Ich bin ihr Vater und ihr Vormund und bestimme, was für sie das Beste ist.«

Maria trat einen Schritt auf ihn zu. Sie kamen sich so nah, dass ihre Gesichter sich fast berührten. »Bitte sag mir, dass du sie nicht für meine Taten bestrafst.« Der Wind schluckte einen Teil ihrer Worte, und doch glaubte Tryngen, nicht richtig gehört zu haben.

»Bitte hört auf! Ich möchte nicht, dass ihr euch streitet. Vater …«, sie legte ihrem Vater die Hand auf den Arm, »kannst du dich noch daran erinnern, als wir früher krank waren, Bruno und ich? Maria hat uns das Leben gerettet.«

»Ich weiß. Wie könnte ich das je vergessen?« Alexander schluckte, sodass sein Adamsapfel hüpfte. Eine Weile sah er schuldbewusst aus. Tryngen musste mit den widersprüchlichsten Gefühlen kämpfen – Mitleid, Liebe und Freude. In diesen Augenblicken – jetzt, wo Alveradis fehlte – war er wieder wie früher. Ihr alter Vater war zurückgekehrt.

Tryngen umarmte ihn. Eine Weile hielt sie ihn umklammert und atmete seinen vertrauten Geruch ein, ehe er sich losmachte. Er lächelte.

»Kommt ihr zu Wilems Hochzeitsfest?«, wollte Maria wissen.

Er räusperte sich, wischte sich kurz mit der Hand über die Augen. »Alveradis nicht, sie ist schon zu weit, das Kind kann jederzeit kommen, aber ich … denke schon.«

Maria nickte und lächelte. Sie redeten nur noch Belangloses, während sie langsam über den Friedhof zurückgingen und Alexander zur Pforte begleiteten. Tryngen sah ihrem Vater noch lange hinterher, und er drehte sich zu ihrem Erstaunen zu ihr um und winkte.

»Wie anders Vater doch ist ohne Alveradis«, sagte Tryngen zu Maria, als sie wenig später allein in der kleinen Küche am Arbeitstisch saßen.

»Du hast recht, er ist ein anderer Mensch«, bestätigte Maria. Sie nahm Tryngens Kopf in beide Hände und betrachtete die Schwellung im Licht, das durch die Luke hereinfiel. »Sieht böse aus.« Sie runzelte die Stirn, nahm die Wundsalbe aus dem Regal und verteilte sie auf Tryngens Stirn.

»Wusstest du, dass er heute kommt?«

»Nein.« Maria stellte das Gefäß mit der Salbe auf den Tisch zurück. »Als ich bei ihm war, hab ich ihm gesagt, dass wir uns sehr freuen würden, wenn er unserem Kloster mal wieder einen Besuch abstatten würde.« Sie starrte gedankenverloren aus der Luke, dann besann sie sich wieder auf Tryngens Schwellung. »Hast du Kopfschmerzen?«

Tryngen nickte.

»Stark?«

»Ja.«

Maria zog hörbar die Luft ein und reichte ihr den Becher mit dem Trank aus Nesseln und Garbenkraut. »Tut mir leid, ich hab das nicht gewollt«, sagte sie mit gesenkter Stimme. »Die Priorin hat das Ritual geändert. Der Schlag war ihr Einfall. Sie wandelt alles ab. Auch der Sarg … So was gab's vorher nie. Niemals! Glaub' mir bitte, dass ich das nicht gewollt habe! Es tut mir so leid!« Sie drückte Tryngen die Hand.

»Schon gut.« Tryngen winkte ab.

»Nein, ist es nicht. Nichts ist gut! Der Trank war zu stark, du hattest gestern Schwierigkeiten. Erinnerst du dich überhaupt noch an das, was geschehen ist?«

Tryngen nickte. »Ich habe etwas gesehen, ein brennendes Feuer auf einem See. Ich wollte es fassen, schwamm hin, aber was ich auch tat – ich konnte es nicht erreichen.« Sie schluckte ihre Traurigkeit herunter, die bei der Erinnerung an das Bild wieder aufgestiegen war.

Maria starrte sie an. Sie sah aus, als wollte sie sie etwas fragen, schien sich aber dann anders zu besinnen. »Die Bilder, die das Sternenauge uns schickt, sind oftmals … verstörend. Oft sind es nur Trugbilder, aber manchmal ist es auch die Wahrheit.«

»Die Wahrheit? Wie kann ich wissen, was die Wahrheit ist und was Trug?«

»Du wirst noch lernen, das zu unterscheiden. Das Wahre offenbart sich immer früher oder später«, erklärte Maria. Sie erhob sich, holte ein paar getrocknete Kräuter aus der angrenzenden Kammer und begann, sie in einem Napf mit einem Mörser zu zermahlen. »Weißt du, wer die anderen sind?«

Tryngen rieb sich die schmerzende Stirn. »Ja«, antwortete sie. Maria und Elisabeth, Richmud, Blithildis, Duregin. Und die Priorin natürlich. Leise zählte sie ihre Namen auf.

»Siehst du, du weißt es«, bestätigte Maria. »Obwohl wir uns nicht enthüllen, zu unserem Schutz. Nur die Wissenden zeigen sich voreinander.« Sie wandte sich zu Tryngen um, nahm den Napf und befahl ihr, den Kopf stillzuhalten. »Du weißt nichts, hörst du?« Vorsichtig verstrich sie die frische Kräuterpaste auf Tryngens geschwollener Stirn.

»Natürlich, ich hab's doch geschworen.«

Maria stellte den Napf auf den Tisch zurück und begann, Tryngens Kopf mit einem Verband zu umwickeln. »Mir gefällt das nicht. Gerade jetzt, wo du am Hof bist. Ich hätte dich nicht … es hätte nicht sein dürfen.«

»Aber ich wollte es doch!«, entgegnete Tryngen. »Der Propst ahnt überhaupt nichts. Ich werde den Teufel tun und irgendetwas verraten.«

Maria nickte und verknotete den Verband. Sie ließ sich zurück auf den Schemel sinken und starrte eine Weile vor sich hin. Tryngen erschrak, weil sie so bedrückt war, sagte aber nichts. Ihr Vater hatte recht, Maria war nicht zufrieden, und sie hatte nichts davon geahnt. Maria versteckte etwas vor ihr, wahrscheinlich, um sie nicht zu belasten. War ihr Vater deswegen hier gewesen, weil er es geahnt hatte? Hatte sein Besuch womöglich gar nicht ihr gegolten, sondern Maria? Über was hatten die beiden wirklich gesprochen?

Sie wagte es nicht, Maria zu fragen. Sie hatte das Gefühl, dass es sie nichts anginge. Aber sie wollte sie trösten. »Es ist doch alles nicht so schlimm. Die Schwellung wird zurückgehen, und Propst Engelbert ist … ich war wieder zum Schachspiel bei ihm!« Für einen Augenblick waren ihre Kopfschmerzen vergessen, und sie lächelte glücklich.

Maria starrte sie an. Sie schüttelte den Kopf. Dann sprang sie auf und lief unruhig vor der Feuerstelle hin und her, während sie ihre Hände knetete. Nach einer Weile hielt sie inne. »Das ist sehr schön. Ich freue mich für dich.« Aber ihr Lächeln wirkte gequält.

Tryngen musterte sie besorgt. Sie hatte Maria noch nie so unruhig gesehen. »Was ist mit der Schwesternschaft?«, fragte sie leise. »Was ist los?«

»Ich sagte ja schon – seitdem *sie* hier ist, ist alles anders. Die Rituale … ich hatte gehofft, sie würde endlich gehen und Richmud ihre Stellung überlassen, wie es geplant war. Aber sie ist immer noch hier. Etwas muss sie hier festhalten.«

»Vielleicht will Richmud nicht«, meinte Tryngen. »Es ist ihr zu gefährlich. Weil sie doch Meisterin ist.«

Maria antwortete nicht und nahm ihren unruhigen Lauf wieder auf. Tryngen fragte sich, ob Marias seltsame Unruhe von den Tränken kam. Vielleicht war es schädlich, wenn man sie immer wieder nahm. Wenn das so wäre, würde auch sie früher oder später darunter leiden. Sie spürte, wie der pochende Schmerz in ihrem Kopf stärker wurde. »Das Sternenauge«, begann sie mit rauer Stimme. »Was ist es? Kann ich nun mehr über die geheimen Tränke erfahren, die ihr benutzt? Ich bin doch jetzt eine Lernende.« Auch deshalb war sie doch Lernende geworden, setzte sie in Gedanken hinzu. Sie musste an die Schriftrollen denken, die sie in der Nacht auf dem Altar gesehen hatte.

Maria seufzte. »Meine Ziehmutter hat alles aufgeschrieben, aber ihre Aufzeichnungen sind mit allen anderen Schriftrollen, die die Schwesternschaft besitzt, bei der Hohepriesterin. Nur sie entscheidet, wer Zugang zum Wissen erhält. Ich weiß nicht, was *sie* damit macht, und ob sie sie dir jemals zeigt. Aber du hast recht. Du bist eine Lernende, und so werde *ich* dir jetzt die geheimen Kräuter zeigen.« Sie ging in die angrenzende Kräuterkammer und kehrte wenig später mit einem Kräuterbündel und einem hölzernen Kasten zurück. »Du weißt, dass wir das Bilsenkraut sammeln und auf dem Dachboden trocknen. Kannst du dich noch erinnern, wie wir es früher in dem verlassenen Dorf gefunden haben?«, fragte sie und deutete auf die getrockneten Blätter auf dem Tisch. »Ich habe dir damals erklärt, dass du es nicht anfassen darfst, weil es die Menschen verrückt macht. Wir machen einen Sud aus den Blättern und geben etwas davon in das Sternenauge.«

Tryngen erinnerte sich an das Kraut mit seinem widerlichen, unverkennbaren Geruch. Sie beugte sich über die trockenen, bräunlich grünen Blätter und roch. Der Geruch war schwächer geworden, aber immer noch unverkennbar.

Maria zog einen Schlüssel aus ihrer Gürteltasche und öffnete den Kasten. Darinnen lagen Stoffsäckchen, die mit Wollkordeln oder Lederbänden fest verschnürt waren. Sie zeigte Tryngen die Kräuter, die das Sternenauge noch enthielt, und erklärte ihr, wie viel und was davon in den Trank gehörte. Zum Schluss versprach sie, ihr nach und nach mehr über die geheimen Kräuter und Tränke zu erzählen. Tryngen war froh, endlich alles zu erfahren.

»Maria, was bedeutet es, wenn ein Toter schwarz ist im Gesicht, nachdem er plötzlich gestorben ist? Wurde er vergiftet?«, fragte sie zum Schluss.

Maria ließ die Hände sinken, die sie sich gerade gewaschen hatte und nun mit einem Leinentuch abtrocknete. »Warum fragst du das?«

Tryngen zögerte. Sie wollte sie nicht beunruhigen, daher konnte sie ihr nicht die Wahrheit sagen. »Einer der Knechte ist neulich plötzlich gestorben«, log sie rasch. »Er wurde morgens tot in seiner Kammer gefunden und war schwarz im Gesicht.«

»Hm.« Maria hängte das Tuch zurück an den Nagel. »War er denn schon älter?«

»Ja, ein älterer Mann.«

»Sonst war nichts Auffälliges mit ihm? Hat er sich übergeben? Gab es Zeichen für einen Todeskampf?«

»Die Leute sagen Nein, ich weiß es aber nicht. Ich hab nur das Gerede gehört.«

»Ach, die Leute reden viel, wenn der Tag lang ist, das weißt du doch!« Maria winkte ab. »Es ist schwer zu sagen, wenn man den Toten nicht gesehen hat, und selbst dann weiß man's nur selten. Er könnte auch einen plötzlichen Tod gestorben sein.«

Tryngen nickte. Magister Pilgrim hatte also das Geheimnis seines Todes mit ins Grab genommen.

»Gifte sind heimtückische Waffen«, sagte Maria. »Du kannst sie meistens nicht mal riechen.«

Tryngen ging zu Fuß in die Stadt zurück und gelangte durch den Zugang in der Nähe der Pfaffenpforte in den Hof. Zum ersten Mal, seit sie hier war, freute sie sich, wieder zurückzukommen. Der Pförtner kannte sie mittlerweile und ließ sie wortlos ein. Sie beschloss, auf das Abendessen zu verzichten, in der Kapelle St. Lambert zu beten und sich gleich danach hinzulegen. Sie war müde, erschöpft und hatte außerdem keine Lust, sich Clementia gegenüber für ihren Verband rechtfertigen zu müssen.

In der Kapelle knieten nur ein paar Mönche und lauschten dem Gebet des Vikars. Tryngen zog den Schleier tiefer ins Gesicht und kniete sich hinter sie. Sie hoffte, dass sie an diesem Abend niemandem mehr begegnen würde, den sie kannte. Sie hatte keine Lust mehr zu lügen. Aber gleich morgen würde sie Propst Engelbert unter die Augen treten müssen. Ihm ihre magere Ausrede aufzutischen, war ihr zutiefst zuwider. Wie hatten die Schwestern ihr das nur antun können?

Die Erinnerung an den engen dunklen Sarg, an die Knochen kam wieder hoch, und sie spürte, wie sich ein Alb auf ihre Brust setzte und ihr die Luft nahm. Die letzte Nacht war ein Traum, etwas, das sie vergessen wollte. Der berauschende Trank hatte ihr ein enttäuschendes Trugbild geschickt und Schmerzen in ihrem Kopf hinterlassen. Sie hatte geglaubt, sie würde eine Schwester der Hohen Mutter werden, der Gottesmutter und Heiligen Jungfrau Maria. Aber die hölzerne Figur mit dem Halbmond, die sie auf dem Altar gesehen hatte, war eine fremde Göttin gewesen. Eine, die sie noch nie gesehen hatte. Die Gottesmutter habe viele Gesichter, sagte Maria immer. Aber Tryngen wusste nun, dass sie sich irrte.

Sie hatte das Gefühl, dass der Alb auf ihrer Brust schwerer wurde. Hastig rang sie nach Luft, schluckte die aufsteigenden Tränen herunter und betete gegen ihre Angst und Enttäuschung an.

Als sie nach den Gebeten die Kapelle verließ, erblickte sie Bruder Stephanus mit zwei anderen Mönchen aus dem Heiliggeisthaus. Sie hatte ihn seit dem Vorfall mit dem

Capellarius nicht mehr gesehen und rechnete mit seiner Ablehnung, aber er kam lächelnd auf sie zu. »Schwester Tryngen!« Er drückte ihre Arme fest mit seinen dicken Fingern. »Ich freue mich, dich zu sehen! Wie lange ist's her, dass du uns verlassen hast?«

»Einen Mond«, sagte sie und lächelte verlegen. Wie geschickt er umschrieb, dass sie ihn belogen hatte! Aber er schien es ihr nicht nachzutragen.

»Ich hoffe, es gefällt dir gut bei Propst Engelbert?« Neugierig musterte er sie im Licht einer Fackel. Es war bereits dunkel, aber natürlich bemerkte er sogleich ihren Verband. »Was ist denn da geschehen, Mädchen?«, wollte er wissen.

Sie erzählte ihm das, was sie auch schon ihrem Vater gesagt hatte, aber er schüttelte den Kopf. »Du kommst mit«, bestimmte er. »Ich hab eine hervorragende Salbe gegen so was.« Er winkte seinen Brüdern, dass sie vorgehen sollten, nahm ihren Arm und zog sie über den Klosterhof zum alten Palast.

»Bruder Stephanus, ich bin schon im Kloster gut versorgt worden«, protestierte sie.

Doch er ließ ihre Widerrede nicht zu. »Gegen meine Salbe kommt nichts an! Schon morgen wird man weniger seh'n, glaub mir«, versicherte er und drängte sie sanft vorwärts, als sie über den Flur zum Krankensaal schritten. Leise öffnete er die Tür, nickte dem Krankenbruder zu und führte Tryngen in den Aderlass-Raum, wo er sie auf den Schemel drängte und in seinem Regal nach etwas suchte.

»Was ist aus Kuno geworden?«, fragte Tryngen, die sich wieder an die Aderlässe erinnerte, die sie hier vorgenommen hatten.

»Kuno?« Bruder Stephanus wandte sich zu ihr um und blickte sie fragend an.

»Der Mann mit dem starken Husten, den Ihr zur Ader gelassen habt.«

»Ach so! Der ist zu Gott gegangen. Nicht lange nachdem du weg warst.«

»Ich hatte mir schon gedacht, dass er nicht mehr wird«, meinte sie betrübt.

»Und ich hatte mir gleich gedacht, dass du nicht nur ein dummes Klostermädchen bist«, sagte der Mönch lächelnd. Er nahm einen Spatel und füllte eine gräuliche Paste aus einem großen Tongefäß in einen kleinen Napf.

»Es tut mir leid, dass ich Euch angelogen habe«, sagte sie kleinlaut. »Der Propst brauchte uns anfangs nicht. Ich habe nur nutzlos herumgesessen.«

»Schon gut, Mädchen!« Er breitete ein kleines Tuch über den Napf und verschloss alles mit einer Kordel. Er hob den Kopf und sah sie an. Auf seinem breiten Gesicht lag ein listiger Ausdruck. »Ich hab das doch gewusst! Bin dir mal hinterhergelaufen und habe mich erkundigt.«

»Ihr habt es gewusst und nichts gesagt?!«

»Würdest du einen dicken Fisch wieder ins Wasser werfen, wenn du ihn im Netz hast?«

Tryngen spürte, wie sie errötete. Es war ihr peinlich, dass er die ganze Zeit ihre Lüge durchschaut und nichts gesagt hatte. Wenigstens hatte er sie nicht verraten.

»Ich hab mich gefreut, die Leibärztin unseres künftigen Erzbischofs so näher kennenzulernen«, sagte er.

»Ich bin keine Ärztin«, erwiderte Tryngen. »Ich bin die rechte Hand der Infirmaria im Kloster Weiher.«

»Hier erzählt man sich, du hättest dem Propst das Leben gerettet.«

»Ach ja?«

»Stimmt das etwa nicht?«

»Doch«, sagte Tryngen. »Ich bin nur … überrascht.«

»Warum?«

»Weil man das hier weiß.«

Nun sah Bruder Stephanus überrascht aus. »Es ist schwer, hier am Hof etwas geheim zu halten, Schwester Tryngen. So etwas Außergewöhnliches wie die Rettung unseres Propstes spricht sich doch herum.«

Sie nickte. Auf einmal hatte sie das Gefühl, dass der Mönch ihr Freund werden könnte. Er gab ihr den Napf. »Diese Salbe nimmst du dreimal am Tag und man wird bald nichts mehr sehen. Du willst doch sicher nicht, dass man dir viele lästige Fragen stellt.«

»Danke, Bruder Stephanus.« Tryngen rutschte von ihrem Schemel, als ihr noch etwas einfiel. »Könntet Ihr mir sagen, wie Ihr die Avicenna-Salbe macht? Sie hat beim Capellarius ausgezeichnet gewirkt. Vielleicht könnte sie auch dem Herrn einmal nützlich sein. Wobei ich natürlich hoffe, dass er sie nicht braucht.«

»Ich verstehe – ist nicht leicht für dich, gegen unseren gelehrten Magister anzukommen, was? Diese eingebildeten Herren mit ihrem Buchwissen! Wenn ich ehrlich bin, bin ich froh, dass *du* Propst Engelbert gerettet hast. Wir Krankenmeister kennen uns noch immer am besten in der Heilkunde aus, und – bei Gott! – wir halten zusammen.« Er seufzte. »Komm her, wenn du Zeit hast, dann zeig' ich dir, wie man die Salbe macht.«

Tryngen bedankte sich. Bruder Stephanus begleitete sie hinaus, wurde aber dann zu einem Kranken gerufen und konnte sie nicht zurückbringen. Er wollte ihr einen Diener mitschicken, doch sie lehnte ab. Offenbar, dachte sie, als sie den Flur entlangschritt, war sie nicht die Einzige, die sich mit Lügen half. Auch Mönche, ja selbst Propst Engelbert logen und hatten ihre Geheimnisse, die sie zu bewahren suchten.

Tryngen musste lächeln. Sie verließ den alten Palast und eilte über den dunklen Domhof, vorbei an der Hachtpforte und dem gedrungenen kleinen Steinhaus, wo man sie gefangen gehalten hatte. Schwacher Lichtschein drang aus der Wachstube. Tryngen sah weg, als würde allein der Anblick des Hauses sie wieder in das Verlies zurückversetzen. Sie durchquerte einen schmalen Durchgang, an dessen Ende eine Fackel hinter einem Torbogen brannte, und sah zwei Männer, die dahinter miteinander sprachen. Zu ihrer Überraschung erkannte sie Magister Waldever und Lambert. Sie hielt inne. Was hatte der Magister mit dem Leibdiener des Propstes zu schaffen? Sie hatte sie noch nie miteinander sprechen sehen. Sie starrte auf die Silhouette des Magisters, die sich vor dem Fackellicht abzeichnete – seine vorspringenden Brauen unter der Bundhaube, die dünnen Finger, mit denen er gestikulierte, während er auf Lambert einredete.

Schnell verbarg sie sich im Schatten einer Wand. Der Wind wehte die leise Stimme des Magisters in den Gang, aber sie konnte nichts verstehen, sosehr sie sich auch anstrengte. Sie versuchte, ruhiger zu atmen. Dann fasste sie den Mut, sich ein paar Schritte an die beiden heranzuschleichen, und verbarg sich in der dunklen Ecke neben dem Torbogen.

»… noch nicht«, hörte sie den Magister sagen.

Eine Weile war es still, dann erwiderte Lambert: »Gut. Wenn er es so will.«

Tryngen vernahm ein Geräusch, als würde einer dem anderen auf die Schulter klopfen. Dann hörte sie Schritte, die sich entfernten. Und Schritte, die näher kamen. Sie hielt die Luft an, presste sich an die Mauer und verharrte still. Mit weit ausholenden Schritten eilte Magister Waldever an ihr vorbei. Sie starrte auf seinen Mantel, der hinter ihm herwallte, und wagte nicht zu atmen. Erst als seine Schritte in der Ferne verklungen waren, traute sie sich aus ihrem Versteck heraus. Zitternd durchquerte sie den Torbogen, als sie jemanden hinter sich bemerkte. Sie fuhr herum, doch es war nur Uda. Gott sei Dank!

»Hast du mich erschreckt!« Sie musste innehalten und nach Luft ringen.

»Tut mir leid, Schwester, das wollte ich nicht.« Uda musterte sie mit einem raschen Blick, während sie an ihrem Mägdegewand herumzupfte. Auch sie schien außer Atem zu sein. »Ihr seid spät. Ich hab Euch schon gesucht!«

»Ach so?« Tryngen dachte, dass sie sich vor der Magd nicht rechtfertigen musste, wo sie gewesen war.

»Seid Ihr verletzt?«, fragte Uda und deutete auf Tryngens Verband.

»Das ist nichts, nur eine Beule. Bin hingefallen und schlecht aufgekommen.«

»Ah.«

»Warum hast du mich gesucht?«

»Weil man mich schickt. Ihr sollt Euch vorbereiten. Unser Herr will morgen früh zum Kampfplatz, und der Magister und Ihr sollt dabei sein. Falls … etwas passiert.«

»Auf den Kampfplatz?!«

Uda nickte. »Manchmal reitet er mit dem Marschall und ein paar Männern dahin, zum Üben. Ist nicht weit von hier.«

Tryngen schluckte. Sie hatte gehofft, noch etwas Zeit zu haben, bevor sie Engelbert wieder unter die Augen treten müsste.

»W-wann geht es los?«, fragte sie, während sie langsam zum Gesindehaus schritten.

»Gleich nach Sonnenaufgang.«

»Aber ich kann doch nicht reiten!«

Aus den Augenwinkeln sah sie Uda lächeln. »Keine Angst, Ihr fahrt natürlich mit dem Küchenwagen. Ich würd' unsern Herrn auch gern mal kämpfen sehn! Aber ich muss ja immer hierbleiben.«

Tryngen schluckte gegen die Trockenheit in ihrem Mund an. Sie würde Bruder Stephanus' Salbe mitnehmen, die eigentlich für sie selbst gedacht war, das Wundkraut, Verbände, ein Essigtuch gegen Ohnmachten.

»Soll ich Euch helfen?«, fragte Uda, als sie das Gesindehaus erreicht hatten.

»Nein danke.«

»Gut. Dann haltet Euch morgen früh bereit.«

Tryngen nickte und beobachtete, wie die Magd in der Dunkelheit verschwand. Mit Furcht dachte sie an den nächsten Tag. Gleichzeitig freute sie sich darauf.

Kapitel 18

Als Propst Engelbert am nächsten Morgen mit einem kleinen Gefolge am Kampfplatz erschien, war alles bereits vorbereitet: Ein Zelt für die fürstliche Tafel war aufgebaut, daneben hingen an einem großen Gestell zwei mächtige Kessel über einer Feuerstelle. Im Küchenzelt stapelten sich Körbe mit Brot und Kisten mit Vorräten, Geschirr, Brennholz und Kohle. Der Truchsess selbst beaufsichtigte den Küchenmeister und die Knechte bei ihren Vorbereitungen für die Mahlzeit, während der Stallmeister sich mit den Pferdeknechten in einem weiteren Unterstand um die Versorgung der Pferde kümmerte.

Alle sahen immer wieder verstohlen in den Himmel. Was für ein Wetter würde dieser Tag wohl bringen? In der Nacht hatte es gefroren, und eine feine Schicht Raureif lag auf den erstarrten Sträuchern – nicht die besten Aussichten für Waffenübungen unter freiem Himmel. Der Kampfplatz war ein freier Flecken bei einem Wäldchen in der Nähe des Rheins, eine Weide, die die Schafe abgegrast hatten. Ein paar Knappen hatten sich mit ihren Wasserflaschen an seinem Rand aufgebaut, die Schilde aufgepflanzt, und warteten frierend darauf, dass ihre Herren endlich aus dem Zelt kamen.

Tryngen stand in ihrer Nähe, gleich neben Magister Waldever.

»Ihr solltet Alant und Wintergrün nehmen«, sagte der Magister, nachdem er einen Seitenblick auf ihre Schwellung geworfen hatte, die im Morgenlicht bläulich schimmerte. »Das hilft gut gegen so was.«

Tryngen wunderte sich, dass er überhaupt mit ihr redete. Die ganze Zeit, die sie während der Hinfahrt zusammen im Wagen verbracht hatten, hatte er kein Wort mit ihr gesprochen.

»Danke, aber ich habe bereits eine gute Salbe«, erwiderte sie frostig. Seit dem gestrigen Abend hatte sie noch mehr Angst vor ihm, denn sie fragte sich, was er mit Engelberts Leibdiener zu bereden gehabt hatte.

»Euer Kloster scheint mir ein gefährlicher Ort zu sein.«

Tryngen warf ihm einen raschen Seitenblick zu. »Was wollt Ihr damit sagen?« Erschreckt hörte sie ihre eigene hohe Stimme im winterlichen Morgen verhallen. Sie musste sich zusammennehmen, er durfte ihre Angst nicht bemerken.

Er zog seinen Mantel enger um sich und wandte ihr langsam sein hageres Gesicht zu, als müsste er sich erst überwinden, sie anzusehen. »Nun, jedes Kind sieht doch, dass Ihr eine Schlagverletzung habt, Schwester Tryngen. Ich frage mich, wer Euch im Kloster schlägt. Und warum.«

Tryngen musste schlucken. »Niemand schlägt mich«, entgegnete sie mit rauer Stimme.

Der Magister musterte sie wortlos. Sein hageres Gesicht wirkte grau und verschattet. »Ihr seht schlecht aus, so blass wie der Morgen. Wenn ich Euer Arzt wäre, würde ich mir Sorgen um Euch machen.«

»Ach ja?« Sie wollte etwas erwidern, aber ihr fiel nichts ein. Sie presste die Lippen fest zusammen. Vielleicht wäre es besser, wenn sie den Mund hielte. Es ging ihr auch schlecht, sie hatte immer noch Kopfschmerzen, und die Nähe des Magisters verstärkte ihr Unbehagen noch. An diesem Tag hätte sie sich lieber in ihrer Kammer verkrochen, um in Ruhe über die vorletzte Nacht im Kloster nachzudenken, Verse zu lernen oder einfach nur zu schlafen.

Vom Zelt her erklang Gelächter, als der Propst und sein Gefolge über das noch leicht gefrorene Gras zum Kampfplatz schritten. Engelbert überragte alle, die ihn begleiteten – seinen Marschall, seinen Capellarius, seinen Kustos Dietrich von Isenberg und sämtliche seiner Ritter. Er war gepanzert vom Kopf bis zu den Füßen, trug Kettenbeinlinge und ein knielanges Kettenhemd, darüber den weißen Wappenrock mit dem schwarzen Kreuz des Erzbischofs. Der Griff seines Schwertes glänzte in der Morgensonne. Den gepanzerten Männern folgte der Hauptmann der Leibgarde mit einigen Söldnern.

Engelbert trat zu seinen Ärzten. »Der Hauptmann wird uns heute die besten Bewerber für meine Leibgarde vorstellen«, sagte er, nachdem sie sich vor ihm verneigt hatten. »Alles kampferprobte Männer. Ihr werdet hoffentlich nichts zu tun bekommen.«

Er deutete mit dem Kopf zum Hauptmann hinüber. Zu ihrer Überraschung erkannte Tryngen Wilem zwischen den Söldnern, die den Hauptmann umringten. Er gab ihr ein verstohlenes Siegeszeichen. Sie lächelte zurück.

»Das hoffen wir auch, Herr«, erwiderte Magister Waldever. »Aber falls etwas geschehen sollte, sind wir bestens vorbereitet.«

Engelbert nickte. »Hervorragend, Magister!« Er wandte sich an Tryngen. »Was ist mit deiner Stirn passiert, Schwester? Macht man im Kloster etwa auch schon Kampfübungen?«

Seine Gefolgsmänner lachten. Tryngen schnappte nach Luft. Himmel, dass er immer Späße auf ihre Kosten machen musste!

»Manchmal geschieht ein Missgeschick«, gab sie zurück und hielt seinem Blick trotzig stand.

»So, ein *Missgeschick*? Ich sollte dich nicht mehr ins Kloster gehen lassen! Scheint mir ein gefährlicher Ort zu sein.«

Wieder lachten einige.

Tryngen zwang sich zu einem Lächeln. Im Stillen verwünschte sie die Priorin, weil sie ihr das angetan hatte. Sie merkte, wie die Wut in ihr hochstieg. Sie war es leid, dass alle über sie lachten. »Ich wünschte mir, hier wäre es weniger gefährlich, und Ihr würdet mit stumpfen Waffen kämpfen.«

Eine Weile war es so still, dass man den Flügelschlag der Tauben hören konnte, die über sie hinwegflogen. Engelbert lachte leise. »Stumpfe Schwerter sind etwas für Knaben, Schwester Tryngen. Wir sind erwachsen und kämpfen mit scharfen Waffen. Dein guter Freund wird sich schon tapfer schlagen, das hat er bisher auch getan.« Er wandte sich um und ließ sie stehen. »Lasst uns anfangen, Herr von Alfter!« Er stellte sich am Rand des Kampfplatzes auf und beobachtete gemeinsam mit seinen Getreuen, wie der Hauptmann zwei bewaffnete Söldner heranführte. Sie hatten ihre Schilde gehoben und zogen ihre Schwerter.

»Gottes Wille geschehe!«, rief der Hauptmann, und die Söldner begannen mit dem Kampf. Laut klirrten ihre Schwerter in den stillen Wintermorgen. Tryngen schob die Hände unter ihren Umhang und betete, dass nichts passieren würde. Sie hasste diesen kalten Morgen und die Nähe des Magisters.

Schnell stellte sich heraus, dass einer der Kämpfer der Bessere war. Es war ein kleiner, gedrungener Söldner von erstaunlicher Kraft. Er trieb den anderen mit raschen Hieben in die Enge und versetzte ihm einen heftigen Schlag auf den Helm, dann nutzte er die Benommenheit seines Gegners aus, um sein Schwert auf dessen Herz zu richten. Der Hauptmann brach den Kampf ab. »Sieg für Rabodo!«, verkündete er.

Alle klatschten, und Rabodo hob seinen Schild triumphierend in die Höhe.

Es folgten zwei weitere Zweikämpfe und zum Schluss ein dritter, bei dem Wilem gegen einen anderen Mann antreten musste. »Ist das Euer Freund, von dem der Propst gesprochen hat?«, fragte Magister Waldever. Tryngen nickte.

»Sieht aus, als würde er es in die Leibgarde schaffen.«

Ängstlich verfolgte sie, wie Wilem seinen Gegner mit ein paar geübten Hieben außer Gefecht setzte. Hätte sie gewusst, dass er darum kämpfen musste, in die Garde aufgenommen zu werden, hätte sie ihn nicht vorgeschlagen. Wie gut, dass Maria das nicht mit ansehen musste! Schließlich mussten die Sieger gegeneinander kämpfen, und auch hier setzte Wilem sich durch, sodass schließlich nur noch er und Rabodo übrig blieben. In der Pause vor dem letzten Kampf, der die Entscheidung bringen sollte, brachten die Knechte mit Wasser vermischten Wein, Brot und Eier. Es roch nach frisch entzündetem Feuer. Die Sonne stieg höher, taute den Raureif auf und wärmte alle ein bisschen. Waldever ging zu den Kämpfern und sprach mit ihnen. Tryngen beobachtete, wie er mit Rabodo redete und ein Knappe Wilem die Hände knetete. Sie warf Wilem ein aufmunterndes Lächeln zu, und er lächelte zurück. Heimlich setzte sie im Geiste ein mächtiges Schutzzeichen über ihn.

Er musste nun gegen Rabodo antreten. Mit hoch erhobenem Kopf stolzierte dieser auf den Kampfplatz. Er war kleiner als Wilem, aber kräftig und ausgesprochen zäh.

»Gottes Wille geschehe!«, rief der Hauptmann.

Die beiden Männer hoben ihre Waffen. Sie umkreisten einander lauernd, bis Rabodo plötzlich nach vorn trat und begann, wild auf Wilem einzuhauen. Wilem wehrte seine Schwerthiebe gekonnt ab, wurde aber immer weiter nach hinten gedrängt. Die Kämpfer kamen so nah, dass die Zuschauer zurückweichen mussten. Rabodo knurrte und schnaufte unter seinem Helm. Dumpf krachten die Schilde der beiden gegeneinander.

»Aaaahh«, raunten die Zuschauer.

Tryngen warf einen Blick auf den Korb, der neben ihr im Gras stand. Sie hatte vor Angst einen ganz trockenen Mund. Am liebsten wäre sie weggelaufen, aber sie musste weiter zusehen, wie Rabodo mit unglaublicher Kraft auf Wilem einhieb. Sie schloss die Augen und zählte. Wann würde der Kampf endlich zu Ende sein? Bei zehn? Oder bei fünfzig? Durch ihre geschlossenen Augen hindurch spürte sie, dass jemand sie ansah, und zwang sich, die Augen zu öffnen. Propst Engelbert starrte sie an. Die beiden Falten zwischen seinen Augen hatten sich vertieft, aber er sah nicht wütend aus. Tryngen erschrak. Sie wunderte sich über die Aufmerksamkeit, die er ihr schenkte, aber sie wagte es nicht, wegzusehen. Ob er sich fragte, was sie im Kloster getan hatte? Was würde er nur von ihr denken, wenn er die Wahrheit wüsste?

Er wandte sich ab, öffnete den Mund, um etwas zu sagen, als ein grässlicher dumpfer Krach ertönte. Wilem sank zu Boden. Sein Gegner ließ das Schwert sinken, mit dem er ihm einen kräftigen Schlag auf den Helm gegeben hatte. Einen Atemzug lang war es still. Dann stapfte der Hauptmann auf Rabodo zu, riss ihn an der Schulter herum und tadelte ihn dafür, dass er sich zum zweiten Mal nicht an die Regeln gehalten und seinen Gegner auf den Kopf geschlagen hätte.

Tryngen nahm ihren Korb und lief zum Kampfplatz, kniete neben Wilem nieder. Sie befahl einem heraneilenden Knappen, ihm den Helm abzunehmen. Wilem lag reglos, die Augen geschlossen. Sein bleiches Gesicht schimmerte fahl in der Sonne. Sie klopfte ihm an die Wangen, rief seinen Namen, aber er regte sich nicht. Sie fuhr mit den Fingern unter seinen Kinnschutz und ertastete seinen Puls. Gott sei Dank lebte er! Hastig öffnete sie ihren Korb und holte ihr mit Essig getränktes Tuch hervor. »Wilem!« Sie klopfte erneut gegen seine Wangen, hielt ihm das Tuch unter die Nase.

Endlich kam er wieder zu sich. Er tastete nach seinem Kopf und stöhnte.

»Bringt den Verletzten ins Zelt!«, rief der Marschall. Die Knappen eilten heran, hoben Wilem vorsichtig hoch und trugen ihn zum Küchenzelt, wo sie ihn auf den Arbeitstisch legten, damit Tryngen ihn untersuchen konnte. Vorsichtig tastete sie seinen Kopf ab. Dort, wo der Schlag ihn getroffen hatte, wuchs eine große Schwellung. Tryngen befahl einem Knappen, die Wunde mit einem feuchten Tuch zu kühlen. Sie nahm ihre Wundkräuter und zermahlte sie in dem Mörser, den Gottfried ihr gab. »Hat aber auch ordentlich was abbekommen, der arme Kerl«, sagte Gottfried. Er wischte sich die Hände an seinem Tuch ab und sah auf Wilem hinunter.

»Er braucht Ruhe!« Tryngen sah in die betretenen Gesichter der Knappen, die den Verletzten umringten. »Könnt ihr ihm ein Lager herrichten?« Sie nickten und liefen davon, um alles Nötige zusammenzuholen.

Magister Waldever erschien im Zelt, trat an den Tisch und begutachtete die Wunde. Tryngen ging sogleich zu ihm.

»Wie geht es ihm?«, erkundigte er sich.

»Er hat Glück gehabt, der Knochen scheint unverletzt zu sein. Wir müssen sehen, was die nächsten Tage bringen.«

»Ihr solltet ihn auf die Hauptader lassen, um das aufgewühlte Blut herauszuschwemmen«, riet Waldever, aber Tryngen schüttelte den Kopf. »Er braucht jetzt nur Ruhe«, bestimmte sie.

Der Magister runzelte die Stirn. »Wie Ihr meint. Ihr scheint es ja zu wissen.«

»Ich bin seine Heilerin.«

Der Magister hob seine Mundwinkel zu einem spöttischen Lächeln. »Falls es nicht heilen sollte, könnte es sein, dass Knochensplitter in der Wunde liegen. Die müsst Ihr entfernen.«

»Ich weiß«, sagte Tryngen eisig. Sie hatte das Gefühl, den Magister wie eine Raubkatze anspringen zu müssen, wenn er nur einen seiner dürren Finger nach Wilem ausstreckte. »Danke, Herr Magister.«

Er ließ die Arme sinken. Ein kleines, kaltes Lächeln huschte über sein hageres Gesicht, ehe er sich abwandte und wortlos das Zelt verließ.

Tryngen brauchte eine Weile, bis ihr Herzschlag sich beruhigte, das heftige Pochen in ihrem Kopf allmählich nachließ. Dankbar nahm sie den heißen Gewürzwein von Gottfried entgegen. Der Küchenmeister zwinkerte ihr zu, ehe er die Küchenjungen anfuhr, sie sollten sich endlich mit den Heringen beeilen, es wäre schon bald Mittag.

Tryngen versorgte Wilem mit den Wundkräutern und verband ihm den Kopf, dann flößte sie ihm von dem Kräutertrank ein, den sie gekocht hatte. Sie blieb an seinem behelfsmäßigen Lager, bis er wieder ansprechbar war. Wilem war verwirrt und konnte sich nicht an das erinnern, was geschehen war. Sie musste es ihm erzählen.

»Rabodo«, wiederholte er langsam den Namen seines Gegners.

»Kennst du ihn?«

»Nein.«

»Er wollte wohl um jeden Preis in die Leibgarde kommen«, sagte Tryngen und lächelte hilflos über ihren missglückten Versuch, ihn aufzuheitern.

»Ich war auf einmal so müde«, sagte er und fasste sich an den Kopf.

»Hast du starke Schmerzen?«

Er nickte.

»Rabodo hat nicht anständig gekämpft«, sagte sie. »Er hat einen Tadel vom Hauptmann bekommen. Er hätte dich nicht auf den Kopf schlagen dürfen.«

»Verwundungen passieren«, flüsterte Wilem. »Aber ich komme nicht in die Leibgarde. Florenzia muss auf das halbe Haus in St. Laurenz verzichten.« Er sah so enttäuscht aus, dass er Tryngen leidtat.

»Du wirst bestimmt einen anderen Dienstherrn finden«, tröstete sie ihn. »Es gibt immer Herren, die gute Kämpfer wie dich brauchen.«

»Aber sie sind nicht der Erzbischof.«

»Nein, sind sie nicht.« Sie bedauerte, dass er nicht zu ihr an den Hof kommen würde. Maria würde enttäuscht sein. Der Plan der Priorin war nicht aufgegangen, und sie wäre weiter allein am Hof, während Waldever offenbar irgendetwas geplant hatte. Lambert, den Leibdiener Engelberts, hatte er schon für sich eingenommen, und sie wusste nicht, wen noch alles.

Sie nahm Wilems Hand und drückte sie. Nachdem er eingeschlafen war, erhob sie sich von seinem Lager. Sie hatte eigentlich zum Kampfplatz zurückkehren wollen, doch inzwischen hatte Regen eingesetzt, und die Männer hatten ihre Kämpfe vorzeitig beendet. Aus dem Zelt nebenan erklang Stimmengewirr und Gelächter. Tryngen schob den Stoff des Zeltes beiseite, der den Eingang bedeckte, als sie Propst Engelbert auf sich zukommen sah. Er war allein. Sie knickste hastig, als er mit energischen Schritten an ihr vorbei ins Zelt kam. Schlammspritzer klebten an seinem hellen Wappenrock. Vor dem Krankenlager hielt er inne und musterte Wilem eingehend.

»Wird er überleben?«

»Ja, Herr.«

»Wie stark ist er verletzt?«

»Er … sein Kopf ist geschwollen, aber der Knochen ist wohl ganz geblieben«, sagte sie hoffnungsvoll. »Er hat Schmerzen. Es wäre gut, wenn er ein paar Tage im Heiliggeisthaus bleiben könnte.«

»Wird er wieder gesund?«

»Ich glaube ja, Herr.«

Engelbert nickte und wandte sich zu ihr um. Er hatte seine Kettenkapuze und die gepolsterte Bundhaube abgesetzt, und seine Haare klebten feucht und dunkel an seinem Kopf. Seine Wangen leuchteten rot. »Bei allem Verständnis dafür, dass du dich um ihn kümmern wolltest – du bist immer noch *meine* Heilerin. Du hättest jemanden bei ihm lassen und wieder zum Kampfplatz zurückkommen müssen.«

Tryngen starrte ihn überrascht an. »Ich wollte gerade wieder zu Euch kommen, aber der Regen …«

Er machte eine wegwerfende Handbewegung. »Dazu hättest du lange genug Zeit gehabt, denn wir haben gerade erst aufgehört.«

Tryngen wunderte sich über seinen Tadel. Schnell forschte sie in seiner Miene nach Anzeichen, ob er sie vielleicht wieder verspotten würde. Aber er sah sehr ernst aus.

»Herr, Ihr seid gesund«, wandte sie leise ein. »Und Wilem ist verletzt.«

»Ich hätte verletzt werden können.«

»Dann hätte sich Magister Waldever um Euch gekümmert.«

Zwischen Propst Engelberts Brauen hatten sich zwei steile Falten gebildet, sein Mund war ein Strich.

»Verzeiht bitte, Herr«, sagte sie hastig. »Ihr hattet recht, ich habe einen Fehler gemacht. Ich hätte eher zurückkehren müssen.«

Sie meinte es ernst. Wie hatte sie ihn nur vergessen können? Zeigte sein Ärger nicht auch, dass er sich wünschte, von ihr behandelt zu werden und nicht vom Magister? Er hatte sie bei sich gewünscht, sie, die kleine Novizin aus dem Kloster.

Eine Weile blieb es vollkommen still. Gottfried verharrte mit den Küchenjungen reglos in einer Ecke und lauschte.

Propst Engelbert räusperte sich. »Nun, Schwester Tryngen, es ist wohl ein verregneter Tag für uns alle, am meisten für diesen Mann.« Er deutete mit dem Kopf auf Wilem. »Mein Hauptmann sagt, er sei ein ausgezeichneter Kämpfer, er hätte sogar in König Philipps Leibgarde gedient. Davon hast du mir gar nichts gesagt.«

»Das wusste ich nicht«, sagte Tryngen überrascht. Maria hatte ihr nie davon erzählt. Es gab ein paar Jahre in ihrem Leben, über die Tryngen so gut wie nichts wusste.

»Nach der Schlacht bei Wassenberg wurde er von König Philipp gefangen genommen«, erklärte Engelbert. »Dort hat er sich gut benommen, und sie haben seine Begabung schnell erkannt, außerdem brauchten sie Männer. So wurde er später Söldner bei ihnen. Ich werde ihn in meine Leibgarde nehmen, Schwester Tryngen, ihn und den anderen. Ich brauche Männer, aber natürlich nur die besten. Wenn er wieder gesund ist, soll er sich beim Capellarius melden.«

Er lächelte sein halbes Lächeln, nickte ihr zu und stapfte mit großen Schritten an ihr vorbei aus dem Zelt. Tryngen beobachtete, wie er im Regen verschwand. Sie wäre ihm am liebsten hinterhergelaufen und hätte ihn umarmt.

Kapitel 19

Wilem wurde ins Heiliggeisthaus gebracht, wo sich Tryngen und Bruder Stephanus abwechselnd um ihn kümmerten. Seine Kopfschmerzen ließen nach, und auch die Wunde begann bald zu heilen. Seine Erinnerung an den Kampf kehrte zurück, und er verstand nicht, wie Rabodo ihn hatte besiegen können. Er beharrte darauf, dass er noch nie so erschöpft von vorangegangenen Kämpfen gewesen wäre und seinen Gegner normalerweise hätte schlagen können. Einwände ließ er nicht gelten.

Maria, die ihn besuchte, und Tryngen glaubten ihm nicht und dachten, dass ihn das geruhsame Leben der letzten Wochen aus der Form gebracht hätte. Aber alle freuten sich, dass er es trotzdem in die Leibwache geschafft hatte. Im Hartmonat, dem ersten Monat im neuen Jahr, sollte er seinen Dienst beginnen. Seine Vermählung musste wegen seiner Verletzung auf das neue Jahr verschoben werden.

Das Weihnachtsfest verbrachte Tryngen am Hof. In der Weihnachtsnacht zogen die hohen geistlichen Würdenträger vom Dom in die Stifte St. Maria im Kapitol und St. Cäcilien. Anstelle des Erzbischofs führte Propst Engelbert den festlichen Zug an, und er predigte zur ersten Messe im Dom. Die feierlichen Gesänge des *Liber generationis*, des Buches der Stammfolge Jesu Christi, erfüllten den Dom, der erhellt war von zahllosen Kerzen. Im Petruschor und im gegenüberliegenden Marienchor hingen Leuchterkronen. Neben den Altären brannten mehrarmige Leuchter, dazu die große Heilige Kerze, die man eigens hatte anfertigen lassen und die nur in der Weihnachtszeit bis zum Hochamt der letzten Messe und am Fest der Erscheinung des Herrn brannte. Am Stephanustag verteilte der Kustos Kerzen an die Priester, und am Tag der Unschuldigen Kinder verrichteten die Chorschüler den Dienst im Dom.

Im Hartung fiel Schnee und legte sich wie ein weißes Band auf die Kirchen, Häuser und Gassen der Stadt. Es war eigentlich nicht der passende Monat, um eine Hochzeit zu feiern. Immerhin war der Dreck in den Gassen so hart gefroren, dass die Hochzeitsgesellschaft an diesem Sonntag nach der Messe in der Pfarrkirche St. Kolumba unbeschmutzt ins Haus des Brautvaters laufen konnte. Der Schwertfeger Volmar und seine Frau hatten sich alle Mühe gegeben, ihre Kemenate für die Hochzeitsgäste herauszuputzen und ihren bescheidenen Wohlstand zu zeigen. Es gab ein großes Mahl mit gut gefüllten Schüsseln an einer Tafel, um die sich die Hochzeitsgäste drängten. Die Brauteltern waren sichtlich stolz, dass ihre einzige Tochter Florenzia die Gemahlin eines jungen Söldners geworden war, der aus einer guten Familie stammte und nun sogar als Gardist in der Leibwache des Dompropstes dienen würde. Immer wieder betrachteten sie das Brautpaar mit leuchtenden Augen, den hoch gewachsenen, hübschen Bräutigam und seine Braut – eine italienisch anmutende Schönheit mit langen schwarzen Haaren und dem Gesicht eines Engels.

Tryngen beneidete sie sofort, gleichzeitig mochte sie sie, denn Florenzia besaß neben ihrer Schönheit auch ein liebenswertes Wesen. Hingerissen beobachtete Tryngen, wie das Brautpaar nach dem Essen auf den knarrenden Dielen der Kemenate tanzte, begleitet von einem Spielmann mit seiner Fiedel. Die Gäste umringten das Paar, klatschten und stampften auf den Boden. In der Kemenate war es heiß, es roch nach Wein, Hering und den Ausdünstungen der Menschen. Bunte Bänder wirbelten in den Haaren der Braut, und ihr grünes Kleid wehte, als sie sich mit Wilem im Kreis drehte. Maria, die neben Tryngen klatschte, hatte Tränen in den Augen, ebenso Lioba, die Mutter des Bräutigams, die für die Hochzeit eigens vom Niederrhein nach Köln gekommen war. Bald drängten sich noch ein paar Burschen und Mädchen aus der Nachbarschaft in den Kreis und tanzten mit, und zu Tryngens großem Erstaunen nahm ihr Vater, der ohne Alveradis zur Feier gekommen war, Maria an der Hand und wirbelte sie herum. Maria lachte.

»Ein schönes Paar«, sagte Lioba zu Tryngen und deutete mit dem Kopf auf die Tanzenden.

»Das schönste Brautpaar, das ich je gesehen habe«, versicherte Tryngen.

»Ja, aber ich meinte Maria und deinen Vater.«

Tryngen sah zu ihnen hin, und ihr stockte der Atem. Lioba hatte recht – ihr Vater in seinem Sonntagsstaat und die schöne Maria in ihrem Laienschwesterngewand gaben ein ungewöhnliches, aber ebenso reizvolles Paar ab. Ein Bild kam Tryngen in den Kopf: Maria in einem festlichen Kleid, mit langen, offenen Haaren.

»Ich kannte sie schon, als sie noch keinen Nonnenschleier trug«, sagte Lioba, als hätte sie Tryngens Gedanken gelesen. Ihr Seufzer wurde von dem Lärm verschluckt, aber Tryngen konnte ihn hören. Sie betrachtete Lioba verstohlen von der Seite, musterte ihr feines Gesicht, das unter dem weißen Schleier gesund und rosig erschien, sah ihre schlanke Figur, ihren Bliaut aus feinem Stoff. Nun wusste sie, woher Wilem sein gutes Aussehen hatte.

»Bedauert Ihr, dass Maria ins Kloster gegangen ist?«

»Ich bedaure, dass sie damals weggegangen ist«, erwiderte Lioba. »Sie ist die Tochter meiner besten Freundin und für mich wie ein eigenes Kind. Sie hätte bei uns bleiben können, als Dorfheilerin. Die Leute haben sie gemocht. Aber sie wollte unbedingt in dieses Kloster.«

»Weil sie es ihrer Ziehmutter versprochen hatte.«

Lioba nickte. »Ich hoffe, sie hat gefunden, was sie suchte.«

Tryngen sah zu Maria hinüber, die ihren Vater an den Händen hielt. Ein merkwürdiges Gefühl stieg in ihr auf.

»Ich frage mich, ob es nicht doch einmal einen Mann in ihrem Leben gegeben hat«, sagte Lioba, während sie die Tanzenden beobachtete. »Sie hat mir nicht viel von ihrer Zeit in Köln erzählt.«

»Mir auch nicht«, sagte Tryngen. »Als wir noch Kinder waren, mein Bruder und ich, hat sie uns von einem schlimmen Fieber geheilt«, erzählte sie. »Seitdem wollte ich immer Heilerin werden.«

Lioba lächelte. »Dann sollte es wohl so sein. Es ist ein schöner Beruf. Zu Hause habe ich auch meinen Kräutergarten und kümmere mich um unsere Kranken.«

»Maria hat mir alles beigebracht. Meine Mutter konnte es leider nicht«, sagte Tryngen.

Der Spielmann forderte die Hochzeitsgäste auf, eine Schlange zu bilden und im Kreis herumzulaufen. Tryngen und Lioba wollten nicht mit, sie zogen sich stattdessen zurück in eine Ecke der Kemenate, wo die Alten saßen.

»Es tut mir leid, dass deine Mutter früh gestorben ist«, sagte Lioba. »Ich weiß, es ist schwer, ohne Mutter aufzuwachsen. Es ist, als ob man sein Zuhause verliert.«

Tryngen nickte betroffen. »Mein Zuhause gehört jetzt meiner Stiefmutter.« Sie ließ sich von einer Magd ihren Becher neu füllen.

»Ist sie eine gute Frau?«

Tryngen schüttelte den Kopf. »Sie will, dass Vater mich aus dem Kloster nimmt und vermählt. Ich soll den Sohn eines Weinhändlers heiraten.« Sie starrte Lioba düster an.

»Kennst du ihn?«

»Ja, aber ich kann ihn nicht leiden!«, stieß sie lauter hervor, als sie wollte. Ein paar Alte, die in der Nähe auf Schemeln hockten, sahen zu ihnen herüber. »Er hat mich kaum angesehen! Er ist hässlich, und geizig scheint er auch zu sein.«

»Dann heirate ihn nicht.«

Tryngen sah Lioba erstaunt an. »Aber Vater ist mein Vormund, ich muss tun, was er sagt! Er will, dass ich das Kloster verlasse und heirate, sobald ich nicht mehr in Diensten des Propstes bin.«

Lioba tastete nach Tryngens Hand, drückte sie fest. »Ich weiß, wovon ich rede. Die Ehe mit einem ungeliebten Mann ist die Hölle. Heirate ihn nicht.«

»Aber …«

Lioba ließ ihre Hand los und begann zu klatschen, um die Gästeschlange anzufeuern, die lachend und winkend durch die Kemenate stampfte.

»Ich möchte am liebsten Heilerin sein!«, brüllte Tryngen in Liobas Ohr.

»Ich weiß. Maria hat's mir erzählt.«

»Ob das auch Gottes Wille ist?«

»Was?«

»Dass ich als Heilerin im Kloster bleibe und nicht heirate. Woher weiß ich, dass es Gottes Wille ist und nicht meiner?«

Lioba sah sie überrascht von der Seite an. »Was machst du dir nur für Gedanken? Gott wird dir seinen Willen sicher zeigen.«

Tryngen schwieg, während sie über Liobas Worte nachdachte. Vielleicht wäre es ja wirklich so einfach. Vielleicht müsste sie nur warten, bis Gott sich ihr offenbarte.

»Was für ernste Worte auf einer Hochzeit«, meinte Lioba, als die Schlange wieder an ihnen vorbeikam. »Warum tanzt du nicht mit? Maria macht's doch auch!«

Tryngen beobachtete die ausgelassenen Gäste. Lioba hatte recht, sie war zu jung, um weiter bei den Alten zu sitzen. Außerdem hatte sie auf einmal Lust, mitzumachen. Sie ergriff die ausgestreckte Hand eines jungen Burschen und reihte sich in die Schlange ein. Beim nächsten Lied wurde sie von dem Burschen gepackt und herumgewirbelt, und danach tanzte sie sogar mit ihrem Vater. Er hielt sie fest und drehte sie, bis ihr schwindelig wurde. »Siehst du, nun hast du endlich Farbe auf den Wangen!«, rief er und lachte. Der Gedanke an Ortwin Schoenweder schien sich mit jeder Drehung mehr zu verlieren, und sie sah nur noch ihren Vater. Ihr Vater, wie er am wuchtigen Tisch seines Kontors saß und weinte, nachdem ihre Mutter gestorben war. Ihre tote Mutter in dem offenen Sarg. Der Geruch nach Wermut. Die schweigenden Nachbarn. Die Stille im Haus. Später war Maria in ihr Leben gekommen, und ihr Vater hatte eine Weile wieder gelacht. Dann war er wieder traurig gewesen, nach England gefahren und reich geworden, und er hatte Alveradis geheiratet.

»Wie geht es Alveradis?«, fragte sie artig.

»Gut!« Ihr Vater lachte. »Sie ist so dick wie ein halbes Weinfass!«

Tryngen musste auch lachen, als sie sich Alveradis vorstellte.

Im weiteren Verlauf des Festes trank sie viel Wein. Sie genoss die Aufmerksamkeit des Burschen, der sich an ihre Seite heftete und sie in ein Gespräch verwickelte. Sie sonnte sich in seinen Blicken. Endlich sah jemand *sie* an, Tryngen, und nicht die Schwester oder die Vertreterin der Infirmaria. Wenn sie ihm gefiel, dann war sie vielleicht doch nicht so hässlich, wie sie immer glaubte. Keine Melancholikerin mit dem spitzen Gesicht einer Maus.

Gerne ließ sie sich von ihm zum nächsten Tanz führen. Nach einigen Tänzen war ihr so warm, dass sie sich draußen abkühlen musste. Der junge Mann wollte mit, aber sie lehnte ab. Nachdem sie in der Heimlichkeit gewesen war, die sich in einem Verschlag neben dem Haus befand, trat sie auf die Gasse hinaus. Das trübe Licht des späten Winternachmittags umfing sie. Der Schnee auf der Gasse lag aufgewühlt von vielen Fuß- und Karrenspuren vor ihr. Gegenüber drängten sich mehrere Fachwerkhäuser, aus deren Dächern sich Rauch in den Himmel kräuselte. Darüber hing der Halbmond hinter einem Dunstschleier.

Tryngen sah ihrem grauen Atem hinterher und musste daran denken, dass sie bald zurückmüsste, als sie ein Geräusch hinter sich hörte. Eine Weile blieb sie still und lauschte. Nein, sie hatte sich nicht geirrt – in das Spiel des Fiedlers, das gedämpft nach draußen klang, mischte sich Flüstern, gleich hinter ihrem Rücken. Aber es kam nicht aus dem Haus, sondern aus einer angelehnten Tür in einer Holzwand neben dem Haus. Neugierig ging sie näher und lauschte. Sie hörte jemanden murmeln, dann erklang leises, helles Lachen. Sie spähte durch den Türspalt. Ein Durchgang, der wohl zu Volmars Werkstatt im Hinterhaus führte, erstreckte sich vor ihr. Gegen das hereinfallende Winterlicht zeichneten sich die Silhouetten zweier Menschen ab.

Tryngen erkannte ihren Vater sofort. Er lehnte mit dem Rücken an der Hauswand. Vor ihm stand Maria, schmiegte sich an ihn, und er hielt sie fest umschlungen. Sie küssten sich. Er zog ihr den Schleier ab und griff in ihre Haare. Ihr Haarknoten löste sich, und ihr Zopf fiel lang herunter auf ihren Rücken. Sie beendete den Kuss, um leise lachend nach ihrem Schleier zu suchen. Alexander nahm ihre Hände, drehte sie zu sich herum und küsste sie nacheinander, wobei er Maria mit einem langen, sehnsuchtsvollen Blick ansah. Maria ließ sich in seine Arme fallen.

Tryngen wich zurück. Ihr Herz klopfte rasend. Überraschung gemischt mit Scham und Angst erfüllten sie. Wie von selbst trugen ihre Füße sie zurück ins Haus, in die von Bratendunst erfüllte heiße Kemenate, wo das Brautpaar gerade Honigkuchen an die Gäste verteilte. Ob Florenzia wusste, wie schön sie aussah, als sie Wilem über den Kuchen hinweg einen Kuss zuwarf? Er zwinkerte ihr zu. Die Brautmutter reichte Tryngen einen Kuchen, und sie aß, während der Spielmann seine Fiedel nahm und ihr ein paar ruhige Töne entlockte. Niemand schien Maria und Alexander zu vermissen. Der Bursche kam wieder zu Tryngen und erzählte ihr etwas, aber sie hörte kaum zu. In ihrem Kopf schwirrten die Bilder, die sie gerade gesehen hatte. Sie nahm einen Becher Wein und stürzte ihn herunter. Dann murmelte sie eine Entschuldigung und verabschiedete sich hastig von Lioba und den Brauteltern.

Sie lief durch die verschneiten Gassen zurück zum Hof. Mittlerweile war es dunkel geworden, und die Stadt lag still in Schnee gehüllt. Ein leichter Wind wehte und kühlte ihr heißes Gesicht, während der Schnee unter ihren Füßen knirschte. Manchmal kam ihr ein Wagen entgegen, hin und wieder ein paar Leute. An der Hachtpforte waren gerade die Fackeln entzündet worden.

Tryngen lief zum Gesindehaus, eilte die Stufen zu ihrer Kammer hoch. Johanna war nicht da, sie musste wohl noch in der Küche arbeiten. Tryngen ließ sich auf ihr Bett fallen. Ihr schwirrte der Kopf vom vielen Wein. Die Welt war nicht mehr so, wie sie sie kannte. Die beiden Menschen, die sie am meisten liebte – ihr Vater und Maria –, liebten sich. Wie hatte sie das nur all die Jahre übersehen können? Nein, sie hatte es nicht übersehen, es war neu. Die beiden hatten sich nach langer Zeit wiedergesehen. Maria hatte ihren Vater früher nicht geliebt, das hätte sie bemerkt. Oder doch nicht?

Sie wusste nicht mehr, was sie glauben sollte. Sie fühlte sich verraten, war wütend und traurig, gleichzeitig erfüllte sie ein unbestimmtes Sehnen. Warum hatte Maria ihr nichts gesagt? Und Alveradis … bei aller Wut auf sie fühlte Tryngen Mitleid mit ihr. Es war nicht richtig, was die beiden getan hatten. Aber Liebe fragte wohl nicht danach, ob etwas richtig war. Sie hielt sich nicht an Regeln. Sie fiel dorthin, wo sie wollte, auf gute und auf schlechte Menschen gleichermaßen. Sie musste an Propst Engelbert denken. Sie sah seine Miene vor sich, wie er vom Schachspiel aufblickte, um sie anzusehen. Wie er einen Mundwinkel zu seinem seltsamen halben Lächeln hochzog. Sein aufmerksamer Blick, dem nichts entging. Sie musste lächeln.

Sie starrte aus der Luke in das Licht des Halbmonds, das einen matten Schein in die Kammer warf. In ihren Ohren rauschte immer noch die Fiedelmusik. Wie schön Florenzia ausgesehen hatte! Wie Wilem sie angesehen hatte! Sie seufzte. Dann erhob sie sich, ging zur Truhe und öffnete sie. Sie musste nicht lange suchen. Alveradis' Hochzeitsbliaut lag gleich obenauf, noch über einem Stapel Tücher und ihrer zweiten Novizinnentracht. Sanft strich sie über das eingestickte Blumenmuster am Halsausschnitt und den zarten Leinenstoff. Er war grün wie Florenzias Kleid.

Tryngen zog das Gewand heraus und hob es hoch, hielt es sich an. Ob es ihr passen würde? Sie hob den Gürtel auf, der zu Boden gefallen war, nahm das Untergewand aus der

Truhe und warf alles auf ihr Bett. Im Licht des Halbmonds sah sie die Farben des Blumenmusters schimmern. Sie zögerte nicht länger. Entschlossen nahm sie ihren Schleier ab, zog ihr Novizinnengewand aus, schlüpfte in Alveradis' Untergewand. Dann streifte sie sich den Hochzeitsbliaut über. Der Stoff fühlte sich leicht und weich an. Das Gewand war nach der alten Mode geschnitten und saß eng an der Taille, trotzdem war es ihr ein wenig zu weit. Sie band sich den Gürtel fest, dann drehte sie sich im Kreis, bis der Rock schwang. Wie herrlich sich das anfühlte!

Tryngen lachte leise. Sie löste ihren Haarknoten, entwirrte ihr Haar, bis es lang herunterfiel, trat an die Luke und betrachtete es im hereinfallenden Mondlicht. Früher war es blond gewesen, doch jetzt schimmerte es dunkel, fast braun, es war weich und dünn. Sie nahm ihren Kamm und kämmte es sorgfältig Strähne für Strähne. Wäre sie eine Braut, würde sie einen Blütenkranz tragen, und sie würde sich das Haar zu einem langen Zopf flechten. Könnte sie sich doch nur irgendwo betrachten! Wenigstens nur einmal! Sie wollte wissen, ob auch sie eine hübsche Braut sein könnte. Sie *musste* es wissen, sogleich!

Tryngen legte den Kamm weg. Es gab eine Möglichkeit. Sie würde Johanna fragen. Die Köchin war die Einzige am Hof, die sie mit solchen Fragen behelligen konnte und der sie vertraute. Sie würde sie bestimmt verstehen, wenn sie wissen wollte, wie sie aussah.

Leise verließ sie die Kammer, stieg die Stufen hinunter und schlüpfte aus dem Gesindehaus. Dann lief sie durch das Häusergewirr zum Domhof. Um diese Zeit war kaum jemand zu sehen. Ein Wachmann lehnte reglos an der Mauer neben der Hachtpforte und hatte die Augen geschlossen. Tryngen beschleunigte ihre Schritte. Die Kälte drang durch ihr dünnes Gewand und ließ sie zittern, als sie endlich den Domhof erreichte. Vor ihr dehnte sich die weite Fläche, die vom neuen Palast im Süden und den Mauern des alten Palastes im Norden begrenzt wurde. Aus der St.-Thomas-Kapelle, die im neuen Palast lag, drang schwacher Lichtschein nach draußen.

Tryngen verlangsamte ihre Schritte, als Zweifel in ihr hochkrochen. War sie verrückt geworden, ihrer Eitelkeit nachzugeben? Was würde Johanna von ihr denken? Ein dummer Einfall war das!

Sie wollte gerade wieder umkehren, als sie einen Mann in einem dunklen Mantel auf sich zukommen sah. Mit weit ausholenden Schritten kam er ihr von den Ställen aus entgegen. Sein langer Mantel wallte hinter ihm her. Es musste Magister Waldever sein.

Ihr Herz setzte für einen Schlag aus. Sie verharrte still in der Kälte, nachdem sie ihn gesehen hatte, unfähig, umzukehren oder weiterzugehen. Als sie sich endlich umdrehte, erblickte er sie. Sie bemerkte, wie er seine Schritte beschleunigte. Aber er trug keine Bundhaube, sondern eine Kappe, auch war er größer. Im schwachen Lichtschein erkannte Tryngen die Falten, die sich auf seiner Stirn gebildet hatten, während er mit raschen Schritten näher kam und vor ihr innehielt. Die Falten verschwanden, und seine Miene erhellte sich in plötzlichem Erkennen.

Rasch sank Tryngen in einen tiefen Knicks. Sie spürte, wie sie vor Verlegenheit rot wurde, und dachte, wie gut, dass er es in der Dunkelheit nicht sehen konnte! Als sie sich aufrichtete, bemerkte sie, wie er sie anstarrte.

Sie senkte den Kopf. Dass sie ausgerechnet ihm begegnen musste! Das könnte sie die Stellung kosten. Er würde sie aus seinen Diensten entlassen, und sie würde Ortwin Schoenweder heiraten müssen. Sie würde den Hochzeitsbliaut also bald tragen können. Widerwillig musste sie lächeln.

»Schwester Tryngen, ich habe dich nicht erkannt«, sagte Propst Engelbert. »Du siehst verändert aus. Gibt es etwas, wovon ich nichts weiß? Hast du dich entschlossen, deinem Kloster den Rücken zu kehren?«

Sie schüttelte hastig den Kopf. »Verzeiht meine Verkleidung. Ich war auf einer Hochzeit …«

»In diesem Gewand?!« Er hob erstaunt die Augenbrauen.

»Nein. Das hier ist … es ist … das Hochzeitskleid meiner Stiefmutter. Sie hat's mir geschenkt«, stammelte sie und strich hilflos über den feinen Leinenstoff.

»Aha.« Er stemmte die Hände in die Hüften, während seine Blicke über ihre Gestalt wanderten. »Es steht dir. Du solltest es tragen.«

Tryngens Atem ging schneller. Wollte er damit etwa sagen, dass er sie nun entlassen würde und sie heiraten müsste? »Nein, Herr, ich möchte es nicht tragen, und ich möchte auch nicht heiraten!«

»Warum hast du es dann an?«

»Weil …« Hastig biss sie sich auf die Lippen, als ihr einfiel, dass sie ihm schlecht ihre wahren Beweggründe verraten konnte. Unmöglich konnte sie ihm sagen, dass sie an diesem kalten Winterabend nur mit einem Bliaut über den Hof lief, um die Köchin zu fragen, wie sie aussähe, wo sie doch ebenso gut hätte warten können. Er würde über ihre Eitelkeit und Dummheit lachen. Einen Augenblick war sie wie gelähmt. Doch dann dachte sie mit dem Mut der Verzweiflung, warum nicht einfach die Wahrheit sagen? Sie holte tief Luft und sagte: »Ich wollte nur prüfen, ob es mir passt.«

Mühsam hielt sie seinem Blick stand.

»Ich verstehe«, sagte er. »Dein Vater will dich also doch mit diesem … wie hieß er noch gleich?«

»Ortwin Schoenweder.«

»… mit diesem Ortwin Schoenweder vermählen?«

»N-nein! Wie ich Euch schon sagte, Herr, solange ich in Euren Diensten bin, wird er das nicht tun. Wenn es geht, würde ich gern … ich würde gern weiter in Euren Diensten bleiben. Auch wenn Ihr Erzbischof seid.«

Propst Engelbert starrte sie an. Ein Windstoß fuhr in seinen Mantel und unter ihr Kleid und blähte es auf. Er runzelte die Stirn. »Wie kommst du darauf, ich würde dich entlassen, wenn ich Erzbischof bin?«

»Ich …« Nun hatte sie ihm versehentlich verraten, was ihr Vater, Alveradis und die Schoenweders glaubten. »Ein Erzbischof darf doch keine Frau als Leibärztin in seinen Diensten haben, oder?«, fragte sie leise.

Etwas in seiner Miene entspannte sich. Die Falten zwischen seinen Brauen verschwanden. »Wer hat dir das denn eingeredet? Dein Vater oder dieser Weinhändler?« Er seufzte und schüttelte den Kopf. »Ja, sie glauben es, und deshalb haben sie die Hochzeitspläne geschmiedet, nicht wahr?«

Tryngen nickte. Verlegen presste sie die Hände gegeneinander.

»Was ein Erzbischof tut oder lässt, bestimmt immer noch der Erzbischof«, sagte er. »Sollte ich gewählt werden, werde ich mir von niemandem ins Amt reden lassen, Schwester Tryngen. Ich werde auf Gott hören. Und auf den König natürlich.«

»Sicher, Herr«, sagte sie.

Er ließ seine Arme sinken. »Du erlaubst, dass ich dich zurückbegleite? So kann ich dich unmöglich allein gehen lassen.« Er tat etwas, womit sie nie in ihrem Leben gerechnet hätte: Er nahm ihren Arm und führte sie über den Hof zurück.

Sie spürte den sanften Druck seiner Hand, und diese Berührung fuhr ihr unter die Haut. Mit wackligen Knien ging sie neben ihm her. Sie konnte ihn riechen, seinen üblichen Duft, und fast meinte sie, die Wärme seines Körpers durch den dicken Wollstoff seines Mantels hindurch spüren zu können. Tief atmete sie die kalte Luft ein, um sich zu beruhigen, aber es gelang ihr nicht. Sie wurde immer unruhiger, je weiter sie kamen.

»Wer hat sich denn an diesem düsteren Wintertag vermählt?«, wollte Engelbert wissen. Er schien seine Überraschung vergessen zu haben, denn seine Stimme klang weich und leise. Sie erzählte ihm von Wilems und Florenzias Hochzeit.

»Es ist immer schön, bei einer Hochzeit zu sein«, sagte er. »Wenn die beiden sich dann auch noch lieben – was für ein Glück für sie.«

»Ja, Herr«, bestätigte Tryngen. »Sie konnten frei wählen.«

»Frei wählen? Ist sie denn schon Witwe?«

»Nein, sie haben nur Glück gehabt. Ihre Eltern waren mit Wilem einverstanden und seine Mutter mit ihr.«

»Was für ein Paradies«, bemerkte er. »In unseren Kreisen ist so etwas undenkbar. Ehen werden verhandelt und geschlossen. Mein älterer Bruder, der Graf von Berg, war mit einer schönen jungen Grafentochter verheiratet. Trotzdem konnte er ihr nicht die Zuneigung entgegenbringen, die sie verdient hätte, weil eine andere Frau bereits sein Herz besaß.«

»Seine erste Frau.«

»Nein, seine Geliebte. Diese Frau hatte ihn schon lange vorher mit ihrem Liebreiz und ihrer Klugheit eingefangen. In unserem Stand ist die Ehe nur selten ein Ort der Liebe, sondern leider allzu oft nur ein Ort der Traurigkeit und Abneigung. Ich kann mich beinahe glücklich schätzen, wegen meines geistlichen Standes nicht heiraten zu dürfen«, sagte Engelbert.

Sie wollte gerne fragen, ob er das wirklich nicht bedauerte, wagte es aber nicht. Stattdessen schwieg sie und wartete ab. Sie waren nun vor dem Gesindehaus angelangt.

»Du wärst eine hübsche Braut, Schwester Tryngen«, sagte er mit rauer Stimme. Sie sah zu ihm auf, ob er es ernst meinte, konnte aber in der Dunkelheit sein Gesicht nicht erkennen.

»Danke, Herr«, stieß sie aufgeregt hervor.

Zu ihrer großen Verwunderung öffnete er ihr die Tür zum Gesindehaus und hielt sie auf. »Gute Nacht, Schwester Tryngen.«

Täuschte sie sich, oder schwang wirklich Bedauern in seiner Stimme mit?

»Gute Nacht, Herr.«

Sie schlüpfte durch die Tür und stieg die knarrenden Stufen des Gesindehauses hinauf. Erst spät hörte sie, wie hinter ihr die Tür ins Schloss fiel.

Kapitel 20

Nur wenig später konnte Propst Engelbert die Vorwürfe entkräften, die die Anhänger des abgesetzten Erzbischofs Dietrich von Heimbach gegen ihn vorgebracht hatten, um seine Wahl zu verhindern. Er legte vor dem gesamten Priorenkolleg, den Domherren, den Inhabern der Hofämter und vielen hohen Bürgern der Stadt einen feierlichen Reinigungseid im Dom ab.

Nun war sein Weg zum Amt des Erzbischofs von Köln frei. Die Wahl wurde auf den letzten Tag des Hornungs festgesetzt. Je näher der Tag der Wahl rückte, desto angespannter wurde Engelbert. Er empfing den Domscholaster Oliver, den Leiter der Kölner Domschule, der vom Laterankonzil zurückgekehrt war, und beriet sich stundenlang mit ihm in seinem Arbeitszimmer. Der Scholaster war ein gelehrter Mann und gehörte als Dignitär des Domkapitels dem Priorenkolleg an, war also im Kreis jener Männer, die den neuen Erzbischof wählen würden. Er hatte die Bulle des Papstes mitgebracht, in dem dieser den Aufbruch der Kreuzfahrer ins Heilige Land für den nächsten Sommer befahl. In den letzten beiden Jahren war er viel herumgereist und hatte im Auftrag des Papstes für den Kreuzzug gepredigt, und auch jetzt hielt er im Dom eine glühende Predigt gegen Ungläubige und Ketzer, die von der heiligen Mutter Kirche abgefallen seien.

Tryngen dachte mit Grauen an seine Worte zurück, als sie mit dem Gesinde nach der Messe zum Abendessen ins Refektorium ging. Sie hatten auf den hintersten Plätzen gesessen und den leidenschaftlichen Worten des unscheinbaren kleinen Mannes gelauscht. Nie hätte sie gedacht, dass seine Stimme so tief und laut sein würde. Einen Augenblick hatte sie den irrwitzigen Gedanken gehabt, er könnte die Heiligen zum Leben erwecken, um mit ihnen und den Kreuzfahrern im Heiligen Land die Ungläubigen zu besiegen. Oder in Südfrankreich die Katharer, die von der Kirche abgefallen waren. Frevler.

Was würde man erst mit ihr machen, wenn man von der Schwesternschaft erführe? Wenn herauskäme, dass sie mit anderen Schwestern eine fremde hölzerne Göttin angebetet hatte?

Mit gesenktem Haupt eilte sie ins Refektorium zum Essen. Sie bemerkte den Schatten Magister Waldevers hinter sich und beschleunigte ihre Schritte, aber er holte sie doch ein.

»Nun, Schwester Tryngen, wie hat Euch die Predigt gefallen?«, fragte er und warf ihr einen scharfen Seitenblick zu, während er mit wallendem Mantel neben ihr herlief. Sie wunderte sich, warum er das Gespräch mit ihr suchte, wo er sie doch in den Wochen zuvor gemieden hatte. Aber ja, er war wieder obenauf, seitdem Engelbert seine Leibärzte wieder gleich behandelte und sie nicht mehr vorzog. Seit jenem Abend, wo er sie im Hochzeitsbliaut gesehen hatte, hatte er ihr keine besondere Aufmerksamkeit mehr geschenkt und sie auch nicht mehr zum Schachspiel eingeladen. Aber er hatte auch keine Kügelchen mehr verlangt. Ersteres verdross sie sehr, Letzteres gab ihr Grund zu den irrwitzigsten Hoffnungen.

»Die Predigt war beeindruckend«, gab sie widerwillig zu.

»Ja, nicht? So leidenschaftlich und flammend wie das Feuer, in dem diese Ketzer brennen werden.«

Tryngen schluckte. Sie fühlte sich äußerst unbehaglich in seiner Nähe. »Ich hoffe trotzdem, dass Gott auch diesen armen Sündern vergibt.«

Der Magister schüttelte den Kopf. »Sie können nicht auf die Gnade des Allmächtigen hoffen. Diese Frevler sind Verdammte, die in die Hölle kommen.«

»Aber wenn sie doch ihre Sünden bereuen?«

»Sie kommen in die Hölle, Schwester, wie jeder Frevler.«

Tryngen spürte wieder, wie er sie von der Seite ansah, und fühlte sich durchschaut. Angst stieg in ihr hoch. Könnte er womöglich etwas von der Schwesternschaft erfahren haben? Nein, beruhigte sie sich hastig, er konnte es unmöglich wissen. Es sei denn … heiß durchfuhr sie der Gedanke an ihren Anhänger mit dem Bildnis der Hohen Mutter darauf, den sie unter einem losen Brett in ihrer Kammer aufbewahrte. Ob Waldever dort herumgeschnüffelt hatte, während sie Ausgang hatte, im Scriptorium war oder beim Beten in der Kapelle? Gleich nach dem Essen würde sie nachsehen, ob der Anhänger noch da war. Die Stimme des Magisters drang wieder in ihr Bewusstsein.

»… sollt Ihr wissen, dass ich bereit bin, unsere … Missverständnisse und Meinungsverschiedenheiten zu vergessen. Im Sinne der Gesundheit unseres Herrn sollten wir uns darum bemühen, künftig zusammenzuarbeiten und mit einem Munde zu sprechen.«

Hatte sie richtig gehört? Er wollte Frieden mit ihr?

»Ihr wollt, dass ich nach *Eurem* Mund spreche«, entfuhr es ihr. »Ich soll Euch immer beipflichten.«

»Nun, Ihr werdet nicht leugnen können, dass *ich* der Gelehrte von uns beiden bin. Ich habe diese Profession an der medizinischen Schule von Montpellier gelernt. Ihr seid nur eine Kräuterkundige, weiter nichts.«

»Damit hat Euer Wort vielleicht Gewicht, aber Ihr habt nicht immer recht«, entgegnete sie. »Wegen der Gesundheit unseres Herrn kann ich Euch nicht recht geben, wenn ich meine, dass Ihr irrt.«

Er räusperte sich. »Schade, dass Ihr so unbelehrbar seid. Diese Starrsinnigkeit steht euch Weibern nicht gut. Sie macht euch hässlich.«

In ihrem Magen ballte sich eine Faust, aber sie zwang sich zur Ruhe. Wie hässlich seid Ihr erst?, dachte sie. Ihr solltet Euch sehen, wie rechthaberisch und eingebildet Ihr erscheint.

Sie hatten nun das Gesindehaus erreicht. Das Refektorium summte schon von den vielen Stimmen, als sie es betraten. Schemel wurden gerückt, Schüsseln und Näpfe klapperten. Es roch nach würzigem Eintopf. Mägde standen an einem wuchtigen Topf und füllten unablässig Näpfe mit Erbsensuppe, schnitten Brot und verteilten es an die Leute.

Tryngen ließ sich mit den anderen am Tisch nieder. Sie beobachtete, wie der Magister seine buschigen Brauen über seine Suppe senkte, nachdem sie das Tischgebet gesprochen hatten. Seit ein paar Wochen nahm er seine Mahlzeiten gemeinsam mit ihr, Clementia und dem Verwalter ein. Tryngen musste ihn bei jeder Mahlzeit ertragen. Zum Glück sprach er nie viel; offenbar hielt er es für unter seiner Würde, sich mit Leuten aus dem Gesinde auszutauschen, und so bestimmten Clementia und der Verwalter wie immer das Gespräch, während Tryngen und Waldever sich anschwiegen. An diesem Abend lastete die Stille besonders schwer zwischen ihnen am Tisch. Das schien sogar Clementia aufzufallen.

»Nun, Magister, seid Ihr zufrieden mit Eurer neuen Kammer?«, fragte sie.

Waldever nickte, setzte den Napf an die Lippen und trank ihn aus.

»Sie ist ja auch größer und schöner als die vorige«, bemerkte Clementia. »Ich würd' auch nicht gern da schlafen wollen, wo der alte Magister das Zeitliche gesegnet hat.« Sie hielt ihren Napf einer Magd hin, die ihn noch einmal füllte.

Waldever warf ihr einen tadelnden Blick zu. »Das war nicht der Grund«, meinte er. »Wie ich schon sagte, war die alte Kammer zu dunkel, sie hinderte mich am Studium meiner Schriften. Zudem ist ein großes helles Gemach für den Leibarzt des künftigen Erzbischofs angemessener als ein Rattenloch.«

Clementia ließ ihren Löffel sinken und funkelte ihn mit ihren Äuglein an. »Magister Pilgrim hat sich nie beklagt.«

»Er war wohl ein duldsamer Mann«, gab Waldever zurück. »Ich aber schaffe lieber gleich richtige Verhältnisse. Duldsamkeit ist etwas für Schafe.«

Clementia schüttelte den Kopf und wischte den Napf energisch mit ihrem Brot aus.

»Ah, da kommen die Reste aus der Küche!«, rief der Verwalter, als Gottfried mit einer Schüssel herankam und ihnen fettige kleine Küchlein in die leeren Näpfe legte.

»Gott vergelt's!« Er wischte sich mit dem Handrücken den Schweiß von der Stirn. »Rosenküchlein von der herrschaftlichen Tafel. Weil heut' Sonnabend ist. Lasst sie euch schmecken!«

Er klopfte dem Verwalter auf die Schulter, tippte sich mit dem Finger an die Stirn und eilte fort.

»Wie – nur eins?«, protestierte Clementia. »Ich hab immer noch Hunger!«

»Mehr ist nicht da!«, rief der Küchenmeister und stapfte hinaus.

»Gut, dass wir überhaupt etwas bekommen haben«, bemerkte Waldever und biss in das fettige Gebäck. Clementia verschlang gierig den Kuchen und leckte sich danach genüsslich die dicken Finger ab. »Hm. Ein Teufelskoch ist das, dieser Gottfried.«

Tryngen sah auf ihren Kuchen herunter. Er war noch warm. Sein süßlicher Geruch stieg ihr verlockend in die Nase und ließ ihr das Wasser im Munde zusammenlaufen, doch sie zögerte noch. Sie wollte seinen Anblick noch ein wenig genießen, ehe sie ihn aß, und ihn nicht einfach herunterschlingen. Sie hob ihn hoch, sog tief seinen köstlichen Geruch ein und roch auf einmal etwas anderes, das sich zwischen Honig und Fett gemischt hatte. Den winzigen Hauch von etwas Üblem, der sie an das Bilsenkraut erinnerte. Oder bildete sie sich das nur ein?

Sie schloss den Mund und ließ den Rosenkuchen sinken.

»Was ist? Mögt Ihr den Kuchen etwa nicht?« Waldever blickte sie forschend an.

Sie wollte etwas sagen, doch ihr Mund schien ihr nicht zu gehorchen. Die Worte wollten nicht zu ihr kommen, während ihr Verstand damit beschäftigt war, das Ungeheuerliche zu begreifen. Sie konnte nur wortlos den Kopf schütteln.

»Ihr erlaubt?« Mit Entsetzen sah sie, wie Clementia sich daraufhin wortlos ihren Rosenkuchen nahm und ihn mit ein paar gierigen Bissen verschlang.

»Bei so was dürft Ihr nicht zögern, Schwester!«, rief sie lachend und wischte sich die fettigen Finger an ihrem Kleid ab. Tryngen starrte auf die leere Stelle, wo gerade noch der Kuchen gelegen hatte. Die Stimmen im Refektorium schienen zu einem Sturm zu verschmelzen, der sie umtoste, während das leere Gefäß ihr wie ein fester Fels erschien, eine unverrückbare Wahrheit, die nicht in ihr Hirn wollte. Sie sah, wie Magister Waldever die Arme verschränkte und sich zurücklehnte. Er senkte den Kopf, sodass sie nur seine buschigen Brauen unter seiner Bundhaube sah. Sie beobachtete, wie Clementia sich erhob und in die Hände klatschte, um das Mahl aufzuheben, sah ihre kleine, kastenartige Gestalt durch das Refektorium laufen und Befehle erteilen wie immer. Nichts hatte sich verändert.

Möglicherweise hatte sie sich getäuscht. Sie kämpfte gegen ihre Angst an, ließ Clementia nicht aus den Augen, auch noch, als sich das Refektorium allmählich leerte und sich alle zur Ruhe begaben. Als sie wieder zu Magister Waldever hinübersah, sah sie nur noch seinen leeren Platz.

Tryngen kämpfte mit sich. Sie stellte sich vor, wie sie Clementia vor allen Augen und gegen ihren Widerstand dazu bringen würde, sich zu übergeben. Wie viele Fragen danach auf sie zukommen würden. Was für Antworten sie geben könnte. Wie wenig überzeugend sie sein würde. Niemand würde ihr glauben.

Sie blieb noch eine Weile sitzen und beobachtete Clementia. Nachdem sie sich davon überzeugt hatte, dass die Vorsteherin keine Anzeichen von Schwäche zeigte, erhob sie sich und ging in ihre Kammer. Sie hatte sich wohl doch geirrt.

Am nächsten Morgen wurden sie früh von einem hohen Schrei geweckt, der die dünnen Wände des oberen Stockwerks durchdrang und sogar Johanna aus ihrem tiefen Schlaf riss. Tryngen sprang aus dem Bett, warf sich ihren Wollmantel über und stürzte hinaus auf den Flur. Uda schwankte aus der Kammer der Gesindevorsteherin, die der ihren gegenüberlag.

»Was ist los?«, fragte Tryngen.

»Clementia!«, murmelte die Magd mit blassen Lippen und deutete auf die offen stehende Tür. Tryngen schob Uda der überraschten Johanna, die ihr gefolgt war, in die Arme und ging in die Kammer. Das fahle Licht des Wintermorgens fiel durch die Dachluke in das kleine, aufgeräumte Gemach. Es sah genauso aus wie ihres, mit einer Truhe aus billigem Holz und einem grob gezimmerten Tisch für die Waschschüssel, nur dass Clementia es alleine bewohnte. Im Gemach hing der Geruch nach Erbrochenem, aber davon war nichts zu sehen. Unter dem schrägen Dach lag Clementia auf ihrer Pritsche – friedlich, als würde sie schlafen. Ihre kleinen Augen starrten offen ins Leere. Ihr Unterkiefer klaffte weit auf.

Tryngen trat an ihr Bett und tastete aus Gewohnheit sofort nach ihrem Puls, wohl wissend, dass es sinnlos war. Sie berührte den steifen Arm der Toten. Fassungslos starrte sie in Clementias offene Augen und konnte nicht glauben, was sie sah. Einer plötzlichen Eingebung folgend, beugte sie sich über das Gesicht der Toten, roch einen säuerlichen Geruch. Sie richtete sich wieder auf. Eine Weile brauchte sie, um sich zu überwinden, dann schob sie ihre Finger in den Mund der Toten, fuhr zwischen die lückenhaften Zähne, ertastete schließlich etwas Feuchtes in der Mundhöhle. Sie zog ihre Hand zurück.

Sie trat an die Luke und betrachtete ihre Finger, an der der schleimige Rest von Erbrochenen klebte. Die Gewissheit durchfuhr sie wie ein Schwertstreich. Sie ließ ihre Hand sinken, spürte das rasche Pochen ihres Herzschlags in ihrem Kopf. Ihr Mund war staubtrocken. Sie wandte sich um und starrte in die Gesichter von Uda und Johanna, die sie voller Entsetzen beobachteten. Dann rannte sie an ihnen vorbei aus dem Gemach.

Sie lief zurück in ihre Kammer, schloss die Tür, tauchte ihre schmutzigen Finger in die Waschschüssel, begann sie zu schrubben, als könnte sie dadurch die Erinnerung wegwaschen. Sie hatte sich nicht geirrt. Sie hätte Clementia retten können. Nicht nur das. *Sie* war gemeint gewesen. Jemand hatte *sie* vergiften wollen.

Unwillkürlich wusch sie sich und kleidete sich an, während es draußen bald zu lärmen begann. Mägde und Knechte ballten sich vor Clementias Gemach, um einen Blick auf die Tote zu erhaschen. Wachmänner stapften über den knarrenden Dielenboden und scheuchten sie weg, der Verwalter kam und weinte. Er ließ nach dem Truchsess schicken. Der sandte seinen Gehilfen, welcher einen kurzen Blick auf die Tote warf und seine Anordnungen erteilte. Er ließ Magister Waldever holen, der sich den Leichnam Clementias ansah und offiziell ihren Tod verkündete. Als Todesart gab er Apoplexia an, den plötzlichen Tod.

Tryngen musste ihren Drang unterdrücken, wegzulaufen und sich im Kloster Weiher zu verstecken. Zitternd saß sie auf ihrer Pritsche, lauschte dem Geschehen draußen und zwang sich zur Ruhe. Sie durfte nichts Überhastetes tun, sie musste überlegen. Ihr fiel ein, dass sie noch etwas erledigen wollte. Sie erhob sich, kroch unter ihre Pritsche und löste ein Brett im Dielenboden. Erleichtert sah sie den silbernen Anhänger mit dem Bild der Hohen Mutter, versteckte ihn in ihrer Gürteltasche und schob das Brett zurück. Sie hörte, wie draußen ein paar Leibgardisten erschienen und nach dem Rechten sahen. Die Männer scheuchten die Mägde und Knechte weg.

Wilem kam herein und erkundigte sich nach ihrem Befinden. Wie merkwürdig, ihn in ihrer Kammer zu sehen, voll gerüstet, als zöge er in eine Schlacht. Er trug jetzt den Wappenrock der Grafen von Berg über seinem Kettenhemd und schlief im Haus der Gardisten. Florenzia konnte ihren neuen Gemahl nur selten sehen.

»Hast du die Tote gefunden?«, fragte er, nachdem er sich vor ihr aufgebaut hatte.

Sie schüttelte den Kopf. »Uda«, sagte sie. Er legte ihr seine Hand auf die Schulter. »Die Frau war schon alt, da kann man jederzeit sterben, das weißt du doch besser als ich.«

Tryngen blickte zur Tür, dann erhob sie sich. Ihre Knie zitterten immer noch, als sie Wilem zur Luke zog und ihre Stimme zu einem Flüstern senkte. Leise erzählte sie ihm von dem, was am letzten Abend vorgefallen war. »… ich bin mir sicher, dass sie sich erbrochen hat«, schloss sie. »Jemand muss heute Nacht in ihre Kammer gekommen sein und alle Spuren beseitigt haben.«

Er starrte sie an. »Das ist ein ungeheuerlicher Verdacht«, raunte er. »Wenn es stimmt, kann das nur der Mörder gewesen sein. Aber wie konnte er in ihre Kammer kommen?«

Tryngen zuckte mit den Schultern. Sie merkte, wie unglaublich alles klang. »Vielleicht hat sie vergessen, die Tür zu verriegeln. Oder sie hatte noch Besuch.«

»Besuch? Die Vorsteherin?« Wilem grinste.

»An manchen Abenden knarrten spät noch die Dielen«, sagte Tryngen. Und später noch das Bett, ergänzte sie in Gedanken. »Ich glaube, der Verwalter war manchmal noch bei ihr. Vielleicht hat sie die Tür für ihn offen gelassen.«

»Hm.« Wilem rieb sich nachdenklich das Kinn. »Die Knechte schlafen nebenan, nicht wahr?«

Tryngen nickte.

»Kommt man von dort hierhin?«

»Nein. Es gibt eine Tür, aber sie ist immer verschlossen. Außerdem verriegeln die Mägde ihre Türen von innen.«

»Wer hat den Schlüssel zu dieser Verbindungstür?«

Tryngen zuckte mit den Schultern. »Ich habe sie noch nie offen gesehen, sie ist immer zu.«

»Halten wir fest: Wenn es stimmt, was du sagst, dann muss jemand versucht haben, dich zu vergiften. Als das fehlschlug, muss dem Mörder klar gewesen sein, dass er die Falsche erwischt hat. Er ist in der Nacht hierhergekommen und hat alle Spuren beseitigt, damit es wie ein normaler Tod aussieht.«

»Genau.«

Tryngen zitterte bei dem Gedanken, der Mörder könnte jederzeit in ihr Haus kommen. Sie verriegelte ihre Kammertür nie, bis Johanna von ihrem späten Dienst zurückgekehrt war. Johanna schob den Riegel vor, wenn sie da war, aber dann schlief sie meistens schon.

»Vielleicht hat sich Gottfried in der Nacht hierhingeschlichen. Er hat uns gestern Abend die Kuchen gebracht. Er muss gewusst haben, welcher vergiftet war.« Sie ließ sich wieder auf ihre Pritsche sinken, weil die Beine ihr den Dienst versagten.

Wilem setzte sich neben sie. »Warum sollte der Küchenmeister dich vergiften wollen? Kennt er sich überhaupt mit Giften aus?«

»Er ist Küchenmeister!«, rief sie mit schriller Stimme. Sie spürte, wie die Angst von ihr Besitz ergriff, als sie daran dachte, was Johanna ihr von Gottfrieds Naschwerk erzählt hatte, das der alte Magister gegessen hatte. Sie erzählte es Wilem.

Dass er es mit einem langen Schweigen beantwortete, beunruhigte sie noch mehr. »Warum sollte der Küchenmeister den alten Magister und dich umbringen wollen?«, fragte er schließlich.

»Für den neuen Magister! Waldever hasste mich von Anfang an, weil ich ihm widersprochen habe. Einmal hat er mir sogar gedroht. Er will mich aus dem Weg haben, damit er der Leibarzt des künftigen Erzbischofs wird.«

»Aber Magister Waldever war noch nicht am Hof, als sein Vorgänger umgebracht wurde. Er kann es nicht sein.«

Ratlos sahen sie sich an. Tryngen knetete ihre kalten Hände. Ein warmer Schauer durchrieselte sie, als Wilem seine Hand darauflegte und sie drückte. Er erhob sich.

»Ich werde mich mal schlaumachen über den Küchenmeister und den Magister«, sagte er und erhob sich. »Du gehst ab sofort nirgendwo mehr allein hin! Lass dich von der Köchin oder einer anderen Magd begleiten, ja? Johanna kann dir dein Essen aus der Küche bringen, und du riegelst immer deine Kammer ab!«

Tryngen nickte. »Heute ist Sonntag, mein freier Tag … ich wollte zu meinem Vater …«

»Ich bringe dich zur Pforte«, bestimmte Wilem.

Erleichtert ließ sie sich von ihm durch das Gesindehaus zur Hachtpforte begleiten. Immer wieder hielt sie heimlich nach Magister Waldever Ausschau, aber sie sah ihn nirgends.

»Wenn du heute Abend zurückkommst, lass nach mir rufen«, sagte Wilem, als sie die Pforte erreicht hatten. »Ich bring dich zur Kammer zurück. Komm nicht zu spät!«

Sie lächelte dankbar. Sie merkte, dass er ihr noch lange hinterhersah, und ihr war klar, dass sie Maria nichts von alledem erzählen durfte.

Kapitel 21

»Wie geht es Alveradis?«, fragte Maria, als sie am späten Nachmittag in der kleinen Küche im Kloster Weiher heiße Minze tranken.

»Nicht gut«, erwiderte Tryngen. »Sie hat sich noch nicht von der schweren Geburt erholt. Aber sie will sich von mir nicht helfen lassen.« Sie seufzte und dachte an ihren kurzen, unerfreulichen Besuch in der Goldgasse zurück. Ihre Stiefmutter hatte vor ein paar Tagen einem kleinen Jungen das Leben geschenkt. Endlich. Der Junge war wohl zu lange im Mutterleib gewesen und schon zu groß geworden. Die Hebamme habe ihn nur mit Mühe herausbekommen, hieß es, und Schlimmes mit ihrer Stiefmutter tun müssen.

Tryngen hatte eine bleiche, erschöpfte Alveradis angetroffen, die einen rotgesichtigen Säugling an ihre Brust hielt, ihre quengelnden Halbgeschwister und ihren Vater, der hilflos und abwesend wirkte. Sie war schnell wieder gegangen und zu Maria ins Kloster gelaufen.

»Vielleicht lässt sie sich von mir helfen«, sagte Maria und leerte ihren Becher. »Ich werde sie besuchen, sobald ich kann.«

»Die Hebamme kommt jeden Tag.«

»Ich kenne einen guten Trank für Wöchnerinnen, den haben Relindis und ich damals immer den Bäuerinnen gegeben«, fuhr Maria unbeirrt fort. »Er wird ihr helfen. Komm, ich zeig dir, wie man ihn macht!« Sie erhob sich, doch Tryngen hielt sie auf. Sie versuchte, nicht an die Hochzeit zurückzudenken, als sie Maria ansah. »Bitte erklär mir lieber die geheimen Kräuter. Du wolltest mir alle zeigen.«

Maria zögerte. »Weißt du, ich war damals ein wenig zu voreilig. Wir sollten warten, bis die Priorin …«

»Hast du Angst? Bitte, du hast es versprochen!«

Maria rührte sich nicht. Sie schien einen stillen Kampf mit sich auszufechten. Dann ging sie zur Tür, öffnete sie und sah hinaus. Nachdem sie sich davon überzeugt hatte, dass niemand lauschte, verriegelte sie sie, ging in die angrenzende Kammer und holte das Kästchen. »Du kennst den Wuntschirling. Die Tropfen seines verdünnten Saftes geben wir den Geschwulstkranken in ihren Wein. Aber hier«, sie schloss das Kästchen auf und löste das Band von einem der Säckchen, »in den unreifen Früchten steckt ein Pulver, das einen Menschen töten kann. Es ist ein grauenvoller, langsamer Tod.«

Tryngen durfte einen Blick in das Innere des Säckchens werfen. Sie dachte an den Geruch des Rosenkuchens. »Und das Sternenauge?«, fragte sie. »Kann das jemanden töten?«

Maria ließ das Säckchen sinken. »Warum fragst du das?«

»N-nun, ich möchte sichergehen, damit ich nie versehentlich zu viel davon verwende.«

Maria bedachte sie mit einem verständnislosen Blick, ehe sie das Band wieder zuknotete. »Ich habe dir doch beim letzten Mal gezeigt, welche Kräuter du für den Trank nehmen musst und wie viel davon. Soll ich es dir noch mal zeigen?« Ihre Stimme klang leise und gereizt. Hastig schüttelte Tryngen den Kopf. »Bei diesen Kräutern ist es wichtig, dass du es genau so machst, wie ich's dir erklärt habe!« Sie verschloss das geheime Kästchen, erhob sich und brachte es wieder zurück.

Enttäuscht starrte Tryngen ihr hinterher. Sie begriff, dass sie von Maria keine Antwort erhalten würde. Sie hatte das Bilsenkraut gerochen, aber Magister Waldever könnte ihm noch etwas zugesetzt haben, das sie nicht kannte. Er könnte vieles in Montpellier oder anderswo gelernt haben, von dem sie nicht das Mindeste wusste. Er könnte sich ein geheimes Mittel von einem der Kräuterhändler auf dem Marsplatz besorgt haben. Wenn er es denn überhaupt gewesen war. Sie seufzte in sich hinein.

Maria lehnte sich an den Arbeitstisch und musterte sie. »Was ist los mit dir? Du siehst blass und müde aus.«

»N-nichts. Ich hab meinen Monat. Und der Propst ist gerade sehr anstrengend.«

»Die Wahl steht kurz bevor.«

Tryngen nickte. »Ich glaube nicht, dass er mich entlassen wird, wenn er Erzbischof ist. Vater sollte seine Hochzeitspläne für mich begraben. Hattest du Gelegenheit, noch einmal mit ihm zu reden?«, fragte sie scheinheilig.

In Marias Miene zuckte es. »Dein Vater hat im Augenblick andere Sorgen.«

»Ja, sicher.« Sie schwiegen lange. Es war ein unbehagliches Schweigen, welches es noch nie zwischen ihnen gegeben hatte. Sie und Maria waren schon zu lange getrennt, dachte Tryngen. Sie musste immer wieder daran denken, was sie bei der Hochzeit gesehen hatte.

»Komme ich jemals wieder zurück ins Kloster Weiher?«, hörte sie sich mit hoher Stimme fragen.

»Natürlich kommst du zurück. Obwohl …« Maria schloss den Mund und sah hastig zur Tür.

»Obwohl was?«

Um Marias Lippen zuckte es. »Nichts! Ich hab dir ja schon erzählt, dass sich hier einiges verändert hat …«

Tryngen öffnete ihre Gürteltasche und zog ihren Anhänger hervor. »Kannst du ihn bitte nehmen? Ich kann ihn im Hof nicht verstecken.«

Maria runzelte die Stirn. »Du musst ihn behalten. Er ist dein Schutz.«

»Ich kann ihn dort nicht tragen. Es ist zu gefährlich.«

»Aber jede Schwester muss ihn tragen!«

»Maria, bitte! Es geht nicht. Wenn man ihn bei mir findet, wird man mir viele furchtbare Fragen stellen.«

»Aber sie wissen doch nicht, wen das Bild darstellt oder was es bedeutet.«

»Vielleicht doch? Es gibt viele gelehrte Männer am Hof. Das Wagnis kann ich nicht eingehen.« Tryngen musste an Scholaster Oliver und seine Predigt gegen die Ketzer denken. Sie erzählte Maria davon.

»Nach dem neuesten Laterankonzil kann jeder, der vom wahren Glauben abfällt, als Häretiker gebannt und vor Gericht gestellt werden!«, sagte sie. »Denk doch nur, was mit den Ketzern in Frankreich geschieht! Wenn man uns entdeckt, werden wir den Tod der Frevler sterben.«

»Wir sind keine Frevler, wenn wir die Heilige Gottesmutter Maria verehren.«

»Die Göttin, die wir in der Kammer verehrt haben, ist nicht die Gottesmutter.«

»Doch, sie ist es. Die Heilige Gottesmutter und Jungfrau Maria kann viele Erscheinungsformen haben.«

»Nein, sie ist eine fremde Göttin«, beharrte Tryngen mit leiser Stimme.

Maria starrte sie an. Lange sagte sie nichts. Dann nahm sie den Anhänger, rollte sein Band zusammen und ließ ihn in ihre Gewandfalten gleiten. Sie sah enttäuscht aus. Sie öffnete den

Mund, um etwas zu sagen, als jemand versuchte, die Tür zu öffnen. Als diese geschlossen blieb, pochte es laut dagegen.

»Ich kann jetzt nicht, Isalda!«, rief Maria unwillig.

»Mach auf!«, erklang eine Männerstimme von draußen.

Maria erhob sich, lief zur Tür und schob den Riegel beiseite. Die Tür flog auf. Katharina von Gründbach rauschte herein, gefolgt von einem Mann mit schulterlangen Haaren. Die beiden blieben vor Maria stehen. »Wie oft habe ich dir gesagt, dass du dich nicht einschließen darfst!«, keifte sie.

Maria verharrte steif und senkte den Kopf. »Verzeiht, Herrin. Es wird nicht wieder vorkommen.«

Die Priorin nickte, warf einen hochmütigen Blick auf Maria und wandte sich an Tryngen. »Wie schön, dich zu sehen! Warum hat die Infirmaria dich nicht zu mir gebracht?« Ihre warme Stimme klang tief vor Ärger.

Tryngen erhob sich von ihrem Schemel und knickste. Ihr Atem ging flach und schnell. Sie warf einen Blick auf den Mann, der der Priorin gefolgt war. Er hielt die Arme auf dem Rücken verschränkt und musterte sie mit einem ruhigen Blick. Unter seinem Mantel zeichnete sich der Griff eines Schwertes ab.

»Wir wollten gerade zu Euch«, log sie und merkte selbst, wie dünn das klang.

»Schluss mit den Heimlichkeiten!«, fauchte Katharina von Gründbach. »Ab jetzt kommst du immer sogleich zu *mir!*«

Tryngen sah verstört zu Maria hinüber, die den Blick gesenkt hielt. »Ich … verstehe nicht.«

Katharina von Gründbach trat einen Schritt auf sie zu. Ihr Gesicht wirkte im hereinfallenden Licht spitz und gelb. »Ich dachte, du wärst eine kluge Frau. Habe ich mich nicht klar genug ausgedrückt? Ich will in Zukunft alles, was du uns von Engelbert berichten kannst, von dir selbst erfahren.«

»Aber … wir haben gar nicht über ihn gesprochen …«

»Umso schlimmer.« Katharina presste ihren kleinen Mund zusammen. Sie ging zur Tür, verschloss sie und schob den Riegel vor. Dann kam sie zurück zu Tryngen. »Ich hatte gehofft, du würdest deine Aufgabe, mir alles zu erzählen, ernster nehmen. Leider musste ich feststellen, dass deine Nachrichten über den Propst mich nicht zufriedenstellen konnten.« Sie bedachte Maria mit einem tadelnden Blick. »Mein Bruder und ich können das nicht hinnehmen!« Sie nickte dem Mann zu, der Maria daraufhin packte und ihr den Schleier abriss. Mit raschen Bewegungen wickelte er sich ihren langen Zopf um die Hand und zog heftig daran. Ihr Kopf ruckte nach hinten. Sie stieß einen Schmerzenslaut aus, der Tryngen durch Mark und Bein fuhr.

»Ich hasse es, nicht ernst genommen zu werden«, sagte die Priorin. »Du wirst mir alles, was du über den Propst in Erfahrung bringst, erzählen! Jede Einzelheit!« Sie nickte ihrem Bruder wieder zu. Der packte Maria fest und zog wieder an ihrem Zopf. Sie schrie auf.

»Wer seid Ihr?«, rief Tryngen. »Wo ist Richmud?«

Katharina von Gründbach lächelte spöttisch. »So viele Fragen! Siehst du, ich habe auch viele Fragen. Niemand hat sich darum gekümmert.«

Tryngen begann zu zittern. Sie hatte das Gefühl, dass ihre Welt gerade in viele kleine Teile zerbrach. Wie ein Krug, den man auf den Boden geworfen hatte. Die Stimme der Priorin drang wie durch den dünnen Deckel des Sarges zu ihr, in dem sie gelegen hatte. »… die Meisterin fühlte sich nicht wohl und hat sich hingelegt. Siehst du, ich beantworte dir wenigstens diese Frage! Aber du glaubtest wohl, du könntest mich hinhalten! Mich mit unwichtigem Dreck abspeisen! Für wie dumm hältst du mich?«

Sie warf ihrem Bruder einen wütenden Blick zu, und er zog wieder fester. Marias Gesicht verzerrte sich vor Schmerz.

»Lasst sie los!«, rief Tryngen. »Ich erzähle Euch alles, was Ihr wissen wollt.«

Die Priorin lächelte. Sie gab dem Mann ein Zeichen, und er ließ Maria los. Sie lief sofort zu Tryngen und nahm sie schützend in die Arme.

»Wer seid Ihr wirklich?«, entfuhr es Tryngen. »Eure Nichte ist eine Gräfin, nicht wahr?«

Sie spürte, wie Maria nach ihrer Hand tastete und sie warnend in den Finger zwickte. Im Gesicht der Priorin zuckte es. »Ich sehe, Richmud hat euch mehr über mich erzählt. Aber in Wahrheit wisst ihr nicht das Geringste! Außerdem stelle *ich* die Fragen!«

»Was wollt Ihr wissen?«, fragte Tryngen. Sie fühlte sich wie betäubt. Als wäre sie in einem Zwischenreich, nachdem ihre Welt zerbrochen war – ein Wesen, das gerade gestorben war, aber doch noch lebte. So mussten sich die Seelen Verstorbener fühlen, die auf Erden wandelten, weil sie aus irgendeinem Grund nicht ins Fegefeuer gekommen waren.

»Ja, so ist es gut.« Katharina von Gründbachs Augen glitzerten. »Du hast es verstanden, nun können wir endlich ehrlich miteinander reden. Es geht doch nichts über schlichte, schöne Ehrlichkeit! Sparen wir uns den ganzen überflüssigen Zauber mit der Schwesternschaft! Wie geht es dem Propst?«

»Gut.«

»Wann findet die Wahl statt?«

»Am letzten Tag dieses Monats, morgens im Dom.«

»Also wird der Berger Grafensohn in einer Woche unser neuer Erzbischof sein.« Die Priorin warf ihrem Bruder einen bedeutungsvollen Blick zu, dann wandte sie sich wieder an Tryngen. »Deutet etwas daraufhin, dass jemand seine Wahl verhindern will? Gibt es Zeichen einer Verschwörung?«

Tryngen dachte nach. Dann erzählte sie ihr, dass die Anhänger Dietrichs von Heimbach im Priorenkolleg versucht hätten, die Wahl zu verhindern, indem sie Engelbert schlimmer Verbrechen beschuldigten, dass er aber vor vielen Zeugen mit einem feierlichen Eid im Dom alles abgeleugnet habe.

»Das wissen wir schon«, fauchte die Priorin. »Erzähl mir etwas, das ich noch nicht weiß!«

Tryngen überlegte hastig. Sollte sie ihr verraten, dass man versucht hatte, sie umzubringen? Was würde das nutzen? Wenn sie nur wüsste, wer diese schreckliche Frau wirklich war und was sie wollte!

»Ich weiß nicht, was Ihr genau meint.«

»Nun, erzähl mir einfach die Neuigkeiten«, erwiderte die Priorin und warf einen drohenden Blick auf Maria. »Was ist in der letzten Zeit geschehen? Es ist ein großer Hof, da passiert viel! Raus mit der Sprache!«

Tryngen schluckte und besann sich. »Domscholaster Oliver ist vor Kurzem von seinem Papstbesuch aus Rom wieder zurückgekehrt. Er hat für den Kreuzzug gepredigt.« Sie erzählte ihr von der Predigt des Scholasters und dass der Propst sich lange mit ihm beraten habe. Dann, auf weitere Fragen hin, wer sonst noch bei Engelbert ein und aus ging, was er zu ihr gesagt hatte, wie Wilem in die Leibwache gekommen war und noch alles über Magister Waldever und dass sie ihn mit Lambert zusammen gesehen hatte. Aber die Priorin war noch nicht zufrieden.

»Heute Nacht ist die Gesindevorsteherin gestorben«, ergänzte Tryngen schließlich.

»Schwester Clementia?«, rief Maria.

Tryngen nickte. »Ein plötzlicher Tod. Er muss sie im Schlaf überrascht haben.«

Maria runzelte die Stirn. Obwohl sie nicht viel von Clementia gehalten hatte, sah sie betroffen aus. Katharina von Gründbach machte eine wegwerfende Handbewegung. »War das alles? Das sind nur Belanglosigkeiten! Du sollst mir nichts verschweigen!«

»Ich habe Euch wirklich alles erzählt«, log Tryngen. Als das Wesen, das sie nun war, konnte sie den Blick der anderen ruhig erwidern.

Die Priorin wechselte Blicke mit ihrem Bruder. Sie räusperte sich.

»Nun, du wirst mir weiter berichten. In drei Tagen erwarte ich dich vor der Komplet hier in unserem Kloster«, bestimmte sie.

»Aber ich darf den Hof nur an meinen freien Tagen verlassen!«

»Du wirst es sicher einrichten können.« Die Priorin legte Maria die Hand auf die Schulter. »Unserer geschätzten Infirmaria geht es gut, und es soll doch so bleiben. Oder nicht?«

Tryngen nickte hastig.

»Also wirst du kommen.«

»Ja.«

»Gut. Wir werden dich nun zurückbegleiten.«

Katharinas Bruder nahm Tryngen am Arm und führte sie hinaus. Sie konnte sich gerade noch zu Maria umdrehen, die ihr ein Lächeln hinterherschickte. Es sollte wohl zuversichtlich aussehen, aber es misslang. Nachdem die Tür hinter ihnen zugefallen war, führte der Mann Tryngen durch den Krankensaal voller fremder Menschen, die sie nicht mehr kannte. Er brachte sie über den Klosterhof zur Pforte, wo er sie einem anderen Bewaffneten übergab.

»Bring sie zurück«, befahl er, und der Mann gehorchte.

Den langen Fußweg vom Kloster bis zum Hof wich der Mann nicht von ihrer Seite, und er sprach kein einziges Wort.

* * *

Kurz vor der Pfaffenpforte verschwand er. Tryngen ahnte, dass er aus einem Versteck heraus beobachtete, wie sie in den Hof ging. Wilem erwartete sie schon an der Kapelle. Er hatte die Kapuze seines Umhangs aufgesetzt und rieb sich ungeduldig die Hände.

»Na endlich! Wo warst du so lange?«

»Ich …« Tryngen zögerte und versteckte ihre zitternden Hände unter ihrem Mantel. Sie fragte sich noch einmal, was sie sich den ganzen Weg schon gefragt hatte, ob sie ihm von der Priorin und deren Bruder erzählen sollte. Doch dann entschied sie sich endgültig dagegen. »Ich war noch im Kloster. Aber aus Maria konnte ich nicht herausbekommen, was es für ein Gift gewesen sein könnte. Ich wollte ihr auch nichts verraten. Sie hat schon genug Sorgen.«

»Sorgen?« Wilem runzelte die Stirn. »Was hat sie für Sorgen?«

»Ach, da sind ein paar Schwerkranke im Kloster, denen kann nur noch der Allmächtige helfen. Ich soll dir ihre besten Wünsche ausrichten.«

Wilem nickte. »Wie geht's ihr sonst?«

»Gut.« Tryngen biss sich auf die Lippen und versuchte, ihre Angst zu verbergen. Sie kam sich schäbig vor. Aber wenn sie Wilem erzählte, was geschehen war, würde er womöglich etwas Unüberlegtes tun, um Maria zu retten, und dadurch sie beide in Gefahr bringen. Das würde Maria nicht wollen. Nein, sie müsste tun, was die Priorin verlangte, und ihr in drei Tagen weiter vom Hof berichten, dann würde Maria nichts geschehen.

»Ich hab mich umgehört«, begann Wilem, als sie zum Gesindehaus gingen. »Der Küchenmeister ist noch nicht lange am Hof, erst seit letztem Sommer. Vorher war er Koch bei Meister Alhelm, einem reichen Physicus in der Stadt.«

»Ist das der mit dem Haus am Marsplatz?«

»Genau der. Kennst du ihn?«

»Nein. Ich kenne nur sein Haus, weil wir am Marsplatz immer unsere Kräuter kaufen.«

»Im Haus des Physicus könnte er Kenntnisse über Gifte erlangt haben«, fuhr Wilem fort. »Ich hörte, dass der Physicus ein reicher Mann ist, er besitzt zwei Häuser in St. Kolumba. Einer seiner Söhne ist Apothecarius.«

»Na bitte, das passt ja«, bemerkte Tryngen. »Vielleicht steckt Alhelm dahinter! Er gehörte zu den Bewerbern, die abgewiesen wurden, und will nun zum Zuge kommen. Vielleicht war es Waldever ja gar nicht.«

»Kann sein. Ich werde noch herausbekommen, wer die Bewerber waren.«

»Hast du etwas über Magister Waldever erfahren?«

»Nein, nur das, was alle wissen. Dass er in Montpellier studiert hat und als guter Arzt bekannt ist. Er hat keine Familie. Der Küchenmeister hatte einen Sohn, der in der Schlacht bei Wassenberg auf welfischer Seite kämpfte und fiel. Wie so viele damals.« Er seufzte tief.

»Hm.« Tryngen hielt inne, als sie das Gesindehaus erreicht hatten, und sah in den grauen Winterhimmel. Über den Hausdächern leuchtete die Sonne orange. Eine Weile konnte Tryngen unmittelbar in sie hineinsehen, ehe sie hinter einem Wolkenschleier verschwand.

»Vielleicht tun wir Waldever unrecht, wenn wir ihn verdächtigen«, sagte sie nachdenklich. »Aber ich hatte gestern Abend bei Tisch das Gefühl, dass er mich genau beobachtet hat. Dass er wusste, was geschehen würde.« Schaudernd zog sie ihren Umhang enger. Zarte Schneeflocken rieselten vom Himmel.

»Der Capellarius hätte sicher eine Untersuchung angeordnet, aber es gab nicht den geringsten Verdacht.« Wilem sah sich kurz um, dann zog er etwas aus seinem Gürtel und gab es ihr.

Ein langes, scharfes Messer mit einem eisernen Griff. »Nur für den Fall …«

Tryngen nickte. Sie wog das Messer, schob es vorsichtig in ihren Ärmel.

»Komm, ich bring dich hoch«, bestimmte Wilem. »Wir können nichts weiter tun. Vergiss nicht, die Tür zu verriegeln. Wenn etwas sein sollte, ich hab heute Nacht Wache am alten Palast.«

Sie nickte und ließ sich von ihm die Treppe zu ihrer Kammer hinaufbegleiten.

Johanna war schon dort. Sie hatte ihr Reste von der Fleischpastete, die die Domherren am Abend hatten, mitgebracht. Tryngen hatte sie gebeten, ihr etwas aus der Küche mitzubringen, da sie erst spät vom Kloster zurückkehren würde.

»Lass es dir schmecken!«, meinte Johanna. Die Pastete enthielt Weinbeeren und schmeckte köstlich, aber Tryngen brachte kaum etwas herunter.

»War das ein Tag heute!« Johanna ließ sich schwer auf ihre Pritsche sinken. »Sie ha'm die Vorsteherin abgeholt und ihr Zimmer ausgeräuchert.«

»Ja, man riecht's!«, meinte Tryngen. Der Geruch nach Beifuß und Salbei hatte alle Ritzen durchdrungen und hing auch noch in ihrer Kammer.

»Sei froh, daste nich' hier warst«, schnaubte Johanna. »Das war kein schöner Anblick! Die Arme hatte ja keine Familie, nur noch einen Bruder, den se geholt ha'm. Aber der war nich' traurig. Um die hat keiner geweint, nur der Verwalter! Alle reden schon davon, wer ihr Nachfolger wird.«

»Der kommt bestimmt nicht mehr vor der Wahl«, meinte Tryngen geistesabwesend. Sie vergewisserte sich, dass die Tür verriegelt war, zog sich aus und legte sich ins Bett. Sie blies die Kerze aus.

Kurz darauf fragte Johanna: »Warum haste der Toten denn nur in den Mund gefasst?«

»Ach«, sagte Tryngen überrascht. »Das ist ein Griff, um zu sehen, ob jemand wirklich tot ist.«

»Aber Kind, das war doch klar! Das konnte doch 'n Blinder seh'n, dass die tot war!«

»Machen wir aber trotzdem immer«, log Tryngen.

Kapitel 22

In der Nacht schlief sie nicht. Zitternd lag sie da und lauschte, ob es im Flur knarrte und sich Schritte näherten. Der Gedanke, dass sich der Mörder in der Nacht zuvor in Clementias Kammer geschlichen, ihr Erbrochenes beseitigt und sie hergerichtet hatte, damit sie wie eine normale Tote aussah, erstickte sie fast. Der Alb auf ihrer Brust nahm ihr den Atem.

Sie wälzte sich auf dem Strohsack hin und her und tastete nach dem Messer, das sie unter ihrem Kopfkissen versteckt hielt. War sie verrückt, wieder hierhin zurückzukommen? Sie tat es wegen Maria. Wer wusste schon, was die Priorin und ihr Bruder mit ihr machen würden, wenn Tryngen nicht Bericht erstattete! Vielleicht hätte sie doch besser Wilem und ihrem Vater erzählt, dass sie erpresst wurde? Vielleicht könnten die Männer Maria mit ein paar Söldnern befreien. Aber wenn es schiefging und man sie tötete?

Nein, es wäre besser, sie täte, was die Priorin von ihr verlangte, dann würde Maria nichts geschehen.

Tryngen warf sich herum, während die Nacht fortschritt und der Halbmond an der Dachluke vorbeiwanderte.

Irgendwann hielt sie es nicht mehr aus. Sie konnte nicht hier liegen bleiben und ihr nutzloses Grübeln weiterführen, sie musste etwas tun. Sie wusste auch, was. Leise erhob sie sich und kleidete sich an, warf sich ihren Umhang über. Johannas lautes Schnarchen dröhnte durch die Kammer. Tryngen durchsuchte ihre Sachen. In der Gürteltasche fand sie schließlich, was sie suchte – ein Schlüsselbund mit zwei großen und einem kleinen Schlüssel. Rasch nahm sie es an sich, schob den Riegel beiseite und verließ die Kammer.

Sie hatte das Gefühl, die knarrenden Stufen verursachten einen Höllenlärm in der stillen Nacht. Die Mägde von unten würden erwachen und ihr Fragen stellen. Aber nichts geschah. Sie schlich weiter durch das stille Haus. Die Tür war wie immer von innen verriegelt. Tryngen schob den Riegel fort und trat nach draußen in die dunkle Nacht. Eine Weile verharrte sie vor dem Haus, sog tief die kühle Luft ein. Der Halbmond war hinter ein paar Wolkenfetzen verschwunden. Es hatte noch mehr geschneit, und der Neuschnee hatte sich über den alten, zerwühlten Schnee gelegt.

Man wird meine Spuren sehen, durchfuhr es Tryngen. Aber darum konnte sie sich nicht kümmern. Sie schlug die Kapuze hoch und lief los. Der Schnee knirschte leise unter ihren Schuhen. Kurz vor dem Durchgang zögerte sie. Rechnete damit, Waldever könnte jeden Augenblick wie ein großer schwarzer Vogel vor ihr auftauchen. Doch dann gab sie sich einen Ruck und lief weiter.

Die Wachen an der Hachtpforte schienen sie nicht zu bemerken; entweder schliefen sie im Stehen oder sie dachten sich nichts dabei, dass sie mitten in der Nacht allein über den Hof lief. Es könnte ja sein, dass sie dem Herrn einen Trank machen müsste. Wenn es doch so gewesen wäre! Als sie am neuen Palast und am Marstall vorbeilief, musste sie daran denken, wie sie hier Propst Engelbert getroffen und mit ihm gesprochen hatte. Wie er sie angesehen hatte! Einen tiefen Atemzug lang wünschte sie sich, sie könnten sich wieder so ungestört unterhalten wie an jenem Abend. Aber daran war nun, mitten in der Nacht, natürlich nicht zu denken. Vielleicht nie mehr.

Dunkel lag das erzbischöfliche Wohnhaus vor ihr, gleich daneben die Drachenpforte. Sie war abgeschlossen, der Pförtner nicht da. Stattdessen lehnte ein Wachmann an der Tür. Er schlief nicht, sondern trat ihr sogleich entgegen.

»Ich muss zur Küche!«, erklärte Tryngen, noch ehe er etwas sagen konnte. »Dem Herrn geht's schlecht, ich muss ihm einen Trank machen!«

»Mitten in der Nacht?«

»Der Herr kann sich nicht aussuchen, wann ihm schlecht wird!«

Der Wachmann musterte sie in der Dunkelheit. Er zögerte.

»Nun lass mich schon durch!«

Da bequemte er sich endlich, schob den Riegel beiseite und ließ sie durch die Pforte gehen. »Klopf dreimal, wenn du wieder reinwillst«, sagte er.

Sie nickte erleichtert und eilte weiter durch eine schmale Gasse. Vor ihr erhob sich das erzbischöfliche Korn- und Backhaus. Das musste sie durchqueren, um zur Küche zu kommen. Sie trat an die Tür und schob einen von Johannas großen Schlüsseln ins Schloss – er passte. Sie kannte den Weg, war ihn unzählige Male gelaufen. Vorsichtig schlich sie sich an dem großen Ofen vorbei, an den Mehlsäcken, Eimern, Bottichen, dem riesigen Tisch. Der Backgehilfe war vor der ersterbenden Glut eingenickt. Es roch nach Mehl, Staub und Feuer. Vorsichtig öffnete Tryngen die Hintertür und verließ die Backstube über eine hölzerne Brücke, die zur Küche führte.

Die Tür zur Küche war nicht abgeschlossen. Leise betrat sie das riesige Gewölbe und wartete, bis ihre Augen sich an das Dunkel gewöhnt hatten. Lauschte. Alles war still bis auf die regelmäßigen Atemzüge des Küchenjungen, der vor der Gluthaube schlief. Tryngen schlich sich zum Arbeitstisch, nahm die Kerze von ihrem Ständer, hob die Haube von dem heruntergebrannten Feuer und hielt die Kerze hinein, bis sie brannte. Sie zögerte, während sie ihr Herz laut in der Stille pochen hörte. Wo sollte sie suchen? Wo würde Gottfried seine Gifte aufbewahren, wenn er welche hätte?

Sie ging zur Vorratskammer. Der kleine Schlüssel. Oft hatte sie gesehen, wie Johanna, Gottfried oder einer der Hilfsköche die Kammer aufgeschlossen hatten. Die Tür ging lautlos auf, wie Tryngen erleichtert feststellte, offenbar war sie gut geölt. Der Geruch nach Gewürzen und Staub drang ihr in die Nase. Sie musste niesen. Schnell presste sie ihr Gesicht in den Ärmel und sah zum Küchenjungen hinüber. Er rekelte sich. Dann drehte er sich um und schlief weiter. Tryngen musste aufpassen, dass die Kerzenflamme nicht an die Kräuterbündel gelangte, die von der Decke herabhingen. Hier bewahrte Gottfried offenbar die Heilkräuter auf. Sie erkannte getrocknetes Johannis- und Garbenkraut, Kamille, Lattichblätter. Kein Bilsenkraut.

Tryngen begann zu suchen. Sie spähte in Körbe, Säcke und Kisten, roch an Krügen, hob die Deckel von Tonbehältern, die ihr verdächtig vorkamen. Sie fand Schlafmohnsamen, aber sonst nichts. Sie leuchtete mit der Kerze in alle Ecken und Winkel der Kammer, sah nach, ob vielleicht ein Stein im groben Mauerwerk locker wäre, ob es ein Loch im Boden gäbe, aber da war nichts. Sie seufzte verdrossen.

Wenn der Küchenmeister sie hatte umbringen wollen, dann musste er sein Gift anderswo aufbewahren. In seiner Kammer vielleicht oder in einem anderen Versteck. Oder er trug es bei sich. Vielleicht hatte er es kurz vorher bei einem Kräuterhändler gekauft, nur für den einen Fall, und besaß nun nichts mehr. Oder er hatte es von Magister Waldever bekommen. Alles war möglich.

Tryngens Hoffnung, das Gift zu finden, bröckelte wie altes Mauerwerk. Es war vollkommen sinnlos, hier zu suchen. Sie schlich sich aus der Vorratskammer und verschloss die Tür. Als sie sich zurückschleichen wollte, hörte sie Schritte hinter der Tür, die zum Wirtschaftshof führte. Rasch blies sie die Kerze aus. Die Küche sank ins Dunkel zurück bis auf den schwachen Lichtschein des heruntergebrannten Feuers. Voller Schrecken hörte Tryngen ein Schlüsselbund rasseln und dann, wie sich die Tür knarrend öffnete. Hastig schlich sie sich am Küchenjungen vorbei und kauerte sich hinter ein mächtiges Fass. Sie hielt die Luft an, als sie Schritte hörte. In der Dunkelheit zeichneten sich Gottfrieds Umrisse ab. Er trat an den Arbeitstisch, suchte nach der Kerze. »Teufel noch mal, die klauen wie die Raben!«, fluchte er, als er sie nicht fand. Er tastete nach einem Kästchen, öffnete es mit einem seiner Schlüssel, entnahm ihm einen neuen Kerzenstummel. Kopfschüttelnd ging er mit müden Schritten zum Feuer, fluchte leise, als er es ohne Gluthaube vorfand, und hielt die Kerze hinein.

Tryngen tauchte hinter das Fass und wartete mit klopfendem Herzen. Eine Weile war es still. Der Küchenjunge grunzte leise im Schlaf. Dann hörte sie, wie Gottfried wieder zum Tisch ging. Vorsichtig spähte sie am Fass vorbei zu ihm hinüber. Er hatte ihr den Rücken zugewandt und lehnte sich mit ausgestreckten Armen gegen die Tischplatte. Die Umrisse seiner vierschrötigen Gestalt und der Gugel, die er sich wie immer um den Kopf geschlungen hatte, zeichneten sich gegen das Licht der Kerze ab. Eine Weile verharrte er so, ließ seinen Kopf hängen. Schräg vor ihm stand das geöffnete Kästchen mit den Kerzenstummeln. Es erregte auf einmal seine Aufmerksamkeit. Er nahm es, wühlte darin herum und zog schließlich ein winziges Stoffbündel hervor. Vorsichtig wickelte er es aus, stellte etwas auf den Tisch und betrachtete es lange.

Tryngen schob ihren Kopf nach vorn und kniff die Augen zusammen. Es war ein kleines Tonpferd, dem die Beine fehlten, mit einem Ritter darauf. Gottfried schob es ein Stück über das Holz, als wollte er spielen, strich über den Kopf des Pferdes. Dann nahm er das Spielzeug und presste es an seine Brust. Er stieß einen tiefen Seufzer aus, der laut durch die stille Küche hallte und die Kerze in ihrem Ständer erzittern ließ. Langsam, beinahe widerstrebend, wickelte er das Tonfigürchen wieder ein, legte es zurück in das Kästchen, sammelte die Kerzenstummel auf und verteilte sie darüber. Er verschloss das Kästchen und drehte sich um.

Schnell verbarg sich Tryngen wieder hinter dem Fass. Die galoppierenden Schläge ihres Herzens pochten in ihrem Kopf. Zitternd spähte sie zur Küchentür hinüber und fragte sich, ob sie es unbemerkt bis dahin schaffen würde. Nein, unmöglich. Vielleicht später. Sie musste auf einen günstigen Augenblick warten.

Gottfried ging zum Küchenjungen und rüttelte ihn sanft an der Schulter. »Aufwachen, das Feuer geht aus!«

Der Junge richtete sich auf und rieb sich schlaftrunken die Augen, während Gottfried zur Vorratskammer stapfte.

Jetzt oder nie. Tryngen erhob sich, lief mit leisen Schritten zur Tür und schlüpfte aus der Küche. Sie rannte über die Brücke zurück zum Backhaus, vorbei an dem Ofen, an dem schlafenden Jungen, öffnete vorsichtig die Tür und lief hinaus auf die Gasse, die still in der Dunkelheit lag. Dort schickte sie ein Dankesgebet zur Hohen Mutter. Der Halbmond war hinter den Wolken aufgetaucht und leuchtete neben einigen Sternen am klaren Himmel.

Wenig später lag Tryngen zitternd in ihrem Bett und rieb sich die kalten Hände und Füße. Auch wenn sie keinen Beweis gefunden hatte, deutete alles darauf hin, dass Gottfried ein heimtückischer Mörder war. Sie konnte zwar nicht glauben, dass er aus eigenem Antrieb gehandelt hatte, aber was machte das schon für einen Unterschied? Er könnte jederzeit wieder versuchen, sie umzubringen. Lange starrte sie durch die Luke in den heller werdenden Himmel, und mit dem Morgen dämmerte allmählich eine Möglichkeit herauf, wie sie sich retten könnte: Sie würde zu Propst Engelbert gehen und ihn bitten, sie aus seinen Diensten zu entlassen. Dann hätte Waldever, was er wollte, und sie wäre nicht mehr in Gefahr. Lieber am Leben, auch wenn sie dann der Heirat wohl nicht mehr entgehen könnte, als hier in den Mauern den Tod finden. Der Priorin würde sie erzählen, Propst Engelbert hätte sie entlassen, und Maria käme frei. Ja, so könnte es gehen!

Dieser Gedanke erleichterte sie ein wenig, aber er stimmte sie auch traurig.

Am Morgen hatten sie und der Magister, wie jeden Tag, Propst Engelbert ihre Aufwartung zu machen und sich von seiner Gesundheit zu überzeugen. Sie begleiteten ihn auf seinem Spaziergang durch den bischöflichen Tiergarten, den er sich neuerdings angewöhnt hatte. Tryngen zitterte vor Kälte und Müdigkeit, als sie neben Magister Waldever langsam hinter dem pröpstlichen Gefolge einherschritt. Die Erlebnisse der vergangenen Nacht und des vorigen Tages kamen ihr seltsam und unwirklich vor. Sie hörte die Schritte der Leibgardisten hinter sich im Schnee und sah auf die Mäntel der Hofleute, die vor ihnen liefen.

Schon seit Wochen war Propst Engelbert von einer Traube von Beratern umgeben, mit denen er sich ständig austauschte. Hilbert klebte immer an seiner Seite, ebenso der Capellarius, der Kustos und neuerdings auch der Scholaster. Tryngen sah die hoch aufragende Gestalt Engelberts vorne zwischen ihnen. Seine mit Eichhörnchenfell besetzte blaue Kappe leuchtete neben der grünen des Capellarius, als sie durch den Neuschnee stapften. Über dem weißen Dach des Domes und der halb fertig erneuerten Klosterkirche St. Maria ad Gradus wölbte sich ein eisblauer, wolkenloser Himmel. Die Sonne schien und ließ den Schnee aufglitzern. Auf den kahlen Ästen der Obstbäume lagen Streifen von Schnee, die manchmal von einem Windhauch heruntergeweht wurden. Von den vielen Tieren, die hochgestellte Besucher den Erzbischöfen von Köln im Laufe der Jahre geschenkt hatten, war kaum etwas zu sehen. Die meisten hatten sich in die Tiefen ihrer Ställe verkrochen. Nur das mächtigste Tier, das die größte Anziehungskraft auf die Besucher ausübte, war draußen und lief unruhig in seinem Käfig auf und ab: ein Braunbär. Er war vorzeitig aus seiner Winterruhe erwacht und musste nun jeden Morgen gefüttert werden. Engelbert blieb vor seinem Käfig stehen und beobachtete, wie ein Knecht dem Bären tote Mäuse und Ratten vorwarf, während er mit seinen Beratern sprach.

»Warum so schweigsam heute, Schwester Tryngen?«, fragte Magister Waldever, als sie hinter dem Gefolge ausharrten.

Tryngen umklammerte ihren Korb mit kalten Fingern. Sie hatte die Kapuze ihres Wollmantels hochgeschlagen, um den Magister nicht sehen zu müssen.

»Wundert Euch das?«, entfuhr es ihr.

Sie spürte, wie er sie von der Seite ansah. »Hat Euch der plötzliche Tod unserer Gesindevorsteherin so mitgenommen? Soweit ich gesehen habe, war sie nicht Eure Freundin gewesen.«

»Nein, war sie nicht. Mich erschüttert auch nicht, dass sie gestorben ist, sondern dass … es so überraschend geschah.«

»Ihr wisst doch, Schwester, wen der Tod im Winter nicht holen kann, den nimmt er im Frühjahr.«

Sie seufzte und beobachtete, wie Engelbert etwas zu seinen Beratern sagte, woraufhin diese lachten. Könnte sie doch nur bei ihm sein! Warum hatte er sie nicht mehr zum Schachspiel eingeladen? Manchmal hatte er sie mit seltsamen Blicken angesehen, als wäre sie eine Fremde für ihn, obwohl sie doch schon so vertraut miteinander gesprochen hatten. Sie fragte sich wieder einmal, ob sie ihn mit irgendetwas verärgert hatte. Wie sollte sie es nun schaffen, ihm ihre Bitte vorzuschlagen, sie aus dem Dienst zu entlassen? Wie sollte sie es ihm überhaupt erklären?

»So ein überraschender Tod ist ein großes Unglück«, sagte Magister Waldever. »Sie konnte sich nicht von ihrer Familie verabschieden, sie konnte sich nicht vorbereiten. Sie starb ohne die Sakramente der heiligen Kirche.«

»Vielleicht sollte sie nicht sterben«, erwiderte Tryngen. »Vielleicht war alles nur ein schreckliches Versehen.« Sie warf ihm einen raschen Seitenblick zu. In seinem hageren Gesicht regte sich nichts, nur ein kleines Verziehen der Lippen, das wohl ein Lächeln andeuten sollte.

»Der Allmächtige irrt sich niemals«, gab er ungerührt zurück. »Es war sein Wille, dass sie sterben sollte. Ihre Zeit war abgelaufen.«

»Wie Ihr meint.«

Das Gefolge setzte sich wieder in Bewegung. Langsam folgte der kleine Zug dem Propst und seinen Begleitern tiefer in den Garten. Der Bär kam heran, als Tryngen und der Magister an seinem Käfig vorüberschritten, und beäugte sie durch das Gitter. Er schnupperte. Er schien noch hungrig zu sein.

Tryngen blieb stehen und sah ihn an, betrachtete sein Maul, die langen Krallen an seinen Tatzen. Sie hatte Mitleid mit ihm. »Er sollte zurück in den Wald, wo er hingehört«, sagte sie.

»Ja, jedes Tier sollte seiner Art gemäß leben«, bestätigte der Magister. »Auch die Menschen sollten das. Eine Kräuterfrau sollte im Dorf oder im Kloster sein. An die Seite eines Erzbischofs gehört ein Physicus.«

Tryngen schnappte nach Luft. Was konnte noch deutlicher sein als diese Worte? Sie wollte etwas Hitziges erwidern, als ihr plötzlich etwas einfiel. »Wie würde es Euch gefallen, Magister, wenn ich den Propst um meine Entlassung bäte?« Sie warf ihm einen schnellen Seitenblick zu, um zu sehen, wie er das aufnahm, und nun bemerkte sie tatsächlich ein leichtes Zucken um seine Mundwinkel.

»Das würdet Ihr wirklich tun?«, fragte er, während sie die Stufen zum Zier- und Kräutergarten hinabschritten.

»Ich wollte sowieso nicht in seine Dienste«, sagte sie leichthin. »*Er* hat mich zu sich gerufen, nachdem ich ihm das Leben gerettet hatte.« Sie sah zu Engelbert hinüber, der sich auf einer steinernen Gartenbank niederließ, nachdem ein Diener diese für ihn vom Schnee befreit und ein Kissen hingelegt hatte. Sie sehnte sich danach, neben ihm zu sitzen. Allein.

»Ihr wollt also wieder ins Kloster zurück?«

Sie nickte hastig. Sie blieben nun stehen, nachdem das Gefolge sich vor der Bank versammelt hatte. Neben ihnen ragten schneebeladene Sträucher aus der weißen Fläche. Tryngen sah auf den hellen Atemdunst des Magisters und hoffte, dass er ihr glauben würde.

»Wie kommt es zu diesem Sinneswandel, Schwester?«, fragte Waldever. »Bisher habt Ihr Euer Amt immer mit Freude ausgefüllt, und auch *er* ist Euch zugetan.« Er sah zu Propst Engelbert hinüber, der zusammengesunken auf der Bank saß.

»Ich war gestern im Kloster. Ich muss wieder in den Krankensaal zurück. Dort kann ich vielen Menschen helfen, hier nur einem.« Sie beobachtete, wie sich Dietrich von Brohl neben Propst Engelbert auf die Bank setzte und auf ihn einredete, doch Engelbert hob nur müde den Kopf und erwiderte nichts. Die Hofleute umringten die Bank, sodass sie nichts mehr sehen konnte. Sie reckte den Hals, doch sie blickte nur gegen die Rücken der Hofleute. Waldever, der größer war als sie, drängte sich nach vorn.

»Macht Platz!« Er schob einen Diener beiseite. Tryngen folgte ihm. Die Hofleute traten beiseite und ließen sie hindurch. Engelbert lehnte zusammengesunken gegen Dietrich von Brohl, der ihn stützte. Der Kopf war ihm auf die Brust gefallen. Waldever stellte seinen Korb ab, kniete vor Engelbert nieder, rief seinen Namen. Als der Ohnmächtige nichts erwiderte, nahm er seinen Schwamm und hielt ihn dem Propst unter die Nase.

Engelbert erwachte wieder. Er verzog seine Miene und hielt sich den Bauch.

Waldever richtete sich auf. »Der Herr ist krank! Bringt ihn in sein Gemach!«

Dietrich von Brohl sah bestürzt aus. Er half den Dienern, die der Truchsess herbeigerufen hatte, Engelbert aufzurichten. Die beiden kräftigen Männer nahmen den Propst in ihre Mitte und führten ihn vorsichtig durch den Garten zurück. Er schwankte, als würde er jeden Augenblick wieder das Bewusstsein verlieren. Tryngen lief neben ihnen durch den sonnigen Schnee, auf der anderen Seite Magister Waldever, der die Diener ständig zur Vorsicht mahnte. Sie hörte, wie die Berater hinter ihr aufgeregt miteinander tuschelten. Sie blinzelte ihre Tränen weg.

An der Drachenpforte kamen ihnen zwei Männer mit einer Trage entgegen, auf die sich Engelbert sinken ließ. Der

Hauptmann eilte mit ein paar Leibgardisten hinzu, und sie begleiteten ihren Herrn bis zur Propstei. Tryngen erkannte Wilem zwischen ihnen, aber auch Rabodo. Der Hauptmann ließ seine Männer überall in der Propstei verteilen und verdoppelte die Wachen am Eingang, als würde er mit einem Überfall rechnen.

Im Schlafgemach legte man Engelbert auf sein Bett, zog ihm Mantel und Kappe aus, streifte ihm die hirschledernen Stiefel ab. Er lag mit aschfahlem Gesicht auf seinem Kissen und stöhnte, und als Waldever ihm den Bauch abtastete, krümmte er sich und hielt sich den Magen.

»Habt Ihr Krämpfe?«

Engelbert nickte.

Waldever fühlte Stirn und Puls. »Ihr habt das Bauchgrimmen, Herr.«

Der Truchsess wandte sich an ihn. »Was benötigt Ihr, Magister?«

Waldever erteilte seine Befehle. »Unser Herr braucht Ruhe! Macht ihm einen heißen Stein für sein Bett! Ich werde ihm einen Trank gegen das Bauchgrimmen zubereiten.«

Der Truchsess nickte und gab die Befehle weiter. Die Diener und Mägde beeilten sich, ihnen nachzukommen, während Waldever das Gemach verließ, um den Trank zuzubereiten. Lambert entkleidete seinen Herrn bis auf das Hemd und deckte ihn zu.

Tryngen erwachte endlich aus ihrer Starre. Etwas in ihr ermahnte sie, Propst Engelbert nicht allein dem Magister zu überlassen. Sie trat an das Bett, sah in das aschfahle Gesicht Engelberts und kämpfte gegen ihre Angst. Sie fühlte seinen Puls. Der fühlte sich merkwürdig an, hölzern und fadenförmig. So einen Puls hatte sie noch nie gefühlt.

»Ist Euch übel, Herr?«

Engelbert nickte. Er sah sie aus halb geschlossenen Augen an. Um seinen schön geschwungenen Mund hatte sich ein bleiches Dreieck gebildet.

»… und die Schmerzen, wie lange habt Ihr sie schon?«

»Ich fühle mich schon seit Tagen müde«, murmelte er.

»Warum habt Ihr nichts gesagt?«

Anstatt einer Antwort winkte er einer Magd, die mit dem Eimer bereitstand, und erbrach sich. Ermattet sank er wieder in die Kissen, und Tryngen tupfte ihm mit einem Tuch den Mund ab.

»Ich habe einen seltsamen Geschmack im Mund«, murmelte er. Tryngen roch an seinem Erbrochenen, konnte aber nichts riechen außer dem üblichen säuerlichen Geruch. Sie öffnete ihren Korb und gab Engelbert einen Schluck von ihrem Minzwasser. Dann nickte sie der Magd zu, damit sie den Eimer entfernte.

»Da wird es wohl nichts mit unserem Schachspiel heute«, scherzte Dietrich von Brohl. »Gebt zu, Ihr drückt Euch nur, weil Ihr fürchtet, zu verlieren.«

»Wann habt Ihr jemals gegen mich gewonnen, Capellarius?«, murmelte Engelbert und schloss die Augen. Er krümmte sich, als ein erneuter Krampf ihn überwältigte. »Hilbert, du musst heute noch einen Boten nach Siegburg schicken, wo der Abt bleibt«, sagte er, nachdem der Krampf sich gelöst hatte. »Ist alles für die Abgesandten Seiner Heiligkeit vorbereitet?«

»Ja, Herr. Ich werde den Boten sogleich schicken«, beeilte sich Hilbert. »Kann ich sonst noch etwas für Euch tun?«

»Sag dem Truchsess, er soll die Leute rausschicken. Niemand, der sich an meinem Leid weidet, soll hierbleiben.«

»Aber Herr, niemand weidet sich …«

»Still!«, fuhr Engelbert ihn an. »Weißt du's? Schick sie alle raus, alle!«

Hilbert sprang auf, während der Truchsess sich beeilte, dem Befehl des Propstes nachzukommen. Er bedeutete Tryngen, das Gemach zu verlassen. »Schwester Tryngen bleibt«, befahl Engelbert. »Lambert und der Capellarius auch. Alle anderen können gehen.«

Der Truchsess führte alle Anwesenden hinaus, verneigte sich und verließ selbst das Gemach. Tryngen trat an sein Bett. »Wenn Ihr erlaubt, Herr, würde ich Euch auch gern untersuchen.«

Engelbert nickte. Sie schlug die Wolldecke beiseite und begann, vorsichtig seinen Leib durch das Hemd hindurch abzutasten. Sie spürte seine Bauchmuskeln durch den dünnen Stoff hindurch.

»Du hast kalte Hände, Schwester«, sagte Engelbert.

»Entschuldigt bitte, es war zu kalt draußen.«

»Was du nicht sagst.« Er stöhnte leise, als sie vorsichtig die Gegend um seinen Bauchnabel herum abtastete. Sein Leib fühlte sich ungewöhnlich hart, ja beinahe hölzern an.

»Was meinst du?« Erwartungsvoll sah er sie an.

Sie überlegte fieberhaft, während sie versuchte, sich ihre Angst nicht anmerken zu lassen. Sie wusste nicht, was er hatte. Aber sie war sich sicher, dass es kein harmloses Bauchgrimmen war.

»Ich …« Sie zögerte. Sie wusste, dass sie lügen sollte, etwas Tröstliches sagen, Mut zusprechen. Niemals zugeben, dass man ratlos war. Aber sie konnte es nicht, es schien ihr auf einmal unmöglich, ihn anzulügen.

»Du weißt es nicht?«

Tryngen nickte. Engelbert schüttelte den Kopf und schloss die Augen. Es klopfte an der Tür, und der Truchsess bat für den Domdekan um Einlass. Engelbert nickte schwach, und kurz darauf betrat ein dicker, kleiner Mann das Gemach, den der Truchsess feierlich mit »Konrad von Büren!« ankündigte.

Er trug eine Kappe, einen Mantel und ein langes Gewand mit einer mit Goldfäden bestickten Borte an den Säumen. Alle verneigten sich vor ihm, auch der Capellarius. Nach dem Propst war er der ranghöchste Mann am Hof. Tryngen hatte ihn bisher nur ein- oder zweimal bei den Messen im Dom gesehen, wo er vorne zwischen den Würdenträgern gesessen hatte.

»Herr, werdet schnell wieder gesund«, sagte er. »Es ist eine denkbar schlechte Zeit, um krank zu werden.«

»Ich kann's mir nicht aussuchen«, murmelte Engelbert und schloss die Augen.

»Ich werde für Euch beten.« Der Dekan drückte ihm kurz die Hand und ging dann zu Dietrich von Brohl. Die beiden Männer traten ans Fenster und berieten sich leise miteinander. Die Tür öffnete sich, und Magister Waldever kam herein. Argwöhnisch beobachtete Tryngen, wie Lambert von einem Diener, der Waldever begleitete, einen Krug mit einer dampfenden Flüssigkeit entgegennahm und auf den Tisch neben Engelberts Bett stellte. Er füllte einen Becher und flößte Engelbert den Trank ein.

»Das wird Euch helfen, Herr«, sagte Waldever. »Der Trank wird Euch die Schmerzen nehmen und Ihr werdet bald schlafen.«

Engelbert hob müde die Hand, und Waldever verbeugte sich tief. Tryngen fühlte sich unbehaglich. »Was ist in dem Trank, Magister?«, hörte sie sich fragen. Ihre Stimme klang hoch und zittrig.

Waldever hob seine Augenbrauen. »Das geht Euch nichts an, Schwester.«

Sie trat an den Tisch und roch an dem Krug. Warm schlug ihr der Wasserdampf entgegen, aber sie konnte nichts Verdächtiges riechen.

»Was fällt Euch ein?«, entrüstete sich Waldever. »Wollt Ihr mich überwachen? Meine Fähigkeiten und mein Urteil infrage stellen? Was glaubt Ihr, wer Ihr seid?« Er baute sich vor ihr auf und starrte drohend auf sie herunter. Alle sahen zu ihnen herüber.

Tryngen schluckte. »So habe ich es nicht gemeint, Magister. Ich wollte nur sichergehen.«

»Sichergehen! Warum?«

Sie wich seinem Blick aus, fühlte sich klein und hilflos. Warum hatte sie das nur getan? Der Magister würde doch nicht so verrückt sein und Engelbert vergiften. Er wollte doch sein Leibarzt werden!

Sie räusperte sich. »Es tut mir leid, Magister«, sagte sie widerwillig.

Doch Waldever wandte sich an den Capellarius. »Das ungebührliche Verhalten dieser Herbaria muss aufhören! Sie mischt sich ein und behindert mich bei meiner Arbeit! Für das Wohlergehen unseres Herrn bitte ich Euch, sie hinausbegleiten zu lassen.«

Dietrich von Brohl musterte Tryngen mit gerunzelter Stirn. Er war noch blasser geworden, und sein Gesicht bildete einen scharfen Gegensatz zu seinen schwarzen Haaren. »Soweit ich weiß, schätzt der Herr ihr Urteil ebenso wie Eures, Magister. Er will, dass sie bleibt.«

»Mit Verlaub, Herr, dann bitte ich, mein Anliegen dem Herrn selbst vortragen zu dürfen.«

»Meint Ihr, es wäre gut, unseren kranken Herrn mit Euren Streitigkeiten zu behelligen?«

Alle sahen zu Propst Engelbert hinüber. Der hatte die Augen geschlossen und rührte sich nicht. Seine Brust hob und senkte sich in regelmäßigen Atemzügen. Der Trank hatte schon gewirkt, er war eingeschlafen.

Der Domdekan beugte sich zu Dietrich von Brohl und raunte ihm etwas ins Ohr. Eine Weile beratschlagten sich die Männer leise, dann sagte Konrad von Büren: »Da der Propst offenbar nichts befehlen kann, werde ich als sein Vertreter eine Entscheidung treffen. Die Herbaria hat hier nichts zu suchen. Sie wird das Gemach verlassen, damit der Physicus in Ruhe seine Arbeit verrichten kann.«

Er rief nach dem Truchsess, der sogleich wieder hereinkam.

»Die Schwester ist hier nicht erwünscht. Führt sie hinaus.«

Der Truchsess nickte und nahm Tryngen am Arm. Hilflos wandte sie sich nach Engelbert um und hoffte, er würde aufwachen und den Befehl des Dekans rückgängig machen. Aber nichts geschah.

Kapitel 23

Im Vorraum drängten sich Höflinge und Diener. Der Kustos und der Scholaster, die Engelbert hinausgeschickt hatte, standen zusammen und sprachen leise miteinander. Zu ihnen hatten sich weitere Würdenträger gesellt, die Tryngen nicht kannte. Manche musterten sie neugierig, als der Truchsess sie in den Vorraum führte, andere unverhohlen verächtlich. Tryngen konnte ihnen ansehen, was sie dachten: Es ist nur noch eine Frage der Zeit, wann diese kleine Novizin den Hof verlässt. Die meisten hatten bestimmt nicht verstanden, warum Propst Engelbert sie überhaupt an den Hof gerufen hatte.

Sie trat ans Fenster und sah hinaus, konnte aber durch die kleinen, grünlich schimmernden Scheiben nur wenig erkennen. Sie sah auch nicht wirklich hin. Das Glas verschwamm vor ihren Augen. Wie von ferne drang das Stimmengewirr zu ihr. Sie musste daran denken, wie Engelbert das Schachspiel umgedreht hatte, um mit ihren Figuren weiterzuspielen. Wie er ins Zelt gekommen war, um sich nach Wilems Befinden zu erkundigen. Wie er sie neulich nachts angesehen hatte. Sie war überzeugt davon, dass er sie rufen lassen würde. Sie würde hier warten und nicht weggehen, bis sie wieder zu ihm dürfte.

Langsam krochen die Stunden dahin, und das Gemach leerte sich allmählich. Als die Dämmerung herabsank, waren nur noch wenige Diener da und einige Mönche, die für die Gesundheit des Propstes beteten. Hilbert war noch einmal erschienen und hatte das Gemach seines Herrn mit gesenktem Haupt wieder verlassen. Auf Tryngens Frage, wie es seinem Herrn gehe, hatte er nur mit dem Kopf geschüttelt und war weitergeeilt.

Nach Einbruch der Dunkelheit kam Uda und brachte ihr etwas zu essen. Tryngen fragte sich, woher die Magd wusste, dass sie hier war, wollte sie aber nicht danach fragen.

»Legt Euch doch schlafen«, schlug Uda vor, »ich bleib hier und hol Euch, wenn der Herr Euch sehen will.«

Obwohl Tryngen müde war, lehnte sie es ab, sich hinzulegen. »Bleib du bitte hier und warte an meiner Stelle. Ich muss kurz ins Heiliggeist. Ruf mich, wenn etwas sein sollte.«

Uda nickte und stellte sich in die Nähe der Tür.

Tryngen eilte in den Krankensaal. Sie traf Bruder Stephanus an, als er gerade einen Kranken im Aderlass-Raum behandelte, und wartete voller Ungeduld, bis er fertig war.

»Schwester Tryngen!« Bruder Stephanus nahm ihren Arm und zog sie vom Vorhang weg. »Ich habe es gehört, wie schrecklich! Wir beten alle für den Propst. Möge dir Gott eine sichere Hand und ein gutes Urteil schenken.«

Sie schüttelte den Kopf. Sie musste den dicken Kloß in ihrer Kehle herunterschlucken, ehe sie sprechen konnte. »Man lässt mich nicht mehr zu ihm! Der Magister … er hat den Dekan dazu gebracht, mich aus dem Gemach zu werfen.«

»Oh!« Bruder Stephanus legte die Finger an sein Kinn, an dem die Bartstoppeln sprossen. »Ist etwas geschehen?«

»Ich habe dem Magister widersprochen.«

»Oh, wie konntest du nur?« Der Mönch schüttelte den Kopf und zwinkerte ihr zu.

»Leider ist es nicht lustig, Bruder Stephanus. Er hat die Gelegenheit genutzt, nachdem unser Herr eingeschlafen war. Propst Engelbert schläft schon seit Stunden! Ich glaube, er hat ihm ein Schlafmittel gegeben.«

Der Mönch nickte. »Wie kann ich dir helfen, Schwester Tryngen?«

»Ich brauche Euren Rat als erfahrener Heiler.«

»Immer, Tryngen. Was hast du auf dem Herzen?«

Sie zögerte. Sie hatte gedacht, dass es leichter wäre, sich dem Krankenmeister anzuvertrauen. »Bitte – sagt niemandem etwas von dem, was ich Euch nun fragen werde!«

Der Mönch legte seine Hand auf sein Herz und versprach es bei allen Heiligen. »Du kannst mir vertrauen, das weißt du. Also, was willst du mich fragen?«

»Gibt es ein Gift, das einen Menschen nur sehr langsam tötet? So, dass er erst krank wird und dann stirbt? Dass es wie eine Krankheit aussieht, aber doch Gift ist?«

Stephanus hob erstaunt die Augenbrauen. »Glaubst du, unser Herr wird vergiftet?«

Tryngen nickte.

Der Mönch nahm ihren Arm, führte sie in die Kräuterkammer und lehnte die Tür an. Er senkte seine Stimme zu einem Flüstern. »Das ist ein schlimmer Verdacht, Mädchen. Wie kommst du darauf?«

Tryngen erzählte ihm leise, was sie bei ihren Untersuchungen festgestellt hatte. »Er hat starke Krämpfe und Magenschmerzen. Sein Bauch fühlt sich an wie ein Holzbrett, und so einen Herzschlag habe ich noch nie gefühlt«, sagte sie. »Der Magister meint, er hätte Bauchgrimmen. Aber es scheint mir viel ernster zu sein.«

»Hm.« Bruder Stephanus rieb sich nachdenklich das Kinn. »Bist du sicher, dass es nicht nur eine schwere Verstopfung ist? Hat er vielleicht etwas Falsches gegessen?«

»Nein, dazu ist alles viel zu verkrampft. Außerdem hält der Herr sich seit Wochen genau an unseren Speiseplan. Er sagte, er fühlt sich schon seit Tagen müde, und er hat einen seltsamen Geschmack im Mund.«

»Hm.« Bruder Stephanus zögerte. Er schien noch nicht wirklich von ihrem Verdacht überzeugt zu sein.

Tryngen überlegte, wie sie es ihm besser erklären könnte. Sie kam zu dem Schluss, dass sie ihm die Wahrheit verraten musste. »Es gibt einen Giftmörder am Hof«, begann sie. Dann erzählte sie ihm von den Umständen von Clementias Tod und dass sie den Verdacht hatte, dass auch Magister Pilgrim nicht eines natürlichen Todes gestorben sei. Sie schilderte ihm ihre nächtliche Suche in der Küche und erzählte ihm das, was der Magister am Morgen noch zu ihr gesagt hatte. Wie er überhaupt die ganze Zeit versucht hatte, sie einzuschüchtern.

Bruder Stephanus bekreuzigte sich, nachdem sie ihm alles erzählt hatte. »Nun klingt dein Verdacht leider sehr wahrscheinlich, Mädchen.« Er starrte eine Weile vor sich hin. »Vielleicht versucht jemand, unseren Herrn zu töten, bevor er zum Erzbischof gewählt wird.«

»Wer könnte das sein?«

Der Mönch schüttelte den Kopf. »Ein mächtiger Mann wie unser Herr hat immer Feinde«, sagte er betrübt.

Tryngen spürte, wie ihre Angst wieder hochstieg. Etwas in ihr hatte gehofft, er würde ihr widersprechen und ihre Erzählungen als Hirngespinste abtun. Aber nun, da er ihren schlimmen Verdacht glaubte, erschien ihr dieser noch bedrohlicher. »Was kann ich nur tun?«, flüsterte sie zitternd.

»Nun, es gibt natürlich Kräuter, die einen Menschen langsam töten können, wenn man sie ihm immer wieder zuführt. Man muss sich aber sehr gut damit auskennen.«

»W-weißt du, welches Kraut es sein könnte?«

»Hm, da gibt's einige, bei denen es nur auf die Menge ankommt.«

Er legte seine Stirn in Falten und kratzte sich an seiner Tonsur. »Ich hatte mal vor vielen Jahren einen ähnlichen Kranken. Ein Söldner, der zu mir kam, nachdem er ein paar Wochen im Feldlager gewesen war, ein junger, kräftiger Mann. Er hatte die gleichen Zeichen, die du mir gerade beschrieben hast. Starke Bauchschmerzen, ihm war übel, aber er konnte sich nicht entleeren. Wirres Zeug hat der geredet, war in einem Augenblick lustig, im nächsten hat er geweint und gedacht, er müsste sterben.« Er schüttelte den Kopf. »So was hatte ich noch nie geseh'n! Ich hab gedacht, der hat was Falsches gegessen, die kochen sich in den Feldlagern doch alles Mögliche zusammen. Dann habe ich ihn zum Erbrechen gebracht, ihm krampflösende Tränke gegeben und Klistiere verabreicht. Dachte erst, der stirbt, aber der Allmächtige hat ihm das Leben gerettet. Er war auch ein junger, starker Mann.«

»Ihr habt ihn geheilt.« Hoffnung glomm in Tryngen auf.

»Es war Gottes Wille.«

»Bruder Stephanus!« Tryngen nahm die dicken Hände des Mönchs in ihre. »Könnt Ihr Euch noch erinnern, was Ihr dem Mann gegeben habt? Könntet Ihr genau das für unseren Herrn machen? Ich traue Gottfried nicht und wage mich nicht mehr in die Küche.«

Bruder Stephanus nickte. »Für unseren Herrn werde ich doch alles tun! Aber du musst dafür sorgen, dass er es bekommt.«

Sie nickte. Widerwillig trank sie den Becher Herzwein, den der Mönch ihr aufnötigte. Danach ließ er sie von einem Krankenbruder zurück zur Propstei bringen. Ihre Angst wuchs, je näher sie Engelberts Haus kamen. Wo war Wilem? Er hatte doch am Morgen noch mit den anderen in der Propstei Wache gehalten. Gemeinsam mit dem Krankenbruder suchte sie nach ihm, fand ihn aber nirgends.

Sie fluchte leise in sich hinein. Warum hatte sie nicht eher ihrem eigenen Urteil vertraut und etwas unternommen? Warum musste erst Bruder Stephanus zustimmen, damit sie es glauben konnte? Weil sie unerfahren war und Angst hatte. Weil sie noch nie einen vergifteten Menschen behandelt hatte. Weil sie nicht gewusst hatte, was sie tun sollte.

Sie kämpfte gegen die Tränen an, als sie den Vorraum zum Empfangsgemach betraten. Einen schauderhaften Atemzug lang stellte sie sich vor, die Tür würde sich öffnen, jemand würde heraustreten und den Tod von Propst Engelbert verkünden. Sie würde ihn nie mehr sehen können. Seine Stimme nie wieder hören.

Lange Schatten erfüllten den Raum. Nur eine kümmerliche Kerze brannte in einer Halterung an einer Wand. Tryngen hielt inne, bis ihre Augen sich an die Dämmerung gewöhnt hatten. Wo waren die betenden Mönche? Wo war Uda?

Sie hatte es kaum zu Ende gedacht, als sie Schritte hörte, klirrendes Metall, und dann eine kräftige Hand, die sich auf den Mund des überraschten Krankenbruders legte. Sie sah einen gedrungenen Krieger, dessen langes Schwert an seinem Gürtel baumelte. Er hatte die Kapuze seines Umhangs hochgeschlagen, sodass sie sein Gesicht nicht sehen konnte. Ein schreckliches Geräusch ertönte, als er den Krankenbruder packte und ihm mit einer einzigen ruckartigen Bewegung das Genick brach. Ohne einen Ton sank der Mönch zu Boden.

Tryngen huschte in einen dunklen Winkel. Doch der Krieger hatte sie gesehen und kam mit schnellen Schritten auf sie zu.

Tryngen schrie. Sie rannte um ihr Leben. Sie spürte, wie sie mit dem Rücken gegen die Tür zum Empfangsraum prallte, als der Mann sie packte und in denselben Griff zwängen wollte, mit dem er den Mönch getötet hatte. Sie hörte ihren eigenen Schrei laut durch den Raum hallen. Wo waren die Wachen?

Sie streckte die Arme aus, wehrte sich mit aller Kraft. Sie wusste, ihre Arme waren wie Äste für ihn, die er mühelos brechen könnte, aber er sollte sie erst mal brechen. Es gelang ihr, ihm die Kapuze ein Stück weit vom Kopf zu ziehen. Das Kerzenlicht flackerte über Rabodos Gesicht. Sie sah seine entschlossene Miene. In diesem Augenblick war sie sich sicher, dass sie sterben würde. Merkwürdigerweise erfüllte dieser Gedanke sie nicht mit Furcht. Es war nur die nüchterne Feststellung einer Gewissheit, ehe der Schmerz folgen würde. Ein kurzer Schmerz und dann der Tod.

Da hörte sie, wie die Tür zum Vorraum aufgedrückt wurde. Der tote Mönch wurde beiseitegeschoben. Ein Leibgardist presste sich durch den Türspalt und zog sein Schwert. Rabodo ließ sie los, fuhr herum und zog sein Schwert ebenfalls. Klirrend krachten die beiden Waffen gegeneinander. Die Kerzenflamme zitterte. Obwohl er einen Helm trug, konnte Tryngen Wilem erkennen, der gegen Rabodo kämpfte. Sie wollte schreien, doch dann sah sie, wie die Tür noch weiter aufgeschoben wurde und der Hauptmann sich hindurchpresste.

»Aufhören!«, brüllte er. »Sofort!«

Doch die beiden Kämpfenden hörten nicht auf ihn. Der Hauptmann rief nach weiteren Männern. Tryngen beobachtete, wie Wilem seinen Gegner langsam in die Ecke trieb, während dieser sich erbittert wehrte. Wilems Wut auf Rabodo war groß. Es lag eine besondere Wucht in seinen Hieben, eine rasende Schnelligkeit. Überrascht stellte Tryngen fest, dass er recht gehabt hatte: Er war Rabodo überlegen. Mit einem Faustschlag seiner freien Hand traf er ihn so heftig an der Stirn, dass Rabodo für einen Augenblick das Bewusstsein verlor. Er taumelte nach hinten, prallte gegen die Wand, und sein Schwert glitt ihm aus der Hand und fiel zu Boden. Wilem setzte ihm sein Schwert an den ungeschützten Hals.

»Warum hast du den Mönch getötet? Warum wolltest du die Schwester umbringen?«

Rabodo starrte ihn an. »Stich zu!«, raunte er. »Los, mach schon!«

Aber Wilem schüttelte den Kopf.

Tryngen spürte, wie sich die Tür zum Empfangsgemach hinter ihr öffnete, und trat schnell zur Seite. Lambert erschien im Türspalt und spähte in den Vorraum. Seine Augen weiteten sich, als er Rabodo und den toten Mönch vor der Tür erblickte.

»Was ist geschehen, Lambert?«, rief Dietrich von Brohl hinter ihm aus dem Gemach. Ehe der Diener antworten konnte, wurde die Tür weit aufgestoßen, und der Capellarius trat an Lambert vorbei in den Vorraum. Überrascht starrte er auf den toten Mönch am Boden. Alle verneigten sich vor ihm. »Was ist geschehen?«, wiederholte er seine Frage.

Wilem fand als Erster seine Sprache wieder. »Ich war draußen vor dem Haus, als ich Schreie hörte. Sofort lief ich hierhin. Ich dachte, ich müsste Rabodo helfen, der zur Nachtwache beim Propst eingeteilt war. Als ich reinkam, sah ich den toten Mönch vor der Tür und Rabodo – er wollte Schwester Tryngen töten.«

Dietrich von Brohl starrte ihn eine Weile schweigend an. Er wandte sich an Tryngen. »Stimmt das, Schwester?« Er maß sie mit einem gefassten Blick. Müde sah er aus.

Tryngen roch an seinem Atem, dass er schon viel Wein getrunken haben musste. »Ja, das ist wahr«, bestätigte sie mit hoher Stimme. »Ich war im Heiliggeisthaus bei Bruder Stephanus. Dieser Krankenbruder hat mich zurückgebracht, und er hat das mit seinem Leben bezahlt! Als wir … als wir reinkamen, hat sich der Gardist sofort auf ihn gestürzt und ihn getötet.« Sie deutete auf Rabodo. »Dann … danach wollte er mich töten.«

Dietrich von Brohl nickte ernst. »Nehmt den Gardisten fest!«, befahl er dem Hauptmann, der daraufhin seinen Männern einen Wink gab. Sie packten Rabodo und zogen ihm noch einen Dolch aus dem Gürtel, hoben sein Schwert auf. Wilem steckte sein Schwert zurück und verbeugte sich vor dem Capellarius.

»Danke, das hast du sehr gut gemacht«, lobte Dietrich von Brohl. Er trat zu Rabodo, der gerade von den Männern gefesselt wurde. »Warum hast du das getan?« Er deutete mit dem Kopf auf den toten Mönch. »Warum wolltest du die Schwester töten?«

Rabodo antwortete nicht. Er warf einen kurzen, düsteren Blick zum Leibdiener hinüber und presste die Lippen fest zusammen.

»Bring ihn ins Gefängnis und verhör ihn, Hauptmann«, befahl Dietrich von Brohl.

Der Hauptmann nickte, doch ehe er etwas tun konnte, lief Wilem zur Tür des Empfangsgemachs und verschwand dahinter. Auch von Lambert war nichts mehr zu sehen.

»Hinterher!«, rief der Hauptmann. Die Leibgardisten stürmten ins Gemach, und der Hauptmann zog sein Schwert und folgte ihnen. Tryngen hörte die Männer durch das Empfangsgemach rennen und eine weitere Tür aufstoßen. Sie hörte, wie die Schritte sich entfernten, wie etwas gerufen wurde. Dann polterte es. Jemand schrie.

Da hielt es Dietrich von Brohl nicht mehr im Vorraum. Er hob sein langes Gewand und lief zurück. Tryngen folgte ihm. Sie durchquerten den leeren Empfangsraum, der in Stille und Dunkelheit lag. Im Schlafgemach des Propstes brannten einige Kerzen, und ein Kohlebecken verbreitete wohlige Wärme. Engelbert selbst lag mit geschlossenen Augen im Bett. Magister Waldever war nicht da.

Mit wackligen Knien trat Tryngen ans Bett und tastete nach der weichen Stelle an Engelberts Hals, wo man seinen

Puls fühlen konnte. Einen tiefen Atemzug lang wünschte sie sich, keine Heilerin mehr zu sein. Sie wollte nicht feststellen müssen, dass sein Herz nicht mehr schlug. Sie wollte es nicht! Eine Weile zögerte sie, während sie auf den halb geleerten Krug sah und mit sich kämpfte. Dann rutschten ihre Finger an die richtige Stelle, und sie fühlte seinen Herzschlag. Immer noch so seltsam wie vorhin, aber er war da. Erleichtert sank sie vor dem Bett auf die Knie.

Die Gardisten hatten Lambert kurz vor der geheimen Tür hinter dem Wandbehang überwältigt und auf den Boden geworfen, hielten seinen Kopf auf den bestickten Teppich gedrückt, bis der Mann sich nicht mehr wehrte.

Der Hauptmann baute sich über ihm auf. »Warum wolltest du fliehen?«

Der Diener antwortete nicht. Stattdessen sagte Wilem: »Ich kenne ihn. Er war ein Vertrauter von Dietrich von Heimbach.«

Tryngen hielt den Atem an. Dietrich von Heimbach. Einer der beiden Bewerber um das Amt des Erzbischofs, ein Rivale Engelberts. Sie erinnerte sich, wie man ihr im Kloster erzählt hatte, dass er einen jahrelangen, erfolglosen Prozess in Rom um die Wiedereinsetzung in sein Amt geführt hatte. War er derjenige, von dem Magister Waldever und Lambert gesprochen hatten, als sie sie neulich nachts belauscht hatte?

Der Capellarius wechselte mit dem Hauptmann einen Blick. »Was hattest du mit Dietrich von Heimbach zu schaffen?«, fragte er, doch Lambert schwieg.

»Antworte!«

Lambert blieb weiter still. Daraufhin packte einer der Gardisten, die ihn auf dem Boden festhielten, seinen Kopf und stieß ihn auf den Teppich. Dietrich von Brohl gab dem Hauptmann ein Zeichen.

»Ist gut. Hebt ihn auf!«, befahl der Hauptmann. Die Gardisten zogen Lambert auf die Beine, nahmen seine Arme und hielten ihn fest. An seiner Stirn klaffte ein blutender Riss.

»Wo ist Magister Waldever?«, hörte Tryngen sich fragen. »Er war doch gerade noch hier, Herr Capellarius, oder?«

Alle starrten sie an. Dietrich von Brohl nickte langsam, als würde er jetzt erst die Abwesenheit des Magisters bemerken. Er wurde noch bleicher. Der Hauptmann wandte sich von Lambert ab und gab Wilem ein Zeichen. Ohne ein weiteres Wort liefen die beiden zum Wandbehang und verschwanden dahinter. Dietrich von Brohl sah auf den schlafenden Engelbert hinunter. Dann folgte er den Gardisten.

Es dauerte lange, bis sie wieder zurückkehrten. Waldever war nicht bei ihnen. Er sei wohl, wie Tryngen ihren aufgeregten Worten entnahm, durch das kleine geheime Gemach und einen weiteren Gang entkommen, der durch den Weinkeller der Propstei nach draußen in die Stadt führte. Ein Vorgänger Engelberts hatte einst einen alten römischen Abwasserkanal zu einem Gang erweitern lassen, um einen Fluchtweg zu haben, erklärte der Hauptmann. Nur wenige hätten davon gewusst, außer ihm selbst nur noch Lambert.

»Du hast auch den Schlüssel dafür und ihn dem Magister gegeben«, fuhr der Hauptmann ihn an.

Lambert senkte den Kopf und erwiderte nichts.

Der Hauptmann baute sich vor ihm auf. »Warum ist der Physicus geflohen? Rede!«

Als Lambert schwieg, hieb er ihm kräftig mit der Faust gegen das Kinn. Der Kopf des Dieners zuckte nach hinten, aber er schwieg weiter.

»Warum ist er geflohen?«, rief der Hauptmann und schlug ihn erneut, als er nicht antwortete. Lambert stöhnte auf.

Langsam löste sich Tryngen aus ihrer Starre und ging zum Hauptmann. Ihre Knie zitterten immer noch, aber sie hatte sich wieder so weit in der Gewalt, dass sie etwas tun konnte. »Herr Hauptmann«, begann sie mit leiser Stimme. »Ich glaube, Magister Waldever hat unseren Herrn vergiftet.« Ihr Herz klopfte wie ein galoppierendes Pferd, aber die Worte drängten nun aus ihr heraus. »Es sollte wie eine Krankheit aussehen, deshalb hat er ihm immer wieder schädliche Kräuter gegeben, wahrscheinlich mithilfe des Dieners. Der Propst ist nicht krank, sondern vergiftet.«

Alles war still im Gemach bis auf die leisen Atemzüge Engelberts. Dietrich von Brohl stemmte die Arme in die Hüften und starrte Tryngen an. Der Hauptmann räusperte sich. Er trat noch einen Schritt näher, packte Lambert mit seinem eisernen Handschuh am Kinn. »Stimmt das!?«

Lambert schüttelte den Kopf.

»Nun, wir werden es im peinlichen Verhör rausfinden«, schnarrte der Hauptmann. Dietrich von Brohl trat an Engelberts Bett und starrte auf seinen Freund hinunter. »Ich kann nicht glauben, dass man ihn vor unseren Augen vergiften wollte«, sagte er leise. »Wie kommst du darauf, Schwester?«

Da erzählte Tryngen ihm alles, angefangen von den Einschüchterungsversuchen des Magisters über ihren Verdacht, dass schon Magister Pilgrim keines natürlichen Todes gestorben sei, bis zu den seltsamen Umständen von Clementias Tod. »Bis jetzt habe ich geglaubt, der Magister wollte mich loswerden, weil er allein Leibarzt des Erzbischofs werden wollte«, schloss sie. »Aber er wollte mich aus dem Weg haben, um Propst Engelbert in Ruhe töten zu können.« Angestrengt rang sie nach Luft. Sie fühlte sich furchtbar müde und erschöpft.

Der Capellarius rieb sich das Kinn. »Wenn das stimmt, dann hat Dietrich von Heimbach Männer gedungen, um Engelberts Wahl zu verhindern«, sagte er leise. »Seltsam, dass er glaubt, nach seinem verlorenen Prozess in Rom noch Erzbischof werden zu können.«

»Vielleicht wollte er das gar nicht mehr«, meinte Tryngen. »Vielleicht wollte er nur Rache.« Sie legte Propst Engelbert die Hand auf die warme Stirn.

»Du wirst dich um den Kranken kümmern, Schwester Tryngen«, befahl Dietrich von Brohl. Dann wandte er sich ab und befahl dem Hauptmann, Lambert und Rabodo zu verhören und den Küchenmeister zu verhaften.

Kapitel 24

»Schwester Tryngen? Schwester Tryngen, wach auf!«

Nur langsam durchbrachen die Worte die Mauer des Schlafes und drangen in ihr Bewusstsein. Tryngen glaubte zuerst, im Kloster zu sein und Isalda zu hören. Aber dann wurde ihr klar, wo sie war, und ihr fiel wieder ein, was geschehen war. Rabodo, der versucht hatte, sie zu töten. Waldevers Flucht, die Verhaftung von Lambert und Rabodo. Sie schob ihre Gedanken weit weg, an einen Ort, wo sie sie nicht mehr erreichen konnten. Eine neue Sorge erfüllte sie, eine böse Ahnung, die sich nicht kleindenken ließ, was immer sie versuchte: Engelbert würde sterben.

Magister Waldever war es gelungen, sein schlimmes Werk in den Stunden, die er allein bei ihm gewesen war, zu vollenden, während sie draußen darauf gewartet hatte, dass man sie wieder zu Engelbert rufen würde. Sie hatte tatenlos gewartet, während er langsam vergiftet wurde.

»Ja?« Tryngen richtete sich auf dem Lager auf, das man ihr notdürftig am pröpstlichen Bett errichtet hatte – ein Stapel von Schafsfellen und Wolldecken. Sie hätte auch auf dem Boden geschlafen. Sie hätte überall geschlafen, wenn sie ihn damit hätte retten können.

Es musste mitten in der Nacht sein, tiefe Schatten hingen im stillen Gemach. Dietrich von Brohl schlief in einem Korbsessel mit vornübergefallenem Kopf, Bruder Stephanus schnarchte im Empfangsgemach. Hastig richtete sie ihren Schleier, erhob sich und trat an Engelberts Bett. Im matten Schein der heruntergebrannten Kerzen sah sein Gesicht bleicher aus denn je. Unter seinen Augen lagen Schatten, Bartstoppeln wuchsen ihm an Kinn und Wangen. Mit müden Augen betrachtete er sie. »Schwester Tryngen, mir ist so seltsam. Alles … tut weh.«

»Wo habt Ihr Schmerzen, Herr?«

»Überall!«, seufzte er. »In den Knien und im Bauch … und hier …« Er deutete auf seine Schultern.

Tryngen nickte und versuchte, sich ihre Angst nicht anmerken zu lassen. Sie schlug die Wolldecke zurück und prüfte die feuchten Wickel, die sie ihm am Abend noch um seine geschwollenen Knie gebunden hatte. Sie waren warm geworden.

»Ich werde Euch neue Wickel machen und mir gleich Eure Schulter ansehen«, bestimmte sie und warf ihm ein beruhigendes Lächeln zu. Er nickte und schloss die Augen. Sie wickelte die Tücher ab, tauchte sie in kaltes Wasser. Seine Knie waren noch nicht abgeschwollen. Was immer es war, das Magister Waldever ihm eingeflößt hatte – es entfaltete seine schädliche Wirkung an allen möglichen Stellen seines Leibes. Noch am Abend hatten Bruder Stephanus und sie mit Engelbert das getan, was der Mönch einst mit dem Soldaten getan hatte. Sie hatten ihn zum Erbrechen gebracht, Bruder Stephanus hatte ihm ein Klistier verabreicht, sie hatten ihm einen krampflösenden und schlaffördernden Trank eingeflößt. Aber sein Zustand hatte sich nicht gebessert.

Tryngen tastete die geschwollenen Knie ab. Sie hoffte, dass das Gift nicht schon sein unheilvolles Werk verrichtet hatte, bevor sie helfen konnten. Gleich morgen früh, dachte sie, werde ich es mit einem Salbenumschlag versuchen.

»Es wird jetzt etwas kalt, Herr«, warnte sie, bevor sie ihm den kalten Verband ans Knie legte.

»Jaja.« Still duldete er, wie sie seine Knie umwickelte. Als sie fertig war, half sie ihm, sich aufzurichten. Sie nahm die Kerze, schob sein Hemd hoch und begutachtete seine Schultern. Traurigkeit erfasste sie, als sie seinen Rücken betrachtete. Sie wollte nicht glauben, dass sein Leib bald in einem dunklen Sarg ruhen würde. »Ich kann nichts erkennen«, raunte sie. »Wir müssen vorne schauen.«

Er nickte. Bereitwillig hielt er sein Hemd hoch, damit sie seine Schultern abtasten konnte. Sie fühlte seine warme Haut, seinen seltsam riechenden Atem. Es ist das Gift, durchfuhr es sie, es zerfrisst ihn von innen. Mühsam kämpfte sie gegen ihre aufsteigende Angst an. Vorsichtig tastete sie ihm den Oberkörper bis zu den Schultern ab, dann den Bauch. Er hatte immer noch Krämpfe. Sie ließ sein Hemd sinken. »Es kommt von Eurem Magen. Die Schmerzen steigen auf und … Eure Säfte sind …«

»Jaja.« Er machte eine schwache Handbewegung. »Bemüh dich nicht. Ich weiß, ich werde sterben.«

»Nein, werdet Ihr nicht!«, protestierte sie. »Bruder Stephanus und ich tun alles für Euer Leben. Ihr werdet nicht sterben.« Sie verstummte und vollendete ihren Satz in Gedanken: Solange sie lebte, würde sie mit allen Mitteln um sein Leben kämpfen.

»Aber ich fühle mich so seltsam! Da sind Drachen in meinem Leib, und dann auch wieder nicht. Ich träume seltsames Zeug …«

»Das kommt vom Schlaftrunk«, erwiderte sie schnell.

Er betrachtete sie mit halb geschlossenen Augen. »Schwester Tryngen, neulich abends, als ich dich in dem Gewand sah … würdest du noch einmal … bitte, ich möchte dich ohne Schleier sehen. Nur noch einmal.«

Sie starrte ihn an. Hatte sie richtig gehört? Sollte sie tatsächlich einen Eindruck auf ihn gemacht haben in dem

Hochzeitsbliaut, so sehr, dass er sich daran erinnerte? Sie konnte es nicht fassen. Als sie zögerte, sagte er: »Du musst es nicht tun, wenn du es nicht willst. Es ist nur … ich bin ein Mann kurz vor dem Tod und …« Er schluckte und brach ab. Der Rest des Satzes lag in seinem sehnsuchtsvollen Blick verborgen. Als sie seinen Blick sah, überwältigte sie eine unbändige Freude. Er fand sie hübsch genug, um sie ohne Schleier sehen zu wollen! Sie warf einen raschen Blick auf Dietrich von Brohl, der immer noch schlief, dann zog sie ihren Schleier ab und ließ ihn fallen. Langsam nahm sie die Haarnadeln heraus, eine nach der anderen, bis ihr Zopf lang herunterfiel. Zuletzt löste sie das Haarband und flocht sich den Zopf auf. In langen Wellen fiel ihr Haar auf die Hüften.

Engelbert betrachtete sie lange. Er lächelte schwach. Dann streckte er seine Hand nach ihr aus.

Ihr erster Gedanke war, dass er nicht sie meinte. Dass das Gift ihm den Verstand trübte und er sie mit einer seiner Bettgenossinnen verwechselte. Oder dass er in ihr irgendeine Frau sah, die ihn einst betört hatte und deren Bild ihm seine Fantasie nun wieder vorgaukelte. Etwas in ihr warnte sie, sie wäre seine Heilerin und dürfe sich ihm deshalb nicht nähern, nicht auf *diese* Art. Aber dann dachte sie, dass es für ihn vielleicht das letzte Mal wäre, eine Frau zu spüren, und – bei Gott! – sie fühlte auf einmal den unbändigen Wunsch, ihn zu berühren. Sie trat zu ihm, nahm seine Hand, kniete nieder und führte sie an ihre Wange. Aber er zog sie zu sich herauf, drückte seine warmen Lippen auf ihren Handrücken. Dann streckte er die Arme nach ihr aus, und sie ließ ihren Kopf auf seine Brust sinken. Er küsste ihren Scheitel, fuhr sanft mit seinen Händen durch ihr Haar. Sie hörte sein Herz pochen. Sie hob den Kopf, und er fuhr mit einem Finger über ihre Stirn, ihre Nase, ihre Lippen. Er lächelte.

Tryngen musste schlucken. Sie spürte ihr Herz schneller schlagen. Etwas Weiches dehnte sich in ihr, ein Sehnen, und sie ahnte, dass es stärker war als sie, dass es sie bezwingen und ihr die Gewalt über sich selbst entreißen würde. Sie wollte die Augen schließen, aber es gelang ihr nicht. Etwas in ihr zwang sie, ihn anzusehen. Immer würde sie sich an den Blick erinnern, mit dem er sie jetzt ansah.

»Tryngen …«, murmelte er. Seine Miene verzog sich, als ein erneuter Krampf ihn überfiel. Er krümmte sich vor Schmerzen.

Der Zauber fiel in sich zusammen wie eine Meereswelle, die an den Strand schlug. Tryngen hielt Engelbert fest, bis der Schmerz verebbt war. Dann erhob sie sich, nahm den Krug und füllte einen Becher mit dem Trank. Sie setzte sich auf das Bett, nahm Engelbert in den Arm und flößte ihm den Trank ein. Nachdem er den Becher geleert hatte, sank er zurück auf das Kissen, drehte sich um und schlief ein. Sie aber war viel zu aufgewühlt, um zu schlafen. Noch lange blieb sie wach und schlief erst ein, als der Morgen graute.

Am nächsten Morgen erschien der Domdekan persönlich, um sich ein Bild vom Befinden des Propstes zu machen. Er trat an das Krankenbett und betrachtete den Schlafenden lange, dann beriet er sich mit Dietrich von Brohl und den anderen Würdenträgern im Empfangsgemach.

Wilem hielt Wache im Vorraum. Er erzählte Tryngen, dass Lambert sich noch in der Nacht dem peinlichen Verhör entzogen hätte, indem er ein Pulver eingenommen hätte und kurz darauf einen plötzlichen Tod gestorben sei. Der Küchenmeister aber habe den missglückten Giftanschlag auf sie, dem Clementia zum Opfer gefallen sei, gestanden. Er habe von Lambert die Schlüssel zum Gesindehaus erhalten und ihren Leichnam so hergerichtet, dass es wie ein natürlicher Tod aussah. Das Gift habe er von Magister Waldever bekommen, der ihm den Auftrag zu dem Mord gegeben habe, schloss Wilem.

»Hat er gesagt, warum?«, fragte Tryngen. Sie spürte, dass sie wieder zu zittern begann.

»Er sagte, er wisse nichts über die Gründe. Wir haben nichts aus ihm rausgekriegt, auch nach wiederholten Fragen nicht. Er gestand nur, dass Magister Waldever ihn gedungen hätte, aber nicht nur zum Mord an dir. Er hat auch den Mord an Magister Pilgrim gestanden. Du hattest recht, Tryngen, der alte Leibarzt wurde vergiftet.« Wilem runzelte die Stirn. Er sah sehr müde aus.

Tryngen überlief ein kalter Schauer. »Also hat Magister Waldever Gottfried beauftragt, den alten Leibarzt zu töten, damit er an den Hof kommen konnte. Dann wollte er auch mich töten lassen, um allein Leibarzt des Propstes zu sein, damit er ihn vergiften konnte.«

»Das ist nur eine Vermutung«, erwiderte Wilem. »Sie wird nicht ausreichen, um Dietrich von Heimbach anzuklagen. Es sei denn, wir finden Magister Waldever. Der Hauptmann lässt ihn in der ganzen Stadt suchen.«

Tryngen starrte aus dem Fenster des Vorraums, ohne wirklich etwas zu sehen. Die Gedanken an den letzten Abend spukten wie wirre Träume in ihrem Kopf herum. Sie konnte immer noch nicht wirklich fassen, dass man sie hatte töten wollen.

»Ich würde gern wissen, was Lambert zu sagen gehabt hätte«, fuhr Wilem fort. »Rabodo hat gestanden, von ihm gedungen worden zu sein. Lambert wollte ihn in der Leibgarde haben, und der Magister hätte dafür gesorgt, dass er dorthin käme, hat er gesagt. Er solle sich für Aufträge bereithalten. Gestern hat Lambert ihm den Auftrag gegeben, dich zu töten, wenn du zurückkommen würdest.«

»Sie wollten mich aus dem Weg haben«, sagte Tryngen mit tonloser Stimme. »Ich bin ihnen zu gefährlich geworden.

Magister Waldever hat gestern dafür gesorgt, dass ich aus dem Krankengemach verbannt werde, aber wahrscheinlich hat ihnen das nicht gereicht. Ist das nicht genug Beweis dafür, dass sie Propst Engelbert töten wollten? Wenn sie es nur nicht geschafft haben!« Das Fenster verschwamm vor ihren Augen. Sie schluchzte auf.

Wilem nahm sie in die Arme, und sie presste ihr Gesicht in seinen rauen Umhang. Für einen Augenblick fühlte sie sich gewärmt und getröstet. Wie gut, dass er am Hof war! Sie drückte ihm den Arm und lächelte mühsam. »Danke, Wilem!«

Er lächelte müde.

»Du hattest recht, was Rabodo betraf. Er hätte dich nie schlagen können. Deine Müdigkeit auf dem Kampfplatz ... der Magister muss dir irgendetwas in die Flasche getan haben.« Sie erinnerte sich daran, wie Magister Waldever eine Weile bei den Kämpfern gestanden und mit ihnen gesprochen hatte.

»Wir haben eine Verschwörung aufgedeckt, Tryngen. Der Hauptmann ist beeindruckt.«

»Wenn ich bedenke, dass Lambert Propst Engelbert jahrelang treu gedient hat ... Der Propst vertraut den Menschen nicht schnell, Lambert muss lange gebraucht haben, bis er in diese Stellung gekommen ist«, meinte Tryngen. »Wahrscheinlich war er sogar der Kopf der Verschwörer. Wie gut, dass du ihn erkannt hast.«

Sie konnte immer noch nicht glauben, dass der nüchterne wortkarge Leibdiener Engelberts zu so einer Tat in der Lage war.

»Er oder der Magister«, meinte Wilem. »Der Küchenmeister war sicher nur ein Handlanger. Er wusste nicht, wer in Wahrheit dahintersteckt.«

»Doch, ich glaube schon«, entgegnete Tryngen.

Wilem sah sie erstaunt an. Sie erzählte ihm, wie sie sich in der Nacht zur Küche geschlichen und was sie dort beobachtet hatte.

»Sagtest du nicht, Gottfried hätte einen Sohn gehabt, der auf welfischer Seite in der Schlacht bei Wassenberg gekämpft hat und gefallen sei?«, fragte sie.

Wilem nickte langsam, als er begriff, worauf Tryngen hinauswollte.

»Dietrich von Heimbach war ein treuer Welfenanhänger«, fuhr sie fort. »Gottfried wollte sich für den Tod seines Sohnes rächen.«

»Ich verstehe.« Wilem sah eine Weile nachdenklich aus dem Fenster. »Propst Engelbert steht schon seit Jahren auf der Seite des Stauferkönigs Friedrich. Sie alle wollten verhindern, dass er Erzbischof wird, damit Dietrich von Heimbach wieder ins Amt kommt – Lambert als sein treuer Spion, Gottfried aus Rache, Rabodo wurde bezahlt. Aber warum Magister Waldever? Warum sollte er sich einer solchen Gefahr aussetzen? Er ist ein guter Arzt, hat einen hervorragenden Ruf. Er hat von allen am meisten zu verlieren.«

Tryngen zuckte mit den Schultern. »Wer weiß, was Dietrich von Heimbach ihm geboten hat?« Sie musste an Maria denken und fragte sich plötzlich, ob die Priorin und ihr Bruder vielleicht auch für Dietrich von Heimbach arbeiteten. Morgen würde sie zum Kloster müssen. Sie hoffte, dass Katharina von Gründbach dann endlich zufrieden wäre und Maria in Ruhe ließe. Am besten, sie würde endlich abreisen und nie wiederkommen.

Wilem musterte sie besorgt. »Du bist müde, nicht? Das alles war zu viel für dich. Lass Bruder Stephanus ans Ruder und leg dich schlafen.«

Aber Tryngen schüttelte den Kopf. »Ich muss bei ihm bleiben.«

»Der Propst hat nichts von einer erschöpften Heilerin. Leg dich hin! Ich hab Maria versprochen, dass ich auf dich achte.«

Maria. Wie es ihr wohl ging? Sie zwang sich zu einem Lächeln. »Gut, ich leg mich hin.«

Sie hatte es kaum ausgesprochen, als ein Diener, den man rasch als Ersatz für Lambert beordert hatte, an sie herantrat und sie ins Empfangsgemach bat. Der Domdekan wolle sie sehen.

Konrad von Büren erwartete sie im Kreis der anderen Würdenträger. Tryngen sank in einen tiefen Knicks und wartete ab, bis der Dekan das Wort an sie richtete.

»Erhebe dich!« Er musterte sie lange, dann wandte er sich an Dietrich von Brohl. »Warum glaubt er, dass diese Novizin ihn heilen könnte?«

»Er vertraut ihr. Wie Ihr wisst, hat sie ihm schon einmal das Leben gerettet.«

»Versündigt Euch nicht gegen den Allmächtigen«, erwiderte der Dekan. »Nicht sie, sondern der Höchste selbst hat sein Leben verschont.«

»Natürlich.« Dietrich von Brohl räusperte sich. »Sie war nur das Werkzeug des Allmächtigen. Wie heißt es so schön? Gott hat auf Erden viele tätige Hände, die für ihn schaffen.«

Der Dekan verzog die Mundwinkel und starrte Tryngen an. Er trug die gleiche Tracht wie am Vortag. Aus der Nähe betrachtet schien er doch nicht so alt zu sein, wie er von Weitem ausgesehen hatte. Dünne helle Haare kräuselten sich unter seiner Kappe hervor. Über seiner Oberlippe glänzte es feucht, als hätte er gerade getrunken und vergessen, sich den Mund abzuwischen. »Was ist das für ein Kloster, aus dem sie stammt?«, fragte er.

»Kloster Weiher. Ihr wisst schon, das kleine Frauenkloster vor der Stadt, das die Witwe des Zöllners damals gegründet hat. Sie war so gütig, uns ihre Novizin zu überlassen.«

»Hm.« Der Dekan wandte sich an die anderen Würdenträger. »Die Krankheit scheint den Verstand unseres Propstes doch sehr getrübt zu haben, wenn er will, dass dieses Weib sich um ihn kümmert. Wir sollten besser nach einem erfahrenen Physicus schicken. Was meint Ihr?«

»Ich teile Eure Bedenken«, pflichtete Scholaster Oliver ihm bei. »Eine so wichtige Angelegenheit können wir unmöglich in die Hände eines Weibes legen.«

»Mit Verlaub, Herr von Büren«, wandte Dietrich von Brohl ein. »Ihr habt doch vernommen, was Propst Engelbert gerade bestimmt hat, nachdem wir ihm erklärten, Magister Waldever sei schwer erkrankt. Er will, dass Schwester Tryngen sich um ihn kümmert. Gemeinsam mit dem Mönch.«

»Jaja, das habe ich gehört«, erwiderte der Dekan ungeduldig. »Ich bin doch nicht taub! Ich habe nur Zweifel am augenblicklichen Geisteszustand unseres Herrn geäußert!«

»Das habe ich vernommen, Ehrenwerter. Ich möchte Euch nur daran erinnern, dass der Propst Gründe hat, die zu seiner Entscheidung führen, und man gut daran tut, sie zu beachten.«

Der Dekan bedachte Tryngen mit einem geringschätzigen Blick. »Welche Gründe könnten das schon sein, guter Capellarius?« Er verzog seine dicken Lippen zu einem schwachen Lächeln.

Ein paar der Würdenträger lachten. Dietrich von Brohl lachte nicht. »Ehrenwerter Dekan, bedenkt, dass es Schwester Tryngen war, die die schändliche Tat der Verräter entdeckt hat. Der Allmächtige scheint sehr durch sie zu wirken. Vielleicht kann sie Propst Engelbert das Leben retten. Denkt daran, was es für Folgen haben könnte, wenn Ihr den Befehl des Propstes missachtet.«

Alle schwiegen. Konrad von Büren legte den Kopf in den Nacken und musterte Tryngen aus schmalen Augen. »Glaubst du, das Leben unseres Herrn ist noch zu retten?«, fragte er.

Sie starrte auf die geplatzten Äderchen an seiner Nase und dachte, dass er sich vielleicht zu ausgiebig den Tafelfreuden hingab. Vielleicht würde er eines Tages den plötzlichen Tod sterben.

»Bestimmt«, versicherte sie und legte dabei so viel Zuversicht wie möglich in ihre Stimme. »Mit Gottes Hilfe und unseren Gebeten.«

Der Dekan seufzte tief. Dann wandte er sich an die anderen Würdenträger. »Nun also – Ihr seid meine Zeugen, dass ich mich nicht über den Befehl unseres Herrn von Berg hinwegsetze. Die Novizin bleibt an seiner Seite und wird ihn pflegen, gemeinsam mit dem Krankenmeister des Heiliggeisthauses.« Er wandte sich an Tryngen. »Wir werden dich nicht aus den Augen lassen, Schwester. In Gottes Namen.«

»In Gottes Namen.« Alle bekreuzigten sich.

Tryngen fing den Blick des Capellarius auf, ehe der Diener sie zu Propst Engelberts Schlafgemach führte. Er lächelte.

Kapitel 25

Am nächsten Morgen hatte sich endlich etwas eingestellt, auf das Bruder Stephanus und Tryngen schon den ganzen vorherigen Tag hingearbeitet hatten. Erleichtert standen sie am Fenster des Schlafgemachs und begutachteten den Inhalt einer tönernen Bettpfanne.

»Schwarze Galle«, sagte Bruder Stephanus und legte seine Stirn in sorgenvolle Falten.

»Aber es riecht nicht ungewöhnlicher als sonst«, meinte Tryngen hoffnungsvoll. »Vielleicht ist es nur das Gift, das seinen Leib nun endlich verlässt.«

Bruder Stephanus kratzte sich an seinen Bartstoppeln und gab dem Diener die Bettpfanne. Er seufzte leise. »Wenn du mich fragst, dann steht unser Herr an der Pforte des Todes. Wir haben keine Anzeichen einer Besserung.«

»Aber auch keine von einer Verschlechterung.« Sie mochte nicht einsehen, dass es so schlimm um Engelbert stand.

Der Mönch schüttelte den Kopf. »Allmählich verstehe ich, dass der Magister deine Widersprüche nicht mehr wollte«, meinte er lächelnd.

Tryngen ergriff seine dicken Hände. »Bruder Stephanus, wir dürfen ihn nicht aufgeben! Bedenkt doch, wer er ist. Wir müssen alles tun, um ihn zu retten!«

Stephanus seufzte. »Wir sollten ihn am Fuß zur Ader lassen und ihm warme Bauchauflagen machen.«

Tryngen nickte. Alles war ihr recht, wenn er nur nicht aufgeben würde. Sie brauchte seine Zuversicht und seinen Rat, um nicht selbst die Hoffnung zu verlieren.

Sie taten alles, wie besprochen, doch Engelberts Zustand besserte sich nicht. Tryngen bereitete Tränke in der Küche, die sie nun wieder ohne Angst betreten konnte. Geduldig beantwortete sie die Fragen Johannas, die an Gottfrieds Stelle gerückt war und das Küchengesinde anleitete, und nahm ihre guten Wünsche und Gottes Segen für Propst Engelbert entgegen. »Alle beten für ihn«, sagte Johanna und wischte sich die Tränen aus den Augen. »Im Dom werden Messen gelesen, und so viele Kerzen brennen für ihn. Drück ihm die Hand von mir, Kind!« Tryngen versprach es.

Eine besondere Stille lag über dem verschneiten Domhof, als sie in die Propstei zurückeilte. Es war, als hielte der Hof den Atem an und wartete ab, wie sich das Schicksal des Dompropstes wenden würde.

Engelbert stöhnte vor Schmerz, als sie ihm ihren neuen Trank einflößte. Den ganzen Tag war er kaum bei Bewusstsein. In seinen wenigen wachen Augenblicken wunderte er sich, warum er noch am Leben sei, ein anderes Mal fragte er, wann die Wahl endlich stattfinden würde. Er schickte nach Hilbert und schlief danach wieder ein, sodass der Mönch unverrichteter Dinge wieder gehen musste. Mit keinem Wort, keinem Blick und keiner Geste deutete er an, dass er sich an das erinnerte, was in der Nacht zuvor geschehen war, dass sie sich beinahe geküsst hätten. Wahrscheinlich würde er sich nie mehr daran erinnern.

Aber sie würde die Erinnerung in sich bewahren, wie einen besonderen Schatz. Sie lächelte, als sie daran zurückdachte, während sie vor seinem Bett kniete und betete. Sie liebte einen todkranken Mann, dachte sie. Den künftigen Erzbischof von Köln, wenn er überlebte. War sie von Gott und allen Heiligen verlassen?

Eine Weile verharrte sie ruhig mit dieser nüchternen Erkenntnis. Sie hob den Kopf und betrachtete Engelbert still im letzten Licht des winterlichen Tages, das durch das Fenster hereinsickerte – sein zerwühltes Haar, die geschlossenen Augen, das bleiche, abgemagerte Gesicht, das gut das eines Toten hätte sein können. Sie wünschte sich mehr als alles andere, dieses Gesicht wieder mit Farbe zu sehen, seine Augen geöffnet und sie mit der gewohnten Lebendigkeit musternd. Sie wollte, dass er wieder mit ihr sprach, und wenn es nur eine spöttische Bemerkung wäre oder ein Witz auf ihre Kosten. Sie sehnte sich sogar nach seinem berühmten halben Lächeln, von dem sie nie wusste, ob er es aufrichtig meinte oder nur spottete. Sie wollte bei ihm bleiben, an seinem Bett knien und Gott, die Hohe Mutter und alle Heiligen um sein Leben anflehen, aber sie musste ins Kloster zurück, damit Maria nichts geschah.

Schnell sah sie sich um, ob jemand sie beobachtete. Bruder Stephanus kniete am Fußende des Bettes und hatte den Kopf gesenkt, der Diener hatte sich abgewandt und blickte aus dem Fenster. Da hob sie die Hand und strich dem Kranken mit dem Finger über die Wange. Widerstrebend erhob sie sich und ging zu Bruder Stephanus. »Könnt Ihr Euch bitte eine Weile um ihn kümmern? Ich möchte in der Kapelle für ihn beten.«

»Jaja, geh nur.« Der Mönch sah nur kurz auf. Tryngen warf noch einen Blick auf Engelbert, ehe sie aus dem Schlafgemach eilte und die Propstei verließ. Am liebsten wäre sie bei ihm geblieben.

Draußen dämmerte es bereits, und der Himmel glänzte dunkelblau über den schneebedeckten Türmen des Doms.

Bald wäre es Zeit für die Komplet, nach der man sie im Kloster Weiher erwarten würde. Sie musste sich beeilen. Schnell lief sie hinaus und verließ den Hof.

Sie nahm den Weg am Viehmarkt und an St. Aposteln vorbei, weil es der schnellste war. Doch als sie die Stadt verlassen hatte und in den Feldweg einbog, der zum Kloster führte, sank ihr der Mut. Es war fast schon dunkel. Weiß dehnte sich der Schnee auf den Feldern unter dem sternenklaren Himmel. Das Kloster mit seiner höchsten Erhebung, dem Kapellenturm, lag wie eine kleine Trutzburg zwischen Himmel und Erde. Bisher war es immer ein Hort des Schutzes und der Geborgenheit für sie gewesen; sie hatte sich jedes Mal gefreut, zu ihm zurückzukehren. Aber nun hatte sie Angst.

Würde man auch sie gefangen nehmen? Würde sie zu Propst Engelbert zurückkehren können? Vielleicht hätte sie Wilem doch besser mitgenommen. Zumindest hätte sie ihm alles erzählen müssen. Es war ein Fehler, allein hier zu sein, dachte sie.

Doch dann beruhigte sie sich mit dem Gedanken, dass die Priorin etwas von ihr wissen wollte. Sie wollte bestimmt, dass sie weiter am Hof bliebe, um ihr berichten zu können.

Zitternd bat sie an der Pforte um Einlass. Die Pförtnerin war eine junge Schwester, die sie nicht kannte.

»Was ist mit Schwester Hildegund?«, fragte sie.

»Weiß nicht.« Die Pförtnerin zuckte missmutig mit den Schultern.

Tryngen überlief ein kalter Schauer. Es war sehr ungewöhnlich für ihr kleines Kloster, dass die Schwester ihre Vorgängerin nicht kannte.

Die junge Frau schwang eine kleine Glocke. Ein Bewaffneter kam und nahm Tryngen am Arm. Es war derselbe Mann, der sie beim letzten Mal zurück zur Stadt gebracht hatte. Er führte sie über den verschneiten Klosterhof zum Klausurbereich und übergab sie dort an einen anderen Bewaffneten, den sie noch nie gesehen hatte – ein Krieger, der einen ledernen Brustschutz und einen langen Umhang trug. Er führte sie durch den Kreuzgang, brachte sie jedoch nicht in Richmuds Arbeitszimmer, wie sie vermutet hatte, sondern ins Refektorium. Das lag nun still und leer, nachdem die Schwestern sich nach der Komplet zum Schlafen zurückgezogen hatten.

Tryngen verspürte ein Prickeln im Nacken, als der Mann die Fluchttür im Dielenboden öffnete und sie die Stufen hinunterdrängte. Kühle staubige Luft schlug ihr entgegen, als sie den schmalen Gang zur Grabkammer entlangschritten. Der Mann trug eine Fackel, die warm hinter ihr brannte.

»Weiter!«, trieb er sie an, als sie zögerte. »Weiter!«

Ihr Herz pochte. Sie hatte das Gefühl, keine Luft mehr zu bekommen, als sie vor der Tür zur Grabkammer innehielten.

»Mach auf!«, herrschte der Mann sie an.

Sie gehorchte und öffnete die schwere Tür. Die Kammer war hell erleuchtet. An jeder Wand standen steinerne Sarkophage, auf denen Kerzen brannten, und hölzerne Särge. Es kam ihr seltsam vor, alles so klar und erleuchtet zu sehen. Das letzte Mal, als sie hier gewesen war, waren die Mauern Bäume gewesen, und sie hatte das Feuer auf dem See gesehen. Die Priorin und Richmud erwarteten sie am Altar. Beide trugen die übliche schwarze Schwesterntracht.

»Tryngen, wie schön, dich zu sehen.« Die Priorin lächelte schwach. »Ich freue mich, dass du zuerst uns deine Aufwartung machst, anstatt dich im Krankensaal zu verstecken.«

Es wäre ja auch nicht anders gegangen, dachte Tryngen grimmig, während sie vor ihr knickste. »Meisterin Richmud.«

Sie knickste auch vor der Meisterin. Richmud schien in den Wochen, die sie sie nicht gesehen hatte, in sich zusammengesunken zu sein. Sie schenkte ihr ein Lächeln, dem jede Herzlichkeit fehlte.

»Ein ungewöhnlicher Ort für meinen Empfang«, hörte Tryngen sich sagen.

Die Priorin hob den Kopf. Wie ein großer dunkler Vogel fuhr sie nach vorn und baute sich vor ihr auf. »So selbstbewusst, kleine Novizin? Du scheinst am Hof gewachsen zu sein! Man hat dir wohl ordentlich Honig ums Maul geschmiert als Leibärztin des Propstes, was?«

Tryngen versuchte, ruhig zu bleiben »Ganz im Gegenteil. Man hat versucht, mich zu töten.«

Neugier trat in das gelbe Gesicht der Priorin. »Das musst du mir erklären.«

»Erst, wenn ich Maria sehe.«

Katharina von Gründbach kräuselte die Lippen. Sie nickte ihrem Schergen zu, der daraufhin die Kammer verließ.

»Wie geht es meinen Schwestern?«, fragte Tryngen, der die Abwesenheit der anderen aufgefallen war. Unauffällig sah sie zu Richmud hinüber. Was war hier los? Hatte die Priorin mit ihren Schergen den Konventualinnen etwas angetan? Aber Richmuds ausdruckslose Miene verriet nichts.

»Die Schwestern begeben sich nach der Komplet immer zur Ruhe«, belehrte sie die Priorin. »Bist du schon so lange weg, dass du das vergessen hast?«

Tryngen schüttelte den Kopf.

»Mithilfe meines Bruders habe ich dafür gesorgt, dass hier endlich wieder Ruhe und Ordnung herrschen. Das Kloster schien mir doch irgendwie … sittenlos zu sein.« Sie warf einen Blick auf Richmud, die schweigend am Altar wartete.

Auf dem Flur erklangen Schritte. Die Tür öffnete sich, und der Bewaffnete führte Maria herein. Er schob sie vor die Priorin und postierte sich wieder an der Tür. Tryngen atmete erleichtert auf. Maria sah gut aus. Vielleicht etwas dünner als sonst, aber unversehrt. Auch Maria musterte sie und schien Ähnliches zu denken.

»Also …?« Auffordernd blickte die Priorin Tryngen an.

»Ich möchte erst mit ihr sprechen.«

Katharina von Gründbach stöhnte ungeduldig. »Müssen wir etwa euer gewohntes unnützes Geplauder über uns ergehen lassen?«

»Bitte, nur kurz!«

»Also gut. Sag etwas, Maria, sie will wissen, ob du deine Zunge noch hast.«

»Es geht mir gut, Tryngen. Ich freue mich, dich zu sehen«, sagte Maria leise.

Tryngen schluckte. »Ich freue mich auch«, sagte sie mit rauer Stimme, während sie gegen ihre aufsteigende Wut ankämpfte. Es ging Maria nicht gut, das hörte sie an ihrer Stimme.

»Nun erzähle uns endlich, was am Hof passiert ist«, befahl Katharina von Gründbach. »Ich brenne vor Neugier.«

Da berichtete Tryngen ihr von dem Anschlag auf Propst Engelbert und wie man versucht hatte, sie durch Rabodo töten zu lassen, damit sie den Anschlag nicht verhindern konnte. Sie berichtete, wie Wilem sie gerettet hatte und was mit den Verschwörern geschehen war. »Wahrscheinlich haben sie im Auftrag von Dietrich von Heimbach gehandelt«, schloss sie. »Aber beweisen kann man es nicht, da Waldever verschwunden ist, der Leibdiener sich umgebracht hat und der Küchenmeister und Rabodo zu wenig über die Hintermänner wissen.«

»Wie bedauerlich«, sagte die Priorin. Sie hatte still und aufmerksam zugehört. »Wie gut, dass wir dir Wilem an die Seite gestellt haben. Nicht wahr, Maria?«

Maria nickte. Sie sah sehr erleichtert aus.

»Wie bist du darauf gekommen, dass der Propst vergiftet wird?«, wollte die Priorin wissen.

»Er hatte merkwürdige Krankheitszeichen«, erklärte Tryngen. »Ich habe so etwas noch nie gesehen. Sein Puls war so seltsam … Mir war klar, dass es mehr als ein harmloses Bauchgrimmen sein musste, wie Waldever behauptete.«

»Aber wie bist du ausgerechnet auf Gift gekommen?«

Tryngen besann sich auf ihre Worte. Sie hatte Maria nichts von dem verfehlten Giftanschlag auf sie selbst erzählt, dem Schwester Clementia zum Opfer gefallen war, um sie nicht zu beunruhigen. Sie wollte auch der Priorin nicht zu viel erzählen. »Der Krankenmeister vom Heiliggeisthaus hat mir erzählt, er hätte schon mal so einen Kranken gehabt. Einen jungen Soldaten, der im Feldlager war und sich dort an etwas vergiftet hat.«

Katharina von Gründbach nickte. »Was für ein glücklicher Umstand.« Es klang enttäuscht. »Der Propst hatte Glück, eine so kluge Heilerin und Schützerin an seiner Seite zu haben.« Sie begann, in der Grabkammer auf und ab zu laufen, während sie die Hände rang. Plötzlich hielt sie inne und kreischte, man solle ihren Bruder holen, sofort. Auch Richmuds Töchter! Sie lief zum Altar, nahm eine vertrocknete Rose, warf sie zu Boden und zertrat sie. Dann riss sie das rote Tuch von der Büste der Göttin und hielt eine Kerze daran. Rasch leckten die Flammen an dem Stoff. Sie warf das brennende Tuch auf den Steinboden der Grabkammer, wo die Flammen es rasch verzehrten.

»Schluss mit dem elenden Zauber!« Sie nahm die hölzerne Büste, hielt sie hoch.

»Nicht die Hohe Mutter!« Maria trat ihr entgegen. »Nicht *sie!*«

Die Priorin funkelte sie wütend an. Ein gehässiges Lächeln trat in ihre Mundwinkel. »Das ist nicht die Gottesmutter!« Sie hob die Büste und schmetterte sie auf den Boden. Von dem alten

Holz splitterten ein paar Teile ab. Maria konnte gerade noch beiseitespringen. Sie stieß einen Laut aus, der an das Knurren eines Hundes erinnerte. Mit einem Satz war sie bei Katharina von Gründbach und presste ihr die Hand an den Hals.

»Ich wusste gleich, dass du keine Priesterin bist!«, zischte Maria.

Die Priorin boxte ihr in den Magen und schlug ihre Hand fort. Maria krümmte sich. Tryngen lief zu ihr und legte den Arm um sie. Es gelang ihr, sie wegzuziehen.

Katharina von Gründbach ballte schwer atmend die Fäuste. Sie schien Maria nachsetzen zu wollen, überlegte es sich dann aber anders. Sie ging zu der Büste, hob sie auf, schmetterte sie wieder auf den Boden. »Elendes Stauferpack! Was wisst ihr schon vom Blut, das wegen euch vergossen wurde? Ihr hier im Kloster! Immer schön das Fähnlein nach dem Wind, Hauptsache, ihr seid sicher!« Sie versetzte der Büste einen Tritt, sodass diese gegen einen der steinernen Sarkophage prallte. Tryngen sah zum Altar hinüber. Gott sei Dank waren die Schriftrollen nicht dort. Sie hoffte, dass sie irgendwo sicher weggeschlossen wären.

»Ihr seid vollkommen verrückt geworden, dieses Weib anzubeten! Richmud!« Katharinas Stimme hallte schrill durch die Grabkammer, als sie sich zur Meisterin umwandte. »Hast du nicht verstanden? Ich habe dir gesagt, wie gefährlich das ist! Du hast mir versprochen, es aufzugeben.«

Sie starrte zu Richmud hinüber, und auf einmal hatte Tryngen das Gefühl, dass die Meisterin die Einzige hier wäre, die der Priorin etwas bedeutete. Auf deren Urteil sie Wert legte.

Richmud trat einen Schritt vor. Das Licht der Altarkerze fiel auf ihr bleiches, rundes Gesicht. »Du hast recht, Katharina, es ist zu gefährlich«, stimmte sie zu. »Wir haben selbst nicht mehr gesehen, was wir taten. Wir haben nicht gemerkt, dass uns der Glaube entglitten ist und zu etwas anderem wurde. Aber du in deiner Güte hast uns darauf aufmerksam gemacht.« Sie lächelte die Priorin liebevoll an.

Katharina von Gründbach lächelte zurück.

»Aber …«, wagte Tryngen einzuwenden. »Ihr wart doch dabei! Ihr wart die Hohepriesterin!«

»Ich war gar nichts«, versetzte Katharina von Gründbach. »Für eine Weile war die Schwesternschaft in unserem Stift ja ein netter Zeitvertreib. Wie schnell sie mich zu einer Wissenden gemacht haben! Und dann die Tränke! Aber ich muss gestehen, dass dein Brief an die Äbtissin genau zum richtigen Zeitpunkt kam, Richmud, bevor ich vor Langeweile verging. Das öde Amt einer Priorin auszuführen, nur weil ich auf meine Nichte aufpassen sollte, ist wirklich nichts für mich.« Sie hob die Hand und strich der Meisterin sanft über die Wange, was diese mit einem hilflosen Lächeln beantwortete. Dann wandte sie sich wieder an Tryngen. »Aber nun ist es vorbei!«

Sie sah zur Tür, als ihr Bruder eintrat. Er hatte seinen Umhang beiseitegeschlagen, sodass man das Schwert an seiner Seite sehen konnte. Ihm folgten Richmuds Töchter Blithildis, Duregin und Elisabeth. Er schob sie in die Mitte der Grabkammer und baute sich in ihrer Nähe auf, während der andere Mann sich wieder an der Tür postierte.

Katharina von Gründbach hob die Büste auf. Sie nahm die Kerze vom Altar und hielt die Flamme daran. Die Flamme leckte nach dem trockenen Holz. Als es Feuer gefangen hatte, legte sie es auf den Boden zurück. »Ihr werdet nun dem verrückten Glauben abschwören«, befahl sie und blickte die Schwestern der Reihe nach an. »Eure Mutter Richmud hat es schon getan, und es ist ihr Wille, dass ihr es auch tut. Es geschieht nur zu eurem Schutz.« Sie sah sich um und wechselte mit Richmud einen Blick. »Ihr wart auf einem Irrweg! Es ist besser, ihr erkennt das selbst und kehrt um, als wenn jemand euch verrät. Stellt euch vor, was passieren würde, wenn man an höherer Stelle von eurem Tun erfährt.« Sie sprach ruhig, schien sich wieder in der Gewalt zu haben. Doch Tryngen, die allmählich begriff, was gerade geschah, war sich nicht sicher, ob sie vor dieser beherrschten, ruhigen Frau nicht viel mehr Angst haben musste als vor der rasenden. Sie hielt Maria fest am Arm, die auf die zerstörte Büste starrte, als könnte sie nicht fassen, was gerade geschah.

»Hebt eure Hände!«, befahl die Priorin.

Die Schwestern gehorchten schweigend.

»Auch ihr!« Die Priorin fuhr zu Maria und Tryngen herum. Beide hoben zitternd ihre Hände.

»Schwört, dass ihr euch geirrt habt und diese falsche Göttin nicht mehr anbetet, sondern nur noch den einen wahren Gott und seinen Sohn Jesus Christus! Sprecht mir nach!«

Leise sprachen alle ihren Schwur nach. Blithildis sah erleichtert aus, doch Maria und Elisabeth kam der Schwur nur schwer über die Lippen. Tryngen sprach die Worte nach, als wäre sie ein Rad an einem Wagen, das sich mitdrehte. Sie blickte auf die verkohlten Reste der Holzbüste hinunter und fühlte nichts. Diese Büste – das ahnte sie – hatte nichts mit der Hohen Mutter zu tun. Man konnte die Hohe Mutter nicht verbrennen, genauso wenig, wie man Gott verbrennen konnte. Sie war in den Himmel aufgestiegen und würde ewig leben wie Gottes Sohn.

Sie musste daran denken, wie sie und Maria einst beim Kräutersammeln auf ein altes heidnisches Heiligtum gestoßen waren. Es war ein kleiner Schrein gewesen, der drei Frauenfigürchen barg – eine junge, eine erwachsene und eine alte Frau. Maria hatte ihr erklärt, das alles seien Bildnisse der Gottesmutter in ihren verschiedenen Jahren, aber sie hatte es nicht verstanden. Nun verstand sie es. Die Hohe Mutter war ewig und konnte einem in jeder Gestalt und in jedem Menschen begegnen.

Nach dem Schwur tastete Tryngen nach Marias Hand und drückte sie fest. Maria sah sie an. Ihre Lippen formten ein Wort, das sie nicht verstand, aber sie lächelte. Tryngen lächelte zurück.

»Was gibt es da zu grinsen?«, fauchte die Priorin.

Maria hob den Kopf und starrte sie herausfordernd an. »Ihr könnt uns nicht vernichten.«

Katharina von Gründbach baute sich drohend vor ihr auf. Sie sah aus wie eine Krähe, bereit, ihr ein Auge auszuhacken. »Du hast keine Ahnung, wie leicht man Menschen brechen kann. Wie schnell sie zu jämmerlichen Kreaturen werden, die um ihr Leben winseln. Es ist nur eine Frage des Schmerzes.«

Tryngen lief ein kalter Schauer über den Rücken. Maria erwiderte nichts.

»Du hast überhaupt nicht verstanden, dass ich euch nur einen Gefallen tue. Ich rette euch!«, schnaubte die Priorin. »Aber dein Verständnis ist auch nicht nötig. Gebt mir eure Anhänger!« Sie wandte sich an Richmuds Töchter.

Die eingeschüchterten Schwestern gehorchten sofort. Sie zogen ihre Bänder mit den silbernen Anhängern hervor und reichten sie ihr.

»Und ihr auch!« Die Priorin fuhr zu Maria und Tryngen herum.

Maria nahm ihr Band mit dem Bildnis der Hohen Mutter ab, dann öffnete sie ihre Gürteltasche, zog auch Tryngens Anhänger heraus und reichte ihr beide. Zum Schluss gab Richmud ihren Anhänger her, aber sie tat es mit einem Lächeln, als wäre sie froh, ihn abgeben zu können. Maria starrte Richmud wütend an.

Katharina von Gründbach lächelte zufrieden, während sie alle Anhänger in ihre Gürteltasche steckte. »Du kannst gehen, Richmud«, sagte sie mit sanfter Stimme. »Nimm deine Töchter mit. Wir sehen uns später.«

Richmud nickte. Sie ging an Maria und Tryngen vorbei, ohne sie noch einmal anzusehen, und verließ mit ihren Töchtern die Grabkammer. Als sie fort waren, fühlte Tryngen sich hilflos.

Sie umklammerte Marias Hand fester.

»Bist du nicht erleichtert, dass wir dich endlich von diesem Zauber befreit haben?« Katharina von Gründbach starrte Tryngen neugierig an. »Du hattest Maria deinen Anhänger schon gegeben. Er war dir lästig am Hof, nicht?«

Tryngen wich ihrem Blick aus. Sie hatte Angst davor, was sie alles sehen könnte. Denn es stimmte. Sie war enttäuscht. Sie hatte sich mehr von der Schwesternschaft erhofft. Mehr Wissen, mehr Offenheit. Keine hölzerne Göttin, die ihr fremd war. Keine berauschenden Tränke, nach denen man Kopfschmerzen bekam, keine Rituale, bei denen man geschlagen wurde. Keine Schriftrollen, die man nicht lesen durfte. Vielleicht war es früher besser gewesen, wie Maria beteuerte. Vielleicht hatte die Priorin alles zerstört. Aber Tryngen ahnte, dass es nie mehr so geworden wäre.

Katharina von Gründbach tauschte Blicke mit ihrem Bruder, der hinter Maria wartete. »Wie auch immer, du wirst tun, was ich dir sage, und Maria bürgt mit ihrem Leben für dich.«

»Ihr Schwur galt nur für die Schwesternschaft«, entgegnete Tryngen. »Er gilt jetzt nicht mehr.«

»Erspare mir dein altkluges Geschwätz!«, rief die Priorin. »Müssen wir dir erst wieder zeigen, wie ernst wir es meinen?« Sie blickte ihren Bruder auffordernd an.

»Nein!«, sagte Tryngen schnell.

»Sehr gut, du hast es verstanden. Es ist doch denkbar einfach – du wirst tun, was ich dir sage, oder Maria wird sterben.«

Tryngen nickte. Sie merkte, wie sie zu zittern begann.

»Es ist nicht schwer, was ich von dir verlange«, fuhr die Priorin fort. »Ich möchte, dass du etwas wiedergutmachst. Da der Anschlag auf Propst Engelbert dank deiner Hilfe verhindert wurde, will ich, dass du ihn nun ausführst. Du wirst sicherstellen, dass er noch vor seiner Wahl zum Erzbischof stirbt. Vielleicht ist es eine wunderbare Fügung, dass man diese Verschwörung aufgedeckt hat. So wird niemand mehr mit einem zweiten Versuch rechnen!« Sie rieb sich erfreut die Hände.

Tryngen fühlte brennende Wut aufsteigen. Sie ballte ihre freie Hand zur Faust und spürte gleichzeitig, wie Maria ihre andere Hand warnend drückte. »Hat Euch Dietrich von Heimbach etwa auch beauftragt?«, hörte sie sich fragen. Sie fühlte sich so außer sich, dass ihre eigenen nüchternen Worte ihr zutiefst fremd in den Ohren klangen.

Die Priorin lachte. »Glaubst du, das verrate ich dir?« Sie schüttelte missbilligend den Kopf. »Es wird leicht für dich, den Propst zu töten, da du immer in seiner Nähe bist. Du wirst schon wissen, wie du es anstellst. Ich vertraue auf deine Kenntnisse. In spätestens drei Tagen, noch vor der Wahl, erwarte ich deinen Erfolgsbericht, oder Maria wird sterben.«

Mit ohnmächtiger Wut starrte Tryngen der Priorin ins lächelnde Gesicht. So sahen Dämonen- und Teufelsfratzen an den Portalen des Doms aus. Sie hätte sich denken müssen, dass etwas mit dieser Frau ganz und gar nicht stimmte. Katharina von Gründbach hatte der Schwesternschaft in ihrem Dortmunder Stift etwas vorgemacht, und sie hatte sie alle getäuscht und Richmud zu einem Werkzeug in ihren Händen werden lassen. Wer auch immer sie war, sie musste aus der Hölle stammen.

Kapitel 26

Tryngen wurde von dem Bewaffneten durch die Stadt zurück zum Hof gebracht. Er wartete, bis sie hinter der Pforte verschwunden war. Sie ging in die Kapelle, sank auf die Knie und betete zu Gott, der Hohen Mutter und allen Heiligen um Hilfe. Sie überlegte fieberhaft, was sie tun könnte, flehte um einen Einfall, ein Zeichen, einen göttlichen Fingerzeig, aber ihr fiel nichts ein. Kein Gedanke wollte in ihrer Verzweiflung zu ihr kommen. Sie fühlte sich nur unendlich müde. Immerhin beruhigte sie das Gebet etwas und versetzte sie in die Lage, in die Propstei zurückzukehren, dort allen unter die Augen zu treten.

Engelbert war wach und aß eine dünne Suppe, die man von einem Knecht hatte vorkosten lassen, wie man das nun bei allen seinen Tränken und Speisen tat. Dietrich von Brohl war bei ihm, und sie sprachen leise miteinander.

»Wo warst du so lange?«, fragte Bruder Stephanus.

Tryngen murmelte eine Entschuldigung und gab vor, in der Kapelle eingeschlafen zu sein. Der Mönch tätschelte ihr den Arm. »Du siehst nicht so aus, als hätten dich deine Gebete aufgerichtet, Mädchen«, meinte er. »Geh und leg dich schlafen, ich bleib solange bei ihm.«

Tryngen sah zu Engelbert hinüber. »Nein, nein, ich bleibe hier. Es geht ihm besser, nicht?«

»Er wurde vor einiger Zeit wach und hat sofort nach einer Hühnerbrühe verlangt. Vielleicht schafft er's ja doch!« Bruder Stephanus' kleine Augen leuchteten hoffnungsvoll.

Tryngen lächelte. Ein Alb fiel von ihrer Brust und stürzte zu Boden. Einen Wimpernschlag bedauerte sie es, nicht bei Engelbert gewesen zu sein, als er erwacht war. »Wenn Ihr wollt, könnt Ihr Euch hinlegen«, schlug sie vor. »Es reicht ja, wenn einer hier ist.«

Er nahm ihr Angebot gerne an und verschwand, nachdem er ihr noch ein paar Anweisungen gegeben hatte. Sie wollte gerade ins Empfangsgemach gehen, als Engelbert sie zu sich rief. Er saß aufrecht in den Kissen, und in seinen Augen lag wieder Leben.

»Ich freue mich, dass es Euch wieder besser geht, Herr«, sagte sie.

»Ja, nicht? Setz dich und iss mit uns.« Er deutete auf einen zweiten Korbsessel neben Dietrich von Brohl. Der Capellarius nickte ihr freundlich zu, als sie sich steif auf dem Sessel niederließ. Auf ein Zeichen Engelberts brachte der Diener ihr Suppe und kaltes Hähnchenfleisch.

»Du siehst schlecht aus, Schwester Tryngen. Müde und melancholischer denn je. Was bedrückt dich?« Sie fühlte seinen forschenden Blick.

»Nichts.« Sie musste an Maria denken und lächelte gequält.

»Na, dann bin ich ja beruhigt«, sagte er mit deutlichem Zweifel in der Stimme. »Nun iss!«

Sie nahm ihren schlichten Löffel aus der Gürteltasche und aß schweigend. Die Suppe war dünn und heiß, wärmte sie von innen auf. Aber sie musste sich zum Essen zwingen. Immerhin war es eine große Ehre für sie, mit dem Propst und dem Capellarius speisen zu dürfen.

Engelbert ließ seinen Kopf auf das Kissen zurücksinken und beobachtete sie mit halb geschlossenen Augen. »Was für ein Pech, dass ausgerechnet jetzt die Seuche ausbrechen muss und nicht nur mich, sondern auch Magister Waldever und meinen Leibdiener erwischt!«, seufzte er. »Aber ich glaube, der Krankenmeister und du, ihr macht eure Sache gut. Ich vertraue auf dich, Schwester Tryngen.«

»Danke, Herr.« Sie dachte, dass es besser für seine Heilung war, dass man ihm nicht die Wahrheit über Lambert und Magister Waldever gesagt hatte. Er würde sie noch früh genug erfahren.

Engelbert beugte sich nach vorn. Zu ihrem Erstaunen ergriff er ihre Hand. »Bitte sorge dafür, dass ich zur Wahl wiederhergestellt bin! Wenigstens so weit, dass ich in den Dom gehen kann!«

Tryngen schluckte. Die Berührung ließ ihr Blut schneller kreisen. »Herr … wir tun alles, was in unserer Macht steht. Aber Eure Heilung liegt allein in Gottes Hand.«

Er ließ sie los und sank kraftlos wieder auf sein Kissen zurück. Ein schwaches Lächeln umspielte seine Mundwinkel. »Wer hätte gedacht, dass sie als Letzte hierbleibt, Capellarius? Sie hat ihren eigenen Kopf! Ich wünschte, ich wäre gesund …« Seine matte Stimme erstarb, und er atmete tief und hielt sich den Bauch.

»Ihr braucht Ruhe, Herr«, mahnte Dietrich von Brohl. »Wenn Ihr erlaubt, werden die Schwester und ich uns ins Wohngemach zurückziehen und dort weiteressen.«

»Nein, bleibt hier, meine Freunde! Wer weiß, wie viele Stunden der Herr mir noch vergönnt. Vielleicht ist dies meine Henkersmahlzeit.« Er lachte leise.

Die anderen beiden schwiegen betroffen. Tryngen zupfte mit spitzen Fingern ein Stück Fleisch ab und legte es auf ihren Teller. »Bitte, Herr, Ihr solltet so nicht reden«, bat sie. »Ihr werdet wieder gesund, denn unsere Gebete werden Euch helfen. Außerdem seid Ihr doch ein Kämpfer.«

Er nickte.

»Kämpft um Eure Gesundheit!«

»Wenn ich Waffen hätte, Schwester Tryngen«, seufzte er. »Ich muss ohne Waffen gegen einen übermächtigen Gegner kämpfen.«

»Ihr täuscht Euch, mein Lieber«, entgegnete Dietrich von Brohl. »*Sie* ist Eure Waffe.« Er deutete mit dem Kopf auf Tryngen.

Engelbert starrte sie an. Die Falten zwischen seinen Brauen verschwanden, und er lächelte. »Ja, vielleicht hast du recht, mein Freund. Ich habe es bisher nur nicht gewusst.«

Tryngen blickte verlegen auf ihren Teller hinunter. Ob er sich doch an die vorige Nacht erinnerte? Warum sollte er sie sonst so ansehen? Sie spürte, wie sie errötete, und schämte sich dafür.

»Die Verlegenheit steht dir gut, Schwester Tryngen«, sagte er, als hätte er ihre Gedanken erraten. »Schick gleich nach dem Priester, Dietrich, ich möchte beichten. Aber Hilbert soll mit der Nachricht an meinen Bruder doch noch warten. Ich will nicht, dass er sich umsonst sorgt.«

Wieder sah er Tryngen an, doch sie konnte seine Miene nicht deuten. Sie schenkte ihm ein zuversichtliches Lächeln.

In Wahrheit aber war sie alles andere als zuversichtlich. In der Nacht lag sie wach auf ihrem Lager vor Engelberts Bett, lauschte auf seine regelmäßigen Atemzüge und beobachtete, wie die Wachstropfen von der brennenden Kerze perlten. Gegen Abend hatte der Wind aufgefrischt, heulte ums Haus und blies durch die Ritzen der Fenster. Er erschien ihr wie ein Vorbote kommenden Unheils. Sie sehnte sich auf einmal nach dem Sommer. Noch einmal Kind sein und mit Maria auf den

Wiesen und in den Wäldern Kräuter sammeln! Sie wünschte sich diese Tage mit solcher Heftigkeit zurück, dass es wehtat. Ihre kleinen Streitigkeiten, der Neid, der sie manchmal überfiel, wenn sie sie betrachtete – was war das schon gegenüber dem, was sie von Maria bekommen hatte? Sie hatte ihr ihr gesamtes Wissen über die Kräuter und das Heilen weitergegeben, ihr, einem fremden Mädchen, und ihr damit ein Geschenk gemacht, ohne dass sie etwas dafür getan hätte. Tryngen begriff, dass sie etwas Wertvolles besaß, sie hatte eine Profession, obwohl sie nur ein Weib war. Das war weit mehr, als nur die Frau Ortwin Schoenweders zu sein.

Was machte es da schon aus, dass Maria ihren Vater liebte? Dass er sie liebte, wahrscheinlich schon lange geliebt hatte, noch bevor er sich mit Alveradis vermählt hatte? Wer könnte das ändern?

Sie erhob sich leise und sah auf den schlafenden Engelbert hinunter. Die Liebe ging ihre eigenen Wege. Sie scherte sich nicht darum, ob etwas unmöglich war, weil ein Mensch schon vermählt war oder an ein Amt gebunden. Gottes Wege waren unergründlich.

Tryngen spähte zu dem neuen Leibdiener hinüber, der am Fußende des Bettes schlief, dann legte sie ihren Finger vorsichtig an Engelberts Hand. Er hatte so schöne, kräftige Hände! Er würde ein guter Erzbischof sein, das spürte sie. Sie wischte sich eine Träne aus den Augen, dann legte sie sich wieder hin und dachte nach. Langsam dämmerte ein Plan in ihr hoch, wie sie Maria retten könnte. Das Nachdenken hielt sie noch lange wach, bis der Plan endlich Gestalt angenommen hatte. Doch dann gab er ihr die nötige Ruhe, um endlich einzuschlafen.

* * *

Am nächsten Morgen ging es Propst Engelbert etwas besser. Er hatte die Suppe bei sich behalten. Seine Bauchkrämpfe ebbten ab. Gehorsam aß er eine weitere Suppe und trank die Tränke, die Tryngen ihm kochte. Die Würdenträger, ja, der ganze Hof atmeten auf. Die Gebete hatten geholfen! War das nicht ein sicheres Zeichen Gottes, dass er diesen Mann auf dem Stuhl des Erzbischofs sehen wollte? Das Priorenkolleg stand bereit.

Am Tag vor der Wahl erschien Domdekan Konrad von Büren am Bett Engelberts, musterte ihn eingehend, beriet sich mit Dietrich von Brohl und bestimmte schließlich, dass die Wahl stattfinden könne. Der Propst sei zwar in keiner guten Verfassung, meinte er, aber er sei in der Lage, mithilfe von Dienern im Dom zu erscheinen und der Wahl beizuwohnen.

Tryngen freute sich. Der Gedanke, dass sie Engelbert das Leben gerettet hatte, erfüllte sie mit Stolz. Sie hätte gern gesehen, wie er zum Erzbischof gewählt worden wäre, aber das war nicht möglich. Es war das Opfer, das sie für Marias Rettung bringen musste.

Traurig blickte sie auf den schlafenden Kranken, bevor sie sein Gemach am späten Morgen verließ, nachdem sie Bruder Stephanus die nötigen Anweisungen gegeben hatte. Sie würde sich nun endlich einmal hinlegen, sagte sie ihm, wo es dem Herrn doch nun besser ginge.

Das würde ihr ausreichend Zeit verschaffen. Es würde andere Ärzte geben, tröstete sie sich, gute Heiler, die sich um ihn kümmern würden. Falls ihr etwas passieren sollte. Wahrscheinlich hätte er sie doch nicht als seine Leibärztin behalten. Ihr Vater hatte recht gehabt, sie hatte sich von Anfang an nur etwas vorgemacht. Aber jetzt würde sie lieber sterben, als Ortwin Schoenweder zu heiraten.

Sie verließ den Hof und nahm ihren gewöhnlichen Weg zum Kloster. Es gelang ihr, kurz vor der Stadtmauer einen verlassenen Stall zu finden, in dem sie sich umkleidete. Uda hatte ihr ihre Sonntagskleidung gegen die Hälfte ihres Wetterlöses geliehen. Sie hatte ihr sofort geglaubt, dass sie gern einmal nicht als Schwester durch die Straßen der Stadt spazieren wollte. Udas Gewand aus verwaschenem Färberwaidblau passte ihr wie angegossen, aber es fühlte sich auch merkwürdig an, es zu tragen. Ein bisschen wie früher, als sie noch ein Mädchen gewesen war. Sogleich erwachte ihre Eitelkeit und brachte sie dazu, sich auch die Haare neu zu flechten, obwohl sie sich beeilen musste. Sie steckte ihr Messer in den Gürtel und zog sich ihren Mantel über. Ihr Novizinnengewand ließ sie im Stall zurück.

Wilem erwartete sie an einem Bauernhof vor der Stadtmauer, den sie als Treffpunkt verabredet hatten. Ungeduldig stapfte er ihr durch den Schnee entgegen. »Na endlich!« Er maß sie mit einem überraschten Blick. »Sehr gut. Sie werden dich nicht erkennen.«

»Meinst du?«, fragte sie unsicher.

»Du sagtest doch, die Pförtnerin kennt dich nicht. Außerdem hat sie dich nur im Dunkeln gesehen.«

»Stimmt.« Tryngen ließ sich nur zu gerne von ihm überzeugen. Er war froh gewesen, als sie ihm die Wahrheit über Marias Lage erzählt und in ihren Plan eingeweiht hatte. Immer wieder hatte er gesagt, wie gut es sei, dass sie ihn um Hilfe gebeten habe. Er hatte auch noch ein paar gute Einfälle gehabt. Seine Anwesenheit nahm ihr nun etwas von ihrer Angst und ließ sie ruhiger werden. Aber er sah blass und übernächtigt aus. »Ich habe Heinrich gewonnen, meinen Freund aus der Leibgarde«, sagte er. »Mehr war nicht zu machen. Ich musste ihm meinen nächsten Lohn versprechen.«

»Ich … zahle dir alles zurück!«

»Wie denn, Tryngen? Du hast doch nichts. Ich tu's für Maria.«

»Irgendwie schaff ich das schon«, beharrte Tryngen. »Vielleicht lässt sich mein Vater …«

»… schon gut.« Wilem hob die Hand. Sein Freund Heinrich kam aus dem Bauernhof, wo er die Pferde besorgt hatte. Der Hofknecht folgte ihm mit den Tieren. Wilem stellte seinem Freund Tryngen vor. »Danke, Heinrich«, sagte Tryngen und presste dem jungen Mann seine kalte Hand.

»Wird schon«, meinte er. »Siehst aus wie eine Bäuerin.«

Auch die Männer sahen aus wie Bauern. Sie trugen einfache Schuhe, Beinlinge und Gugeln aus Wolle über ihren Mänteln. Tryngen fragte nicht, woher sie sie hatten. Sie fragte auch nicht nach ihren Messern, denn sie war sich sicher, dass die Männer sie unter ihren Mänteln versteckt hielten.

»Der Knecht bleibt an der Krönungsstraße mit den Pferden, dort wartet er auf uns«, erklärte Wilem. »Näher können wir nicht ans Kloster heran, sonst würden sie uns sehen.«

Tryngen nickte und presste ihre kalten Hände gegeneinander. Dankbar nahm sie die Holzflasche entgegen, die Heinrich ihr in die Hand drückte, und trank einen mächtigen Schluck. Es war ein starkes, widerlich schmeckendes Gebräu, das ihr im Hals brannte. Aber es wärmte sie auch.

»Gott sei mit uns!«, sagte Wilem, und die anderen wiederholten seine Worte. Sie nickten sich noch einmal zu, dann stapften sie durch den Schnee zum Kloster.

Tryngen fühlte sich merkwürdig aufgewühlt. Sie sah den Schnee auf den Feldern in der Sonne glitzern und fühlte ihr Herz klopfen. So mussten sich Söldner fühlen, wenn sie in die Schlacht zogen. Wenn es denn nur schon vorbei wäre!

Ihre Angst stieg, je näher sie dem Kloster kamen. Wie merkwürdig, dachte sie. Wie oft war sie hier ein und aus gegangen, ohne sich etwas dabei zu denken. Was für wunderbare Tage waren das gewesen! Sie seufzte, setzte ihre Kapuze auf und prüfte zum wiederholten Mal, ob ihr Messer noch richtig saß, ehe Wilem und Heinrich sie unterhakten und sie sich kraftlos von ihnen stützen ließ. An der Pforte hörte sie das Klappern, mit dem die Luke sich öffnete. Die Schwester fragte, was sie wollten. Gott sei Dank war es wieder die Unbekannte vom letzten Mal.

»Meiner Frau … geht es nicht gut. Heute Morgen in der Küche begann sie zu bluten. Vielleicht verliert sie ihr Kind!« Wilems leise, gepresste Stimme klang durch die winterliche Stille. Er machte das sehr gut.

Tryngen ließ ihren Kopf hängen. Sie spürte, wie die Pförtnerin sie musterte, und versuchte, ruhig zu atmen.

»Bitte, Schwester, helft uns!«, flehte Wilem. »Wir geben Euch auch unser ganzes Eiergeld.« Er zog ein Säckchen hervor und zeigte es ihr. Tryngen sah, wie die Frau es ergriff und rasch verschwinden ließ. Dann öffnete sie ihnen die Pforte. »Geht da rüber zum Krankensaal. Vorne das große Haus!«

Tryngen blickte sich unauffällig um, als die Männer sie langsam zum Krankensaal führten. Ein Bursche brachte gerade zwei stattliche, gesattelte Pferde aus dem Stall und band sie an der eisernen Halterung fest. Es waren edle Tiere, vielleicht sogar Streitrösser. Solche Pferde hatte das Kloster nie besessen.

Tryngen betete. Sie sah die vielen Fußspuren vor dem Krankensaal. Endlich die Tür, die Heinrich öffnete, die Kacheln, der vertraute Geruch. Im Saal atmete sie erleichtert auf. Wilem stapfte sofort zu einer Fensterluke und spähte hinaus.

Die Kranken in den Bettreihen starrten sie neugierig an. Eine Laienschwester hockte bei einer Schwerkranken und fütterte sie. Isalda sprach mit einem kranken Ehepaar, das sich offenbar ein Lager teilte. Als sie sie sah, stellte sie ihren Krug beiseite und eilte ihnen entgegen. »Was ist mit der Frau …?«

Tryngen senkte rasch den Kopf. Sie hatte gehofft, Maria wäre hier.

»Sie blutet und hat Schmerzen«, sagte Heinrich. »Ich glaub, sie verliert ihr Kind.«

»Meine Frau hat schon mal ein Kind verloren«, setzte Wilem hinzu, der seine Kapuze tief ins Gesicht gezogen hatte und wieder zu ihnen kam.

»Die Infirmaria! Bitte, ich möchte zu *ihr*! Sie hat mir das letzte Mal geholfen«, flüsterte Tryngen.

Isalda zögerte. Offenbar wusste sie nicht, was sie von ihnen halten sollte. Da krümmte sich Tryngen und wimmerte herzzerreißend. »Bitte helft mir!«

»Kommt mit.« Isalda winkte ihnen und schritt ihnen voran durch den Krankensaal in den Aderlass-Raum.

Maria war gerade dabei, Verbände mit Salben zu bestreichen. Ein Bewaffneter saß auf einem Schemel in der Ecke des Raumes und ließ sie nicht aus den Augen. Wilem schloss die Tür und verriegelte sie, dann stürzten sich die beiden Männer auf den Wächter und nahmen ihm sein Schwert ab, bevor er es ziehen konnte. Heinrich versetzte ihm einen heftigen Faustschlag an den Kopf, und Wilem zog ein Seil aus seiner Gürteltasche und fesselte ihn. Das alles ging so schnell, dass Tryngen es kaum verfolgen konnte. Maria brauchte nicht lange, um zu verstehen. Sie warf sich in Tryngens Arme, schob ihr die Kapuze herunter, nahm ihr Gesicht in beide Hände. Sie schluchzte.

Wilem nahm sie in die Arme und presste sie an sich, während Heinrich an der Tür lauschte. Er warf einen misstrauischen Blick auf Isalda, die das Geschehen mit aufgerissenen Augen verfolgte.

»Können wir ihr trauen?«

»Lieber nicht«, meinte Wilem, der Maria nur widerstrebend losließ. »Kein unnötiges Wagnis.«

Heinrich nickte. Er zog ein weiteres Seil hervor und schlang es der immer noch erstaunten Isalda um die Arme, verknotete es fest. Dann zwang er sie auf den Boden hinunter und machte dasselbe mit ihren Beinen. Zum Schluss wurden der Scherge und sie geknebelt.

Er verschnaufte einen Augenblick. »So, nun müssen wir warten«, meinte er. »So lange, wie du für die Bäuerin brauchen würdest, Maria.«

»Es dauert aber nicht lange, bis die Kranken unruhig werden und Isalda vermisst wird«, gab Maria zurück, die einen nach dem anderen ansah, als konnte sie es noch nicht glauben, dass sie wirklich hier waren. Ungewohnt zaghaft fragte sie: »Wie wollt ihr mich denn hier rausbringen?«

»So, wie wir reingekommen sind – über den Hof«, erwiderte Wilem. »Du wirst uns als fürsorgliche Schwester zur Pforte begleiten, und dann werden wir die Pförtnerin außer Gefecht setzen und schnell das Weite suchen. An der Straße warten zwei Pferde auf uns.«

Maria strahlte ihn an. »Dass du gekommen bist! Und Tryngen …« Sie nahm sie wieder in die Arme, dann drückte sie Heinrich die Hand. »Die Pförtnerin ist ein Wachhund«, sagte sie. »Sie warnt bei allem Möglichen mit der Glocke, und ein Bewaffneter ist immer in ihrer Nähe.«

Die Männer wechselten Blicke. Von Anfang an war klar, dass dies die Schwachstelle ihres Planes war. »Wir müssen sie überwältigen, bevor sie jemanden warnen kann«, sagte Heinrich.

»Wie viel Bewaffnete sind hier?«, fragte Wilem.

»Sie sind zu viert. Einer ist immer draußen. Einer ist bei mir, und dann der Bruder der Priorin und sein Freund.«

»Die gesattelten Pferde sind für sie?«

Maria nickte. »Sie reiten nachmittags immer aus.«

»Sollten wir nicht besser warten, bis sie weg sind?« Heinrich warf Wilem einen fragenden Blick zu. Wilem wandte sich an Maria.

»Wann reiten sie los?«

»Nach der Sext und dem Essen. Sie dürften jetzt noch in der Kapelle sein.«

»Danach essen sie?«

Maria nickte.

»Dann haben wir noch genug Zeit. Es ist besser, wir fliehen jetzt, als wenn wir warten, bis sie weg sind«, meinte Wilem.

»In Ordnung«, sagte Heinrich. Niemand widersprach.

Wilem wandte sich an Maria. »Haben die Männer Armbrüste?«

»Armbrüste? Ich weiß nicht … doch! Der Mann draußen hat eine.«

Wilem fluchte leise. Er trat an die Luke und spähte hinaus. »Wir sollten uns ihre Pferde nehmen«, meinte er. »Sie sind schneller als unsere, und dann können sie uns nicht mehr verfolgen.«

»Sie haben noch mehr Pferde«, sagte Maria.

»Verflucht!« Er sah wieder aus der Luke, dann kam er zu den anderen zurück. »Wir holen die Pferde, sonst bleiben wir bei unserem Plan. Wir tun so, als wollten wir das Kloster verlassen. Maria, du begleitest uns bis zur Pforte als fürsorgliche Schwester. Du ziehst dir deine Gugel tief ins Gesicht, damit die Pförtnerin dich nicht erkennt. Dann überwältigen wir die Frau, öffnen die Tür, setzen den Bewaffneten außer Gefecht und holen die Pferde.«

»Sollte ich nicht besser erst allein zur Pforte gehen und mich um die Pförtnerin kümmern?«, fragte Heinrich. »Dann könnt ihr nachkommen, wenn es erledigt ist.«

»Lieber nicht«, meinte Wilem. »Der Bewaffnete könnte Verdacht schöpfen und dich erwischen. Es ist besser, wir bleiben zusammen. Ich werde mich dann um ihn kümmern, während du die Pförtnerin erledigst und die Pferde holst, Heinrich. Maria und Tryngen, ihr öffnet die Klosterpforte.«

Alle nickten. Tryngen fand Wilems Plan klug. Es wäre natürlich besser, die schnelleren Pferde zu nehmen. Die beiden Gardisten würden sie sicher gut beherrschen. Maria hüllte sich in ihren Umhang und zog sich die Gugel tief ins Gesicht. Der Scherge auf dem Boden regte sich, und sie nahm rasch einen Schwamm aus ihrem Korb und hielt ihn ihm unter die Nase. Der Mann sank wieder in sich zusammen.

»Dann los!«, meinte Wilem. »Wir haben nicht mehr viel Zeit.«

Isalda warf Tryngen einen hilfesuchenden Blick zu. Tryngen legte ihr die Hand auf die Schulter. »Es tut mir leid, aber es muss sein. Man wird dich sicher bald befreien. Leb wohl.« Sie ließ sich von Wilem und Heinrich unterhaken und durch den Krankensaal führen.

»Ich bringe die Bäuerin zur Pforte. Sie muss wieder nach Haus zu ihren anderen Kindern. Bin gleich wieder zurück!«, sagte Maria der erstaunten Laienschwester.

Sie blieb dicht hinter ihnen, als sie den verschneiten Hof betraten. Tryngen blinzelte gegen die Mittagssonne an, die den Schnee auf dem Hof glitzern ließ. Die Pferde warteten gesattelt vor dem Stall, sonst war niemand zu sehen. Sie senkte den Kopf, spürte, wie das Licht in ihren Augen brannte, als die Männer sie langsam über den Hof führten. In der Stille hörte sie nur das wilde Pochen ihres Herzens und ihre knirschenden Schritte im Schnee. Sie spähte zur Pforte und versuchte, die Pförtnerin hinter der Luke zu sehen.

Herrgott, lass es bald vorüber sein. Lass sie keinen Verdacht schöpfen.

In diesem Augenblick wurde die Glocke geläutet. Hell und laut drang ihr Läuten über den Hof. Tryngen fuhr zusammen. Sie merkte, wie Marias Hand sich in ihren Umhang krallte. Die Männer ließen sie los. Heinrich rannte zur Pforte, langte durch die Luke und riss der Frau die Glocke aus der Hand. Aber es war zu spät. Der Bewaffnete hatte sie gehört und lief ebenfalls zur Pforte. Als er sah, was Heinrich tat, zog er sofort sein Schwert.

Wilem warnte seinen Freund mit einem Pfiff. Heinrich fuhr herum und wich zurück, als er das Schwert auf sich zukommen sah. In diesem Augenblick zog Wilem sein Messer aus dem Gürtel, zielte und warf. Es zischte durch die Luft, überschlug sich und fuhr mit beeindruckender Sicherheit in den Hals des Schergen. Der Mann sank in die Knie und fiel hin. Das Schwert entglitt ihm und rutschte lautlos in den Schnee. Wilem rannte zu dem Mann und zog ihm das Messer aus dem Hals, wischte es im Schnee ab. Hastig winkte er die Frauen heran, während Heinrich den Riegel von der Klosterpforte fortschob.

»Kommt, schnell!«

Sie rannten zur Pforte. Tryngen musste einen Bogen um den toten Schergen machen. Sie sah, wie das Blut aus seinem Hals tropfte und eine rote Lache im sonnenbeschienenen Schnee bildete. Da hörte sie Schritte und Rufen vom Klosterhof her. Aus der Tür, die zum Klausurbereich führte, kamen der Bruder der Priorin und sein Freund. »Lauft vor!«, zischte Wilem. »Wir holen die Pferde.«

»Wilem!«, schrie Maria.

»Nun macht schon!«, fuhr er sie an.

Tryngen sperrte die Klosterpforte auf und begann zu laufen. Sie wusste, Maria würde ihr folgen. Tatsächlich hörte sie sie bald hinter sich keuchen. Sie rannten den Feldweg entlang. Nur weg von hier, weg und zum nächsten Bauernhof. Die Pferde konnten sie nicht nehmen, da sie nicht reiten konnten. Der Knecht würde vergeblich auf sie warten.

Tryngen hielt inne, als sie keine Schritte mehr hinter sich hörte. Maria war stehen geblieben. »Wir müssen zurück! Siehst du, sie kämpfen gegen Katharinas Bruder und den anderen!« Verzweifelt deutete sie zum Kloster hinüber.

Tryngen lief zu ihr. Von Weitem sah sie die vier Gestalten im Schnee gegeneinander kämpfen. Sie zog Maria am Arm. »Komm, sie werden es schon schaffen. Beeil dich!«

»Und wenn nicht? Die haben Schwerter!«, kreischte Maria. »Ich geh nicht ohne Wilem!«

»Du kannst ihm nicht helfen! Wenn er getötet wird und sie dich wieder gefangen nehmen, wäre alles umsonst gewesen! Tu, was er sagte! Wir müssen hier weg!«

Aber Maria riss sich los und starrte zum Kloster. Auf dem Klosterhof lag ein Mann im Schnee, gleich neben einem reglosen Pferd. Einer bestieg das andere Pferd und trieb es an. Von den übrigen Männern war nichts mehr zu sehen. Tryngens Herz jagte. Sie blickte zur Krönungsstraße hinüber, von wo aus sie gekommen waren, schätzte die Entfernung ab. Würden sie es dahin schaffen, bis der Reiter sie einholte? Sie packte Maria, aber die stand wie ein Felsblock und beschattete die Augen mit der Hand. Das Pferd galoppierte auf sie zu. »Wilem!«, schrie Maria.

Wilem brachte sein Pferd zum Stehen. Es war eins der stattlichen Tiere, die im Hof gewartet hatten. Er lächelte traurig. Seine Hand war mit Blutspritzern übersät.

»Was ist mit Heinrich?«, fragte Tryngen.

Er schüttelte den Kopf. »Schnell, wir müssen uns beeilen! Die Männer sind nur im Stall und holen die anderen Pferde. Ich habe ihr Streitross erwischt. Sie werden mächtig wütend sein.« Er hielt Maria die Hand hin.

Maria wandte sich zu Tryngen um und blickte sie fragend an.

Tryngen nickte. »Du musst gehen. Auf mich kommt es nicht an, sie wollen dich.«

Daraufhin ließ sich Maria von Wilem auf den Pferderücken helfen.

»Beeil dich! Du musst auf der Straße sein, ehe sie hier sind«, sagte Wilem zu Tryngen. »Versteck dich. Wir sehen uns am verabredeten Ort. Gott sei mit dir!« Er drückte dem Pferd die Schenkel in die Flanken.

»Gott sei mit euch!« Tryngen beobachtete, wie das Pferd mit seinen beiden Reitern ein wenig tänzelte, als wollte es sich über die ungewohnte Last beschweren, doch Wilem bekam es schnell in seine Gewalt. Es galoppierte den Feldweg entlang, wobei es mit Erde vermischte Schneeklumpen aufwirbelte. Tryngen begann zu laufen. Von vielen Fußspuren und Karrenrädern zermalmter Schnee glitschte unter ihren Schuhsohlen. Die kalte Luft stach ihr in der Lunge. Sie sah, wie Wilem und Maria in der Ferne immer kleiner wurden. Sie musste es unbedingt bis zur Krönungsstraße schaffen, ehe die Männer mit ihren Pferden aus dem Kloster kämen. Sie hatten sie nicht gesehen und würden sie in der veränderten Kleidung auch bestimmt nicht erkennen. Mit etwas Glück würden sie sie für eine Bäuerin halten, die zum nächsten Hof ging. Sie hörte Hufschläge vom Kloster her und bog keuchend in die Straße ein. Geschafft!

»Führ einfach deine Pferde zurück zum Hof, ich werde mit dir gehen«, sagte sie zu dem Knecht, der an der Straße im Schutz einiger Bäume auf sie wartete. Zum Glück besaß er eine rasche Auffassungsgabe. Er führte seine Pferde auf den Weg, und sie gingen langsam zurück zum Bauernhof.

Tryngen beobachtete, wie das Pferd mit Maria und Wilem die Straße zur Stadt hinuntergaloppierte. Die Reiter kamen vom Feldweg her, immer lauter klopften die Hufe. Es dauerte nicht lange und sie hatten die Krönungsstraße erreicht. Tryngen heftete ihren Blick auf ihre Schuhe, während sie neben dem

Knecht herging. Sie betete, dass die Männer wegen der gesattelten Pferde nicht misstrauisch werden würden. Sie hörte, wie die Hufschläge sich verlangsamten, hörte die Pferde schnauben, spürte die prüfenden Blicke der Reiter in ihrem Rücken. Sie hielt den Atem an.

Da trieben die Männer ihre Pferde an und ritten die Straße weiter zur Stadt. Tryngen atmete auf. »Das war knapp«, meinte der Knecht. »Wo ist der zweite Gardist?«

»Tot.« Sie starrte auf die immer kleiner werdenden Reiter und sah, wie sie vor ihren Augen verschwammen. Hoffentlich würden Maria und Wilem es in die Stadt schaffen, bevor die Männer sie einholten! Sie wischte sich eine Träne von der Wange. »Kann ich mich bei euch verstecken?«, fragte sie. »Nicht lange, nur … bis zur Dämmerung.« Bis die Männer aufgehört hätten, Maria und Wilem zu suchen. Falls die beiden entkommen wären.

»Nein. Die suchen vielleicht bei uns.«

»Bitte!«, flehte sie. »Bitte!«

Der Knecht kaute auf seiner Unterlippe.

»Ich geh in jedes Versteck. Bis zur Dämmerung bin ich verschwunden, versprochen!«

»Ich will mit denen nichts zu tun haben. Du musst dir was anderes suchen. Tut mir leid.« Er nahm die Pferde, führte sie durch das Hoftor und knallte es vor ihrer Nase zu. Verdrossen hörte sie, wie er von innen den Riegel vorschob. Sie knetete ihre Hände, versuchte, aus ihrem vor Angst gelähmten Verstand einen klaren Gedanken zu pressen. Er hatte recht, befand sie, sie hätte sich an seiner Stelle wahrscheinlich auch keine Zuflucht gewährt. Trotzdem war sie wütend. Sie wollte sich in der Dämmerung zu ihrem verabredeten Ort in der Stadt schleichen. Sie musste doch wissen, ob die beiden es geschafft hatten! Aber nach einer Weile wurde ihr klar, dass sie es bei ihrem ursprünglichen Plan belassen musste. Es gäbe keinen sichereren Ort für sie als den erzbischöflichen Hof.

Sie eilte die Straße zurück zur Stadt. Wilem und Maria waren bis zur Straße nach Neuss geritten, um über den Eigelstein in die Stadt zu kommen. Sie könnte also ihren üblichen Weg nehmen, ohne Gefahr zu laufen, den Verfolgern zu begegnen.

Die beiden würden es schon schaffen, versuchte sie, sich zu trösten. Wilem war ein guter Gardist, sie wären bestimmt in Sicherheit. Maria wäre gerettet, und sie selbst konnte unbeschadet an den Hof zurückkehren.

So versuchte sie, sich zu beruhigen, als sie nach Köln zurückkehrte und sich in dem verlassenen Stall bei St. Aposteln umzog.

Aber ihre Angst verschwand nicht.

Kapitel 27

»Du siehst gut aus – so erfrischt«, meinte Propst Engelbert am Abend zu ihr. »Rote Wangen stehen dir bestens, Schwester Tryngen.«

Sie schenkte ihm ein kleines Lächeln, während sie noch einmal an seinem Trank roch, nur zur Sicherheit.

»Ihr auch, Herr.« Sie nickte dem Leibdiener zu, damit er ihm einschenken konnte. Propst Engelberts Gesicht war nicht mehr ganz so bleich und eingefallen. Er hatte gebadet, seine Suppen gegessen, alle Tränke getrunken. Am nächsten Morgen würde die Wahl stattfinden, und er wollte zum Erzbischof gewählt werden. Noch am Nachmittag hatte man ihm das kostbare Gewand gezeigt, das er anlässlich dieses besonderen Ereignisses tragen würde – einen Chormantel aus Seide und Leinen, mit kunstvollen Goldfadenstickereien und einer juwelenbesetzten Schließe aus purem Gold.

»Das ist dein Verdienst, Schwester Tryngen.«

Ihr Lächeln vertiefte sich. Sie freute sich für ihn, sie wünschte ihm von Herzen alles Gute, doch sie war mit ihren Gedanken immerzu bei Maria und Wilem. Außerdem hatte sie sich angewöhnt, nicht jedes seiner Worte auf die Goldwaage zu legen. Das Gift rief Stimmungsschwankungen bei ihm hervor – in einem

Augenblick sprühte er vor Zuversicht und Hoffnung, im nächsten sah er sich sterben.

»Freust du dich nicht?«

»Doch, ich freue mich sehr, dass es Euch wieder besser geht.«

»Das meine ich nicht. Ich rede von meinem Lob. Es gibt Leute am Hof, die würden sich für ein Lob von mir eine Hand abhacken lassen. Aber an dir scheint es abzuprallen.«

»Nein, ganz und gar nicht. Ihr irrt Euch, Herr. Es ist nur … wie soll ich's sagen? Wir Melancholiker tragen unsere Gefühle wohl mehr nach innen.«

Er leerte seinen Becher und gab ihn dem Leibdiener zurück. »Getroffen!«, grinste er. »Du wirst besser! Ich bin überrascht, dass Melancholiker so gewandt mit Worten kämpfen können.« Er lächelte wieder sein übliches halbes Lächeln, von dem sie nie wusste, ob er es ehrlich meinte oder nicht.

»Vielleicht bergen Melancholiker Schätze in sich, die Ihr noch nicht erkannt habt«, erwiderte Tryngen.

Sein Mundwinkel sank herab. »Was du nicht sagst! Ich wäre gespannt darauf.«

Sie musste schlucken, als ihr die Doppelbödigkeit ihrer Worte klar wurde. Er könnte sie auf eine Weise verstehen, die ihr ganz und gar nicht recht wäre. Sie starrten sich eine Weile wortlos an.

Er erinnerte sich, durchfuhr es sie. Er wusste wieder, was sie neulich nachts getan hatten. Sie war sich plötzlich sicher, dass er es tat.

»Verzeiht, Herr, *so* meinte ich es nicht«, sagte sie hastig.

»Nein? Wie dann?« Er tat ihr nicht den Gefallen, wegzusehen. Sie spürte, dass sie verlegen wurde, und wäre am liebsten hinausgelaufen. Ihr fiel nichts ein, was sie erwidern konnte. Sie fühlte sich überrollt vom eigenen Wagemut, der sie nun kleiner als zuvor zurückließ. »Wenn Ihr erlaubt, würde ich mir gern ein Bild von Euren Knien machen, Herr.«

»Ich erlaube es nicht. Lenk nicht ab, Schwester Tryngen. Welche Schätze birgst du in dir?«

»Ich habe nicht von mir gesprochen, sondern von Melancholikern im Allgemeinen.«

»Ah, jetzt weichst du aus.« Er lehnte sich seufzend zurück in das Kissen, das sein Leibdiener ihm eben gerichtet hatte. »Dabei würde ich deine Schätze gerne kennenlernen, Schwester Tryngen.«

Sie trat an den Tisch, klappte ihren Korb auf und begann, ihre Salben und Tinkturen zu ordnen. Es kam ihr so vor, als wäre es schlagartig still im Gemach geworden. Der Leibdiener hatte sich in eine Ecke zurückgezogen, wo er auf neue Befehle wartete. Nur das Gemurmel der betenden Mönche drang durch die offene Tür zum Empfangsgemach herein. Tryngens fahrige Hände warfen ein paar Fläschchen um. »Herr, ich … falls Ihr meint, dass ich … Ich bin eine Novizin und außerdem Eure Heilerin.«

»Genau. Und ich bin der Propst.«

Sie senkte ihre Stimme und blickte zum Wandbehang hinüber, hinter dem sich die geheime Kammer verbarg. »*So* ein … Mädchen bin ich nicht«, sagte sie.

»Ich weiß«, erwiderte er. »Aber in der letzten Zeit habe ich oft gedacht, es wäre besser, wenn du dich nicht mehr hinter Klostermauern versteckst, auch wenn es dort sicher ist.«

Wenn er nur wüsste, dachte sie, was für ein gefährlicher Ort ein Kloster sein kann. »Ich bin schon lange nicht mehr im Kloster.« Sie klappte ihren Korb zu. »Seit Monaten bin ich hier am Hof.«

»Gefällt es dir hier?«

»Sehr.« Sie wich seinem Blick aus, damit er nichts von ihrer Angst sehen konnte, die Angst davor, ihn und den Hof eines Tages verlassen zu müssen.

»Sieh mich an, Schwester Tryngen!«, forderte er sie auf.

Sie gehorchte. Er musterte sie aufmerksam. »Diese Schätze, von denen du sprachst – ich finde, du solltest sie der Welt zeigen.«

»Wie … wie meint Ihr das, Herr?«

»Nun, es ist zu schade, wenn Schätze verborgen bleiben. Du bist klug und wissbegierig und …« Er hob die Hand und sah zum neuen Leibdiener hinüber. »Lasst uns allein!«

Der Mann gehorchte und verließ das Gemach, schloss leise die Tür hinter sich. Die Kerzenflammen flackerten auf.

»Schätze«, fuhr er fort, »sollten eines Tages das Licht der Welt erblicken.«

»Ich habe meine Heilkunst schon immer in den Dienst der Menschen gestellt«, erwiderte Tryngen.

»Ich spreche nicht nur von deiner Heilkunst.« Er räusperte sich, nahm seinen Becher und trank. »Ich meine das, was dahinter ist. Was sich in deinem Inneren verbirgt. Manchmal kommt es hervor wie ein Sonnenstrahl, der plötzlich hinter Wolken vorbricht.« Er bedachte sie mit einem ernsten Blick. Sein Mund bildete einen Strich.

»Ihr meint, ich verstecke mich hinter meiner Heilkunst?«

»Nein, das trifft es nicht genau.« Er sann eine Weile nach.

Überrascht wartete Tryngen auf seine nächsten Worte. Das Zögern war ungewöhnlich für ihn, der sonst nie um Worte verlegen war und immer schon den nächsten Satz oder den nächsten Scherz in der Tasche hatte.

»Ehrlich gesagt hat's mich gefreut zu sehen, wie du dem Magister zunehmend widersprochen hast«, fuhr er fort. »Du solltest dir immer deiner selbst so sicher sein, wie du es in diesen Augenblicken warst. Sei in Zukunft ruhig mutiger!«

»Ich *bin* mutig.«

Er gab ihr seinen leeren Becher zurück, wobei ihre Finger sich kurz berührten. Sie sahen sich einen Augenblick an. Er lächelte, und dieses Mal hob er beide Mundwinkel. Tryngen spürte, wie ihr Herz rascher klopfte.

»Mut ist eine Eigenschaft, die jedem Menschen gut steht, einerlei, ob Mann oder Frau oder welchem Stand er angehört«, fuhr er fort. »Wobei ich nicht vom Hochmut spreche, der verwerflich ist. In meinem Stand gibt es viele hochmütige Menschen. Ihr Hochmut steht ihnen nicht gut zu Gesicht. Hingegen ist es traurig zu sehen, wie jemand sein schönes Inneres vor anderen versteckt und es nicht zeigt.«

Tryngen schwieg betroffen, während sie gegen ihre aufkommende Enttäuschung ankämpfte. Er hatte also nicht von äußerer Schönheit gesprochen, sondern meinte, dass sie nur von innen schön war und das nicht zeigte. Er bemängelte ihren fehlenden Mut. Aber hatte er nicht selbst durch seine schroffe Art dazu beigetragen, dass sie Angst vor ihm hatte? Wie hatte sie doch kämpfen müssen, ihm ihre Angst nicht zu zeigen!

»Manchmal wird es einem aber auch nicht leicht gemacht«, sagte sie.

Engelbert sah auf seine Hände hinunter, die auf der Wolldecke lagen. »Du meinst, der Magister hat es dir nicht leicht gemacht? Natürlich nicht! Warum auch? Er ist dein Gegner. Er will ebenso gerne mein Leibarzt werden wie du.«

»Gewiss«, bestätigte sie. Ein wenig erleichtert war sie schon, dass er wohl nicht im Traum daran dachte, sie könnte ihn gemeint haben.

»Man sollte nicht anderen die Schuld am eigenen fehlenden Mut geben«, meinte Engelbert. »Wobei ich dir durchaus zugestehe, dass du als Herbaria den schwereren Stand hast, gegen den Magister anzukommen.«

Tryngen nickte.

»Aber du hast es gemeistert«, fuhr er fort. »Ich habe jedenfalls keine große Lust, dich herzugeben, damit dieser … wie hieß er noch gleich?«

»Ortwin Schoenweder.«

»… damit Ortwin Schoenweder dich heiraten kann.«

»Danke, Herr!« Tryngen strahlte. Endlich versicherte er ihr, dass sie bei ihm bleiben konnte! Sie würde seine Heilerin bleiben, auch wenn er Erzbischof wäre. Dabei wusste er noch nicht einmal etwas von der Verschwörung und dass Magister Waldever fort war.

»Wolltest du nicht meine Knie begutachten?«, fragte Engelbert.

»Ja, natürlich.« Sie trat an sein Bett, schlug die Decke beiseite. Immer schwerer fiel es ihr, seinen Körper mit dem nüchternen Blick einer Heilerin zu betrachten. Auch jetzt sah sie zuerst seine muskulösen Männerbeine und ertappte sich dabei, einen Blick hinauf zu seinen Oberschenkeln gleiten zu lassen, wo seine Decke endete. Seine Knie waren nicht mehr geschwollen. Bruder Stephanus hatte sie nach dem Bad nicht mehr mit Verbänden umwickelt, sondern nur noch die Salbe aufgetragen. Sie hätte es genauso getan.

Sie spürte, wie er sie beobachtete, und errötete. Rasch deckte sie ihn wieder zu. »Eure Knie sind abgeschwollen«, sagte sie. »Ich werde Eurem Leibdiener sagen, dass er noch einmal Salbe aufträgt. Ihr seid bereit für den morgigen Tag, Herr.«

Seine beiden Mundwinkel hoben sich. »Nun, dann schick ihn mir ruhig wieder rein. Gute Nacht, Schwester Tryngen.«

Sie knickste tief. »Gute Nacht, Herr.«

Sie spürte, wie er ihr hinterhersah, als sie das Gemach verließ.

In dieser Nacht blieb sie mit den anderen vom Gesinde im Empfangsgemach. Ungeduldig wartete sie, bis auch der letzte

Diener eingeschlafen war, dann erhob sie sich und hüllte sich in ihren Umhang. Sie musste noch vor dem Wachwechsel fortkommen, dann würde es ihr vielleicht gelingen, sich an dem müden Gardisten der Leibwache vorbeizuschleichen, anstatt sich von einem ausgeschlafenen Wachhabenden unangenehme Fragen stellen zu lassen.

Aber der Gardist an der Tür hielt sie fest. »Weißt du, wo Wilem ist?«

Erschreckt fuhr sie zusammen und starrte in sein noch junges, glatt rasiertes Gesicht. »N-nein. Warum?«

»Ich hab ihn noch nicht gesehen, und er hat heute Abend Wache.«

»Tut mir leid, ich weiß nicht, wo er ist.«

Der Gardist sah enttäuscht aus. »Ihr seid doch verwandt, oder nicht?«

»Nein, nur gute Bekannte.«

»Ach so. Aber der geht doch nicht in die Schenken oder zu den Huren? So einer ist der doch nicht?«

Tryngen spürte, wie ihre Hände und Knie zu zittern begannen. »Nein! Ich suche ihn und sag dir Bescheid, wenn ich etwas weiß.«

»Gut.« Der junge Mann sah erleichtert aus. »Er sollte bald auftauchen, sonst wirft der Hauptmann ihn raus.«

»Ja.« Tryngen zog ihren Umhang fest zu und verließ mit wackligen Knien den Vorraum. Sie lief zum Gesindehaus, zog sich Udas Gewand in ihrer Kammer an und hüllte sich in ihren Mantel, dann lief sie über den verschneiten Hof zur Pforte. Aus den Fenstern des Doms drang schwacher Lichtschein und leiser Männergesang. Eigentlich war es noch zu früh für die Vigilien. Aber vielleicht hielten die Mönche und Priester wegen der bevorstehenden Wahl Nachtwache. Der Pförtner musterte sie misstrauisch, stellte ihr aber keine weiteren Fragen.

Tryngen atmete auf und beeilte sich. Sie durchquerte das alte Tor in der Heidenmauer und bog in die Straße ein, die durch Niederich führte. Niemand war zu sehen, alles schien schon zu schlafen. Ein leichter Wind wehte durch die stillen Gassen. Als sie an St. Ursula vorbeikam, sah sie, dass auch dort aus der Klosterkirche Licht drang. Auch hier schien man nicht zu schlafen, sondern bereitete sich auf den nächsten Tag vor. Der Tag, an dem in Köln ein neuer Erzbischof gewählt werden würde.

Tryngen spürte einen Stich, als sie an Propst Engelbert dachte. Ob sie wirklich seine Leibärztin werden könnte? Oder hatte er es nur gesagt, um sie in Sicherheit zu wiegen? Sie würde es erfahren, sobald sie an den Hof zurückgekehrt war. Wenn Maria in Sicherheit war. Sie zwang sich, nicht weiter darüber nachzudenken.

Sie verlangsamte ihre Schritte und vergewisserte sich mehrfach, dass ihr niemand folgte, ehe sie in die Gasse am alten Graben einbog. Eine dünne Schneeschicht lag auf den Dächern der Holzbaracken und ließ die Gasse im Gegensatz zu sonst sauber erscheinen. Aber sie konnte den Geruch nach Hundekot nicht verdecken. In den vielen Spuren suchte Tryngen nach Hufabdrücken, konnte aber in der Dunkelheit nichts erkennen. Obwohl sie sich bemühte, leise zu sein, witterten sie Rethers Hunde und begannen zu bellen.

Tryngen beschleunigte ihre Schritte. Sie hastete zum Ende der Gasse. Sie konnte es kaum noch erwarten, zum Versteck zu kommen und endlich zu erfahren, ob Maria und Wilem ihren Verfolgern entkommen waren.

Christinas und Peros Hütte kam ihr noch kleiner und schäbiger vor denn je. Auf einmal erschien es ihr dumm, dass sie beschlossen hatten, Maria ausgerechnet hier zu verstecken.

Sie lief in den Garten. Von einem Pferd keine Spur. Ihr Atem ging hastiger. Sie hob ihre zitternde Hand und pochte gegen die verwitterte Tür. Zweimal lang, zweimal kurz, das verabredete Zeichen. Mit klopfendem Herzen wartete sie ab.

Nichts regte sich. Das Warten dehnte sich endlos, während ihre Angst stieg. Was würde sie tun, wenn sie es nicht geschafft hätten? Sie wollte nicht daran denken.

Tryngen starrte auf die Tür und betete. Versprach der Hohen Mutter noch einmal ihr Leben, wenn sie das Leben der beiden bewahren würde. Pochte wieder.

Endlich hörte sie von drinnen ein Geräusch, und die Tür öffnete sich endlich einen Spalt breit. Zu ihrem Schrecken sah sie nur Christinas entstelltes Gesicht. Wortlos ließ die kranke Frau sie ein und verriegelte die Tür hinter ihr. Drinnen umfing sie tiefe Nacht. Rötlich glomm der Rest eines Feuers in der Mitte der Hütte. Aus dem dunklen Raum kam eine Hand und legte sich auf ihre Schulter. Wilem! Tryngen sank in seine Arme.

»Na endlich!«, raunte er. »Wo warst du denn so lange?«

»Am Hof. Ich wollte schon früher kommen, aber der Propst hat mich aufgehalten.«

Endlich, nachdem ihre Augen sich an die Dunkelheit gewöhnt hatten, erkannte Tryngen die Umrisse von Maria. Sie warf sich in ihre Arme, klammerte sich an ihr fest. Atmete tief ihren vertrauten Geruch ein. Über ihre Schultern hinweg sah sie Pero auf seinem Lager am Feuer schlafen. Wieder dachte sie, dass dies kein gutes Versteck wäre. Gewiss, die beiden armen Menschen waren ihnen zu Dank verpflichtet. Aber sie mochte sich nicht ausdenken, was die Schergen der Priorin mit ihnen machen könnten.

»W-wo ist das Pferd?«, fragte sie.

»Bei Rether«, erklärte Wilem. »Es war besser, es bei ihm zu verstecken. Er hat hoch und heilig versprochen, es nicht zu verkaufen. Maria meinte, wir könnten ihm trauen.«

»Sie waren nah an uns dran, aber wir haben es geschafft«, ergänzte Maria stolz.

»Dir ist niemand gefolgt?«, fragte Wilem.

»Nein.«

»Ganz sicher?«

»Aber ja.« Tryngen dachte an die Stille in den Gassen. Sie hätte jedes Geräusch noch in hundert Fuß Entfernung gehört, selbst das Rascheln eines Pferdeschwanzes.

Eine Weile schwiegen sie. Christina schlurfte zur Feuerstelle und füllte eine Flüssigkeit in einen Becher, was sie sehr geschickt mit ihren Handstümpfen bewältigte, kam zurück und reichte ihn Tryngen.

»Danke.« Tryngen umschloss den Becher mit ihren kalten Fingern. Der Trank war wohltuend heiß und schmeckte nach den Kräutern, die Pero im Sommer nach ihren Anweisungen gesammelt hatte und nach denen die ganze Hütte roch. Sie ließen sich auf ein paar Schafsfellen am Boden nieder.

»Es ist nur für diese Nacht«, sagte sie mehr zu sich selbst als zu den anderen. »Morgen wirst du krank, und ich bringe dich ins Heiliggeisthaus zu Bruder Stephanus, Maria. In dem Trubel der Bischofswahl wird das niemand bemerken.«

»Ich hab die Kleider hier«, ergänzte Christina. Die Kleider aus den alten Beständen des Klosters, die sie Christina mitgebracht hatten, würden Maria am nächsten Tag in eine Bäuerin verwandeln.

»Ich auch!« Tryngen klopfte gegen ihren Beutel, in dem sich ihr Schwesterngewand befand. Heute Abend war es besser, es nicht zu tragen, weil Katharinas Bruder sie in ihrer Novizinnentracht sofort erkannt hätte. Aber morgen würde sie sich wieder in eine Schwester zurückverwandeln.

»Gut und schön«, seufzte Maria. »Aber was kommt dann?«

»Das sagten wir doch schon! Wenn wir sicher sind, dass sie dich nicht mehr suchen, kommst du zu Florenzia und mir«, bestimmte Wilem. »Zurück zum Kloster kannst du nicht mehr, solange sie da sind.«

»Hast du eine Ahnung, wer sie sind, Maria?«, fragte Tryngen.

»Ich weiß es nicht.« Maria starrte lange in die Feuersglut. Ihr Schleier war weit nach hinten gerutscht, und ihre Locken umrahmten ihr Gesicht. »Richmud hat mir nie den Namen von Katharinas Nichte verraten, die den Grafen geheiratet hat. Vielleicht kannte sie ihn selbst nicht. Sie hat Katharina vertraut. Ich glaube nicht, dass sie wusste, wer sie in Wahrheit ist.«

»Meinst du, sie weiß es jetzt?«, flüsterte Tryngen.

Maria hob ihre Schultern. »Ich weiß es nicht. Die beiden sind sehr … vertraut miteinander.«

»Richmud hat uns verraten. Sie wollte ihre Töchter retten, dafür hat sie uns verraten.«

»Die Priorin hat alles zerstört.« Maria begann, leise zu weinen. Wilem legte den Arm um sie. Eine Weile hielt er sie wortlos fest, dann sagte er: »Ich weiß zwar nicht genau, worum es geht, aber vielleicht ist es besser so. Du fängst ein neues Leben an. Du kannst überall als Heilerin arbeiten. Du kannst auch wieder zu Mutter nach Linn zurückgehen. Ich hab sowieso nie verstanden, warum du unbedingt in dieses Kloster wolltest.«

»Die Schwesternschaft ist zerstört, Wilem! Unsere Gemeinschaft …«

Sie lehnte den Kopf an seine Schulter und schluchzte. Beklommen lauschte Tryngen auf ihr Weinen. Trotz des heißen Kräutertranks war ihr furchtbar kalt. Sie wusste, wie viel das Leben als Krankenmeisterin des Klosters Maria bedeutete und was es ihr ausmachen musste, dass die Schwesternschaft nun zerstört war. Viel mehr als ihr selbst.

Sie räusperte sich. »Vielleicht könnten wir eine neue Schwesternschaft …«

»Nein!« Maria fuhr hoch und schüttelte energisch den Kopf. »Es ist vorbei.«

»Aber … wenn nicht mit Richmud … vielleicht in einem anderen Kloster?«

»Nein, Tryngen«, sagte Maria mit tonloser Stimme. »Wir haben unsere Zeit gehabt. Katharina hatte recht: Es ist zu gefährlich. Wir können von Glück reden, wenn sie uns nicht verrät.« Ihr Kopf sank wieder auf Wilems Schulter zurück.

Tryngen schwieg, sie wusste nicht, was sie darauf erwidern sollte. Sie ließ sich von Christina heißen Trank nachschütten in der Hoffnung, ihr könnte wärmer werden. Aufzugeben, das kam sonst nie für Maria infrage. Vielleicht war sie nur zu erschöpft und zu schwach. Vielleicht würde sie in ein paar Tagen, wenn sie sich erst im Heiliggeisthaus von allen Anstrengungen erholt hatte, wieder anders denken. Aber eigentlich, gestand Tryngen sich ein, hatte sie recht. Es war zu gefährlich geworden, und wenn sie ehrlich war, dann hatte sie ihre letzten Worte nur gesagt, um Maria zu trösten. Sie selbst fühlte sich nun erleichtert.

»Wilem, du musst zurück, sie vermissen dich schon am Hof«, sagte sie in die Stille hinein.

»Morgen früh«, bestimmte er. »Ich sage dem Hauptmann, ich hätte bei meiner kranken Schwester bleiben müssen. Wahrscheinlich steckt er mich dann in die Hacht, aber du kannst ja beim Capellarius ein gutes Wort für mich einlegen, Tryngen.«

»Sei nicht leichtsinnig! Es war schon schwer genug, dich an den Hof zu bringen.«

»Wer ist denn hier leichtsinnig? Ich lass euch auf keinen Fall heute Nacht allein!«

Niemand erwiderte etwas. Tryngen lauschte auf Peros regelmäßige Atemzüge. Irgendwo knackte ein Holzbalken. Kalter Wind drang durch die Ritzen und Löcher der Baracke herein und ließ sie frieren. Christina humpelte zur Feuerstelle und deutete auf ein kümmerliches Lager aus ein paar Fellen und einer löchrigen Decke, das wohl ihr eigenes war. »Schlaft ein bisschen, Schwestern.«

Die beiden lehnten ab, weil sie ihr nicht das Lager nehmen wollten, doch Christina bestand darauf, dass sie schliefen, und so legten sie sich hin und wärmten sich gegenseitig. Marias Nähe und Wilems Messer in ihrem Gürtel beruhigten Tryngen ein wenig. Irgendwann waren ihre Müdigkeit und Erschöpfung so groß, dass sie tatsächlich einschlief. Sie träumte von Engelbert, wie er am Morgen im Dom – gehüllt in seinen prächtigen Chormantel – auf die Bekanntgabe der Wahl wartete. Wie dann der Dekan das Ergebnis verkündete: Nicht er, sondern Dietrich von Heimbach sei gewählt worden.

Sie erwachte durch ein Geräusch, ein sehr lautes Holzknacken, nein, ein Holzbrechen. Sie fuhr hoch. In der Dunkelheit, die die Hütte erfüllte, erkannte sie nichts. Dann flog die Tür krachend auf. Ein kalter Luftschwall wogte herein und wirbelte die Aschereste des Feuers hoch, die überallhin zerstieben. Die Umrisse von zwei Kriegern zeichneten sich gegen das Morgenlicht ab. Eine Fackel erhellte die winzige Baracke. Ihr Licht zuckte über die Feuerstelle, über Christina, die sich schützend über Pero geworfen hatte, auf Maria, die neben Tryngen aus dem Schlaf fuhr. Wo war Wilem?

Die Männer waren im Nu bei ihnen, zerrten Maria und sie hoch. Sie trugen Umhänge, die ihre Köpfe verhüllten, aber die Flamme zuckte hoch und beleuchtete ihre Gesichter. Katharina von Gründbachs Bruder und sein Freund. Tryngen wollte schreien, aber es kam kein Laut heraus. Sie beobachtete fassungslos, wie Katharinas Bruder Maria packte und aus der Baracke stieß. Der andere führte sie selbst hinaus.

Der Morgen schimmerte zartrosa herauf und warf sein erstes Licht auf den schneebedeckten Garten, wo zwei Pferde warteten. Am Rand der Hütte, nicht weit von Christinas Bank, lag eine dunkle Gestalt im Schnee. Wilem!

Maria hatte ihn im selben Augenblick gesehen und schrie auf. Von Gründbach presste ihr seine Hand auf den Mund. Er zog sein Messer aus dem Gürtel, hielt es ihr an die Kehle. »Keinen Ton mehr oder du stirbst.«

Tryngen dachte, dass sie diesen Mann noch nie hatte sprechen hören. Immer nur hatte seine Schwester geredet. Nun erschrak sie über seine Stimme, die kalt in den Morgen klirrte.

»Wo ist unser Pferd?«, wollte er von Maria wissen.

»Wir … haben es laufen lassen.«

Er richtete die Messerspitze auf ihre Schlagader.

»Wirklich, es ist weggelaufen«, beharrte sie mit zitternder Stimme.

»Warum ist es dann nicht wieder zu uns zurückgekommen?«

»Weiß ich nicht.«

Rethers Hunde stimmten ein ohrenbetäubendes Gebell an. Von Gründbach brachte einen unwilligen Laut hervor und schubste Maria zu seinem Pferd. »Wir werden hier jeden Stein umdrehen«, schnarrte er, »und wenn wir es finden, dann gnade dir Gott!« Er zog ein Seil aus seiner Satteltasche, fesselte Maria die Hände und schob sie auf sein Pferd. Sein Kumpan zog Tryngen das Messer aus dem Gürtel und fesselte sie. Sie sah zu Wilem hinüber, der immer noch reglos im Schnee lag. Täuschte sie sich oder war da ein dunkler Fleck auf seiner Brust? Hatten die Männer ihn erstochen? Hilflos sah sie zu Maria hinauf und begegnete ihrem Blick. Marias Augen waren mit Tränen gefüllt.

Tryngen schrie auf. Vielleicht würden die Armen sie hören und sich mit Christina um Wilem kümmern. Von Gründbachs Freund presste ihr fluchend die Hand auf den Mund. Er packte sie und hob sie auf das Pferd. »Kein Laut mehr oder du stirbst!«, drohte seine Stimme an ihrem Ohr. Sie konnte sich nur noch an der rauen Mähne festklammern, als die Reiter den Tieren die Fersen in die Flanken drückten und losritten. Tryngen sah sich um, warf einen letzten Blick auf Wilem. Dann sah sie in die Hütte und bemerkte, wie Christina Pero an sich drückte und mit ihren Handstümpfen immer wieder über seine schmutzigen Haare fuhr. Sie betete zur Hohen Mutter für Wilems Leben.

Kapitel 28

Sie verließen Köln und ritten nach Norden, zuerst am Rhein entlang, dann über verschlungene Wege fort vom Fluss. Als sie in der Ödnis waren, stießen die Männer Maria und Tryngen von den Pferden und banden sie an langen Seilen fest, an denen sie zu Fuß gehen mussten. Langsam kamen sie nun weiter. Das Morgenrot löste sich bald in einem klaren blauen Himmel auf. Die Sonne stieg höher, schien auf weite, schneebedeckte Felder, in denen kleine Wälder wie dunkle Flecken lagen. Flaches Land erstreckte sich bis zum Horizont und schien dort mit dem Himmel zu verschmelzen.

Sie machten nur eine kurze Rast, in der Tryngen und Maria sich die Münder mit Schnee füllten, weil die Männer ihnen nichts zu trinken gaben. Endlich, als die Sonne am höchsten stand, sah Tryngen in der Ferne die Gehöfte eines Dorfes auftauchen. Sie war furchtbar erschöpft und glaubte, keinen weiteren Schritt mehr laufen zu können, als sie in einen Pfad abbogen, der zu einem Hof führte. Er war von einer hohen Mauer umgeben. Auf Zuruf von Gründbach öffnete ein Knecht das mächtige Tor.

Vor ihnen lag ein trutziger, steinerner Hof, der von ein paar Wirtschaftsgebäuden umringt wurde. Winzige Fensterluken lagen tief in seinem grauen Mauerwerk. Über der Tür prangte ein Wappen, das Tryngen nicht kannte. Der Hof lag still in der winterlichen Sonne, als wäre er unbehaust. Nur ein paar Karren- und Fußspuren im Schnee deuteten auf Menschen hin. Tryngen rieb sich die kalt gefrorenen Hände und beobachtete, wie von Gründbach Marias Seil löste, mit dem sie ans Pferd gebunden war. Der Knecht eilte herbei, nachdem er das Tor geschlossen hatte, und nahm ihm die Zügel ab. Von Gründbach brüllte einen Befehl. Kurz darauf hasteten zwei Wachmänner heran und verbeugten sich vor ihm.

»Führt die beiden in das Zimmer«, befahl er.

»Jawohl, Herr.« Die Wachmänner nickten. Ihre Gesichter waren grau und verfroren. Sie sahen jämmerlich aus in ihren schäbigen Wollmänteln und fleckigen ledernen Brustpanzern. Sie packten Maria und Tryngen mit ihren kalten Händen und führten sie zum Hof, wo eine Magd ihnen die Tür öffnete. Sie war noch jung, bestimmt keine vierzehn Winter, und wagte nicht aufzusehen, als sie an ihr vorbeigeführt wurden.

Sie durchschritten einen kahlen großen Raum, in dem sich nichts anderes befand als ein paar Schemel, ein Sessel und eine eisenbeschlagene Truhe. An einer Seite gab es einen mächtigen Kamin. Nur an der Längsseite gleich gegenüber dem Eingang hing ziemlich weit oben, fast unter der Decke, ein hölzerner großer, aber sehr schmaler Schrank mit vielen Löchern. Ehe die Magd die Tür schloss, fiel das Sonnenlicht auf die etwa handgroßen Öffnungen, die in regelmäßigen Abständen in mehreren Reihen übereinanderlagen. Sie waren von innen mit rotem Stoff verhängt.

Von irgendwoher strömte der Geruch nach würzigem Eintopf herein, der Tryngen das Wasser im Munde zusammenlaufen ließ. Er verlieh dem Haus etwas Vertrauliches und Wohnliches, und sogleich schöpfte sie Hoffnung, dass man sie hier vielleicht nicht so schlimm behandeln würde, wie sie es sich auf dem Ritt hierher ausgemalt hatte.

Die Wachmänner führten sie eine schmale, gewundene Treppe hinauf in den obersten Stock. Sie stießen eine Holztür auf und schoben sie in einen kleinen, halbdunklen Raum. Hinter ihnen krachte die Tür zu, dann wurde der Riegel vorgeschoben.

Maria und Tryngen standen wie gelähmt und starrten sich an. Es roch muffig und nach altem Holz. Die Binsen auf dem Dielenboden waren offenbar schon lange nicht mehr gewechselt worden und verströmten einen widerlichen Geruch. Der Raum war vollkommen leer, über ihnen dehnte sich nur noch das Dachgebälk. Tryngen entdeckte eine kleine Fensteröffnung und versuchte, mit ihren gefesselten Händen das Stroh darin zu entfernen, was ihr nach einiger Zeit auch gelang. Sofort strömte kalte Luft herein. Immerhin konnte sie nun weit über die verschneite, sonnenbeschienene Landschaft sehen. Sie sah das Dorf, das in der Nähe lag, und etwas weiter entfernt einen ausgedehnten Wald. Unter ihr fiel die Mauer steil hinab in den Hof. Enttäuschung überkam sie.

»Was hast du denn gedacht?«, sagte Maria, die hinter sie getreten war. »Dass wir hier rauskommen?«

Tryngen nickte, obwohl sie wusste, wie vergeblich diese Hoffnung war. Sie würden es noch nicht mal durch die Luke schaffen, die war viel zu klein. Sie starrte auf einen dunklen Fleck im Holzboden und merkte, wie er vor ihren Augen verschwamm.

»Wir hätten fliehen müssen«, sagte sie mit tonloser Stimme.

»Wie denn? Wir waren an die Pferde gebunden!«

Tryngen senkte den Kopf und schwieg. Nach einer Weile ging sie im Raum umher, sah in alle Ecken, prüfte die hölzernen Wände, ob vielleicht irgendwo ein loses Brett wäre, pochte gegen das Stroh auf dem Dachgebälk. Die Holzbohlen knarrten, als sie darüberging. Sie fand eine zweite, zugenagelte Luke, durch die sie vielleicht gepasst hätten, sonst nichts.

»Gib dir keine Mühe, sie haben alles sicher gemacht«, sagte Maria. »Es ist ein Gefängnis.«

Tryngen seufzte. »Wir müssen leise sprechen, vielleicht belauschen sie uns durch die dünnen Holzwände.«

Maria starrte hinaus. Sie wirkte merkwürdig gefasst. Ihre Lippen bewegten sich in einem leisen Gebet. Tryngen hörte Wortfetzen einer fremden Gebetssprache, die sie nicht verstand.

»Glaubst du, dass Wilem tot ist?«, fragte sie, als Maria ihre Gebete beendet hatte.

Maria schüttelte den Kopf.

»Aber sie haben ihn erwischt!« Tryngen musste an Wilems reglose Gestalt im Schnee denken, an den dunklen Fleck auf seiner Brust.

»Er lebt!« Maria schob ihr Kinn nach vorn und starrte weiter aus der Luke, als würde sie dort etwas sehen können, das Tryngen verborgen blieb. Tryngen fragte sich, wie sie so sicher sein konnte. Vielleicht wollte sie nicht wahrhaben, dass dem Mann, für den sie wie für einen Bruder fühlte, etwas zugestoßen sein könnte. Vielleicht wusste Maria aber auch mehr als sie, denn sie hatte ja oft einen besonderen Sinn. Sie hoffte, dass Maria recht behielt.

»Ich hätte nicht zu euch kommen dürfen!«, klagte sie. Ihr war der Gedanke unerträglich, dass sie die beiden Männer erst zu dem Versteck bei Christina und Pero geführt haben könnte. »Die haben sich bestimmt in der Nähe versteckt und gewartet, nachdem sie euch verloren hatten.«

»... oder von Gründbach ist zum Kloster zurückgekehrt, nachdem sie uns verloren hatten, und hat Isalda befragt, was passiert ist«, ergänzte Maria. »Er ist wieder in die Stadt zurück, und sie haben sich ausgerechnet, dass du bald zu uns kommen würdest. Sie brauchten nur zu warten.«

»Sie haben gewartet, bis wir schliefen und leichter zu überwältigen waren. Wilem ist vielleicht durch ein Geräusch geweckt worden, rausgegangen und von ihnen überrascht worden.«

»Ja, so war es wohl.« Maria wandte sich ab und sah wieder aus der Luke.

»Ich hätte Wilem nicht mit reinziehen dürfen«, sagte Tryngen mit zitternder Stimme. »Es tut mir leid!«

»Hör auf damit! Wie oft habe ich dir gesagt, du sollst dich nicht immer selbst mit Vorwürfen quälen! Du hattest Gründe, so zu handeln, du wolltest mich retten. Es wäre ja auch beinahe gelungen.« Sie lächelte freudlos.

»Ich konnte doch den Propst nicht töten!«

»Natürlich konntest du das nicht, du liebst ihn doch.«

Tryngen schnappte nach Luft. Ihr innerstes, verborgenes Geheimnis, das sie nie jemandem gestanden hatte, ja bis vor Kurzem noch nicht einmal sich selbst – es lag offenbar frei und sichtbar vor Maria wie ein aufgeschlagenes Buch.

»Ich habe gesehen, wie deine Augen leuchteten, immer, wenn du von ihm sprachst«, erklärte Maria. »Ich kenne dich doch gut.«

»Ich wollte es selbst nicht … es war … es ist … einfach passiert, so als ob man hinterrücks von etwas überfallen wird. Ich sorge dafür, dass es … bald aufhört …«

»Du brauchst dich nicht zu rechtfertigen. Liebe ist unberechenbar«, sagte Maria seufzend. »Liebt er dich auch?«

Tryngen starrte auf den fleckigen Boden. Es kam ihr ungeheuerlich vor, darüber mit Maria zu sprechen. Aber im Augenblick war ohnehin die ganze Welt verkehrt. Vielleicht sollte sie es sagen und ihr Herz erleichtern, bevor sie sterben müssten.

»Ich weiß es nicht«, sagte sie ehrlich. »Ich werde nicht schlau aus ihm.«

Maria schwieg eine Weile. Dann sagte sie: »Vor Jahren habe ich auch einmal einen Mann aus höherem Stand geliebt. Es ist lange her.«

»Was ist geschehen?«, fragte Tryngen, deren Neugier geweckt war.

»Er ist schon seit Jahren tot.« Marias Stimme hallte leise und traurig über den Dachboden. Obwohl sie den Mann nicht kannte, fühlte Tryngen Enttäuschung aufsteigen.

»Ich hätte ihn aufgeben müssen, aber ich war zu jung und unerfahren und habe starrsinnig an ihm festgehalten«, sagte Maria mit bitterer Stimme. »Das war ein großer Fehler. Irgendwann muss man einsehen, wenn etwas zwecklos ist, und es aufgeben.«

»Ich … ich weiß ja, dass es zwecklos ist«, beeilte sich Tryngen. »Er wird heute Erzbischof von Köln!« Ihre Worte, einmal ans Licht gezerrt, klangen so absonderlich, dass sie die Unmöglichkeit ihrer Liebe noch deutlicher zeigten. Bisher hatte sie alles im Geheimen hegen können. Aber nun war es, als hätte das Licht den Keimling zerstört. Enttäuscht sah sie Maria an.

Maria hob ihre gefesselten Hände und strich Tryngen mit einem Finger über die Wange. »Bete zur Hohen Mutter, sie wird dir helfen.« Sie wandte sich von der Luke ab. »Wir sollten alles zumachen, es kommt zu viel Kälte rein.«

Tryngen hob das Stroh auf und stopfte es in die Luke. Der Raum versank wieder in Dämmerung, in die ein paar sonnige Lichtstrahlen fielen. Sie war froh, dass Maria so ihre Tränen nicht sehen konnte.

»Der Mann, den ich damals liebte, gehörte zum Hofstaat des Königs«, begann Maria. Danach erzählte sie Tryngen erst stockend, dann immer flüssiger von den Jahren, als das Land im Krieg zerrissen war und Köln vom Heer des feindlichen Königs Philipp bedroht wurde. Sie erzählte von ihrer Suche nach der Schwesternschaft und ihrem Wunsch, im Kloster Weiher aufgenommen zu werden. Sie erzählte von den unheimlichen Tagen, als König Philipp mit seinem Heer gegen Köln vorrückte, von Schlachten, von geheimen Friedensverhandlungen, von Reisen an den königlichen Hof, von Höflingen, Hofnarren und fürstlichen Gefolgen. Tryngens Tränen trockneten. Ihr war, als wäre sie in eine andere Welt entrückt worden. Es war ein wenig wie früher, als sie krank war und Maria ihr Geschichten erzählt hatte.

»Beinahe wäre ich nicht in die Schwesternschaft gekommen und Heilerin geworden«, schloss Maria. Sie seufzte tief. »Aber so war es sicher besser. So konnte ich das werden, was ich werden sollte. Was ich ihr versprochen hatte.«

»Deiner Ziehmutter.«

Maria nickte. »Es war eine große Ehre, dass Richmud mir eine solche Aufgabe anvertraut hat.«

»Sie wusste sicher, warum. Du bist eine ausgezeichnete Infirmaria.«

Maria lächelte wehmütig. »Das ist nun auch vorbei.«

»Warum hat sich Richmud von Katharina von Gründbach so umgarnen lassen?«, fragte Tryngen. Sie hatten sich auf den Boden gesetzt, Rücken an Rücken, und wärmten sich gegenseitig.

Maria schwieg lange, ehe sie antwortete. »Das ist schwer zu verstehen. Sie muss sehr beeindruckt von ihr gewesen sein, und sie hat sie wohl auch … geliebt.«

»Geliebt? Du meinst, wie eine Frau einen Mann?«

Maria nickte. »So eine … Verirrung kommt ja manchmal vor. Als Richmud etwas gemerkt hat, war es wahrscheinlich schon zu spät, da war Katharinas Bruder schon da. Zuerst schien es, als wären die Männer nur harmlose Gäste. Später zeigten sie ihr wahres Gesicht. Wenigstens konnte ich etwas Wichtiges retten.« Sie wandte sich zu Tryngen um, stieß sie sanft mit ihren gefesselten Händen an. »Hör zu: Falls mir etwas passieren sollte, musst du noch einmal ins Kloster zurück. Aber lass etwas Zeit verstreichen. Es gibt dort ein Versteck …« Sie beugte sich nah zu Tryngen und flüsterte ihr etwas ins Ohr.

»Dir wird nichts passieren«, erwiderte Tryngen zitternd.

Maria erhob sich und ging nervös umher. Sie schob ein paar ihrer Locken unter den Schleier zurück. »Wir müssen trinken!«, bestimmte sie. »Damit wir länger leben, falls sie uns nichts zu essen geben.« Sie öffnete die Luke mit ihren gefesselten Händen, kratzte etwas Schnee zusammen, der auf dem Dach darüber lag, und schob ihn sich in den Mund. Tryngen erhob sich ebenfalls und tat es ihr nach. Etwas in ihr sperrte sich dagegen, darüber nachzudenken, was man ihnen alles antun könnte. Ob man sie überhaupt so lange leben ließ.

Sie versuchte, nicht an ihren Hunger zu denken. Was natürlich unmöglich war. Das Knurren ihres leeren Magens hallte schon seit Stunden unüberhörbar durch den Raum. Sie trat an einen Mauervorsprung und begann, ihr Seil am rauen Gestein aufzureiben. Nach einer Weile gab sie auf. Es würde vielleicht gelingen, aber es war eine mühevolle, kräftezehrende Tätigkeit.

Als die Dämmerung herabgesunken war, hörten sie Schritte auf den Treppenstufen. Die Tür zu ihrem Gefängnis wurde aufgestoßen, und die Wachmänner erschienen auf der Schwelle. Einer von ihnen stapfte durch den Raum, ergriff Maria und zerrte sie mit sich fort.

Sie folgte ihm nur widerwillig. Immer wieder blickte sie sich um, und Tryngen folgte ihr, bis der andere Wachmann sie wegschob.

Die Tür wurde mit einem lauten Krachen zugeworfen und verriegelt. Tryngen hörte, wie die Schritte auf den Stufen allmählich verklangen. Dann hörte sie nichts mehr. Marias Geruch hing noch im Raum, aber sie war nicht mehr da.

Tryngen weigerte sich, das zu begreifen. Sie ging dorthin, wo sie beide eben noch gesessen hatten, als könnte sie durch das Einatmen von Marias Geruch, ihrer Atemluft, und durch die Erinnerung an ihre Worte die Nähe zu ihr wiederfinden.

So blieb sie lange, bis die Nacht begann. Kalte Luft drang herein und fraß alles auf, was von Marias Gegenwart zeugte, verwehte ihren Atem und zersetzte ihren Geruch.

Tryngen hüllte sich in ihren Umhang und begann, im Dunkeln auf und ab zu wandern. Sie weigerte sich, daran zu denken, was man Maria gerade antun könnte. Sie würde ihren Verstand verlieren. Nicht daran denken. Nicht!

Bete für sie.

Sie begann zu beten. Sie lief durch den Raum, von einem Ende zum anderen, dann schräg wieder zurück, dann quer, beide Wege überschneidend, die sie bisher gelaufen war, dann zurück in die andere Ecke, schließlich zu dem Punkt, von dem aus sie losgegangen war. Als das Zeichen vollendet war, lief sie es erneut, das mächtigste Zeichen, das sie kannte. Sie lief den Fünfstern, bis der Morgen graute, während sie für das Leben Marias betete, und noch weiter, auch als die Erschöpfung sie zu übermannen drohte.

Als es Tag wurde, öffnete sie die Luke und kratzte den Schnee vom Dach. Sie trank viel, um ihren hungrigen Magen wenigstens etwas zu beruhigen, kühlte sich das müde Gesicht. Sie beobachtete, wie der Knecht zum Brunnen schlurfte und Wasser holte. Später sah sie ihn die Pferde satteln und beobachtete, wie von Gründbach und sein Freund fortritten. Das ließ ihre Angst merkwürdigerweise noch weiter steigen. Was wäre, wenn sie fortritten und man sie hier vergessen würde? Wenn sie hier einfach verhungern würde?

Sie malte sich aus, wie jemand nach Monaten ihren Leichnam finden und irgendwo verscharren würde, im Sommer, wenn die Erde leicht wäre. Oder nach Jahren ihre Knochen.

Ihre und Marias. Ihre Augen füllten sich mit Tränen. Tryngen wischte sie fort. Sie ging zum Mauervorsprung und rieb weiter am Seil. Irgendwann hatte sie es geschafft und das Seil zerrieben. Stolz betrachtete sie ihre rot gefrorenen Hände im dämmrigen Licht, bewegte ihre steifen Finger. Sie lief wieder den Fünfstern, bis eine barmherzige Müdigkeit sie überwältigte und sie doch noch einschlafen ließ.

Als sie erwachte, war es bereits dunkel. Ein eiskalter Luftzug umhüllte sie. War sie schon in der Hölle?

Mühsam bewegte sie ihre steif gefrorenen Glieder und richtete sich auf. Die Tür zu ihrem Gefängnis stand offen. Eine Fackel brannte im Türspalt. Sie bewegte sich auf sie zu. Tryngen kniff geblendet die Augen zusammen, hielt ihren Arm schützend vors Gesicht. Verdammt, nun hatte man gesehen, dass sie ihre Fessel zerrieben hatte. Aber das schien niemanden zu stören. Der Wachmann packte sie und zog sie hoch. Tryngen schwankte. Ihr wurde schwindelig, sie musste sich an ihm festhalten. Er fluchte leise.

Widerstrebend wartete er ab und ließ sie atmen, bis ihr verwirrter Geist sich wieder beruhigt hatte.

Ihre Säfte waren schon durcheinandergeraten, dachte sie hilflos.

Der Wachmann hielt sie fest, während sie dem anderen Wachmann, der die Fackel hielt, die gewundene Treppe hinunterfolgte. Tryngen roch den Geruch nach frisch gebratenem Fleisch. Je weiter sie nach unten kamen, desto wärmer wurde es. Sie hörte Stimmen, das Lachen einer Frau. Wärme schlug ihnen entgegen, als sie den großen Raum betraten. Er war nicht mehr leer. Eine Tafel füllte ihn aus, sie streckte sich lang hin. Sie war überladen mit Krügen, Bechern, Schüsseln und Speisen. Am Kopf saß die Priorin in einem kostbaren Bliaut, ihr gegenüber ihr Bruder. An den Längsseiten hockten jeweils zwei Schergen auf ihren Schemeln. Tryngen erkannte den, der Maria im Kloster bewacht hatte, unter ihnen.

Wortlos führten die Wachmänner sie an der Tafel vorbei zur Mauer am Eingang, wo es am kühlsten war. Dort hielt der eine sie fest, während der andere ein Messer hervorzog, ihre Fesselreste an den Handgelenken durchschnitt und sie mit einem neuen Seil an einem eisernen Ring in der Nähe der Tür befestigte. Sie merkte, wie die Kälte durch das Mauerwerk drang und ihr in die steifen Glieder fuhr. Das große Feuer, das im Kamin brannte, wärmte sie nicht. Es schien nicht bis zu ihr zu reichen, es wärmte nur die anderen, die sich vor ihren Augen die Bäuche vollschlugen, schmatzten und rülpsten.

Niemand beachtete sie.

Der Knecht ging herum und schenkte den Tafelnden eine rötlich schimmernde Flüssigkeit ein. Sie hoben die Becher und tranken sich zu.

»Schmeckt ausgezeichnet, Bruder!«, sagte die Priorin und ließ sich vom Knecht ein Stück Braten auf den Teller legen. »Wo hast du ihn erlegt?«

»Im Wald, etwas weiter von hier.«

Sie machte ein zufriedenes Geräusch. Tryngen hatte sie noch nie ohne Schleier gesehen. Sie hatte graue Haare, gemischt mit dunklen Strähnen. Ihre gelben Wangen glühten rötlich. Tryngen fragte sich, wann sie hierhergekommen war. Vermutlich, während sie geschlafen hatte, sonst hätte sie sie gehört. Wo war Maria? Was hatte man mit ihr gemacht? Hatte man sie auch hier festgebunden und dann … was dann? Hilflos schloss sie die Augen. Eine irrsinnige Angst erfüllte sie. Sie wollte den köstlichen Geruch nicht mehr riechen, keinen Hunger mehr haben, aber ihr Magen knurrte wie verrückt. Ein Hund, der unter der Tafel an einem Knochen genagt hatte, erhob sich und kam zu ihr. Er war ein bulliges Untier mit breiter Schnauze und glattem Fell. Tryngen hielt den Atem an. Hilflos musste sie erdulden, wie er sie ausgiebig beschnupperte und sich in einiger Entfernung vor ihr hinkauerte.

Hohe Mutter, hilf. Schick sie alle in die Hölle.

Aber die Tafelrunde zog sich lange hin. Widerwillig lauschte sie den Tischgesprächen, die um Belangloses kreisten, um Jagden, Festmähler, Pferde und ein paar neue hirschlederne Stiefel, die von Gründbach sich von dem erwarteten Lohn hatte anfertigen lassen wollen. Eigentlich.

Tryngen beschlich das Gefühl, Teil eines grausamen Spiels zu sein. Wer eiserne Ringe in Wände einließ, hatte dies vielleicht nicht nur für den Wachhund getan.

Nach den Süßspeisen erhob sich die Priorin und kam zu ihr. Alle an der Tafel wandten sich zu ihr um, als würden sie nun ein unterhaltsames Schauspiel erwarten. Die Wachmänner standen mit reglosen Mienen auf ihren Posten – einer am Treppenaufgang, der andere nicht weit von ihr an der Tür.

Tryngen hob den Kopf und starrte Katharina von Gründbach an. Sie würde ihr nicht klein und hilflos begegnen. Sie würde nicht um Gnade flehen.

»Schwester Tryngen«, sagte die Priorin eisig und musterte sie von oben bis unten. »Du siehst verändert aus. Was bist du? Magd oder Bäuerin?«

»Sucht Euch etwas aus.«

»Ah, noch immer die kleine altkluge Novizin? Die wird bald verschwunden sein.« Sie streckte die Hand aus und schnippte mit den Fingern. Der Knecht eilte herbei und drückte ihr eine lange, geflochtene Reitgerte in die Hand. »Dreht sie um!«, befahl sie.

Die Wachmänner eilten herbei und banden Tryngen andersherum fest, sodass sie nun mit dem Gesicht zur Wand stand. Sie zogen ihr den Umhang aus und rissen den Stoff von Udas Kleid am Rücken entzwei. Die Priorin trat neben sie und klopfte mit der Rute leicht auf ihre Hand. »Die Verhältnisse haben sich geändert, seitdem du dich entschieden hast, Propst Engelbert zu verschonen und deine Freundin zu befreien. Du musst verstehen, dass wir dich nun als vorrangiges Ziel unserer Bestrafung ansehen.« Überraschend schnell sauste die Rute auf Tryngens nackten Rücken und schnitt in ihr Fleisch. Es tat höllisch weh, sie musste schreien.

»Ja, das schmerzt, was? Soll es auch! Es soll dir richtig wehtun, dass du unsere Pläne durchkreuzt hast, du elende«, ein weiterer, heftiger Schlag traf Tryngen, »dumme Hurentochter, du!«

Wieder sauste die Rute auf sie herunter. Und wieder und wieder. »Ich hatte dich erst für einen Glücksfall gehalten«, schnaufte die Priorin. »Alles lief so gut! Richmuds Brief kam genau richtig, als mein Herr jemanden in Köln brauchte. Ich habe ihn davon überzeugt, mich in Euer Kloster gehen zu lassen und nicht irgendwo in die Stadt. Und dann kamst du auch noch an den Hof! Alles hätte so leicht gehen können!«

Sie schlug noch einmal zu.

Tryngen merkte, wie ihre Knie weich wurden und nachgaben. Sie spürte eine warme Flüssigkeit ihren Rücken herunterlaufen und gewahrte, wie die Wachmänner den bellenden Hund von ihr fortziehen mussten.

»Noch nicht, Köter«, keuchte die Priorin und beugte sich schwer atmend zu ihr herunter. »Du dumme Gans hast das wohl alles für einen Spaß gehalten, was? Du hast gedacht, du kämst so davon?!« Ihre Stimme verhallte im Raum. Mit Schrecken gewahrte Tryngen, wie ihre Peinigerin sich wieder aufrichtete und zum nächsten Schlag ausholte.

»Bitte nicht!«, flüsterte sie. Sie hatte das Gefühl, keinen Schmerz mehr ertragen zu können.

Ein höhnisches, tiefes Lachen antwortete ihr. »Was hast du gesagt? Ich habe dich nicht verstanden!« Sie schlug erneut zu.

»Bitte hört auf!«, flehte Tryngen.

»Ah, das kommt aber früh!«, rief die Priorin. »Wie jämmerlich! Andere haben länger ausgehalten.« Sie wandte sich ab und ließ die Rute sinken.

Hoffnung glomm in Tryngen auf. »Wo ist Maria?«, fragte sie mit zitternder Stimme. Anstatt einer Antwort kamen die Wachmänner auf sie zu. Sie lösten ihre Fesseln, drehten sie um und banden sie andersherum fest. Die Männer saßen mit glänzenden Gesichtern an der Tafel und verfolgten wortlos das Schauspiel. Tryngen spürte, wie ihr zerrissenes Kleid herunterrutschte. Die Männer starrten auf ihre nackten Brüste.

Katharina von Gründbach nickte zufrieden. Sie winkte dem Knecht, und er eilte mit einem Becher heran und gab ihn Tryngen. Dankbar trank sie den mit Wasser vermischten Wein. Sie sah, wie ihr Blut auf den Steinboden tropfte. Der Hund begann zu bellen und zog an der Leine, an der man ihn zwischenzeitlich festgebunden hatte. Katharina ging zu ihm und kraulte ihm beruhigend den dicken Nacken. »Ich will dir etwas zeigen«, sagte sie, an Tryngen gewandt.

Sie gab dem Knecht ein Zeichen, der daraufhin an die Wand hinter der Tafel trat. Er wickelte ein Seil aus einer Halterung, spannte es fest und ließ es langsam, Stück für Stück, nach oben gleiten. Gleichzeitig sank das Holzregal, das Tryngen am Vortag gesehen hatte, langsam von seinem hohen Platz unterhalb der Decke herunter, bis es auf einem Balken zum Stehen kam. Die Wachmänner kamen hinzu und hielten es fest, sodass der Knecht es an zwei Haken in der Wand befestigen konnte.

Katharina von Gründbach warf Tryngen ein verschwörerisches Lächeln zu. Jetzt, nachdem sie ihre Wut auf ihrem Rücken abgeladen hatte, schien sie gelöst zu sein, sogar heiter. Sie umrundete die Tafel, trat an das merkwürdige Regal, zog einen Schlüssel aus ihrer Gürteltasche und klappte seine durchlöcherten Türen auf.

»Ich finde, sie sollten etwas Luft bekommen, nicht wahr, Bruder?«, sagte sie und tätschelte ihm die Schulter. Er nickte, packte ihre Hand und presste mit einer heftigen Geste einen Kuss darauf. Katharina nahm ihre Hand fort. Mit einem Ruck schlug sie das rote Tuch nach oben, das das bedeckte, was im Regal war. »Siehst du, Tryngen, hier ist deine Zukunft!«, rief sie.

Tryngen hielt die Luft an. Das Regal war unterteilt in viele kleine Fächer, die in Reihen übereinanderlagen, und jedes barg einen Totenschädel. Von dem Luftzug, den das Tuch verursacht hatte, flackerten die Kerzen auf dem Tisch und warfen ihren Schein auf die absonderliche Sammlung. Die Priorin trat an das Regal, nahm einen der Schädel heraus und kam zu Tryngen zurück.

»Hast du eine Ahnung davon, was es mich kosten wird, meinen Herrn zu besänftigen?«, fragte sie, mehr an den Schädel gewandt als an Tryngen. »Ganz abgesehen von unserem entgangenen Lohn.«

Sie hielt den Totenschädel hoch, hob ihre Hand. Beinahe zärtlich fuhr sie mit dem Finger über die glatte, knöcherne Stirn. »Denk nicht, dass sie schon lange tot sind«, fuhr sie fort. »Man kocht ihre Leichname, um das Fleisch von den Knochen zu lösen. So hat man es auch mit unserem alten Kaiser gemacht, nachdem er im heißen Land der Seldschuken umgekommen ist. Es ist eine hervorragende Möglichkeit, um sie für immer bei uns zu bewahren.« Sie reichte den Schädel an den Knecht weiter, der ihn wieder ins Regal zurückstellte.

Tryngen spürte, wie das Grauen in ihr hochstieg. Als wäre ein wüster Ort in ihr, der Eingang zur Hölle, der sie nun zu verschlingen drohte. Sie konnte nicht mehr atmen, nicht mehr sprechen. Von ferne drangen die Worte der Dämonin an ihre Ohren. »… sie sehen so friedlich aus, nicht wahr? Aber glaub nicht, dass sie einen friedlichen Tod gestorben sind …« Ihre Fratze kam bedrohlich nahe. Tryngen musste an Lambert denken, der sich dem peinlichen Verhör durch Gift entzogen hatte. Heilsames Gift, ein schneller Tod. Hätte sie doch auch Gift bei sich! Das Grauen stieg höher, eine unglaubliche Welle schwarzer Galle, die ihr Leib ausspie. Sie platschte vor die Füße der Priorin. Tryngen sah, wie die Frau zurücksprang, und gewahrte zufrieden den angewiderten Gesichtsausdruck der Priorin, ehe die Schwärze sie umhüllte und sie in die Tiefe sank. Sie wusste, dass sie fiel; etwas ruckte an ihren Händen und Schultern, sie spürte noch den Schmerz und das Brennen am Rücken, bis die Finsternis sie erfasste und mit sich fortriss. Sie sank in einen dunklen kalten See.

Als sie wieder erwachte, lag sie am Feuer. Sie spürte seine Wärme, hörte sein Knacken und Brausen hinter sich. Um sie herum herrschte ein Krach, als würde die Welt in tausend Teile zerbersten. Überall klirrte es, krachten Schwerter gegeneinander, zerbrach Geschirr, ertönten Rufe und Schreie, stöhnte jemand. Schemel fielen um und polterten zu Boden, Stiefel knirschten auf Scherben. Aus der Ferne erklang fortwährendes, gräuliches Hundegebell, das plötzlich erstarb. Ein Mann beugte sich über sie, sagte etwas zu ihr, aber sie verstand kein Wort. Sie erkannte sein schmales Gesicht unter der Kettenkapuze, die seltsamen grün-braunen Augen, und begriff, ohne etwas sagen zu können. Wilem lebte doch! Er war ihnen gefolgt und hatte sie hier gefunden.

Er verschwand. Stattdessen tauchte das vertraute Gesicht ihres Vaters auf. Auch er sagte etwas zu ihr. Seine Lippen zitterten. Sie erschrak über den Schrecken in seiner Miene. Sah sie etwa so schlimm aus? Sie fühlte seine warme Hand und wusste, dass es kein Traum war. Sie drückte die Hand, öffnete den Mund, um etwas zu sagen, aber es kam kein Ton heraus.

Allmählich verebbte der Lärm. Tryngen fühlte sich aufgehoben. Über dem Boden schwebend sah sie, wie gepanzerte

Männer in weißen Wappenröcken mit einem schwarzen Kreuz darauf überall im Raum herumgingen, über die toten Schergen stiegen, alles durchsuchten. Sie sah die Priorin und ihren Bruder gefesselt auf ihren Stühlen, den Hauptmann vor sich. Katharina von Gründbach blutete aus der Nase. Das erfüllte Tryngen mit tiefer Genugtuung.

Aber etwas in ihr sträubte sich, wieder in die Wirklichkeit zurückzukehren, die sich zuletzt so erbarmungslos gezeigt hatte. Etwas in ihr wollte im kalten See bleiben, wo sie geschützt wäre und keinen Schmerz mehr erleiden müsste. Es gab diesen sicheren Ort, das wusste sie nun, er lag auf dem Grund des Sees. Dorthin wollte sie zurück, obwohl sie die warme Hand ihres Vaters spürte.

Tryngen sank zurück in den See.

Aber man ließ sie nicht. Es war ihr nicht vergönnt, dort zu bleiben. Jemand zog und rüttelte an ihr, zerrte sie hinauf an die Oberfläche, ließ sie wieder die Schmerzen spüren. Die Striemen auf ihrem Rücken. Etwas Kaltes wurde daraufgelegt. Sie lag bäuchlings auf einem weichen Bett und atmete den stechenden Geruch nach Salbei ein, der auf einer tönernen Schale verbrannte.

»Trink!« Jemand hielt ihr einen Becher mit einer dampfenden Flüssigkeit unter die Nase. Kräftige schlanke Finger umschlossen ihn. Eine energische Stimme, die sie so gut kannte. Nichts hätte sie lieber gehört.

»Maria!« Sie hob den Kopf, starrte in das vertraute Gesicht, das bleich und mager aussah, aber unversehrt. »Du bist nicht tot.«

»Sie haben mich nur woanders eingesperrt. Tut mir leid, dass du in Katharinas Bett liegen musst.«

Tryngen lächelte. Sie hörte Maria mit ihrem Vater tuscheln, sah aus den Augenwinkeln, wie sie sich an den Händen fassten und sich küssten. Der Albtraum war vorüber. Sie spürte, wie der Trank seine Wirkung entfaltete und sie in einen tiefen Schlaf sinken ließ.

Es war heller Tag, als sie erwachte. Die Sonne schien grell auf ihr Kopfkissen. Tryngen, die es nicht gewohnt war, auf dem Bauch zu schlafen, spürte ihren verkrampften Nacken schmerzen, als sie ihren Kopf bewegte. Sie ließ ihn wieder sinken. Zu schmerzhaft.

Eine Weile schloss sie die Augen, roch den schwachen Salbeigeruch und lauschte auf die friedliche Stille. Vögel zwitscherten. Irgendwo unten hantierte jemand mit Geschirr und Töpfen. Ihr Kopfkissen war weich, die Wolldecke warm.

Danke, Hohe Mutter. Danke für unsere Rettung.

Tryngen fühlte das dünne Tuch, das ihren Rücken bedeckte. Trotzdem war ihr nicht kalt. Aber ihre Zunge klebte trocken an ihrem Gaumen. Sie hörte Atemzüge und wusste, dass noch jemand im Gemach war. Maria.

»Ich … habe Durst«, murmelte sie.

Die Atemzüge stockten. Ein Stuhl wurde geschoben, eine Holzdiele knarrte, als jemand mit schweren Schritten darüberging. Zu schwer für Maria. Tryngen riss die Augen auf. Ein Mann stand neben ihrem Bett, hob den Krug und füllte ihren Becher. Sie sah auf seine ledernen Stiefel. Er trug einen einfachen Mantel und den Wappenrock des Erzbischofs, aber er war größer als Wilem.

»Hier.« Er reichte ihr den Becher.

Sie erkannte seinen Ring. Meine Güte. Es konnte doch nicht sein, dass *er* selbst hier war! Mühsam trank sie und gab ihm den Becher wieder. Sie wollte sich aufrichten, doch ein stechender Schmerz auf ihrem Rücken hielt sie zurück.

»Bleib liegen«, sagte Engelbert. Er beugte sich zu ihr herunter und kauerte sich vor ihr Bett. Er hatte die Kapuze seines

Mantels abgezogen. Sein Haar klebte an seinem Kopf, und sein Gesicht sah blass und magerer aus als sonst, aber seine Augen leuchteten. Tryngen wünschte sich, auf dem Rücken zu liegen, um ihn in Ruhe betrachten zu können.

»Ihr seid hier«, sagte sie, schloss die Augen und atmete tief seinen Geruch ein, als müsste sie sich versichern, dass er es wirklich war. »Ihr … seid doch noch krank.«

Er schüttelte den Kopf und winkte ab. Zu ihrem Erstaunen nahm er ihre Hand. »Die Würdenträger haben mir alles von der Verschwörung meines Leibdieners und des Magisters erzählt. Wilem hat mir alles andere erzählt. Obwohl er verwundet war, ist er euch gefolgt und hat euch hier gefunden. Bruder Stephanus hat ihn nach seiner Rückkehr versorgt, und er hat uns hierhingeführt. Ich habe mich vertan, Schwester Tryngen. Du bist doch mutig, sehr mutig sogar. Wenn du nicht gewesen wärst, hätten mein Diener und der Magister mich vergiftet …« Seine Stimme klang dunkel und rau. Er strich sanft mit dem Daumen über ihren Finger.

Sie öffnete die Augen, sah auf ihre Hand hinunter. Immer würde sie dieses Bild mit sich tragen, diesen kostbaren Augenblick. Ihre Hand in seiner. Sie spürte Tränen aufsteigen und lächelte sie weg.

»Seid Ihr zum Erzbischof gewählt worden?«

Er nickte stolz. »Genauer gesagt, bin ich Electus. Bis der König mir meine Rechte verliehen und Seine Heiligkeit die Wahl bestätigt hat.«

Erzbischof von Köln. Wie unwirklich das klang! Mächtig und unerreichbar. Und doch war er hier bei ihr und kniete vor ihrem Bett.

»Ich freue mich sehr für Euch«, sagte sie. »Tut mir leid, dass ich Euch vor der Wahl verlassen musste.«

»Das verstehe ich!« Er legte seine zweite Hand auf ihre. »Du musstest Maria retten. An deiner Stelle hätte ich dasselbe getan.

Es tut mir leid, was sie dir angetan haben. Meinetwegen.« Seine Stimme bebte vor unterdrückter Wut.

Tryngen freute sich. Er hielt seine Wut zurück! Wegen ihr!

»Wir haben sie heute Nacht verhört, und glaub mir, wir waren nicht zimperlich«, fuhr er grimmig fort. »Mögen ihre Seelen nun in der Hölle schmoren! Sie waren Getreue des Herrn Walram von Limburg, eines alten mächtigen Feindes unserer Familie. Er kämpfte bei Bouvines auf welfischer Seite. Die Feindschaft wurde auf Geheiß des Königs vor zwei Jahren beigelegt und von Limburgs Sohn wurde mit meiner Nichte vermählt. Eigentlich haben wir Frieden. Ich habe mich gewundert, dass er mich töten lassen wollte.« Seine Stimme klang immer noch grollend.

»Er wollte Eure Wahl verhindern. Er glaubt, Ihr wärt ein zu starker Erzbischof.«

»Man merkt, du hast dir angewöhnt, politisch zu denken.« Engelbert hob beide Mundwinkel zu einem Lächeln und drückte ihre Hand. »Ich nehme meine Worte zurück, Schwester Tryngen. Was ich gesagt habe, neulich, du würdest deine Schätze nicht zeigen. Ich habe deutlich den Schatz des Mutes gesehen.« Er nahm seine Hände nicht fort.

Tryngen fühlte sich, als würde sie in warmem Wasser baden. Sie vergaß ihren Schmerz und erwiderte sein Lächeln.

»Wie sehr man sich doch in Menschen täuschen kann«, sagte sie.

»Von Gründbach ist nicht ihr richtiger Name«, fuhr er fort. »Sie haben euch im Kloster nur belogen. Walram von Limburg hat sie als Priorin in dem Dortmunder Frauenkonvent untergebracht, damit sie in der Nähe seiner Tochter war, die dort geheiratet hat.«

»Aber Meisterin Richmud war ahnungslos«, sagte Tryngen schnell. »Sie hat nicht gewusst, mit wem sie es zu tun hat. Als sie es merkte, war es zu spät. Da war Katharinas Bruder schon da.«

»Warum ist sie eigentlich zu euch gekommen?«, fragte er.

»Sie kam als Gast«, beeilte sich Tryngen. »Unsere Meisterin hat sich von ihrem Besuch Rat und Stärkung im Glauben erhofft.« Sie hoffte, dass er ihr glaubte und dass Katharina nichts von der Schwesternschaft verraten hatte. Immerhin war sie ja Richmuds Geliebte gewesen, wie Maria behauptete.

Engelberts Miene verriet nichts über seine Gedanken. »Ich weiß, dass eure Meisterin eine treue Stauferanhängerin ist«, sagte er mit sanfter Stimme. »Dietrich von der Ehrenpforte, den König Philipp als seinen treuesten Diener bezeichnet hat, wollte nicht ohne Grund im Kloster Weiher begraben sein.«

Tryngen lächelte erleichtert.

»Wie auch immer, von Limburg hat sie als Spionin in eurem Kloster untergebracht«, meinte er.

Tryngen musste daran denken, was Katharina ihr verraten hatte. Sie habe ihren Herrn davon überzeugt, sie ins Kloster Weiher gehen zu lassen und nicht in die Stadt. Womöglich hatte sie von dort aus zuerst selbst spionieren wollen. Es musste ein sehr glücklicher Umstand für sie gewesen sein, dass Tryngen an den Hof gekommen war. Tryngen hoffte, dass Katharina nicht verraten hatte, dass sie sie zum Spionieren am Hof gezwungen hatte. Sie warf Engelbert einen raschen Blick zu, doch seine Miene verriet nichts.

»Von Limburg hat seine Spitzel sicher überall«, sagte er.

»Es tut mir leid«, murmelte Tryngen.

»Mir auch.« Er drückte ihr die Hand und schwieg eine Weile. Dann hob er seinen Mundwinkel zu einem halben Lächeln. »Weißt du, jeder Herr hat seine Spione. Wir können gar nicht anders, wir sind auf sie angewiesen. Auch ich hatte eine Spionin bei dir.«

»Was?«

Er grinste. »Willst du raten, wen?«

Sie musste lächeln. Er hatte schon einmal angedeutet, dass er sich über sie erkundigt hatte. Er war ehrlich zu ihr gewesen. Sie dachte eine Weile nach, wer es gewesen sein könnte.

»Johanna?«, fragte sie.

»Die Köchin? Nein, sie ist nicht dazu geeignet.«

»Sie ist Euch treu ergeben.«

»Ich weiß«, seufzte er.

»Clementia?«

»Die deinen vergifteten Kuchen gegessen hat?«

»Ja.«

»Nein.«

Tryngen überlegte weiter. Ihr erschöpfter Geist arbeitete nicht so schnell wie sonst. Aber da blieb eigentlich nur noch eine, die infrage kam. »Uda!«

Engelbert nickte. »Wie du sicher bemerkt hast, war sie nicht abgeneigt, sich etwas dazuzuverdienen.«

Tryngen musste an die Wette zurückdenken, an der sie sich beteiligt hatte, und was Uda ihm noch alles von ihr erzählt haben könnte.

Er grinste wie ein kleiner Junge, der bei einem Streich erwischt worden war. War er immer schon so gewesen? So leicht durchschaubar? Ihr fiel ein, dass sie ihn bestimmt schon viel eher verstanden hätte, wenn sie nicht so viel Angst vor ihm gehabt hätte.

Wenn er nicht so schroff und unverschämt gewesen wäre.

»Ich kenne dich, Tryngen«, sagte er auf einmal, als hätte er Ähnliches gedacht. »Durch die Krankheit … ich bin müde, aber ich fühle mich wie neugeboren. Das liegt an dir.«

»Ich fühle mich auch wie neugeboren«, erwiderte sie mutig.

Er starrte sie mit einem seltsamen Blick an. Er hob seine Hände, strich mit dem Finger über ihre Hand. Diese sanfte Berührung ließ Tryngen erschauern. Er beugte sich über sie.

»Neulich nachts, ich dachte erst, es wäre nur ein schöner Traum gewesen«, flüsterte er an ihrem Ohr. »Aber es war kein Traum. Es war echt, nicht wahr?«

Tryngen nickte. Er fuhr sanft über ihr Haar. Dann beugte er sich zu ihr hinunter und küsste sie. Sie öffnete ihre Lippen und erwiderte seinen Kuss. Der Schmerz, ihre Erschöpfung, die Erinnerung an die furchtbaren Erlebnisse – alles zerschmolz zu nichts. Glücklich dachte sie, dass sie doch recht gehabt hatte: Er hatte sich an die Nacht erinnert.

Er half ihr, sich aufzurichten. Das Tuch fiel von ihren Wunden, als sie sich in seine Arme schmiegte, aber es war ihr einerlei. Vorsichtig, als wäre es etwas sehr Wertvolles, nahm er ihr Gesicht in seine Hände und küsste sie noch einmal.

Tryngen wurde schwindelig. So fühlte es sich also an, das Glück. Auf einmal war es da, stand neben ihr, ergriff ihre Hand. Sie nahm sie und ließ sich von ihm fortführen.

Kapitel 29

Ein Dorf in der Nähe von Köln, im Jahre des Herrn 1216

Die Reiter kamen am frühen Abend. Die Hufe ihrer Pferde wirbelten Erdklumpen auf, als sie über den Feldweg zum Beginenhof ritten. Krähen flogen von den Stoppelfeldern auf, ließen sich in den hohen Bäumen am Feldrand nieder. Die Bauern und Tagelöhner, die den ganzen Tag das Korn geerntet hatten, starrten den Reitern hinterher und beobachteten, wie sie zu dem kleinen Beginenhof ritten, der außerhalb ihres Dorfes lag. Schulterzuckend gingen sie weiter.

Beginen. Man musste sich das einmal vorstellen, eine Handvoll Frauen lebten in Gemeinschaft zusammen, ohne Nonnen zu sein! Ohne Ordensgelübde abgelegt zu haben, ohne Ehemänner. Einfach so. Ja, der lange Krieg im Reich hatte die Sitten wahrlich gelockert. Außerdem war aus der nahe gelegenen Stadt noch nie etwas Gutes gekommen. Diesmal hatte es ihr Dorf erwischt, als der alte Fronhof im Frühjahr verkauft worden war, nachdem der Herr, der Letzte seines Namens, im Heiligen Land gestorben war.

Irgendein reicher Kirchenmann hatte den Hof gekauft, hieß es, aber man wusste es nicht so genau. Dann waren diese

Frauen gekommen. Immerhin – das mussten die Bauern ihnen zugestehen – kannten sie sich in der Heilkunde aus, und sie gingen in die Dörfer und halfen den Kranken. Neulich hatten sie das Kind der Oberhofbäuerin auf die Welt geholt. Vielleicht waren es ja doch anständige Leute. Man würde sehen. Was machte es schon, wenn sie seltsam waren, wenn sie sich nur auf redliche Weise ernährten. So dachten die Bauern, bis sie in ihre Katen gingen, um an den Tischen die müden Beine auszustrecken. Danach vergaßen sie die neuen Frauen und langten hungrig in die Schüsseln.

Auch Tryngen dachte nicht an die Bauern, als sie die Reiter kommen sah. Sie hatte heute nicht mehr mit Besuch gerechnet, obwohl sie seit Tagen darauf vorbereitet war. »Schnell, Isalda!«, rief sie. »Sag den Mägden, sie sollen das Mahl vorbereiten! Lass den Wein holen! Und sag Maria Bescheid!«

Isaldas Augen rundeten sich im langsamen Begreifen, dann nickte sie und eilte durch den Kräutergarten fort. Tryngen wischte sich die schmutzigen Hände an dem Tuch ab, das sie sich um die Hüfte gebunden hatte, riss es ab, warf es in ihren Korb mit den Gartengeräten. Sie fuhr sich über die Haare, steckte eine vorwitzige Strähne, die sich aus ihrem Zopf gelöst hatte, zurück und eilte zum Tor, das der Knecht gerade öffnete.

Der Erzbischof kam nur mit einem kleinen Gefolge. Nur der Hauptmann und ein paar Söldner begleiteten ihn, den Rest seines Gefolges hatte er im nahen Kloster zurückgelassen. Er hatte im Gegensatz zu sonst auch auf jegliche Zurschaustellung seiner Person und seiner Würde verzichtet. Jeder, der ihn auf dem Weg gesehen hatte – im schlichten Reisemantel ohne kostbaren Verschluss, mit schmuckloser Kappe und staubbedeckten Stiefeln –, musste ihn von Weitem für einen einfachen Herrn gehalten haben, einen reichen Händler aus Köln oder einen Ritter.

Tryngen wusste mittlerweile, dass Engelbert diese Täuschungen liebte.

Er wollte zuerst den Krankensaal sehen, und sie führte ihn in den halb fertigen Raum, der in der ehemaligen Scheune des Hofes lag. Mit weit ausholenden Schritten umrundete er ihn, als wollte er ihn damit in Besitz nehmen. Er blickte sich prüfend um und nickte anerkennend. »Gute Verwendung für die ehemalige Zehnthofscheune«, meinte er. »Der Hof hat sich gemausert. Ich hoffe, es wird sich lohnen.«

»Ich bin zuversichtlich, dass Eure Gelder und die meines Vaters gut angelegt sind«, erwiderte Tryngen. »Wie Ihr wisst, gibt es hier viele Dörfer in der Umgebung, und wir sind nicht weit von der Handelsstraße entfernt und können kranke Reisende aufnehmen. Ich glaube, Maria und ich werden es schaffen.« Sie dachte daran, dass Maria und sie ihren Entschluss, Kloster Weiher zu verlassen und hier etwas Neues zu gründen, keinen Augenblick bereut hatten. Nach allem, was geschehen war, wollte Richmud keine Schwesternschaft mehr in ihrem Kloster und hatte sie bereitwillig gehen lassen. Sie besuchten Kloster Weiher nur noch manchmal, wenn sie in Köln waren.

Engelbert sah aus der winzigen Fensterluke. Draußen, jenseits der Mauer, die den Hof umgab, versank die Sonne wie ein glühender Ball über den Feldern.

»Ich hoffe, dass die Fehde mit den Limburgern bald beendet sein wird«, sagte er ernst. »Walram von Limburg muss endlich einlenken.«

Tryngen trat neben ihn und sah hinaus auf das weite Land. Die untergehende Sonne spiegelte sich auf dem Bach, der in der Nähe des Hofes floss. »Bestimmt wird er das.« Sie legte ihren Kopf an seine Schulter.

Er zog sie in die Arme und küsste sie. »Ich habe dich vermisst«, flüsterte er. »So sehr.«

Sie lächelte, nahm ihn an der Hand und führte ihn zum Hof zurück.

Als sie später in ihrem Gemach waren, blieb er verwundert vor den vielen Schriftrollen der Schwesternschaft stehen, die ausgebreitet auf ihrem Tisch neben einer kleinen hölzernen Marienfigur lagen. Abwesend strich er mit dem Finger über die Figur, während er die eng beschriebenen Zeilen und die Zeichnungen der Pflanzen auf dem alten Pergament betrachtete.

»Versorgen dich meine Mönche immer noch mit Schriften?«, wollte er wissen.

»Nein, wo denkt Ihr hin? Die durfte ich nur in Eurem Scriptorium lesen.«

Er sah sie fragend an.

»Es sind die Schriften von Marias Ziehmutter, der alten Heilerin. Maria hat sie vor der Priorin im Kloster versteckt. Wisst Ihr, wo? Ihr kommt nie darauf! In einer alten Grabkammer in einem Sarg.«

Glossar

Bliaut – höfisches Obergewand, das vom 11. bis zum 13. Jahrhundert von beiden Geschlechtern getragen wurde; in weniger aufwendigen Formen wurde es auch von reichen Bürgern getragen
Bundhaube – im Mittelalter eine weit verbreitete Kopfbedeckung für Männer, in der Regel aus weißem Leinen gewebt
Capellarius – lateinische Bezeichnung für den Domkeppler
Cotte – Obergewand, langärmeliges Schlupfkleid, das im Mittelalter von Männern und Frauen getragen wurde
Domkapitel – Kollegium von Geistlichen an einer Bischofskirche (Dom); Angehörige wurden Kapitulare, Kanoniker, Dom- oder Chorherren genannt
Erntemonat – alter Name für August
Fegefeuer – nach katholischer Lehre ein Ort der Läuterung, an dem die Seelen Verstorbener bleiben müssen, bis sie ins Reich Gottes gelangen
Gambeson – gepolstertes Kleidungsstück, das Kämpfer unter ihren Kettenhemden trugen
Gugel – kapuzenähnliches Kleidungsstück mit verschiedenen Tragemöglichkeiten

Häretiker – Vertreter einer Lehre, die im Widerspruch zu kirchlich-religiösen Glaubensgrundsätzen steht
Hartung – alter Name für Januar
Herbaria – im Mittelalter ein Ausdruck für Kräuterfrauen
Herbator – nicht ärztlicher Heilmittelhändler
Herbstmonat – früherer Name für September
Horen – Stundengebete im Kloster (von lat. hora = Stunde):
Laudes (bei Tagesanbruch)
Prim (6.00 Uhr)
Terz (9.00 Uhr)
Sext (12.00 Uhr)
Non (15.00 Uhr)
Vesper (17.00 Uhr)
Komplet (etwa 20.00 Uhr)
Vigilien (nächtliche Hore, etwa 1.00 oder 2.00 Uhr)
Hornung – früherer Name für Februar
Infirmaria – Schwester oder Bruder *(Infirmarius)*, die/der im Kloster für die Versorgung der Kranken zuständig war
Interdikt – Verbot gottesdienstlicher Handlungen; es wurde im Mittelalter von der Kirche oft als Strafe wegen Missachtung kirchlicher Regeln und im Kampf gegen Gegner verhängt
Kanoniker – Mitglieder eines Dom- oder Stiftskapitels, die in einer Gemeinschaft nach bestimmten Regeln lebten
Kemenate – ein beheizbarer Wohnraum
Ketzer – jemand, der von der anerkannten Kirchenlehre abweicht; das Wort ist seit Beginn des 13. Jh. bezeugt und rührt von lat. *Cathari*, der Sekte der Katharer, her
Kirchspiel – mit diesem Wort wurde ursprünglich ein Kirchenpredigtbezirk bezeichnet
Konvent – Klostergemeinschaft (lat. *conventus* ›Zusammenkunft‹), auch Versammlung der stimmberechtigten Mitglieder der Gemeinschaft
Kukulle – Überwurf mit Kapuze, von unterschiedlicher Länge

Magister – lateinisch für Meister, akademischer Grad
Malatenhof – der »hoff to Malaten« war im Mittelalter ein Heim für Kranke und Aussätzige in Köln, an seiner Stelle liegt heute der Zentralfriedhof von Köln, dessen Name ›Melaten‹ sich von ihm ableitet
Nebelmonat – alter Name für November
Pfründe – Einkünfte aus einem weltlichen oder kirchlichen Amt
Physicus – mittelalterliche Bezeichnung für einen Arzt
Priorenkolleg – Gremium aus höchsten Kölner Geistlichen, das den Erzbischof von Köln wählte und beriet
Profess – Ablegen des Ordensgelübdes (lat. *professio*, ›Bekenntnis‹)
Schapel – Reif aus Metall, Schnüren oder Blumen, der als Kopfschmuck meistens in Verbindung mit dem Schleier getragen wurde
Scholaster – Leiter einer Stifts- oder Klosterschule
Zelter – im Mittelalter die Bezeichnung für ein Reitpferd, das einen besonders ruhigen und für den Reiter bequemen Gang beherrschte

Nachwort

Mit Erzbischof Engelbert I. von Köln trat mir eine schillernde Persönlichkeit aus dem Dunkel der Geschichte entgegen. Jeder, der über Köln im Mittelalter recherchiert, stößt irgendwann auf ihn, den die Umstände seines gewaltsamen Todes durch die Zeiten hindurch berühmt gemacht haben. Von seinem Leben und Tod gibt eine Vita Auskunft, die der Mönch Caesarius von Heisterbach verfasste. Sie wurde kurz nach Engelberts Tod von dessen Nachfolger in Auftrag gegeben. Ziel war die offizielle Heiligsprechung Engelberts, die jedoch nie erfolgte. Die Vita gilt als wichtigste Quelle für seine Biografie.

Engelbert von Berg wurde um 1185 als Sohn des Grafen Adolf von Berg und dessen Gemahlin Margarete von Geldern geboren. Sein älterer Bruder übernahm die Grafschaft, während er als Zweitgeborener die geistliche Laufbahn einschlug. Er kam an die Domschule in Köln und wurde früh mit vielen Gütern und Propsteien bedacht. Er machte schnell Karriere, setzte sich 1203 endgültig gegen seinen Kontrahenten Dietrich von Heimbach im Kampf um das Amt des Dompropstes durch und wurde nach einigen Wirren am 29. Februar 1216 einstimmig zum Erzbischof von Köln gewählt. Nachdem sein Bruder 1218 auf dem Kreuzzug bei Damiette gestorben war, übernahm er die Leitung der Berger Grafschaft für seine Nichte Irmgard, die mit dem Sohn des Herzogs von Limburg vermählt war. 1220 ernannte ihn Kaiser Friedrich II. zum Reichsprovisor und Vormund seines unmündigen Sohnes Heinrich. Engelbert wurde somit der politisch einflussreichste Mann des Heiligen Römischen Reiches. Die erzbischöfliche Herrschaft baute er erfolgreich durch befestigte Stützpunkte, Schutzausübung über kirchliche Institutionen und Städtegründungen aus. Dadurch geriet er unweigerlich in Konflikt mit dem weltlichen Adel, was letztlich zur Verschwörung von Adeligen gegen ihn führte, an deren Spitze sein Vetter zweiten Grades, Friedrich von Isenberg, stand. Am 7. November 1226 wurde Engelbert in einem Hohlweg beim heutigen Gevelsberg (Ennepe-Ruhr-Kreis) von einer Gruppe Bewaffneter unter Führung des Grafen Friedrich von Isenberg überfallen und ermordet.

So weit die nüchternen Fakten.

Bei den widersprüchlichen Deutungen, die Leben und Werk Engelberts in der Forschung erfahren hat, ist es schwierig, sich seinem Charakter zu nähern. Was war er für ein Mensch? Wie wurde er zu dem, was er war?

In der Vita beschreibt Caesarius ihn als »anmutig in seiner Erscheinung, schlank von Wuchs und stark an Kräften«. »Als er zum Jüngling reifte, trachtete er, sich so allseitig auszubilden, dass er sich den Geistlichen als Geistlicher und den Rittern als Ritter erwies«, schreibt der Mönch weiter. Engelbert soll klug und schlagfertig gewesen sein, von sicherer Urteilsfähigkeit. Weder ließ er sich durch Drohungen beugen noch durch Schmeicheleien leicht umstimmen. Obwohl die Vita als Dokument für die Kanonisation Engelberts dienen sollte, scheut Caesarius nicht vor Kritik zurück. Er betont, dass Engelbert im Lebenswandel nicht vollkommen war und erst durch seinen märtyrerhaften Tod heilig geworden sei. Er berichtet, ein Heisterbacher Bruder habe Engelbert einmal den Vorwurf gemacht, er sei ein besserer Herzog als ein Bischof.

Jedoch ist auch bekannt, dass er manchmal ungewöhnliche Wege ging, sich über Vorschriften hinwegsetzte, indem er z. B. einer Witwe in einem Prozess erlaubte, sich selbst zu verteidigen, oder spontan großzügig war. Er stand den neuen religiösen Orden und Bewegungen seiner Zeit aufgeschlossen gegenüber. Er war kein Kreuzzugseiferer und beteiligte sich nur so lange am Kreuzzug gegen die Albingenser, wie es aus machtpolitischen und religiösen Gründen nötig war. Er muss ein intelligenter, machthungriger und ehrgeiziger Mann gewesen sein, eine beeindruckende Erscheinung.

Caesarius schreibt in der Vita, dass Engelbert am Tag seiner Wahl zum Erzbischof durch eine vorausgegangene Krankheit so schwach war, dass er kaum stehen und gehen konnte. Dieser Satz brachte mich auf die Idee, dass vielleicht einer seiner Feinde die Wahl im letzten Augenblick verhindern wollte und die Krankheit eine Vergiftung gewesen sein könnte. Dietrich von Heimbach führte jahrelang in Rom einen kostspieligen Prozess um seine Wiedereinsetzung als Erzbischof von Köln. Einige seiner Parteigänger wollten die Wahl bis zuletzt verhindern, indem sie Engelbert vor dem Papst schwere Vergehen zur Last legten, von denen er sich durch einen feierlichen Eid im Dom freisprechen musste. Es ist natürlich rein fiktiv, aber durchaus denkbar, dass sie auch vor einem Mordanschlag nicht zurückschreckten.

Walram von Limburg war ein alter Feind Engelberts. Er war Graf von Luxemburg, später Herzog von Limburg mit einem Herrschaftsbereich im Raum Aachen–Lüttich–Maastricht und durch verwandtschaftliche Beziehungen eng mit den angrenzenden Adelsfamilien verbunden. Schon immer stand er auf der Seite des welfischen Königs und späteren Kaisers Otto IV. Noch in der Schlacht von Bouvines hatte er auf welfischer Seite gekämpft, musste sich aber nach der Niederlage Ottos dem jungen Stauferkönig Friedrich beugen. Seine Tochter Sophie von Limburg wurde etwa 1214 mit Graf Friedrich von Isenberg vermählt. Walrams Sohn Heinrich heiratete etwas später Engelberts Nichte Irmgard von Berg. Gleich nach der Wahl Engelberts zum Erzbischof von Köln entbrannte eine Fehde zwischen Walram und Engelbert, einige Jahre später eine zweite. Jedes Mal siegte Engelbert.

In der Geschichtswissenschaft ist viel vermutet worden, was den Überfall auf ihn und seinen gewaltsamen Tod betrifft. Man geht heute davon aus, dass es eine missglückte Entführung war. Man wollte Engelbert gefangen nehmen, um politische Zugeständnisse zu erpressen, was in der damaligen Zeit durchaus üblich war. Fakt ist, dass Walram IV. von Limburg erheblich vom Tod Engelberts profitierte, denn sein Sohn Heinrich konnte nun die Grafschaft von Berg übernehmen. Friedrich von Isenberg war Walrams Schwiegersohn. Nur zwei Tage nach Engelberts Tod nahm Walram mit einem Heer eine erzbischöfliche Burg ein – eine Eroberung, für deren Vorbereitung er wesentlich mehr Zeit gebraucht hätte. Es ist also sehr wahrscheinlich, dass Walram von dem geplanten Überfall auf Engelbert wusste, wenn nicht sogar selbst der Drahtzieher der Verschwörung gegen ihn war. Daher war es für mich naheliegend, ihn auch schon vorher als Verursacher eines (fiktiven) Mordanschlags auf Engelbert auftauchen zu lassen.

Bei meinen Recherchen über das Kloster Weiher in Köln stieß ich auf einen Hinweis, dass Erzbischof Engelbert dem Kloster im Jahr 1218 eine Holzgewalt im Wald Ville schenkte, wo die Schwestern wöchentlich einen Wagen Holz schlagen durften. Damit half er ihnen aus vorübergehenden wirtschaftlichen Schwierigkeiten. Ob seine Hilfe aus Fürsorge des geistlichen Stadtherrn für den notleidenden Frauenkonvent geschah oder weil Richmud fast ihr gesamtes Vermögen in den Konvent eingebracht hatte – sie führte mich zu dem Gedanken, dass Engelberts Beziehungen zu dem Kloster über die rein vertraglichen hinausgegangen sein könnten, und lieferte mir somit eine der Grundideen für meinen Roman.

Meine Protagonistin Tryngen ist eine fiktive Person, jedoch haben Richmud und ihre Töchter tatsächlich gelebt. Richmud, die von ihrem schwerreichen Stiefvater Gerard Unmaze ein beträchtliches Vermögen geerbt hatte, gründete im Jahr 1198 nach dem Tod ihres Mannes das Kloster »Maria zum Weiher« vor den Toren der Stadt. Sein Aussehen und seine Lage sind wegen fehlender Standortbeschreibungen in den Quellen heute leider unbekannt, es gibt nur Vermutungen. Es lag wohl im Westen Kölns südlich der heutigen Aachener Straße, die zu jener Zeit Krönungsstraße genannt wurde, weil auf ihr die im Aachener Dom gekrönten Könige nach Köln ritten. Es war ein kleiner Frauenkonvent, dessen Schwestern nach der Augustinerregel lebten. 1198 erhielt Richmud von Erzbischof Adolf das Privileg, im Kloster zu leben und seine Geschicke zu leiten, ohne ihren weltlichen Stand aufzugeben. Daher war sie keine Äbtissin im geistlichen Sinne, sondern wurde als Stifterin des Klosters auch als Meisterin bezeichnet. Bis weit in die 1220er-Jahre hinein leitete sie das Kloster und verwaltete seinen Besitz, sie starb etwa 1234/36. Richmuds Töchter lebten als Konventualinnen bis zu ihrem Lebensende ebenfalls im Kloster Weiher, jedoch trat nur Blithildis die Nachfolge der Mutter an. Sie urkundete erstmals 1224 als Meisterin. Schon recht früh betrieb das Kloster ein Krankenhaus unter der Leitung einer »infirmaria«. Es stellte unter den Krankenhäusern, die von Kölner Klöstern unterhalten wurden, eine Besonderheit dar, weil es nicht nur kranke Mitschwestern aufnahm, sondern auch Bürger, obwohl es kein öffentliches Hospital war.

Es war möglicherweise Richmuds guten Beziehungen und ihrem großen Vermögen zu verdanken, dass ihr Kloster keinem

Ordensverband unterstellt war, sondern seit seiner Gründung nur der Jurisdiktion des Kölner Erzbischofs unterlag und somit weitgehend autark war. Diese autarke Position und seine Lage außerhalb der Stadt erschien mir ein guter Ort zu sein, um dort die Schwesternschaft anzusiedeln. Die Geschichte der Schwesternschaft der Hohen Mutter ist eine Erfindung von mir. Es hat durch die Jahrhunderte hindurch immer wieder Geheimbünde gegeben, auch rein weibliche. Viele Elemente uralter Religionen, die weibliche (Mutter)Gottheiten verehrten, sind in die christliche Marienverehrung eingeflossen. So wurde die ägyptisch-griechische Göttin Isis mit ihrem Sohn Horus auf dem Schoß dargestellt, und die griechische Göttin Artemis war Jungfrau und Mutter zugleich, um nur zwei Beispiele von vielen zu nennen. Maria folgte den alten Göttinnen in dieser Tradition. Im Konzil von Ephesus 431 erklärte man sie zur »Gottesgebärerin«, später wurde ihre immerwährende Jungfräulichkeit festgelegt. Die Marienverehrung war im Mittelalter sehr stark. Der Alte Dom in Köln zum Beispiel – der Vorgängerbau der heutigen gotischen Kathedrale, der auch in diesem Roman beschrieben wird – hatte einen dem Petrus geweihten Altar im Westen und einen Marienaltar im Osten.

In Maria hat sich der Glaube an eine große Göttin durch die Jahrhunderte hindurch gehalten, und er lebt in ihr weiter fort.

Marion Johanning

Printed in Poland
by Amazon Fulfillment
Poland Sp. z o.o., Wrocław

69530747R00254